Sonya
ソーニャ文庫

淫愛の神隠し

山野辺りり

JN131426

イースト・プレス

contents

序

　その年は、一際《ひときわ》蝉たちの合唱が煩《うるさ》かった。

　木陰に入れば厳しい日差しは遮《さえぎ》られても、耳から注ぎこまれる暑気がじっとりと纏《まと》わりつく。ひっきりなしに滲《にじ》む汗が不快で、葉月《はづき》は小さく溜め息を吐いた。

「……光貴《こうき》様、そろそろお屋敷に戻った方がいいと思います」

　まだ日が沈むまでには時間があるけれど、この暑さだ。身体の弱い彼には負担がかかるだろう。白い肌が火傷のように赤くなってしまうのも心配だ。

　そうでなくても、自分だってややげんなりし始めていた。今日はもう、こうして何時間も外で過ごしている。それも朽ちかけた小さな境内では特に楽しいことはなく、正直なところ時間を持て余しているのだ。

　ひと気がない寂れた社《やしろ》にいるのは葉月と光貴だけ。あとは命を振り絞って鳴く蝉たちばかりである。

せめてもっと大勢の子どもらがいれば色々な遊びができるのだが、如何せん二人きり。それも互いにそろそろ性差が気になりだす七歳の男女の童《わらべ》であり、更には明確な『立場の差』があっては、楽しく遊ぶことも難しかった。

元号が大正に変わり、世間では近代化が叫ばれていても、それは都会の話だ。地方の閉鎖的な田舎では、まだまだ古い考え方が罷《まか》り通っている。

葉月の暮らす小さな村も、その一つ。

性別や家柄など、無視して生きられるはずもなかった。

――御堂家《みどうけ》のお坊ちゃんに失礼があってはいけないと、お父さんや隣のおじさんにも言われている。

それはもう、耳に胼胝《たこ》ができるほどに、繰り返し。更に『お前が選ばれた理由は解せないが、ありがたく思い何よりも光貴様を優先させなさい』と。

だから万が一にも光貴が体調を崩す事態になっては困るのである。

この村は小さな集落だが、それでも子どもの数は少なくない。葉月と同年代の男子も大勢いた。故に光貴だって、彼が望めばいくらでも同性の友人を作れるはずだ。村に長年多大なる援助をしてくれている御堂家の望みを、いったい誰が断わろう。

どの家庭も、諸手を挙げて我が子が『名家の坊ちゃん』の『友人』になるのを歓迎するに決まっている。だがしかし当の光貴本人がそれを望まなかった。

人見知りで華奢《きゃしゃ》な体躯《たいく》の少年には、健康そのもので元気が有り余っている村の男子が、とっつき難《にく》く感じられるらしい。

確かに同じ年齢であっても、彼らの体格はまるで違う。身長は勿論、手足の太さや腕力と体力も。色白で物静かな少年の目には、棒切れをもって鼻水を垂らしながら駆け回る男児らが空恐ろしく見えても不思議はなかった。

――光貴様は療養のため一時的にこの村に滞在されているから、都会とはかけ離れた生活に戸惑っている――って、お母さんが言っていた。

そこで同じ年齢であり、かつ村で一番大人しく、七歳の割には賢いと言われる葉月が友人として抜擢されたのである。

ただし友達とは名ばかりの、実質お世話係ではあるけれども。

――お友達が増えるのは嬉しい。でも……光貴様は私といてもあまり楽しくなさそう。

葉月はいわば消去法で選ばれた『友人』だ。気が合うわけでもなければ、共通の趣味があるのでもない。

これまで生きてきた生活は一切重ならず、そのため会話が弾むこともあまりなかった。

ただ日がな一日一緒に過ごすだけ。大抵の場合は、彼が預けられている屋敷の中でこれと言って喋るわけでもなく、それぞれ本を読んだり絵を描いたりしているのみ。

端的に言えば退屈であったのは否定できない。葉月だって、同年代の女児といる方が楽しいし、そうでなくても弟妹の世話や畑仕事の手伝いなど、やらねばならないことが沢山あるのだ。

それでも両親が『娘が御堂家の坊ちゃまの遊び相手に選ばれるなんて、この上ない誉れだ』と大喜びしているので、『嫌だ』なんて言えるわけがなかった。

——でも、それも間もなく終わり。

光貴は来月には療養を終え、御堂家の本宅がある帝都に戻るらしい。つまり、葉月もお役御免である。この数か月、気を使ってばかりのもどかしかった毎日が終わり、ようやく日常が帰ってくるのだ。

内心ほっと息を漏らし、葉月は木陰にしゃがみ込んでいる光貴に再度声をかけた。

「あまり日に当たると、疲れてしまいますよ」

普段なら外出自体好まない彼が、今日は珍しく散歩したいと言い出した。光貴の希望を断るなんて選択肢は、葉月にはない。そこで昼餉《ひるげ》もそこそこに、村の中をそぞろ歩くことになったのだ。

しかし田舎にこれといって案内する場所などなく。

そこで仕方なく葉月は、己の秘密の場所でもある、この寂れた社に彼を連れてきたのだった。

村の外れ、森の中に佇む小さな社。鳥居の色は剝げ、注連縄《しめなわ》は千切れてしまいそうに劣化している。かつては立派な参道だったのかもしれないが、今では雑草に埋もれていた。

それでもここなら樹々が茂っているおかげで、ある程度日差しは遮られる。それに『お化けが出る』と言って村の子どもたちは近寄らない。

随分昔に建てられた社は、何が祀《まつ》られているのか村の長老たちも知らないそうだ。葉月が時間のある時に軽く掃除をしたり、季節の花を供えたりするくらいで、人々から忘れられているのも同然だった。

いくら家から近いとしても、幼いながら自分でも信心深いと思う。

祀られているのがどんな神か、由来すら知らないくせに、見捨てておけない。

朽ちてゆく社をただ放置するのは気が進まず、子どもにできることはたかが知れているとしても――葉月にできることはしたいと考えた。

ひょっとしたら村人の大半は、ここに社があることさえ知らないのでは。村にはもう一つ神社があり、そちらの方がよほど立派だからだ。

何せ御堂家の潤沢な資金援助を受けて、改築したばかりでもある。見比べてみればどちらの方がご利益がありそうかなど、僅《わず》か七歳の葉月にだってよく分かった。

――ひと気がないのは少し怖いし、夏は蝉の鳴き声が喧《やかま》しいけど……それでも私はこちらのお社の方が静かで好き。空気がどこか綺麗な気もするし……

清涼とでも言うのか。凛と澄んでいる。葉月の思い込みだとしても、肺の弱い光貴には悪くない環境だろう。それに葉月以外の子と交わろうとしない彼を連れてくるには丁度よかった。

――村の中を歩いていると、どうしたって他の子たちが声をかけてくる。中にはちょっと乱暴な子もいるし、光貴様がまた怯えてしまう。

人見知りの激しい彼は、以前餓鬼大将に軽く肩を押され、危うく転んで怪我を負いかけた。

村の子どもらにしてみれば、いつもの戯《たわむ》れ。けれど都会育ちで品のいい光貴にしてみれば、途轍《とてつ》もなく恐ろしい体験だったようだ。

以降、彼はより一層この村の男子と交わりたがらなくなった。そしてますます葉月との み一緒にいる時間が増えたのである。ただし、特別二人の仲がいいという話では決してなかった。

――思いの外光貴様もここを気に入ってくれたみたいで安心したけど……そろそろ帰りたいな。

本音はぐっと飲み込んで、葉月は光貴の隣にしゃがみ込んだ。

彼は今、列をなして歩く蟻に夢中だ。こちらにとっては見慣れたものでも、光貴にはひどく物珍しい光景らしい。

「面白い、ですか？」

「……お母様は虫なんて触っちゃいけませんとおっしゃるから……あまり近くで見たこともない」

葉月が質問すれば、彼は小さな声で答えてくれる。しかしそれ以上会話は弾まず、忙しげな蟻たちを二人揃ってぼんやり眺めた。

じっとしていても汗が噴き出す。できればもっと日陰に入りたい。しかし光貴を置いても行かれず、結局葉月にできるのは彼と並んでしゃがむことだけ。

やがて手持無沙汰になった葉月は、横目でそっと光貴を窺《うかが》った。

蒸し暑さは相変わらず。頭の中まで汗まみれだ。けれど彼は涼しい顔で俯《うつむ》き加減のままだった。

――綺麗だな……

つい、そんな感想が頭に浮かんだ。

七歳でも、人の顔貌《がんぼう》の美醜は分かる。光貴がこの村の誰よりも整った顔立ちなのは明白だった。大人も子どもも、村一番の美人と謳われる葉月の母と比べても、ここまで端正な顔立ちの人間を自分は見たことがない。

さながら舶来品のお人形。色白で、武骨なところが一つもなく、儚《はかな》げな容姿は作り物めいている。

睫毛《まつげ》は長く豊かで、髪の色は光に透けると柔らかな茶色になり、大きく印象的な瞳に、上品な鼻と口。どれもが絶妙な位置に配されている。

華奢な体格は本来であれば『貧相』と嘲《あざけ》られそうなものだが、こと光貴に限って言えば、庇護欲《ひごよく》をそそる愛らしさの方が勝っていた。

鄙《ひな》にはいない洗練された者の雰囲気がある。僅か七歳でありながら、彼の美しさの完成度は際立っていた。

――私たちが御堂家のお坊ちゃまにどう接すればいいのか分からないのと同じで、光貴様も田舎に馴染めず戸惑っているんだろうな……私では、上手く光貴様を笑わせることもできないし……

互いに口下手なのが口惜しい。葉月はこんな時に上手く話題を見つけられない自分が情けなかった。

そもそも年齢が近いという理由だけで気が合うとは限らないではないか。

それでもせっかくこうして一時的にでも縁があるのだから、葉月は彼が村に留まっている間は傍にいようと心に決めていた。

――光貴様には大きなお世話かもしれないけれど、この村で一つでもいい思い出が作れたら、嬉しい。

彼は秋になれば帝都に戻り、御堂家を継ぐため名家の子息に相応しい生活を送るのだ。

そうなれば、今後葉月が光貴に会うこともあるまい。

対して自分は一生をこの小さな村で終えるのだろう。

それでいい。たまたまほんの一瞬交差しただけの運命に決まっている。いつか懐かしく思い出してもらえたら、充分だと考えた。

「光貴様、喉が渇いたでしょう？　お屋敷に戻って、お休みになった方がいいですよ」

「でも……」

微《かす》かに視線を揺らした彼は、一向に立ち上がる気配がない。

これまでなら、光貴が葉月の意見に強く異を唱えることはなかった。基本的にこちらが合わせていたせいもあるものの、彼もまた己の意思を押し通す性格ではないからだ。

しかし今日はいつになく素直とは言い難い。

もじもじとしつつ、決して動こうとしてくれなかった。

「光貴様？」

「……あとふた月もしたら、僕は帝都のお家に戻る。そうしたら、もう葉月には会えなくなっちゃうじゃないか……」

「え……」

予想外なことを告げられ、葉月は瞠目《どうもく》した。

まさか、彼が自分との別れを惜しんでくれているなんて、想像もしていなかったのだ。

それなのに寂しさを滲ませられて、きゅっと胸が高鳴った。

「ま、また会えますよ？」

「……嘘吐《つ》き。学校に通い始めれば、遊ぶ時間なんてなくなる。そうこうしている間にきっと何年も経ってしまうし、葉月は僕を忘れてしまうよ」

葉月の気休めの言葉では、光貴の気持ちを和らげられなかった。

その上、彼の言うことが正しいと、こちらも重々理解している。おそらく、来月光貴を見送れば今後二度と二人が顔を合わせることはないと思われた。

――私が光貴様を忘れることはない。でも光貴様にまた療養が必要にならない限り、こんな何もない田舎に御堂家の令息が来る必要もない。

今回は帝都と比べてこちらの空気が綺麗で、ゆっくり身体を休める時間が必要だと医者が判断したから、彼はこの村での療養が決まったのだ。

何でも、母方の遠縁にあたる親戚がいるのだとか。おかげで村は御堂家からの援助で大層潤った次第である。つまり本来であれば、葉月と光貴が出会うことすらあり得なかった。

自分たちは生きる場所が違う。それはどうしようもないことだ。さりとて思っていたよりも彼が自分に心を開いてくれていたことが、存外嬉しかった。

「あの……」

「最後に葉月とかくれんぼをしてみたいな。こんなに体調がいいのは久しぶりだ。次はもう、いつ外で一緒に遊べるか分からないから……」

いくら以前よりも丈夫になったとはいえ、光貴は未だに天気が悪いと体調を崩すこともある。一度咳《せき》の発作が起これば、数日寝込むのも珍しくなかった。

そんな彼に懇願され、拒める人間がどこにいるのか。まして葉月に拒否権はない。

二人だけでかくれんぼをしてもさほど盛り上がらないとは思ったが、そこは言葉を呑み込んだ。

――光貴様が子どもらしくいられるのは、この村にいる間のみかもしれない。

帝都の屋敷に戻れば、本格的に後継者としての勉強が始まると両親や村人が噂していた。

身体が弱いことだけが難点だが、彼はとても優秀だそうだ。療養中に満足な勉強ができなかった分、それは多忙になるだろうとも。

だとしたら、葉月としても思い出を作るのは吝《やぶさ》かではない。むしろぜひそうしたいと願った。

――ここで暮らした日々が、この先光貴様の人生に、優しく寄り添ってくれたらいいな。

いつか思い出して笑えるように。

「……分かりました。では私が鬼役をやります。光貴様は隠れてくれますか？」

「……！　ありがとう、葉月」

やっと顔を上げてくれた彼が心底嬉しそうに微笑んだ。その笑顔を見られただけで、心が満たされる。自然とこちらも笑み返し、葉月は自らの両掌で眼を覆った。

「十数える間に隠れてください。あまり遠くへ行っては駄目ですよ」

「境内からは出ないよ」

明るく言った光貴の足音が遠退《とおの》いてゆく。弾む足取りに葉月の気持ちも浮き立った。

十数える間、強く風が吹いて樹々が揺れる。騒めきに似た音が、葉月の横を通り過ぎていった。

蒸し暑い空気が僅かに緩み、どこか遠くで何とも形容し難い音が響く。しかし大きな声で数を数えていた葉月の耳にそれが届くことはなかった。

「……九……十！」

殊更ゆっくり数え終わり、葉月はぱっと顔を上げ、周囲を見回した。上手く隠れたのか、彼の姿はどこにもない。

二人きりのかくれんぼ。きっとすぐに終わるだろうと高を括っていた。

まさかこれが長く続く悲劇の始まりになるだなんて、夢にも思わず。

一章　神隠し

憂鬱な一日が今日も無情にやって来た。

夜明け前に目覚めた葉月は、薄っぺらな布団の中で深く長い息を吐く。いっそ目覚めなければよかったという本音は、もはや思うことすら億劫だった。

家族は全員未だ夢の中。だが自分はもう起きねばならない。むしろ、いつもよりも遅いくらいだ。

昨日までの疲労感は微塵《みじん》も癒えておらず、半身を起こせば無意識に再度嘆息《たんそく》していた。

――朝餉の支度をしなくちゃ……

使い古して当て布だらけの煎餅布団では、眠る度に余計身体のあちこちが悲鳴を上げる。それでも、家から追い出されないだけマシかもしれない。

気候の穏やかな時はまだしも、嵐や真冬に屋外へ放り出されては命に関わる。実際『あの事件』が起こった直後、葉月はしばらく家から閉め出された。

両親としても、御堂家の手前娘を罰しないわけにはいかなかったのではないか。『自分たちも被害者である』と示すことで、辛うじて狭い村での生き残りを図ったのだ。

故に葉月の一家が『村八分』の処遇で済ませられたのは、ある意味で温情である。本当なら、全員揃って村を追われても仕方なかった。

十年前の夏。

光貴の誘いに応じ、葉月は思い出作りのかくれんぼを受け入れた。

二人だけでかくれんぼに興じたところで、さして盛り上がらないのは自明の理。ましてそういった遊びに慣れていない彼ならば、どうせすぐに見つかる場所に潜むだろうと思ったのだが――

どうしたことか、葉月がどれだけ頑張って探しても、光貴を見つけることはできなかった。

大きな岩の後ろにも、登れそうな木の上にも、社の裏にも彼はいなかったのである。

境内からは出ないと約束したのは光貴自身だ。

鬼に見つかりたくないあまり、狡《ずる》をするような少年でもない。気が弱くて嘘の吐けない、そういう性格の彼が、葉月を置いて一人で帰ってしまうとも思えなかった。

疲れたのならそう言うだろうし、飽きたのなら鬼に見つかればいいだけだ。けれど、気配すら見当たらない。

そしていくら日が長い季節でも、やがて日暮れはやって来る。

うだるような暑さは和らぎ、茜色に遠くの山が染まりだした頃、葉月はすっかり困り果ててしまった。

どこをどう探しても、光貴が見つからない。大声で彼の名前を呼んでも無反応。

おそらく一刻以上、社の周りを行ったり来たりしている。さほど広い境内ではないので、身を隠すところも数える程度しかないのに、光貴の姿は忽然《こつぜん》と消えてしまった。

もし彼が懸命に葉月から隠れているというのなら、たいしたものだと褒めたいほど、気配そのものが失せてしまったのだ。

まだ七歳だった少女が呆然としたのは、言うまでもない。

しかも消えた相手は、両親から『絶対に機嫌を損ねてはいけない』と言い含められている御堂家の一人息子だ。

失礼があるなんて以ての外。ましてその身に危険が及ぶなど、問題外だった。

慌てふためいた葉月が、泣きながら大人たちに助けを求めたのは当然の流れだ。

全速力で家に駆け、まずは両親に事の次第を話した。すると彼らは蒼白になり、葉月を罵倒したのだ。

曰く、『どうしてちゃんとお傍に仕えていなかった』『この役立たず』『御堂の坊ちゃんにもしものことがあれば、自分たちはこの村で生きていかれない』。

あまりの剣幕に、嗚咽《おえつ》が止まらなくなった葉月を、母は思い切り突き飛ばしてきた。そして父は、土間に転がった葉月を一瞥《いちべつ》もせず、家を飛び出していった。

おそらく御堂家へ報告しに行ったのだろう。それとも事態が大きくなる前に光貴を見つけ出そうと奮闘したのか。どちらにしてもしばらく時間が経ち、空がすっかり漆黒に染まった刻限《こくげん》、提灯《ちょうちん》や松明《たいまつ》を掲げた大人たちが大勢社へ向かっていった。

あの夜のことをこれ以上思い出そうとすると、葉月は激しい頭痛に苛《さいな》まれる。眩暈《めまい》と吐き気にも襲われた。

だから詳しいことは、覚えていない。飛び交う怒声と大人たちの焦燥の印象だけ。

ただ、朝になるまで村中総出で光貴を捜索しても、彼の着物の端切れすら見つけられなかったのが、現実だった。

この村には熊などの大型肉食獣は出ない。余所者《よそもの》がいれば、すぐに噂になる。そんな中で獣に襲われたり、人攫いに遭ったりしたとは考え難かった。

ならば最もあり得る可能性は、事故。どこかで怪我をして、動けなくなっているのかもしれない。

けれど血痕すら発見されず、光貴の足取りは煙のように消えてしまったのだ。それこそ、本当に社にいたのかどうかかさえ、葉月の証言のみの曖昧な状況で。

御堂家の大事な息子が行方不明になったことへの怒りは、当然のように葉月へ向いた。

少しでも冷静になれば、たった七歳の少女に責任の全てがあるはずもないと分かるのに。

どちらかと言えば、葉月一人に任せきりだったことの方が問題ではないか。

おそらく、皆分かっていた。だからこそ過剰にいきり立ったのだろう。最悪なのは、我が身可愛さに村人は勿論、両親さえも娘を見捨てたことだ。

葉月はこの事件の主犯の如く、生贄《いけにえ》として差し出された。

多額の援助をしてくれる資産家の御堂家に睨まれれば、こんな村はたちどころに干上がってしまう。光貴を預かっていた親戚筋とて、無事には済まない。

それを恐れた大人たちは『光貴から眼を離した葉月に非がある』『本来なら罪人として裁きたいところだが、幼子であるため親も同罪』とし、一家を村八分とすることで御堂家の怒りを鎮めようと図ったのだ。

両親も、村から無一文で放逐されるよりはマシだと受け入れた。

そうして十年。無情にも月日は流れた。いつしか、贖罪《しょくざい》のために生きることが葉月にとって当然となるまで。家族を含めた周囲が罪悪感を忘れ、それを当たり前に感じるまで。

葉月一人に何もかも背負わせることで、小さな共同体は仮初の平穏を保ったのだ。

「……っつ」

皸《あかぎれ》だらけの手が痛み、葉月は小さな悲鳴を上げた。力仕事と水仕事のせいで一向に傷が治る暇もない。若い娘のものとは思えぬほど節くれだってボロボロの指は、見るからに痛ましい。

とは言え、そんなことを気にしている場合ではなく、葉月は慌てて口を閉ざして、まだ眠っている家族の様子を窺った。

——よかった……起きていない……

万が一こんな早朝に家族の眠りを妨げれば、その後どんな折檻《せっかん》を受けるか分かったものではなかった。きっと打ち据えられる程度では済まないだろう。

終わる様子のない村八分に、家族はすっかり疲弊している。その苛立《いらだ》ちは元凶となった娘へ全部ぶつけられていた。

——兄さんの結婚が決まらないのも私のせいだもの……仕方ないんだ。

家での葉月の扱いは、奴隷に等しい。そうやって娘を罰していると周囲に示すことで、家族は辛うじて村での居場所を作っているのだ。いつか御堂家の怒りが解けると、か細い希望に縋《すが》りついて。

故に、重労働や家事の大半を葉月が一人で担っている。

長年変わらない。この先も同じなのは疑う余地もなかった。そして変わらないことがもう一つ。

今年も村人たちは彼を探すのだろう。

十年前より捜索の規模は随分縮小されたけれども、未だ光貴は見つかっておらず、何一つ痕跡を残さず消え失せたままだ。

見つかってほしいと葉月は切に願っている。別に自身の罪を減じてほしいからではない。もはや光貴が無事であると期待するのは難しくても、あの色白で大人しかった少年を家へ帰らせてあげたかった。

――私にできるのは、せめて祈ることだけ……

あの日から十年。流石に光貴の生存は絶望的だと分かっている。

けれどあえて考えまいと心掛け、葉月は朝餉の準備に没頭した。

尤《もっと》も、村で冷遇されているため、この家はひどく貧しい。畑仕事一つとっても、他者の手助けは望めない。そのせいで生活は非常に慎ましいものだった。

朝用意できるのは、雑穀米の雑炊のみ。それも半分以上大根で嵩《かさ》増ししたものだ。にも拘《かかわ》らず、父親はなけなしの金で酒を買い、呑んだくれる日々。母親は数年前に男を作って出て行った。

兄は葉月を家族とは見做《みな》しておらず、労働力として家に住まわせてやっている程度の認識だろう。弟妹は父と兄の手前、よそよそしい。

この家どころか村自体に、葉月の居場所はなかった。

だが悲しいかな。そんな暮らしにも人は慣れるものだ。

家に入れてもらえなかった時期を考えれば、多少はマシだと諦念《ていねん》が先に立つ。十年もの長い間抑圧され続ければ、辛さすら鈍麻《どんま》していた。

裏返せば、そうでもしないと生きられなかったのかもしれない。

いつしか葉月は極力何も感じないよう心を凍らせる術を覚えた。心と身体を切り離してしまえば、鞭の痛みだって我慢できる。

そもそもあの日、光貴から眼を離した自分が悪い。そう、己を納得させて。

――日が昇って暑くなる前に、山菜でも採ってこようかな……

家族と同じ食卓を囲むことを葉月は許されておらず、残り物にありつければ御の字である。運が悪ければ何も残らないので、鍋に残ったものを水で薄めて啜《すす》るのが精々だった。それなら、空腹を抱えて家族の食事を見守るのは辛い。身体を動かして食材を手に入れている方がずっとマシだと考えた。

――少しでも食べられるものがあれば、私の口に入るかもしれないし。

重い身体に鞭打って、素早く身支度を整える。家族といるよりも一人でいる方が気楽だなんて、大層皮肉だ。それでも自嘲《じちょう》する気力もなく、葉月は音を立てないよう細心の注意を払って家を出た。

軋《きし》む戸を開き、あばら家から外に出た瞬間、葉月は無意識に吐息を漏らす。

まだ薄暗い時間帯のため、村人の姿もない。そのことに途轍もなく安堵した。

目的地は因縁の社。悲劇の起点。

葉月が最後に光貴を見た場所だ。けれどそこ以外、葉月がのびのびと過ごせる場所は他になかった。

もしも別のところで村人とかち合えば、罵られる程度では済まないだろう。下手をすれば石礫《いしつぶて》を投げられかねない。忌み嫌われることも辛いが、怪我をするのはもっと避けたかった。

葉月を虐げることは、娯楽のない村で共同体の楽しみの一つになっている。人は残忍な本性を持っているものだ。

——異質なものは排除される。結束力を高めるには、共通の敵を作ればいい。そうでもしなくちゃ、皆怖くて堪《たま》らなかったのよね……私だって恐ろしいもの……

人が忽然と姿を消すことを、神隠しと呼ぶ。そんなもの、もはや昔話だと思っていたけれど、存外違ったらしい。

平和な狭い村で幼子の足取りがふつりと途切れたのは奇妙としか言えない。だが、現実に起こったことなのだ。

葉月がたった十秒眼を離した隙にあの子は消えた。気味が悪いほど何の痕跡も残さず。

今ではもう、完全に自分以外に件の社を訪れる者はいない。

常に閑散とし、うらぶれている。

ご利益がないどころか御堂家に仇《あだ》なす存在として、村人全員に忌避《きひ》されたためだ。結果、以前よりもっと朽ち、荒れ放題の有様を晒《さら》している。

それでも葉月だけは時間を見つけて足を運んでいた。

祀られている神様には咎《とが》がない。それを誰よりも知っているのは葉月自身である。そして己の無力さも、そこにおわす何かが知ってくれているような気がしたのかもしれなかった。

静かな境内の中にいる時だけ、慰められる心地がする。何も口に出さずとも、心が通じる気がするのだ。

——それにあそこにはいい山菜が沢山生えている。誰も行かないから、私だけの秘密の場所。収穫させてもらうお礼に、庭先で摘んだ花を手向けよう。

貧しく、何も持たない葉月に供えられるものは乏しい。お金がかかるものは勿論、食べ物すらままならなかった。

それでも折を見て、何だかんだと社へ持って行っている。倒壊しかかった建物を修繕することはできなくても、雑草を毟《むし》り落葉を片付けた。

十年前あんな事件さえ起こらなければ、ここまで社が荒れることはなかったと思うと、葉月にも責任の一端がある気がするのだ。

黙々と歩き続け、やがて開けた場所に出る。

樹々が育ち、社が古びたことを除けばかつてと変わらない光景がそこにあった。

「あぁ……」

家を一歩外に出た時より、もっと大きな解放感が押し寄せた。重苦しかった息を吐き出し深呼吸すれば、多少は心が楽になる錯覚もある。

この感覚を味わいたくて、葉月は余裕のない生活の中でも社に通うことをやめられなかった。

「……色が随分褪《あ》せてしまって……」

屋根や鳥居は特に歳月の経過を感じさせる。大きな台風でも来れば倒壊してしまいそうな風情に、葉月は眉根を寄せた。

「……こんなものしか供えられず、申し訳ありません」

手にしていた花を社の前に置き、首を垂れる。無学のため作法には詳しくないが、二礼二拍手一礼した。

野の花なら、ここにも沢山生えている。わざわざ持ってくるほどのものではない。それでも、一番見事に花弁を広げているものを選んだつもりだ。

気のせいに決まっているけれど葉月を労わるように木の影が『ありがとう』とでも言うかの如くざわざわと揺れた。

「さて、草むしりをしつつ山菜を採らせていただきますね」

もとより返事など期待していないくせに毎回声をかけてしまう。おかしな自分の癖につい苦笑した。

——ここにいる時だけ、私は安心できるのかもしれないな……

人の目を気にせず、罪悪感に背中を丸めずに済む。好きなように動け、深呼吸も自由だ。本来ならそれが当たり前なのかもしれないが、葉月にとっては夢のような『ご褒美』同然だった。

持ってきた鎌で生い茂る雑草を刈り、汗みずくになって一所に集める。食べられる野草と山菜は別に集め、どれだけ時間が経ったのか。

ふと葉月が顔を上げると、太陽はかなり高い位置に昇っていた。

——そろそろ帰らなくちゃ。畑仕事をして、家の掃除に後片付け……ああ、昼餉の準備もしなくちゃ間に合わない……

いくら時間があっても足りやしない。日々の忙しさに疲弊して、あれこれ考えずに済むのは、もしかしたら幸福なのかもしれなかった。余計なことで思い煩えば、どうしたって我が身を憐れみたくなる。

そんな資格は自分にはないと自身に言い聞かせ、葉月は軋む膝を伸ばした。まだ十七歳の娘盛りなのに、明らかに栄養が足りていない手足は、棒切れの如く細く貧相だ。

軽い眩暈がし数度瞬いた時、がさりと草を踏む音が背後で鳴った。

もう何年もここで他人に会ったことはない。狸だろうかと葉月が振り返ると、そこに立っていたのは、驚くべきことに人間だった。

「え……？」

それもこの村の住人ではなく、葉月と年の頃が同じ青年だ。

だが、良くも悪くも狭い村のこと。仮に隣村の住民であったり、はたまたどこかの家の縁戚であったりすれば、顔くらいは見覚えがあるはずである。

しかし葉月はその男と全く面識がなかった。

――誰……？

警戒心がざわりと擡《もた》げる。

ひと気のないところで見知らぬ男とかち合えば、女なら大抵の者が身を強張らせるだろう。まして普段、誰とも会うことがない場所だ。

余所者自体が珍しい。その上、誰かを訪ねるにはまだ早い時間帯。諸々の理由で身構えずにはいられなかった。

対峙する男は、少し離れた位置から葉月をじっと見つめてくる。身なりは整っており、荒んだ様子はない。むしろ着ているものだけなら、上等なものだ。野良作業に従事する者の格好ではなく、この辺りではまずお目にかからない上品ないでたちだった。

清潔感があり、洗練されている。足元一つとっても、汚れていない。

何より、醸《かも》し出す空気が違った。

一瞬、涼しい風が吹いたのかと訝《いぶか》るほどの清涼感が漂う。境内はいつも清浄さに満ちていたが、今は比べ物にならないほど澄んでいる——そんな錯覚を葉月は抱いた。

「あ、の……」

とは言え、用心に越したことはない。『余所者』への警戒心が葉月を神経質にさせた。

——誰かの客人だとしても、こんな村外れを一人でうろついているなんて、おかしい……

実は葉月が過剰に怯えてしまうのには、理由がある。

この村で『腫物《はれもの》』扱いになっている女には、何をしても許されると考える輩もいるのだ。人の目があるところでは大っぴらに手を出しては来なくても、過去草むらに連れ込まれそうになったことが複数回あった。

その時は運よく逃げ出せたのだが、あんな目には二度と遭いたくない。

だからこそ『男性』には無条件で恐怖が募った。

——でも上等な装いからして、ひょっとしたら御堂家のお客様……？　だとしたら、無礼な振る舞いは許されない。

咄嗟《とっさ》に判断しきれず、互いに身じろぎできないまま数秒。先に口を開いたのは、見知らぬ青年の方だった。

「……葉月？」

「え……」

聞き間違いか幻聴か。眼前の男の唇から己の名前が吐かれたことが信じられない。呆然と瞠目し、葉月はこの時ようやく彼の顔を正面からしっかりと認識した。

日に焼けていない白い肌。きめ細かで、さながら人形のよう。影を作るほど濃く豊かな睫毛に縁どられた形のいい双眸《そうぼう》。通った鼻筋から唇に至っては、育ちの良さが窺われた。

儚さを宿す髪色は黒と呼ぶには淡い茶で、同じ色の瞳が印象的に映える。

こんな田舎では到底お目にかからない整った顔立ち。およそ肉体労働とは程遠い生活をしている、上流階級に属していると思われる身体つきだった。

——誰……？　こんな人、全く記憶にない……

当然、葉月には村人以外の青年に知り合いはいないし、自分の交友関係は著しく狭い。そもそも他人に名前を呼ばれることすら数年振りだ。

驚きのあまり硬直し、いくつかの可能性を模索した。

だが何も思い浮かばない。ただ一つ例外は——荒唐無稽であり得ないものだけだった。

——まさか……ううん、それは絶対にない。

馬鹿々々しい妄想を一笑に付し、頭から振り払う。それは考えること自体が、何かへの冒瀆《ぼうとく》だった。

「久し振り、葉月」

それなのに目の前に立つ男がさも親しげに微笑み、激しく混乱した。

柔らかな笑顔に記憶が刺激される。当時の面影が過り、同時に十年の間に変化したものが突き付けられた。

成長期を経た男性に、かつての名残はほとんどない。それでも、決して変わらないものもある。

たとえば視線が釘付けになる麗しさ。輝かんばかりの美貌は、逆により深みを増している。『あの子』が何事もなく年を重ねていたら、こんな風になっているのではないか――と想像しかけ、葉月は狼狽した。

――何を馬鹿な……そんなわけがない。あれから十年も経っているのよ？　毎年村中総出で探しても、何一つ見つけられないのに……

愚かな考えを真っ向から否定しながら、視線は逸《そ》らせなかった。

むしろ食い入るように青年を凝視してしまう。

そして奇妙な懐かしさが胸中に湧き上がるのを、止められなかった。

理屈では説明しきれない何かが、葉月に訴えかけてくる。否定材料を見つける度に安堵しているのか落胆しているのか、自分でも分からなくなった。

すらりと伸びた体軀は身長に見合う長い手足を備えていても、貧相ではない。ならば以前は痛ましいくらいに痩せていた『あの子』のはずがないのだ。

それでも穏やかで神秘的な微笑が『彼』以上に似合う男性が、他にいるだろうか。

憂いを孕《はら》んだ瞳に射抜かれ、葉月は声も出せず立ち尽くした。

ここは最後に光貴の姿を目撃した場所。思えば、今日で丁度十年目。あの日も、こんな暑い日だった。

皮肉な符合に眩暈がする。葉月が一歩よろめけば、それまで一定の距離を保っていた青年がこちらへ駆け寄ってきた。

「葉月！」

昔の甲高い子どもの声とは似ても似つかぬ、低い滑らかな声音で呼ばれた名前が、自分のものだと認識するのに数秒を要した。

にも拘らず、間近に迫った男の姿が過去と重なる。

全てが暗転した十年前の光景が明滅《めいめつ》し、吐き気が込み上げた葉月はその場に崩れ落ちた。膝から下に力が入らない。けれど地べたに座り込む羽目にはならなかった。

何故なら尻もちをつく前に青年が支えてくれたからだ。

力強い腕に半ば抱きしめられ、葉月は瞳を揺らし忙しく喘《あえ》ぐ。

鼻腔《びくう》を擽《くすぐ》るのは、思い出を呼び覚ます香り。反して、かつてとは様変わりした彼の体格は逞《たくま》しく、すっぽりと葉月を包み込んできた。

以前なら、こちらの身長の方が高かったくらいなのに。そんな面影はもはやどこにもない。

すっかり『男』になった光貴が、そこにはいた。

「立ち眩《くら》み？　気を付けないと」

「光貴、様……？」

「よかった、覚えてくれていたのか。忘れられたかと思った」

この場に不釣り合いな明るい口調で返されて、余計に葉月は混乱した。

はっきりと彼は肯定したわけではないが、こちらの質問に頷《うなず》いたのも同じだろう。だとしたら今葉月を抱きしめている青年は、十年前神隠しに遭った少年だということになる。

身体が弱くて、療養のために田舎に預けられていた資産家の令息。

村のわんぱく小僧に上手く馴染めず、いつも青白い顔をしていた大人しい子。

口数が少なく引っ込み思案な、それでいて大人をたじろがせるほど美しかった少年。

本当にそんなことがあり得るのか。

何の音沙汰もなかった年月は、決して短くはない。彼にしてみれば、十年振りの帰還だ。

それなのに光貴は奇妙に落ち着き払っていた。

「ただいま。……やっと君に会えた」

「どう……して……」

聞きたいことは無数にある。

あの日、いったい何があったのか。今日までどこで何をしていたのか。そして何故突然戻って来たのか。

全てが不可解で理解不能だった。何よりも葉月を惑乱《わくらん》させるのは、泰然《たいぜん》とした彼の態度。まるで年月の空白などなかったかの如く、光貴がこちらに微笑みかけてきたことだった。

「どう、とは?」

「だって……無事だったのなら、何故十年も連絡がなかったのですか……」

「たかだか十年じゃないか……ああ、でも長いのかな」

双眸を細めた光貴の呟きは、上手く聞き取れなかった。こちらが冷静でないことも理由の一つだろう。喘ぐように息を吸い、葉月は緩々《ゆるゆる》と首を横に振った。

「光貴様のはずがない……」

「紛れもなく僕だよ。本当はもっと早く帰りたかったけれど……色々と上手くいかなくてね。これでも急いだつもりだった」

日に透けた彼の髪が茶色に煌めく。柔らかそうな髪は、少しだけ長い。村の男性たちは短く刈り込むのが普通であるため、葉月の眼には異質に映った。

だが光貴にはとても似合っている。むしろ五分刈りにした姿など想像もできない。

もしも彼があの年行方不明にならず、何事もなく成長していれば、こんな容姿になっていたのではないかと、葉月は自然に思っていた。

　つまり頭では否定しても、心が先に納得している。この人は、あの日見失ってしまった幼馴染《おさななじみ》だと。

「待たせてしまってすまない、葉月。でももうどこにも行かないよ」

「え……」

「君に会いたくて堪らなかった。葉月は？」

　自分は、彼が戻ってくるのを待っていたのだろうかと自問した。

　答えは迷うまでもない。是だ。光貴が無事に帰ってきてくれさえすれば、以前と同じ暮らしに戻れるはず。村の共同体の一員として、葉月は平穏な毎日を送れるに違いない。

　けれどももはや、取り返せないものもあるのだ。

　母は出ていき、壊れてしまった関係は元の形には復元できない。弟妹はまだしも、父や兄は今更葉月を家族と見做してはくれないのではあるまいか。

　これがせめて事件の翌年であったなら。

　無意味と知りつつ、彼を責めたくなる気持ちが葉月の中に生まれた。しかし同時にお門違いだとも分かっている。

　たった七歳の子が己の意思で姿を消し、再び自力で帰ってくるなど考えられない。それなら、光貴にはやむにやまれぬ事情があったはず。それは葉月にも重々察せられた。

――光貴様が無事でよかった……でも、だったらどうして――

昂《たかぶ》る気持ちがごちゃごちゃに絡まって、自分でも喜んでいるのか怒っているのか分からなくなる。ひたすらに込み上げる感情が大きく、葉月は強く眼を閉じた。

――これは、夢？　どこからどこまでが？

悪夢の始まりは十年前。ならば今もまだ葉月はそのまま囚われているのかもしれない。そんな期待とも絶望とも判別できない思いを抱いて戦慄《わなな》く瞼《まぶた》を押し上げる。

仕切り直した視界の中に、あの当時のまま光貴がしゃがみ込んでいたらどんなにいいか。もしくは彼に出会う前の、平凡で退屈な田舎のままであったなら。

だが葉月の混乱を嘲笑《あざわら》うように、眼前には青年になり微笑む光貴の姿だけがあった。

「お帰りと言ってくれないのか？　葉月」

「……あ、あ……」

喉が掠《かす》れて言葉が上手く紡げない。蝉の鳴き声が急に大きくなり頭の中で反響した。顎《あご》を伝い落ちた汗がぽたりと落ちる。それなのに背筋を寒気が走るのは何故だろう。ゾクゾクとした怖気《おぞけ》が足元から立ち上ってくる。

震えが止まらなくなり、葉月の揺らいだ視線の先に社が映った。

すっかり古びて、今にも朽ちてしまいそう。それでいて静謐な佇まい。

彼岸と此岸の交わるところ。だからこそ、あの夏光貴は『あちら側』へ迷い込んでしまったに違いない。そして十年目にして再び『こちら側』へ舞い戻ったとしたら。気紛れで残酷な『神隠し』。人間の思惑なんて彼らには無関係。葉月も光貴もほんの戯れに巻き込まれただけに過ぎない。

けれどその一時の悪ふざけにより、取り返しのつかないこともある。

何が現実なのか見失い、葉月の意識は暗転した。

「ほら、葉月！　もたもたするんじゃない！」

強引に手を引かれ、葉月は車から降ろされた。正確に言うと、手首を掴まれて引き摺《ず》り下ろされたと表現する方が正しい。

だが痛みに顔を顰《しか》める余裕もなく、巨大な門構えを呆然として仰ぎ見ることしかできなかった。

左右を見ても、高い塀が延々と続いている。その向こう側から立派な松や見事な装飾が施された屋根などがちらりと覗いていた。内部はいったい何軒の家を建てられる広さなのか、想像もできない。村にあった粗末な建物が全部収まるくらいの敷地はあると思った。

ただ塀の内側だけでなく辺り一帯見える範囲内はほぼ御堂家の持ち物だと聞かされ、ますます愕然《がくぜん》とする。

かつては林業で、今は紡績業で財を築いた一族は、葉月の想像を遥かに凌ぐ豊かさだった。

村一番のお金持ち――光貴を一時期預かっていた親戚だって、それは見事な屋敷に住んでいたのだ。けれどそれとは比べ物にならない裕福さを見せつけられ、声も出ない。

桁違い、という言葉がこんなにも相応しいことがあるのか。

生まれてこのかた十八年間も小さな田舎の村から出たことがない身だ。帝都へやって来るのは勿論、自動車に乗ったのも初めて。

当然大きな建物も整備された道路や街灯も、ましてや洒落た洋装に身を包んで闊歩《かっぽ》する男女を眼にしたのも初めてだった。

そんな有様だから、『到着したから車を降りろ』と言われても咄嗟に動けなかったのは仕方ない。

顔を真っ赤にして葉月を叱責する父も、明らかに浮足立っていた。

葉月の知る限り、父も田舎を離れたことがない。華やかな都会に気後れしているのは間違いなく、そわそわと眼が泳いでいた。

娘の手前恥をかきたくなくて、平静を装っているだけなのだろう。

しかしそんな父の態度を嘲笑うことはできない。

葉月は汗の滲む手を、さりげなく袖で拭った。

――ついにここまで来てしまった……私はいったいどうなってしまうんだろう……

御堂家から遣いが来て、帝都にある本家へ呼び出されたのは数日前。成長した光貴が突然戻ってから、実に一年後だ。

あの信じられない再会の後、当然ながら御堂家の当主が光貴を迎えに村まで飛んできた。初めこそ息子の帰還に半信半疑だったものの、しばし会話を重ね、実の子であると確信できたらしい。そして大喜びで本宅へ連れ帰ったというわけだった。

勿論村人も全員大騒ぎ。あれこれと噂が飛び交い、数か月は一向に収まる気配もなかった。

それはそうだろう。

毎年捜索は続けられても、光貴の生存を信じていた者などいやしない。皆、口に出さずとも諦めていたのだ。

そんな中で五体満足どころか、精悍《せいかん》な青年になって帰ってきた光貴を、誰もが祝福する振りをしつつ気味悪がってもいた。

行方不明になっていた間、どこで何をしていたのか。人身売買に遭ったのではないか。いや、いっそ偽者に違いない。

そんな無数の流言が囁かれ、普段娯楽の乏しい田舎は蜂の巣をつついたような大騒ぎになった。

けれどそれらも全て、御堂家が沈黙を保ったことで鎮静せざるを得ない。

これまでは葉月に責任の全てを押し付けることで結束を保ってきた人々だが、表向き御堂家の怒りが解かれたとなれば、これ以上『村八分』を続ける理由はなくなった。

光貴が『葉月は何も悪くない』『葉月のおかげで帰ってこられた』と発言したことも大きい。

下手に口出しすれば、『だったら光貴が姿を消した当時、どうして大人たちがちゃんと傍についていなかったのだ』と藪蛇《やぶへび》になりかねないと、ようやく思い出したのだろう。

そんなわけだから、葉月の処遇は随分とマシなものになった。尻すぼみになったとも言える。

少なくとも、あからさまに邪険にされたり迫害されたりすることはなくなった。腫物扱いはそのままだが、危険がない分ずっといい。

家族との仲は未だにギクシャクしているとしても——殴る蹴るの暴力はひとまず治まっていた。

だからある意味平穏だったと表現して差し支えない。

しかし辛い日々が唐突に終わり、戸惑いは大きく、気持ちの置き所も未だ見つけられない。

自身の置かれた現状と心の整理がつかないまま緩々と月日は流れ、そうこうするうちに光貴の帰還から一年。

それぞれ別の場所で新しい人生が始まったと葉月は思っていたのだが——

再び葉月の人生を大きく変える出来事が起こったのである。

その日は、いつものように代わり映えのしない一日だった。

家事に畑仕事に、片づけなければならない仕事は山ほどある。いくら葉月の立場が好転しても、母親のいない家で雑事を担うのは変わらず長姉の自分だった。

父は相変わらず酒をやめられず、一日の大半を呑んだくれている。兄も働き者とは言い難い。

結局、生活だけ見れば以前と大差なく、葉月が朝から晩まで働き詰めでやっと回っている状態だった。それでも最近は弟妹が少し手伝ってくれるので、多少は楽になっている。

その日も汗と泥まみれになり、朝の野良作業から疲れ果てた身体に鞭打って葉月は家に戻った。

しかしそこに御堂家からの遣いである車が停まっていたのだ。

都会ならまだしも、狭い田舎で自動車なんて滅多に見かけない。故に子どもらが興味津々で集まってきた。

大人たちだって何事かと様子を窺い、あわよくば葉月の家を覗き込もうとしてくる。そんな中、御堂家からの使者に聞かされた話は、予想外のものだった。

――光貴様が私に会いたいとおっしゃっているなんて……

再会以降、途切れたと思っていた縁はまだ結ばれていたらしい。

あれから一度も顔を合わせていないにも拘わらず。

実家に戻った彼から、一度も連絡はなかった。ただ風の噂で、体調には何も問題なく、心身共に健康であると漏れ聞いていた。

それどころか、礼儀作法や知識、教養に至るまで、きちんとした教育を受けた上流階級の子息として、何ら遜色《そんしょく》なかったそうだ。

その上で、行方知れずになっていた理由もその間の記憶もないのだとか。

全く不可解。これぞまさしく人知を超えた不気味な不思議。神隠し。

畏怖をもって、人々は次第に話題を避けるようになった。触らぬ神に祟りなしだ。

だから極力葉月も光貴のことは考えないようにしていた。だが彼は、ほんの一時共に過ごした幼馴染のことを忘れずにいたらしい。

そして再会して一年後の今、葉月はいきなり御堂家本家に連れてこられた次第である。

「――まったく、お前のせいで俺はいつも貧乏くじだ」

青白い顔をした父は落ち着きなく吐き捨てた。

お屋敷の名に相応しい大邸宅で、居心地の悪さに委縮している苛立ちを、娘にぶつけることでどうにか虚勢を張っている。

通された応接間は洋風で、椅子に座ること自体慣れていない父は、先ほどから何度も身じろいでいた。

葉月としても、暢気《のんき》に室内を見回す余裕はない。見事なステンドグラス入りの硝子窓が美しくても、最新式である電灯の照明が優美でも、初めて眼にする暖炉が物珍しくても、だ。

これから自分に何が起こるのか想像するだけで、悠長に好奇心を発揮することなんてできるはずがなかった。

俯いて、じっと拳を握りしめるのが精々。父の文句は、右から左に流れていった。

——叱責されるのかな……だけど今になって？　私を罰するつもりなら、十一年前でもおかしくないのに……そうでなくても、光貴様が戻ってすぐでないのはどうして？

正直なところ、『今更、何故』と思わなくもない。

それとも無事光貴が帰ったことで、新たな問題が勃発したのか。

村に流れてくる噂では、彼は非常に才気溢れる好青年だとのことだったが、よくよく考えてみれば、御堂家の者を悪く言う輩が村にいるわけがなかった。

——そうよね……十年も居所が知れなかったのだもの。様々な齟齬《そご》が生じて当然だわ。私ったら、いい噂を鵜呑みにしていた。光貴様が様々な言語に通じ、芸術面でも才能を発揮し、人格者に成長したなんて話を疑いもせずに信じるなんて、どうかしていたわ……

それらの噂が真実であれば葉月の罪悪感を緩和してくれたせいだ。だから、信じたかった。

今の光貴が満たされた生活を送っており、不幸ではないと思い込みたかったのだ。自分を慰めるために。

そんな己の狡さに思い至り、葉月は爪が食い込む勢いで手を強く握った。

――今更なんかじゃない。恨み言を言われても当然だわ。記憶がないのは不安に決まっている。

おそらく、人に言えない苦労もあったのではないか。

一年経って、やっと口に出せることもあるのでは。今だからこそ葉月にぶつけたい思いがあっても不思議はなかった。

覚悟が決まれば、隣で文句を言い続けている父親の声はますます葉月の耳に入らなくなる。ひたすら黙って、『その時』を待ち続けた。

やがてどれだけ時間が過ぎたのか。

おそらくそれほど長くはない。精々五分程度。だが精緻《せいち》な細工が施された振り子時計が午後三時を告げ、葉月は飛び上がるほど驚いた。

時刻を告げる音に吃驚《びっくり》したからではない。まさにその瞬間、応接間の扉が開かれたためだ。

「待たせてしまったか。葉月、よく来てくれた」

一年振りに顔を合わせた光貴は、以前よりも悠然としていた。

豪華な邸宅の子息らしく、葉月やその父親のような場違い感は微塵もない。いかにも生まれた時からずっと、こういう場所で暮らしてきたと言わんばかりに、彼の醸し出す空気は馴染んでいた。

「こ、これは光貴様！　お久し振りでございます！」

椅子から立ち上がった葉月の父が、忙しく何度も頭を下げる。この場にそぐわない大声が、びりびりと不快に響いた。

「お、お、お元気そうでなにより――」

「座り給え」

「み、御堂様……っ」

光貴の後から入室してきたのは、御堂家の当主であり彼の父親だった。恰幅《かっぷく》のいい紳士は口髭を蓄え、鷹揚《おうよう》に手を振る。それだけで葉月の父は震えあがり、小さくなって再び腰を下ろした。

流石はもともと名家であった御堂家を、一代で更に大きくしただけはある。

葉月など顔も上げられない威圧感に圧倒され、言われるがまま座り直した。

――光貴様だけでなく当主様までお出ましになるなんて……

想像もしていなかったし、きっと父も同じだろう。横目でこっそり窺えば、父は顔面蒼白で小刻みに戦慄いている。葉月に悪態をついていた勢いはどこにもなかった。

――どんな処罰が私に下されるんだろう……

せめて家族に累《るい》が及ばなければいい。自分の犯した過ちにより、父も兄も弟妹も充分苦しんだ。その果てに生き方が歪《ゆが》んだのだと思うと、どうしても葉月は申し訳なくなる。罪悪感が消せなかった。

「……遠方から、よく来てくれた。倅《せがれ》を見つけてくれたのに、これまで礼も告げず申し訳なかった。改めて感謝している」

「え……」

まさか礼を言われるとは思ってもいなかったので、葉月は啞然《あぜん》とした。

俯いていた顔を、反射的に上げてしまう。肘掛椅子に腰かけた壮年の男が深々と首を垂れる姿に、動揺するなという方が無理だった。

「あ、あの……」

「か、顔を上げてくださいませ！　そもそもうちの娘の不始末のせいで……！」

「私は今、彼女と話している。君は黙っていてくれ給え」

冷然と告げられた父は、みっともなく取り乱した。葉月のお目付け役気分でいたのに、はっきりと『邪魔者』扱いされたせいだ。

そもそも本日の呼び出しも、御堂家の遣いの者は『葉月一人』を指名していた。それを強引についてきた形なのだから、口を噤《つぐ》めと命じられれば従うより他にない。

哀れなくらい身を縮めた父親は、葉月に暴力をふるっていた時よりも随分小さくなって感じられた。

大方、何某《なにがし》かの『おこぼれ』に預かれると期待していたのかもしれない。決して娘を案じたから同行したのではないのだ。ここに来る車中でも、「絶対に御堂様のご機嫌を損ねるな」としつこく繰り返していた。

それなのに父自ら失敗を犯した形になり、焦っているに違いない。そんな親の姿に何とも言えない寂寥《せきりょう》を抱き、葉月は深く息を吸った。

「……私は、偶然あの場にいただけです」

「倅は、懐かしい君の声が聞こえたから、戻ってこられたと言っている」

「そうなのですか？」

男性ほどではなくても、成長すれば女性の声だって変化するのに、よくも判別できたものだ。驚きで、葉月は瞳を瞬いた。

――え……でも、あの時私は声を出した……？

背後で音がして振り返る前、特に喋った覚えはなかった。そもそも他に人はおらず、独り言を口にする癖もないのだ。故に、葉月の声が聞こえたから戻ってこられたと言われると、違和感があった。

――どういう意味？　深い意味はないのかな……

「ああ。行方知れずになっていた間については思い出せないようだが、それなりの生活を送れていたらしい。だが無理に思い出させるのは負担がかかるようなので、光貴が語らない限りは問い質《ただ》さないでくれ」

「は、はい」

葉月が従順に頷くと、不意に光貴と眼が合う。彼は御堂家当主の隣に座り、穏やかな眼差しをこちらに注いでいた。

「……っ」

緊張感で気づかなかったが、どうやら光貴はずっと葉月を見つめていたみたいだ。部屋に入ってきてから、一時も逸らすことなく。

真っすぐな視線に射抜かれ、葉月は思わず背筋を伸ばした。

「こ、光貴様がとても優秀でいらっしゃることは、風の便りで聞いておりました」

「おお、そうか。親が言うのも何だが、あんな不幸に見舞われたにしては、倅はどこに出しても遜色ない成長をしている。高等学校を卒業した友人の息子よりも間違いなく優れているし、知力は勿論、体力面だって引けを取らない」

我が子を褒められ気をよくしたのか、御堂家の当主が口髭を揺らした。その横で、光貴は葉月を見つめたまま。

己への称賛など耳にも入らないといった風情で、歯牙《しが》にもかけていなかった。

「――……だが、一つだけ厄介な点がある。その件で、今日は君に足を運んでもらったわけだ」

本題に入ったのか、当主の声が一段低くなった。室内の空気が一気に引き絞《しぼ》られる。

緊張感が一層増し、葉月も父も顔を強張《こわば》らせずにはいられない。だが、一番の当事者であるはずの光貴だけは、依然として熱を帯びた視線を葉月へ固定していた。

「……このことは、くれぐれも内密に」

「は、はい。勿論です」

「光貴が君は信頼できると言っていた。だから恥を忍んで打ち明けよう。――……実は倅は、勉学や知識の面では目を見張るものがあるが、対して実生活における常識が少々疎《うと》い」

「……え？」

想定外の内容に、一瞬葉月の思考がとまった。

言われていることが上手く理解できず、首を傾《かし》げることしかできない。

常識に疎いとはどういう意味か。勉学は勿論のこと、礼儀作法も完璧だと耳にしたのは勘違いだったのか。

葉月が戸惑いのあまり声を出せずにいると、当主が深々と嘆息した。

「情報として認識していても、実践できるかどうかは別問題と言えば、分かりやすいだろうか。例えば、朝起きたら顔を洗うと分かっていても、ではいざその水をどこで調達するのかとなると理解していないといった具合だ。我が家なら、女中に命じれば事足りる。しかし光貴は自ら井戸を探そうとする」

それだけなら、きちんと教えれば問題ない。実際、一度説明すれば光貴はすぐに覚えて次回からは言われた通りにしたそうだ。

だが困ったのはこういったことが頻繁に起こる点だと当主は渋い顔をした。

食事の作法は完璧でも、気に入らなければ一切手を付けない。教師よりも豊富な知識で、過ちを指摘し相手に恥をかかせる。他者に身体を触れられるのを極端に嫌がり、特に化粧品や香水の香りを纏わせた婦女子が突然接触してくると振り払うこともあったらしい。

傍に教える者がついている時はまだいい。失敗しても即ごまかすことができる。けれど光貴はこれから上流社会で生きてゆく身だ。何が足枷《あしかせ》になるか、分かったものではなかった。

円滑に事を進めるには、建前や愛想がとても重要。

そこを蔑《ないがし》ろにすれば、いずれしっぺ返しを食らいかねない。そういう世界に彼らは生きているのだ。

いくら経済的に裕福で政界や警察にも太い繋がりがある御堂家でも、醜聞から逃れるのは難しい。いや、だからこそと言うべきか。

「……倅が『神隠し』に遭ったことは周知の事実だ。人の口には戸が立てられない。あれこれ面白おかしく吹聴する者はいる。そんな時に少しでも奇矯《ききょう》な真似をすれば、大喜びで嘲笑《ちょうしょう》する輩は少なくない。私は、息子にそんな恥辱を味わわせたくないのだ」

切実な親心に、葉月は何も言えなくなった。

久しく自分には向けられていない思いだ。羨ましいとも感じる。これほど愛し案じてくれる家族の存在に、素直に憧れた。

——私の両親は……ううん。ないもの強請《ねだ》りはやめよう。当主様は本当にお子様を大事にされているのね。

考えると辛くなると思い、緩く頭を振る。その時、また光貴と視線が絡んだ。

「……っ」

やはり彼は葉月だけを見ていた。その双眸に宿るのは、不可思議な熱。

息子を愛おしむ実父の言葉に微塵も心動かされていないのかと、ややたじろぐ。葉月でさえ羨望と感動で瞳が潤みかけていたのに。

「……一番私の頭を悩ませているのは、他者との意思疎通能力だ。こればかりは実践を積まなければ向上しない。その上最もこの先必要になり、付け焼刃では難しい。……光貴はどうも人の気持ちに鈍感だ」

仕事の上でも、個人的な付き合いの上でも、人付き合いは避けて通れない。そこに財力は関係なかった。他者と関わる限り、必ず摩擦は生まれる。

いくら本人が間違っていなくても、『だから正解』とはならないのだ。時には正しさが諸刃の剣になる。そうして傷を負うのは光貴であると、当主は語った。

「人は全員同じではない。それぞれ複雑な心と感情を持っている。共通の型はないのだ。そういう点を、倅は本当の意味で理解してはいないように思う」

苦々しく吐き出した当主の言わんとしていることが、葉月には分かった。

世の中の規則から外れていなくても、他者を慮《おもんぱか》り暗黙の了解として選択しないことがある。円滑に事を進めるために。

先ほどの当主の言葉を借りるなら、嫌いな食べ物でも用意してくれた相手への気遣いから口にするのは珍しくないし、人前でわざわざ過ちを晒し恥をかかせるのはもっての外。婦女子を冷たくあしらえば、紳士ではないと言われかねなかった。

どれもこれも光貴が悪意を持って間違った行いをしたのではない。

それでも普通なら人目を気にして控えるか、己を律して取り繕《つくろ》う。それが周囲と上手くやっていく単純な方法ではないか。

――でも光貴様は、そういうことが苦手なのね……

なまじ他の点が完璧であるせいで、当主は余計に気を揉むのかもしれない。

葉月も『その程度気になさることはありません』とはとても言えなかった。何故ならここまで息子の将来を憂えてくれる父親が隣にいても、光貴があまりにも無関心であるように見えるからだ。

光貴の興味の対象は葉月だけ。

一瞬たりとも逸らされない視線は、より圧を増している。まるで獲物を狙う捕食者の執拗さに、つい身体が強張った。

「……あ、の……当主様は、私に何をお望みなのでしょうか」

どうにも居心地の悪さに耐えきれず、葉月は結論を促した。

一刻も早く、この重苦しい空気から解放されたい。謝罪を求められたなら、誠心誠意頭を下げるつもりだ。

だから光貴の凝視から意識を背け、干上がる口内で舌を蠢《うごめ》かせた。

「今の倅に必要なのは、他者との交流だと考えている。だが誰でもいいわけではない。下手に他人に任せれば、我が家の恥部を晒すようなものだ。ならば口が堅く、信頼できる相手でなくてはな」

「ご、ご学友は」

「倅は高等学校で身に着ける学識以上のものを既に充分修めている。わざわざ危険を冒して通わせる意味はない」

今後の人生で深く関わるであろう同階級の友人は、大勢いるに越したことはない。しかし不特定多数の人間に接触する方が危ういと当主は判断したようだ。

「でしたら……御堂様のお屋敷なら、大勢の者が働いていらっしゃるのでは？」

女中だけでなく書生だっているだろうし、それこそ通いの教師を雇うことも可能だ。その中から信用できる者を選べばいい。そう考えた葉月は掠れた声で首を傾げた。

「……なかなかはっきりと自分の意見を口にできるお嬢さんだ。君の言う通り、人はいくらでもいるが、条件を満たす人間は少ない。妙な野心や悪意を抱かれては面倒だし、相性もある。更に光貴はこの通りの外見だ。これまでに身の回りの世話を任せた者が一方的に懸想《けそう》して、何度も常軌を逸した行動に出て困っている」

当主の言葉に、葉月は自分が呼ばれた理由を察した。

つまり、光貴の世話係として自分は連れてこられたのではないか。

かつても人見知りの激しい彼に受け入れられた葉月なら、傍に置いても大丈夫だと判断されたとしたら。

その上、こちらからは断れない立場だ。力関係は勿論だが、それ以上に――

「空白の十年間が倅に影響を与えているのは間違いない。幼い頃の内気さは鳴りを潜めたが、対人関係を上手く築けないままではこの先不安だ。そこで君に光貴の面倒を見てもらいたい。何、話し相手を務め、一般的な常識を教えてくれるだけでいい」

やんわりとではあるが、過去の傷を抉《えぐ》られた。

当主は遠回しに、『光貴が周囲と馴染めないのは、神隠しが原因だ』と告げているのだ。

もっと赤裸々に言うなら、大元のきっかけを作ったのは、葉月だと。

正面から責められたのではないが、拒否を許さない眼差しに搦《から》め捕《と》られる。十八歳の小娘が、大きな一族を率いる老獪《ろうかい》な大人に逆らえるはずもない。

すっかり気圧《けお》され、瞬きも忘れた。父親に至っては、完全に下を向いたまま硬直している。

——私が光貴様のお世話を？　でももし粗相を働いたら……今度こそどうなってしまうの……きっと村にも戻れなくなる。

「どうかな？　引き受けてもらえると信じているが」

「……えっ」

ゾッと背筋が冷えて、即答できない。さりとて当主から視線を逸らすこともできなかった。完全に飲まれている。

諾《だく》の返事以外、求められていない。それだけがひしひしと感じられた。その時。

「——父上、あまり性急に葉月に返答を迫らないでください。少し考える時間が、彼女にも必要でしょう」

張り詰めた空気を一変させたのは、それまでずっと葉月だけを視界に収めていた光貴だった。

落ち着いた振る舞いは、実年齢より彼を上に見せる。父親に言い聞かせているようにも聞こえ、何故か奇異に感じた。

「あ、ああ、そうだな。つい結論を急いでしまった」

「ふふ。彼女は父上の部下ではありませんよ」

葉月は、当主から自分へ向けられていた圧が和らぐのを感じた。僅かでも表情を緩めたからなのか、それとも光貴の制止で勢いが削がれたからなのか。

どちらにしても、詰めていた息をようやく吐き出すことができた。

「――葉月、急な話で君が戸惑っているのは分かる。だが、僕を助けてほしい。信頼できる人間の手助けが必要なんだ。君なら安心して任せられる。我が家に住み込みで働いてくれ」

「で、ですが――畑や家のことは私がしないと――」

「勿論、君が家を空けることになる分、ご家族のことは御堂家が責任をもって援助する」

そう言われては、ますます断れなくなった。葉月の隣では、父が耳敏《みみざと》く肩を跳ねさせている。『援助』の一言に反応しているらしい。

横から卑屈な視線がチラチラとこちらを窺い、『早く引き受けろ』と言葉より雄弁に語っていた。

「葉月にも生活の不自由はさせない。きちんと給金も払おう」

「それは願ってもないお話です！　ええ、ええ。喜んでやらせていただきますとも。なぁ、葉月！」

もはや黙っていられなくなった父に頭を摑まれ、葉月は強引に頷かされた。

追従の笑みを浮かべた父は頬を紅潮させている。これでもう生活苦とはおさらばだと思っているのが明白だった。

「お、お父さん、待って……」

「黙れ、何を迷うことがある。ありがたい話じゃないか。お前が光貴様のお役に立てるんだぞ。罪滅ぼしをする絶好の機会を恵んでいただいたと思って、誠心誠意お仕えしろ！」

とても親とは思えないひどい言い草に、傷つかなかったと言えば、嘘になる。

だがそれ以上に父の性根を歪めてしまったのが己だと、自身を責める気持ちを拭いされない。自慢だった美しい妻に逃げられ、父はすっかり身を持ち崩した。それでも母とは違い、子どもたちを見捨てずにいてくれたのだ。そのことへの感謝も葉月の中には残っていた。

「ほら、引き受けると言え」

「わ、分かったから……」

痛みを感じる力加減で頭を押さえ込まれ、葉月の眼尻《めじり》に涙が滲んだ。しかし乾いた打擲音《ちょうちゃくおん》と共に、加えられていた重みが突如消え去った。

「もう葉月に触るな」

声は平板で荒げたものではない。けれど抗えない強制力となって葉月の父を凍り付かせた。

「へ……ぁ、あ、申し訳ありません……っ」

「葉月、大丈夫か？」

竦《すく》みあがる父へは一瞥もくれず、光貴が身を乗り出して葉月の頬を両手で包み込んできた。

いきなり至近距離で見つめられ、狼狽せずにはいられない。さりとて頬に手を添えられたままでは身を捩《よじ》ることもできず、葉月は彼と見つめ合った。

こんなに接近したのは、一年前の再会時だけ。抱きしめられたのも同然な近さに、心臓が大きく脈打つ。光貴の呼気が肌を擽り、得も言われぬ愉悦《ゆえつ》に変わった。

「痛むところはないか？」

「へ、平気です」

「よかった。お前に何かあったら、僕はとても不愉快だ」

見惚《みと》れずにはいられない笑顔に釘付けにならない人間がいれば、教えてほしい。

しかも自分にのみ向けられた大輪の笑みだ。

面食いではないはずの葉月も、束の間完全に囚われた。

――子どもの時とは比べ物にならないくらい、綺麗な……

普通、幼い当時は愛らしくても、成長と共に人の外見は変化する。男性ならば逞しさや力強さが増し、かつての可愛らしさは失われてゆくのが大半だ。

光貴だって、丸かった頬は鋭角的になり、つぶらな瞳は切れ長に変わった。鼻も口もかつてよりずっと『男のもの』に変わっていた。一年前よりももっと、落ち着いた大人らしく。

だが全て、魅力が損なわれたのではなく、逆に増したと言わざるを得ない。あらゆるものがより輝きを増している。問答無用で視線が惹きつけられ、葉月はか細く喉を鳴らした。

「葉月、僕の傍にいて、助けてくれるよね？」

求められている答えは一つだけ。

父のように力づくで頷かされたのではない。それでも操られるまま、葉月は小さく顎を引いた。

二章　流血

葉月にあてがわれた部屋は、何と母屋にあった。それも光貴の寝室のすぐ隣だ。

本来ならば、あり得ない。御堂家には、きちんと女中部屋が設けられている。

そうでなくても、離れに空いている部屋があるはずだった。

「わ、私には分不相応です。もっと小さな……他の方と相部屋で構いませんから」

「僕が呼んだ時に、すぐ来てくれなくては困る。それに女中部屋は定員いっぱいなんだ。空き部屋をわざわざ掃除するよりも、すぐに住めるところを使ってもらうのが当然だろう？」

「ですが……っ」

とても当然なんて思えなかった。

御堂家は全てが洋風建築ではなく、応接間や客間などが贅《ぜい》を凝らした西洋風、家族の居住区は伝統的かつ重厚な純和風になっていた。

当然、光貴の自室も、その隣の部屋も畳である。

その点だけは椅子とベッドの生活なんてしたことがない葉月もほっとしている。だが問題はそこではないのだ。

「こちらはご家族用の区画ですよね？　私などが寝泊まりしていい場所ではありません」

御堂家の使用人たちは長年勤めている者も少なくなく、気位が高い。

田舎から出てきたばかりの小娘、それもかつて光貴が行方不明になったきっかけを作った女が我が物顔で入り込んでくれば、いい顔をしないだろう。

村での散々な村八分の扱いを思い出し、葉月は青褪《あおざ》めた。

叶うなら、もうあんな辛さは味わいたくない。新たに与えられた仕事を全うするためにも、相応の待遇を望んでいた。端的に言えば、特別扱いしないでもらいたかったのである。

「葉月なら構わない。僕が許す」

「当主様が許さないと思います」

「父上なら、僕の好きなようにしろとおっしゃってくださった」

そこまで言われては、反論の余地はない。そもそも端から葉月は意見を述べられる立場になかった。

光貴の身の回りの世話をするため、葉月が御堂家に住み込むことが決まり、その日のうちに引っ越しが決定した。

とは言え、実家から持ってくる荷物などほとんどない。着物にしても、洗い替えが一枚あるだけなのだ。しかも当て布だらけのぼろ布同然。

私物と呼べるものを、葉月は所有していなかった。大半が妹と共有で、『借り物』に過ぎなかったからだ。

故に光貴が『必要なものは全部こちらで揃える』と言ってくれ、結局身一つで転がり込んだようなもの。

父は娘の心配をすることなく、ほくほく顔で帰路についた。おそらく頭の中は、邪魔な葉月を売り飛ばし、いくら入ってくるかの計算でいっぱいだったのではないか。

——お父さんと兄さんが、きちんと下の子たちの面倒を見て、畑を耕してくれるといいけど……

心配は尽きないが、しかしいつまでも同じことを思い煩ってばかりもいられない。葉月はもう、この御堂家で光貴に仕えると決めたのだ。それにある意味、閉塞した状況を変えるいい機会だと己を鼓舞した。

どうせあのまま自分が村で燻《くすぶ》っていても、父や兄は変わろうとしなかったはずだ。ならば金の心配がなくなった分、気持ちを入れ替えてくれる可能性だってある。

何よりも光貴が定期的に家族の様子を見に人を遣ってくれると言っていた。

――私が頑張って働けば、きっといつか全てがいい方向に動き出す。そう信じよう。希望があれば、人は踏ん張れる。諦めに慣れてしまったこの十年以上を思えば、最近の葉月は随分恵まれていると思った。

「わ、分かりました。一所懸命、光貴様に仕えさせていただきます」

「よかった。気に入らないものや足りないものがあれば、何でも言ってくれ。すぐに揃えさせる」

まるで客人への対応だ。

葉月が通された一室は広々としていて、日当たり良好。床の間まであり、窓からは優美な庭が望める。置かれた調度品も屋敷の格に見合うもの。

何より――襖《ふすま》一枚隔てて、光貴の部屋と隣り合っていた。

――こんなに立派な、しかも光貴様の息遣いすら感じてしまいそうな近さの部屋で、平然と暮らすなんて、私にできるの……？

言葉を選ばず吐露《とろ》すれば、不安しかない。身の丈に合っていないし、他の使用人らからどう思われることやら。

――御堂様は認めていらっしゃるとおっしゃっていたけど……

「あ、あの、奥様にまだご挨拶をしておりませんが、いつ伺えばよろしいでしょうか」

おそらく父親よりも母親の方が息子に対する思いが強いだろう。最悪の場合、葉月に相当な悪感情を抱いていてもおかしくなかった。

家を出て行った葉月の母親も兄を一番可愛がっていたし、跡取り息子となれば、余計に思い入れが増すに違いない。奥方もきっとそうだ。

口汚く罵倒される覚悟で、葉月は気の重い挨拶を早めに済ませようと勇気を振り絞った。

「――ぁあ。母は半年前からここには住んでいないんだ」

「え？　そうなのですか？　どこか別邸にでも……？」

「気鬱《きうつ》の病で、空気の綺麗な病院へ入っている」

「……えっ」

よもやそんなことになっているとは思いもせず、葉月は絶句した。

せっかく我が子が戻って来たのに、治療を要する病状であったとは。

葉月が御堂家の奥方と顔を合わせたのは一度だけだ。光貴が行方不明になった報せを聞いて、彼女は夫と共に村へ飛んできた。

そして動揺と混乱の中、怒りの全てを葉月に向けて泣き喚《わめ》いたのだ。

上品な、如何にも良家の奥様であった女性が髪を振り乱し、鬼の形相で摑みかかってきたことに驚いた葉月は、頬を打たれても無抵抗だった。

あまりにも怖くて、心も身体も麻痺していたのかもしれない。

だからこそ『恐怖』だけが記憶として沁みつき、今日改めて再会することにも緊張していた。

それがあっさりと『ここにはいない』と告げられ、拍子抜けする。

さりとて、病気と聞けば安心などしている場合ではなかった。

「そ、そんなにお悪いのですか？」

「さぁ。母の入院が決まってから一度も会っていないから、詳しいことは分からないな」

どこか他人事の雰囲気で、光貴は事も無げに答えた。

そこには母を案じる息子の姿はない。

七歳だった当時の彼は、母を恋しがって涙を見せることもままあった。寂しさから癇癪《かんしゃく》を起こして人の手を煩わせることはなかったけれど、よく葉月の前では『母上に会いたい』とこぼしていたのだ。

そんな事実さえもなかったかのような態度に、葉月は唖然とした。

「そ、そんな。お見舞いには行かれないのですか？」

「僕の顔を見ると、症状が悪化するんでね。母の中で僕はまだ、七つの幼子のままだ。いきなり図体のでかい男が現れて、受け入れるにはもっと時間がかかると医者が言っていた」

そういうものだろうか。

かつて光貴が消えた際には、この世の終わりの如く悲しみに暮れていたのに。やっと愛しい息子が戻ったとなれば、喜びを噛み締めるものだと葉月は思っていた。

しかし人の心はそう簡単なものではないらしい。

――十年は長いものね。人が変わるには充分過ぎるくらい……その上で、忘れるには短過ぎる。

「……光貴様もさぞご心配でしょうね」

「ん？　ああ、うん。たった一人の母親だから、当然だ。子どもにとって親は大事なものに違いない」

「……？」

彼が言っているのは、ごく普通のこと。どこにもおかしなところはない。それなのに何故か、葉月は奇妙な齟齬を感じた。

だがその違和感は光貴から向けられた笑顔に打ち消される。さも楽しげな彼に手を取られ、脳裏をよぎった疑問は完全に霧散した。

「さて、当座に使うものは揃えてあるが、着物や簪《かんざし》の類がまるで足りないね。これから見繕いに行こうか」

「ええ？　いえ、いりません。今あるだけで間に合っています。それに、私はここへ奉公するために参りました。早速仕事を命じてくださいませ」

仕事の内容について、葉月はまだ詳しく説明されていなかった。光貴の世話とだけ。ならば彼の生活習慣や規則を把握すべきだと思ったのだ。

――光貴様は学校に通っていらっしゃらず、当主様のお仕事に同行することも滅多にないとか。一日の大半は調べものをしていると伺ったけれど――

「だから、これが葉月の仕事だよ。僕に付き合い常に傍にいて、何か失敗しかけたら即座に助けてほしい。特に『常識』から逸脱しそうになったら教えてくれ」

「でも」

「これまで買い物もままならなかったんだ。一人で外出するのは父上がいい顔をしないし、お目付け役を引き連れて出歩くのも気が重い。あれこれ小言を言われるのは面倒だ。葉月ならその点安心できるし楽しいに決まっている」

微笑む彼は無邪気だった。本気で買い物に行くのを楽しみにしているのが見て取れる。

光貴が御堂家に戻って一年。その間、順風満帆とは言い難かったらしい。外へ出れば『あれが神隠しに遭った息子か』と好奇の眼に晒されたのではないか。

万が一普通から外れた行いをすれば、『ほら、やっぱり』と囁かれたのは一度や二度ではないのかもしれない。

その度に屈辱に苛まれた彼を想像し、葉月は胸が詰まった。

「……分かりました。ですが私のものは何も買っていただかなくて大丈夫です。光貴様が欲しいものを見に行きましょう」

「それが葉月の着物なんだが……まぁ、いいよ。君がそう言うなら、一緒に歩くだけでも楽しい。今日は君も疲れているだろうし、本格的に色々揃えるのは明日からの方がいいか」

確かに今日は朝早くに村を出て、あれよあれよという間にそのまま帝都にある御堂家に留まることになった。

正直怒濤の出来事が一気に起きて、精神的に疲弊している。

けれど毎日朝から晩まで働き詰めでろくに食べられもしなかった頃を思えば、どうということはなかった。

ここまでの長時間の移動にしても、初めて乗る自動車に感激し、車窓から見る都会の華やかさに圧倒され、疲労感はさほど意識していなかったのだ。

——気持ちが張っていたせいもあるかな。もしかしたらこのまま二度と家に帰れない可能性も考えていたもの……

実際、しばらく村へは戻れそうにないが、禁じられたのではないから期間限定の話だ。いずれ光貴が人に慣れ、葉月がお役御免になる日が来れば、何もかも元通りになるはず。

そう考えれば、しばし帝都で暮らすことも悪くはない気がしてきた。

——こんな機会でもなければ、私は一生あの村から出なかったでしょう。

別の場所で生きる発想もなかった。

心配なのは家族のことだが、葉月が帰ることで逆に悪い影響が出ることも懸念された。父と兄は変わらず自堕落な生活を送るかもしれないし、弟妹は悪い噂のある姉がいない方が伸び伸び成長できる可能性だってある。

適度な距離を保つ方が、上手く行く場合もあるのだ。たとえ血が繋がった家族であっても。

光貴に握られた手は心地いい冷たさがあり、絶対的な安堵を葉月にもたらしてくれた。自分に向けられた笑顔が心を和ませ、居場所を与えてくれる錯覚を抱く。

だからなのか、こうして純粋に葉月を必要とし、微笑みかけてくれる人の傍にいたいと仄《ほの》かな願いが生まれた。

「今日は朝からずっと葉月の手を握りたいと思っていた」

言われて初めて、葉月は彼としっかり手を繋いだままであることに気が付いた。

あまりにも自然に指を搦められたものだから、ついうっかり受け入れ疑問を感じる暇もなかったのだ。

だがよく考えてみたら、主と世話係が仲睦まじく手を取り合うなんて、あってはならない。

葉月が慌てて手を振り払うと、光貴はやや不満げに眉根を寄せた。

「どうして？」

「ど、どうしてって……普通、こういうことはしないからです」

「そうなのか？　仲がいい人間は、手を取り合うものじゃないか」

「子どもならばまだしも、大人同士はしません。その……特別な関係だったらあるかもしれませんが……」

それでもかなり珍しいに決まっていた。

よほど開放的な恋人や夫婦関係でもない限り、はしたないと後ろ指をさされかねない。西洋かぶれであっても、精々腕を組む程度ではないだろうか。奥ゆかしさを美徳とする日本人に、人前で男女が手を繋ぐのは難易度が高過ぎた。

少なくとも、葉月には厳しい。恥ずかしくてとても無理だ。それも、光貴のように美しい人と。

「……そういうものなのか？　では何歳までなら許されるんだ？」

「な、何歳まで？」

そう聞かれても、具体的な決まり事などない。葉月は答えられず、困り果ててしまった。

「法律にはないのか？」

口ごもる葉月に焦れたのか、彼が更に問いかけてくる。適当なごまかしは、通じそうになかった。

「も、申し訳ありません。明確な規則ではなく……」

「暗黙の了解ということか？　それとも葉月の決めたこと？　それなら、他の人間の前でなければ問題ないと解釈して構わない？」

「えっ、え？」

立て続けに質問され、葉月はすっかり動揺した。そこでつい、反射的に頷いたのは失敗だったとしか言えない。

「なるほど、全員の共通認識や強制ではないとしても、守った方がいい決まりが世の中にはあるのか。しかも年齢によって変化することもあり得る。難しいな」

渋い顔をした光貴が考え込む。何か思うところがあるのか、数度小さく頷いていた。

「経験を積まなくては判断できないことが多いな」

「そ、そんな大げさなものではありませんが……わざわざ言わなくても何となく空気と申しますか……」

「残念ながら、僕にはそれが難しいんだ。こうして人の社会で暮らして、まだ一年目だから。――ああ、七歳までのことも含めると、八年目か。だが当時は幼かったから、あまり参考にならないな」

「あ……っ」

葉月には『当たり前』でも、彼には違う。そんな当然のことを見落としていた。多少気にかかることがあっても、眼前の光貴は立派な青年に見えるせいで、つい忘れがちになるのだ。

——私ったら……自分が何のために呼ばれたのか、しっかり自覚しなくちゃ。

「申し訳ありません、光貴様。私の配慮が足りませんでした」

「葉月は何も悪くないよ。——……でも、そうだな。実のところ僕は昔の感覚を引き摺っている。君と手を繋いでも奇妙に思われなかった頃の癖が抜けきらないんだ。忘れてしまった時間がある分、余計に懐かしくて……だからせめて二人きりの時には思う存分触れさせてほしい」

真剣な瞳で哀願され、首を横に振れるわけがなかった。

ちくちくと胸を刺す罪悪感も無視できず、葉月は小さく頷く。すると彼は満面の笑みで抱き着いてきた。

「ありがとう、葉月！」

「だ、抱きしめていいとは言っていません……！」

鼻腔に光貴の匂いが広がる。しっかりした男の胸板は、幼く貧弱だった過去とは違う。比べられないほど広く逞しくなり、あっさり葉月を包み込んだ。

背中に回ってきた腕が力強く絡みつくため、彼を押しやることもできやしない。むしろ葉月がもがくほど、拘束はより強固なものになった。

「ちょ……光貴様……っ、誰かに見られたら……！」

「誰も勝手に入ってこないよ。僕の部屋へ出入りするのは特別に許した者だけだし、時間も決めてある。勿論、葉月の部屋も同じだ」

　まるで神域。

　屋敷内には大勢の人間がいるはずなのに、この一角だけは静まり返っている。第三者は不用意に足を踏み入れても来ない。

　静寂と微かな緊張感が漂い、清涼な空気が満ちている。既視感を抱き、葉月は光貴の腕の中で身じろいだ。

　――村の社に少しだけ似ている……何故だろう？

　もっとも、こちらの部屋と廊下を隔てるのは、実質襖一枚。あまりにも心許なく、話し声や物音を遮ることもできやしない。

　誰かが外で聞き耳を立てていれば、全て筒抜けに決まっていた。

　――でも不思議……光貴様が『誰も入ってこない』と言えば、その通りになる気がする。

　出入りできるのは、彼に許された人間のみ。つまりは葉月だけだった。

　――何故、胸がきゅっとするんだろう……

　心音が加速する。血潮が巡り、葉月の全身が火照った。じわりと滲む汗が肌を湿らせる。

　すると光貴との体温の差が如実に感じられた。

　思い返せば、頬に触れてきた掌も随分冷たかった。氷のようだとは言わないが、暑い時期だからかひんやりとして気持ちいい。

どうやら彼は、葉月と比べて体温が低いらしい。

――昔からそうだったかしら……？

病気がちだった光貴は手足が冷たかった気もする。しかし頻繁に熱を出して寝込んでいる印象も強く、葉月にはよく思い出せなかった。

――村の子にするみたいに不用意に触れるのは失礼だからって、軽々しく手を繋ぐことも少なかったものね。

「葉月？」

物思いに耽《ふけ》っていた葉月は、鼻がくっつきそうな至近距離で光貴に顔を覗き込まれ、瞠目した。

いつの間にか抱擁《ほうよう》は解かれて、今は両肩に彼の手が置かれている。やや身体を屈めた光貴と、真正面から見つめ合っていた。

「ぼうっとして、考え事？　僕といるのに、他所事を考えないでほしいな」

「あ、その、申し訳ありません。少し昔の光貴様を思い出していて……」

「葉月は謝ってばかりだな。そんなに畏《かしこ》まらなくていいのに。だいたい昔のことより、今の僕だけ見ていてくれ」

まるで熱烈な口説き文句だ。彼にそんなつもりはないと分かっていても、頬に朱が走る。

赤面した顔を見られたくなくて、葉月は咄嗟に横を向いた。

「……？　何故眼を逸らすの？　僕が何か失敗した？」

「ち、違います。あ、赤くなっているのが恥ずかしくて……」

背けた顔に、光貴の視線が突き刺さっているのが感じられる。それがまた居た堪《たま》れなさを助長した。

「あまり見ないでください……」

「見たら駄目なのか？　よく知らない女性をじっと見るのは無礼だが、親しい間柄だと問題ないと聞いたのに」

「親しいって……」

彼に他意はない。重々理解している。それでも勝手に顔どころか全身が上気するのを止められなかった。

――光貴様は私を幼馴染や友人だと思ってくださっているということよね……？　きっと深い意味はない。

彼が思わせ振りな言い回しになるのは、それだけ人との交流が乏しかったせいだ。もしくはあっても忘れてしまったため。

ならば少しずつ経験を積んでいけば、何も問題はなくなるはず。その手助けをするのが、己に課された使命だと葉月は思った。

「し、親しさにも色々な段階や種類があるのです」

「それは知らなかった。じゃあ、葉月と僕は？」

「え、ぁ、それは……」

相応しくないと言い切ってしまうと、光貴を傷つけそうで躊躇《ためら》った。曖昧な意図を汲み取るのが苦手な彼は、自分たちが『親しくない』と突き放されたのだと思ってしまう可能性がある。それは葉月の望むところではなかった。

どう告げれば分かってもらえるか思案したものの、上手い言い方を思い浮かばず困ってしまう。

葉月が必死に思考を巡らせる間も、光貴の真摯《しんし》な視線はこちらに注がれたまま。葉月だけを熱心に射抜いてきた。

一瞬たりとも見落とさないように。この瞬間を愛おしみ、焦がれる切実さ。ただ視界に入れているだけではない。

まるで長年夢見ていたことが実現したかのような、真摯な眼差しだった。

――そんなに真剣に見られたら、『やめてください』なんて言えない。だいたいよく考えたら、手を繋いだり抱きしめたりしたのではなく、見つめただけだもの。それくらいなら、過剰に禁じることもない……？

それに光貴も『よく知らない女性をじっと見るのは無礼だ』と理解はしているようだ。

誰彼構わず凝視するのでなければ、問題ない気がしてきた。

「……ほ、他の方にしてはいけませんよ。あと別の人がいる場所でも駄目です」

「大丈夫、葉月だけだ。それに君が嫌がるならしない。でも二人きりの時にはいいってことだよね？　僕が頼れるのは、葉月しかいない」

心底嬉しそうに告げられて、それ以上葉月は彼を咎められなかった。

何となく上手く誘導された気もするけれど、時と場合を考えてくれるなら、光貴がこの件で困ることはあるまい。その上精神的に安定してくれるなら、願ったり叶ったりだ。

そう己に言い聞かせ、彼の視線を受け止めた。

「はい。私たちしかいない時には、構いません」

「ありがとう、葉月。やっぱり君が傍にいてくれるだけで、とても心強いよ。ずっと暗闇で手探りしている気分だった」

――そうか……光貴様は不安なんだわ。当たり前よね……

途切れてしまった十年間は宙ぶらりん。ようやく実家に戻れたにも拘らず、母親は気鬱の病で療養という不幸が重なれば、誰しも不安定になってもおかしくない。

まして己の拠り所となる記憶がないのだ。生きてきた年月のうち半分以上も。これでは誰かに甘えたくもなる。さりとて御堂家の男子が簡単に他者に頼る真似はできなかったのだろう。

かつての幼馴染である葉月にならｌ、少しは気楽に接することができるのかもしれない。

そう考えると庇護欲が湧き、葉月は彼に微笑みかけた。

「安心してください、光貴様。これからは私がお傍で支えます」

「ああ。——絶対に離れては駄目だよ。約束だ」

「指切りげんまんでもいたしましょうか？」

冗談めかして葉月が言えば、彼は茶色を帯びた瞳を瞬いた。

「え、光貴様はご存じありませんか？」

「指切りげんまん？」

庶民の子らの間では一般的な行為だが、良家の子息となるとそんな遊びには興じなかったのだろうか。

不思議に思ったものの、考えてみれば彼は村の子どもとはほとんど交流を持たず、唯一の例外だった葉月とも、遠慮がちに接していた。

如何にも童の戯れである、脅しめいた『指切りげんまん』なんて、縁がなくて当然かもしれない。そもそも光貴に約束を強いる相手もいなかったのでは。

「えっと……こうして小指同士を絡めて、『嘘ついたら針千本飲ます』と歌うんです。つまり約束を違えたら罰を与えるぞというものです」

「針を千本も飲んだら、人は死んでしまうじゃないか」

「勿論本気ではありません。そういう覚悟をもって裏切るなという意味です。いわば、どれだけ本気で約束を守るつもりか証を立てるものです」

「でも針を千本も……」

本気で驚いている様子の彼に、思わず笑みがこぼれた。

かつてよりずっと大人びて、同い年とは思えない落ち着きを身に着けた光貴が、急に可愛らしく見えてくる。

しかし本来であれば彼は、葉月からは程遠い存在だ。

だが今葉月の眼の前にいる男性は、さながら失った空白の時間を取り戻そうと努力しているかに見えた。

「なるほど。まるで契約だな。一方的に破棄すれば、罰を受ける。……遊びに見せかけた言霊だ。そういえば随分昔に見かけた気もする」

「え？」

しげしげと己の小指を見つめていた彼が、懐かしげに双眸を細めた。

――昔？　村に来る前の話かな？

だとしたら光貴に同年代の友人がいたことになる。いつも寂しそうだった少年にも友達がいたとしたら、とても喜ばしいことだと葉月は感じた。

「指切りげんまんをしよう、葉月。そしてずっと僕から離れないと誓って」

「はい、勿論です」

軽く曲げた小指同士を、互いに絡める。瞬間、心臓が大きく跳ねた。

——手を繋ぐのとも違う緊張感がある。

抱きしめられた時の方が肉体的には密着していたけれど、ただ小指が触れているだけの今の方が、ぐっと二人の距離が近づいたような気がするのはどうしてだろう。

親しみを抱くからか。幼馴染としての懐かしさ故か。

「葉月、さっきの歌をもう一度歌って」

「は、はい」

妙に呼吸が苦しくなって、葉月の声は掠れ気味になった。

それでもどうにか歌いきって、最後は「指切った」の節に合わせて勢いよく小指を解く。

離れた熱が惜しく感じられたのは、気のせいだと思いたかった。

「へぇ。これで契約成立?」

「はい。違えてはなりませんよ、光貴様」

「……僕から破ることはあり得ないよ。僕にとって契約は、非常に重いものだから」

「私だって約束は必ず守りますよ」

生真面目な葉月は、自ら決めたことを破ったりしない。これまでだって、どんなに理不尽な約束でも、律儀に守ってきたのだ。

「……二度と離れないということは、葉月は僕のものになったという意味だね」

「え、それは……」

少々意味が重い。しかし心の底から嬉しそうに笑う彼を見ると、『違います』とわざわざ告げるのは躊躇われた。

――光貴様がこんなに喜ばれるなら……無理に否定する必要もないかな。それにご本人も約束の重みは理解していらっしゃるみたいだし、他所で軽々しく交わしはしないでしょう。

だったら、二人の間のみの話だ。互いに子どもらしい時期を逸してしまった分、ここで多少大仰になったとしても、純粋なままでいられた時間を取り戻すのは悪くないと考えた。

「でしたら、光貴様は私のものでしょうか?」

「そうだよ。当然だ」

葉月は冗談で言ったのだが、至極真面目に返されてやや戸惑う。しかしそれは刹那のこと。

彼が柔らかく微笑んでくれたので、この話題は終わりになった。

「さ、それじゃ屋敷の中を案内しよう。僕は主に和館で過ごすから、今日はこちらを重点的に見て回ろう。洋館の方は追々説明するよ。あちらは基本的に接客用でしか使っていない。他にも敷地内には離れや蔵がある。まったく、無駄に広くて困ってしまう。僕も戻った当初は、よく迷子になったものだ」

御堂家は、葉月には想像もつかないほど広大な敷地を有している。

妙なところに迷い込まないためにも、光貴の案内はありがたかった。彼以外頼れる相手もいない屋敷の中で迷子になれば、大惨事である。

「是非、お願いします」

ほっと息を吐けば、襖を開けた光貴に手招きされた。葉月が隣に駆け寄ると、彼の手が伸びてくる。思わず反射的に葉月がその手を躱《かわ》すと、光貴が「あ」と漏らした。

「そうか。ここから先は二人きりではなくなってしまう」

「そ、そうです。手を繋ぐのは絶対に誰も見ていない場所だけです」

「……案内するなんて、言わなければよかったな」

心底残念そうに彼が呟くものだから、葉月はつい吹き出した。

「ふふ……っ、光貴様、我が儘を言わないでください」

――こんな彼の姿を見られるなんて、夢にも思わなかった。覚悟していたよりもずっと、ここでの生活は穏やかなものになりそう。

自分で思うよりもかなり緊張していたらしく、どっと安堵が押し寄せた。

見知らぬ場所であっても、光貴の存在が葉月に勇気を与えてくれる。傍にいてほしいと望むのは、彼よりも自分の方かもしれないと感じた。

二人が抱える『孤独感』はどこか似ている。家族や共同体の中にいても、ずっと寂しく不安だった。居場所が、定まらない。そういう部分が共鳴したのだとしたら。

——光貴様に真摯に仕えよう。

この先彼が少しでも生きやすくなるように。そしていずれは葉月の助けが無用になるまで。

約束は、その時が来るまで必ず守る。

改めて心に誓い、葉月は光貴と共に廊下へ足を踏み出した。


光貴の一日は、朝六時の起床から始まる。

当然、葉月もそれに合わせて目を覚まし、朝餉の準備に取り掛かった。

だが別に葉月自ら炊事場で腕をふるうわけではない。他の女中が作ったものを盛り付けて、光貴の部屋へ運ぶだけだ。

他には茶を淹れ、洗顔や着替えの用意をして、新聞を渡すのが仕事だった。

「葉月はもっとゆっくり寝ていても構わないよ。今は暖かいから早く目覚めるけれど、寒い時期になると僕も八時頃まで布団から出られなくなる。寒いのは苦手でね」

「光貴様が朝寝坊するのは、想像できませんね。ですが私は早起きが得意ですし、仕事はちっとも大変ではありませんので、大丈夫です」

むしろ手持ち無沙汰なくらいだ。

葉月の役目は、光貴の身の回りの世話をすること。気難しいわけではない彼に仕えるのは、存外余裕があった。

それに洗濯や掃除などは、別の者がやってくれる。

葉月は最初、当然全て丸ごと自分がやるものと意気込んでいたのだが、光貴に『それだと僕の傍にいない時間が増えるじゃないか』と禁じられてしまった。

彼曰く、葉月の仕事はあくまでも光貴と共にいることだ。故に時間を持て余している。

――これじゃあ、とても役に立っているとは言えないわ。私と会話するだけではなく、もっと沢山の人と接する方が、光貴様の経験になるはずなのに……

そのためには不特定多数の人間と関わるのが好ましい。だが仮に買い物へ出ても、彼は店員を寄せ付けず、葉月が選ぶから接客はいらないと断ってしまうのだ。

更に滅多に外出をしない光貴は本を読んでいることが多く、葉月はその傍でじっと待っていることが主な役割だった。

合間に彼から振られた会話に応え、求められれば手を繋ぐ。それで終わりだ。

御堂家の屋敷に住み込むことになって、早一か月。

その間、葉月なりに頑張っている。しかし空回りしていると言っても、過言ではなかった。

何せ光貴本人に『現状を変えよう』とする気配がないのだ。それを父親である当主も黙認している。

使用人たちはと言えば、明らかに光貴から一定の距離をとっており、稀に邸内で顔を合わせそうになると、慌てて身を隠す始末。中にはその場に伏して、顔を上げない者までいる。

すると当然の帰結として、葉月も避けられがちになるのである。炊事場に顔を出せば、遠巻きにひそひそと囁かれるのが常だった。

――まるで腫物ね……

村で虐げられていた時と大差ない。

あの頃のように徹底的に除け者にされていなくても、眼が合えば逸らされ、擦れ違う度に気まずげにされ、自分が通りがかっただけで会話が途切れれば、いい気分はしなかった。

――嫌がらせを受けないだけマシなのかな……

遠くから陰口を叩かれる程度で済んでいるなら、気にしないのが得策かもしれない。それでも憂鬱になる心は止められるはずもなく。

葉月は無意識に深く息を吐いた。

「退屈なのか？」

向かいの長椅子に座っていた光貴に声をかけられ、葉月は我に返った。

彼の手には、分厚くびっしりと文字が並んだ本が広げられている。葉月はぼんやりと考え事をするあまり、自分が今、光貴と図書室にいることを忘れていた。

御堂家の洋館側には、膨大な蔵書が収められている。

この部屋の天井からは鈴蘭に似た形の電灯が吊り下げられ、床は寄木張り。書棚には見事な装飾が施されており、それ自体が芸術品のようだ。

どれもこれも、学がない葉月にだって目が飛び出るほど高価なものだと分かった。うかつに触ることも躊躇われ、先ほどから慣れない椅子の上にちんまりと座っている。

手持ち無沙汰の中、まるで西洋の城のようだと葉月は感嘆していた。尤も、西洋の城なんて見たことはないのだが。

「あ、すみません。退屈などでは……」

「葉月はあまり読書を好まないみたいだ。本には様々な情報が纏《まと》められていて、何かを知るにはとても手っ取り早いのに」

窓のない室内は、昼間でも電灯が灯っている。天井まで届く書架《しょか》がいくつも並び、部屋の中央に椅子と机が置かれていた。空気が停滞したようなこの部屋は、貴重な本が沢山集められているらしい。それこそたった一冊で、貧しい家族が一年暮らせるほど価値が高いものもあるのだとか。

「……お恥ずかしいのですが、私は辛うじて片仮名と平仮名しか読めなくて……ここにある本はどれも難しい漢字ばかりで、とても理解できません」

都会のお嬢さんならともかく、地方の女など最低限の読み書きを身に着けていれば、いい方である。

特に葉月は教育を受ける機会に恵まれていなかった。そんなことよりも家事や農作業に勤しむことを求められていたからだ。

「……ああ、そうか。だったら、これなら眺めるだけでも面白いと思うぞ」

立ち上がった光貴が、棚の中から一冊の本を引き抜いた。葉月も後を追い、それを受け取る。

さほど厚さはないのに、ずしりと重い。おそらく贅沢な紙を使っているのだろう。表紙は布張りの装丁で、箔押しの文字が並んでいた。

「これは……？」

「動物の図鑑だ。葉月は生き物が好きだったじゃないか」

「え？　そんな話をしたことがありましたっけ？」

確かに自分は動物が好きだ。爬虫類は苦手だが、哺乳類も鳥類も可愛いと思っている。

けれどそれを光貴の前で語った覚えはない。部屋の中で静かに過ごすことが多かったから、特に話題に上ることがなかったのだと思う。

互いに饒舌《じょうぜつ》ではなかったし、虚弱だった彼は女子の手遊びめいたものを好んだ。

つまり、おはじきやビー玉などだ。その他はもっぱら絵を描いたり、今のように光貴が本を読むのを傍で眺めたりしていた。

「……確か、庭に猫が迷い込んできた時があって、葉月がはしゃいだじゃないか。とても天気がよくて、三毛猫が日向ぼっこに子猫を連れてきた」

「私が？」

さっぱり覚えていない。それにはしゃいだと言われて、少なからず驚いた。

当時の葉月は、光貴の前で極力大人しくして、子どもながら粗相のないよう細心の注意を払っていたからだ。

──そんなことあったかな……？　社には野良猫が住んでいて、その子たちをよく愛でていたけど……でも当時私も七歳だもの。記憶が曖昧でも仕方ないのかもしれない。

「も、申し訳ありません。あまり覚えていなくて……」

「謝る必要なんてない。本当に葉月は隙あらば謝罪してばかりだ」

ふ、と笑んだ彼は瞳を伏せた。人工的な明かりの下で、光貴の長い睫毛が魅惑的な陰影を刻む。意図せず、葉月はじっと見入ってしまった。

──綺麗……

「……葉月が僕を見つめてくるなんて、特別だと思ってくれているからなのか？」

「えっ」

光貴から向けられた不意打ちの言葉と流し眼に、大仰な反応を返してしまった。

こちらにはそんなつもりはない。けれど凝視してしまったのは事実だ。

気恥ずかしさもあいまって、葉月は慌てて一歩下がった。刹那、背中が書架にぶつかり、嫌な軋《きし》みを立てる。

「あ……！」

「危ない！」

ぎっしりと本が詰められた棚は、葉月がぶつかった程度では倒れやしない。ただし、並べられていた本の数冊が、落下してきた。

どれも分厚くしっかりとした装丁のものばかり。中には、表紙の角を金属で飾っているものもある。頭にぶつかれば、それなりの衝撃があるに決まっていた。

――ぶつかる……っ
反射的に頭を庇《かば》って身体を縮め、葉月は身を固くした。強く目を閉じ呼吸が止まる。

「……？」

しかしいつまで経っても覚悟した痛みは襲ってこなかった。それどころか温かなものに包み込まれている。本が激しく叩きつけられる音を確かに聞いたのに。

恐る恐る瞼を押し上げ、葉月が現状を確認すると――

「……葉月、怪我はないか？」

「こ、光貴様……っ」

眼を見張る美貌がこちらを覗き込んでいた。小柄な葉月の身体は、すっぽりと彼の胸に抱えられている。光貴の片腕は葉月の頭上にあり、本がぶつかるのから庇ってくれたのだと悟った。

「も、申し訳ありません……！」

「ほら、また必要ないのに謝っている。まるで口癖だな。こういう時は『ありがとう』と言うのが正しいのではないか？」

「そ、そんなことを言っている場合ですか。腕を見せてください。ち、血が出ているではありませんか……っ」

おそらく表紙の金具が引っかかったのだろう。光貴の腕には一直線の傷が走り、そこから鮮血が滴《したた》っていた。

「すぐに手当てを……！」

「この程度、何でもない。すぐに治る」

「いけません。ちゃんと治療しないで化膿したら、どうするおつもりですか。私なんて、放っていただいて構わないのに……！」

己の失敗で、彼に傷を負わせてしまった。そのことに多大なる衝撃を受け、葉月の鼻の奥がツンと痛む。『私のせいで』と喉元まで出かかった。

――私と関わると、いつも光貴様は不幸になる――

「泣かないで、葉月」

光貴の指先がこちらの眼尻を伝い、初めて自分が涙を溢れさせていることに気づいた。

泣くなんて、何年振りか。色々諦めてしまってからは、感情を乱すことさえ億劫で忘れていた。だが一度溢れた涙は止まる気配がない。

「君に怪我をさせたくなくて僕が勝手にしただけだ。だが結果的に葉月が泣いてしまうなら、僕が間違っていた？　それなら、教えてほしい」

真剣な瞳には、葉月に対する気遣いだけが滲んでいる。もし自分が『光貴様の行動は過ちです』と告げれば、彼は謝りかねないのではないか。何一つ悪くはないのに。

「……いいえ。光貴様に非はありません。でも……私が辛いんです。貴方が私なんかのために傷を負うと……」

「罪悪感がある？」

その通りだ。過去の痛みがどうしたって思い出される。しかしそれ以上に、胸がきりきりと軋んだ。

「……難しい。葉月が嫌がることはしたくない。でも――僕はきっと今後同じことがあってもまた勝手に君を助けると思うよ。それで大怪我を負うことになったとしてもね。それから、『私なんか』なんて言わないでほしい。僕にとっては葉月よりも価値がある人間なんていないんだ」

彼が押さえている傷口から、赤い滴が滴り落ちた。

葉月は手巾《しゅきん》を取り出し、強く当てる。だが傷の範囲が広く、白い布はどんどん赤く染まってゆく。そのため、動揺する葉月は光貴の言葉を聞き逃した。

「とにかく、人を呼んできます。光貴様は座って、腕を高く上げていてください」

「分かったよ。だからもう泣かないでくれ」

とめどなく溢れる涙は瞬きで振り払い、どうにか嗚咽を堪え、葉月は他に人がいるだろう厨房に向かって走り出した。

――光貴様の腕に傷が残ったらどうしよう……っ
悪い想像はいつだって逞しい。最悪の事態を考え、恐怖が込み上げた。

――ううん。めそめそしないで、少しでも早くお医者様を呼んでもらわなくちゃ……！

ぐっと奥歯を嚙み締め、廊下を曲がった先で見つけた女中に声をかける。彼女は、慌てふためいた葉月の様子に驚いたようだが、すぐに医者を連れてきてくれた。

何でも御堂家が所有する土地の中には、医院もあるらしい。

そして結論から言えば、光貴の傷は数針縫わねばならないものだった。葉月にしてみればとんでもない大怪我だ。だが当の本人は興味もなさげに「そうか」と頷いただけ。

「だから何でもないと言ったじゃないか」

「縫うだなんて、何でもないはずないじゃありませんか……！」

涙で顔を歪めた葉月が言い返せば、彼はしげしげとこちらを見つめてきた。

「僕が心配だから、怒っているのか？」

「お、怒ってなんていません」

「心配なのは、否定しないんだな」

「当たり前です。光貴様が苦しむ姿なんて、見たいはずがありません」

人としては勿論、使用人としても当然のことだ。けれど強く言い切った葉月に、光貴はどこかうっとりと瞳を細めた。

「そうか……では葉月が泣いたのも、僕が心配だったから？」

「はい。光貴様に何かあれば、私は冷静ではいられません」

「罪悪感が理由？」

「それだけではありません。上手く言えませんが……とにかく嫌なのです。ここが苦しくなります」

言いながら、葉月は自らの胸へ手を当てた。

彼が自分を庇ってくれた時からずっと、同じ場所が痛んでいる。ただ理由は複雑だ。金《こん》輪際《りんざい》やめてくれと思うのと同時に、締め付けられる甘い疼《うず》きもあったからだ。

か弱かった幼馴染がすっかり逞しい背年に変貌し、まさか自分を助けてくれるなんて。しかも、誰からも見捨てられた葉月を、誰よりも大事に扱ってくれている。守られる喜びは、想像を絶していた。

——情緒がぐちゃぐちゃで、自分でも上手く説明できない……

光貴の治療が終わり安堵したのか、葉月の両眼から一層涙が溢れた。

「もう血は止まったのに、何故もっと泣くんだ？」

「安心したからです。骨や筋は傷めていないとお医者様がおっしゃっていましたし……」

「人は悲しくても悔しくても、嬉しくても泣く。本当に複雑だ」

「あ……」

光貴に手を引かれ、葉月はその場に膝をついた。畳に腰を下ろし、見つめ合う状態になる。

医師からはくれぐれも安静にするよう言われ、人払いした部屋には二人きり。

彼が怪我をした直後は屋敷の中が大騒ぎだったものの、今は再び静寂が戻っていた。特に光貴の部屋の周囲は静まり返っている。

物音も話し声も、葉月と彼が立てなければ、あるのは沈黙だけ。停滞した空気がざわりと揺れた。

「どうということはない。葉月が僕のために感情を昂らせるのは嬉しいけれど、悲しませたいわけじゃない。泣くなら、嬉し涙だけにしてほしい」

「ひゃ……っ」

頬を濡らす涙をぺろりと舐められ、葉月は文字通り飛び上がった。

言うまでもなく、そんなことはされたことがない。普通は、親にだって泣き顔を舐められることなんてないのでは。

しかしおかげで、涙は完全にとまった。驚愕《きょうがく》のあまり引っ込んだとも言える。

「な、何をなさるのですか……っ」

「美味しそうに見えて。甘いかと思ったら、しょっぱいんだな」

「味の感想なんて聞いておりません……！」

動揺のあまり、文句とも言えない苦情を申し立てた。

だが顔は真っ赤に染まり、どんどん全身が熱くなってくる。思考は纏まらず、心臓が大暴れし始めた。こんな状態では、頭が働くわけもない。

葉月ははくはくと唇を開閉し、潤む瞳を瞬いた。

「揶揄《からか》わないでください」

「揶揄ってなんていない。本当に長年疑問だったんだ」

悪びれた様子もなく、光貴は平然と宣った。あまりにも堂々としているものだから、こちらの方がおかしなことを言った気になる。しかしそんなはずはないと、葉月は思い直した。

「婦女子の顔を舐めてはいけません」

「特別な相手でも？」

「そ、それは……二人の問題かもしれませんが……」

「じゃあ僕らは構わないんじゃないか。葉月が恥ずかしいなら、人前ではしない」

まさかそれで譲歩しているつもりだろうか。唖然として、葉月は黙り込んでしまった。

その一瞬の間が彼を勘違いさせたようだ。

「二人だけの秘密だ。僕は約束を必ず守るから、安心するといい」

「え、あの……」

「ところで、しばらくは腕を使わないよう医者に言われた。葉月には日常生活で頼ることになると思う」

「あ、はい。当然、誠心誠意尽くさせていただきます」

端《はな》からそのつもりだ。さりげなく話題を変えられた気もするが、葉月は前のめりになって答えた。

これまで以上に光貴のために生きると、心に誓っている。彼が生活するのに不自由しないよう、自分にできることは何でもする所存だった。

「ありがとう。流石に箸を使うのは難しそうだ。食事の時は手伝ってくれ。早速、昼餉からお願いしたい」

「勿論です。任せてください」

つまり食べさせてくれと言われているのだと思い至り、葉月は少々動揺した。

勿論求められれば何でもする。だが光貴の口に食べ物を運ぶ様を想像し、不可思議な焦りが生じたのだ。

――そんなこと、弟が風邪をひいて寝込んだ時にしかしていないな……で、でも食事の介助なら、一日三回だもの。あと手伝った方がよさそうなのは着替えや洗面？　それなら今までとたいして変わらないわ。

さして身構えることもあるまい。そう己に言い聞かせ、葉月は何故かどきどきする心臓を宥めようとした。

過剰に思い煩っては、それこそ光貴に対して失礼になる――と考えたのだが、難題は昼食時に早速発生した。

「――お、美味しいですか？」

「ああ、とても。葉月が食べさせてくれるからか、いつも以上に美味だよ」

光貴は口内の煮物を咀嚼《そしゃく》し、飲み込むとにこやかに微笑んだ。

昼食として出されたのは、芋や人参、烏賊の入った煮物。海苔や卵焼きと漬物、それから白米と豆腐の味噌汁である。夕餉でもないのに贅沢にも焼き魚まで添えられている。

葉月の常識から考えれば、ご馳走と言っても過言ではなかった。流石は裕福な御堂家である。だが、問題はそこではなかった。

――今日は和食なのね……洋食の方が人に食べさせるには楽だから、そちらの方がよかったのに……

箸で食材を摘まみ他者の口元へ運ぶのは、なかなか骨が折れる。匙ならもう少し簡単だったのではないか。そう思うと、葉月はつい溜め息をこぼしたくなった。

まして魚を解すのは中々難儀だ。

葉月は丁寧に小骨を取り、せっせと光貴の口に魚を運んだ。その度に、彼の白い歯と赤い舌にドキリとする。

――まるで雛に餌をやっている気分。光貴様を鳥に例えるなんて、無礼千万だけど。腕の傷のせいで上手く指を動かせない彼の手助けをしているだけ。それなのに、背徳感が拭い去れない。

蠢《うごめ》く光貴の唇からどうしても眼が逸らせないからかもしれなかった。その上、嚥下《えんげ》の度に上下する喉仏の、なんと艶《つや》めいていることか。

「し、失礼します」

手元が狂い、彼の顎に煮物の汁が垂れてしまった。それを拭うため葉月は手を伸ばす。じっとこちらを見てくる光貴と眼が合って、殊の外息が乱れた。

じられた。

「つ、次は何を食べますか？」

「茶を一口飲みたい」

「は、はい。まだ熱いので、冷ましますね」

湯呑《ゆのみ》を手に取り、息を吹きかける。波紋が広がる表面が、さながら葉月の心象風景に感じられた。

——光貴様のお世話をするのが嫌なわけではないけれど……緊張する。

これまでも彼が食事をする際は傍について給仕していた。だがそれは機を見てお代わりをよそったり、食後の茶を準備したりするためだ。決してつきっきりで一口ずつ食べさせるためではなかった。

それも口元を拭いてやるに留まらず、湯呑や椀から汁物を飲ませてやるなんて。一歩間違えれば光貴に火傷をさせかねない。そう思うと、一時も気を抜けなかった。

「……あの、お待たせしました」

「ありがとう」

彼のすぐ隣に控えて、光貴の一挙手一投足を見守る。相手の体温を感じるほどの距離で、慎重に茶を彼に飲ませた。

湯呑を持つ葉月の手に、光貴の左指先が添えられる。痛々しい包帯が巻かれた右腕は、力なく下ろされており、完治までにはしばらくかかるらしい。それまではこうして、葉月が甲斐甲斐しく尽くすつもりだった。

──左腕は無傷だったけれど、やはり利き腕が使えないのは不便よね。

彼の腕は裂傷だけでなく、打撲もあった。重く硬い本は最早凶器に等しい。角が当たれば、かなりの衝撃になったのではないか。

そう思えば、頭にぶつからなかったのは運がいいと言えた。

──光貴様が守ってくださらなかったら、今頃私はどうなっていたのやら……

きっと鈍臭く大怪我を負った。彼を身代わりにしてしまったのは心苦しいものの、『助けてくれた』事実はやはり嬉しい。

葉月は絡まり合った感情を持て余し、光貴の口に魚を運んだ。

「ん」

「ぁ、骨でもありましたか？　どうぞ吐き出してください」

片眉を上げた彼に、葉月は自らの手を差し出した。そこに口内のものを出してくれと言ったつもりだ。だが光貴は笑顔で首を横に振った。

「問題ない。小骨くらい食べられる。あらゆる食物には感謝しなくては。毒でもない限り、全部ありがたくいただくよ」

「ですが、もし喉に刺さったら……！」

「そんな柔ではない。それに、葉月が与えてくれたものなら、仮に毒であっても僕は喜んで飲み干すだろう」

唐突に意味深なことを告げられ、葉月は瞳を揺らした。

手を差し出したまま動けない。ただ瞠目し、彼の視線に搦め捕られた。

「……冗談が過ぎます……私が光貴様に毒を盛るはずないじゃありませんか」

「ふふ。仮定の話だよ。でも半分は本気だ。もしも僕を害せる存在がいるとしたら、それは葉月以外にはあり得ない。古来より、最も信頼し心許した相手にしかなし得ないことだ」

「な、何のお話ですか？」

光貴が言っている内容が理解できず、葉月は固まった。彼がゆっくりと瞬いたことで動けるようになり、葉月は呪縛を解かれた心地になる。

ほっと息を吐くと、光の加減なのか、光貴の双眸が赤みを帯びて見えた。

「……？」

けれどそれはほんの一瞬。瞬き一つの間に消え失せる。葉月が次に焦点を合わせた時には、茶色い瞳を甘く細めた彼がいた。

「ご馳走様。今日の食事はこれまで食べた中で一番美味しかった」

「もういいのですか？」

「ああ。気持ちが満たされたからか、満腹になった」

満足げに腹を摩《さす》った光貴が、妖しく笑って足を崩す。どうやら本当に腹いっぱいになったようだ。

いつもより少ない食事量を不思議に思いつつ、葉月は膳を下げる準備を始めた。

「どこかぶつけたせいで、体調が悪いのではありませんよね？　それとも傷口が痛みますか？　お医者様にもう一度診ていただきましょうか？」

「葉月がそんなに僕を気にかけてくれるなら、怪我をした甲斐があったな」

「そういうことを冗談でも言わないでください。本当に肝が冷えたんですよ……！」

血を流す彼を前にして、意識が遠退きかけた。あの不安感を思い出し、葉月の口調がやきつくなる。しかし光貴は逆に口角を綻《ほころ》ばせた。

「ああ、今日は本当に気分がいい。葉月はこの家に来てからずっと遠慮がちだったけれど、今は少し気を許してくれたみたいだ。文句でも何でも、思っていることをぶつけてくれた方が黙っていられるより何倍もいいよ」

「あ……っ」

言われてみれば、これまで彼に反論するなど思いもよらなかった。強く言い返すなんて、もっての外だ。

それが今は感情に任せて苦言を呈している。葉月は自分の変化に驚いて啞然とした。

「もっと色んな葉月の姿を見せてほしいな。これからもよろしく頼む」

夢見るように光貴が告げる。

艶めいた空気が、二人の間に流れた気がした。

三章　残暑

「こ、光貴様……流石にこれは……っ」

覚悟を決めたつもりだったが、葉月は真っ赤になって眼を閉じた。何故なら瞼を上げれば大変な事態が視界に飛び込んでくる。

立ち込める蒸気が、余計に葉月の全身を火照らせた。

何せここは浴室。裸足の葉月は、濡れたタイルの上で足踏みした。

近年、個人宅に風呂を設けることが増えてきているが、それでもかなり裕福な者の特権である。

盥《たらい》の水で身体を拭くだけだった葉月からすると、御堂家の湯を沸かせる設備や、おしゃれな浴室内装、広々とした湯船は驚愕だった。

使用人であり、掃除などを免除されているため、これまで葉月は家族用の風呂場に足を踏み入れたことはない。

だから、『腕が不自由だから入浴を手伝ってくれ』と光貴に言われ、深く考えることなく従うことにしたのだが。

——てっきり背中を流す程度のことだと思っていたのに……っ
予想に反して、最初から最後まで全部という意味であったらしい。

つまり着物の脱ぎ着は勿論、洗髪、全身まで。

背中どころか身体の前面を洗うことも求められ、葉月は慌てて眼を瞑《つむ》ったところだった。

しかしよく考えてみたら、片腕を極力動かさないよう言われ、むやみに濡らすことすら禁じられているのだ。一人で入浴は困難に決まっている。

彼が怪我をした日から三日。当日と翌日は入浴を控えるよう医師に告げられていたものの、この蒸し暑い陽気の中、三日目にして光貴は限界を迎えたらしい。

自ら医師と交渉し、数日ぶりの入浴を許可された次第だった。

「あ、あの、湯船に浸かるか、後ろを向いてください」

「それではちゃんと洗えないじゃないか」

全くもってその通りなのだが、生娘の葉月には刺激が強過ぎる。

堂々と裸体を晒す光貴を前に、完全に臆してしまった。彼にしてみればただ身を清めたいだけだろうが、こちらはとても冷静でいられない。

どうしたって見事な肉体美に眼が奪われそうになる。決して痴女ではないと己を戒めても、平然としているのは不可能だった。

「背後から、洗わせていただきますから……」

「それだと葉月の着物が濡れてしまうよ？」

脱衣所内から「ちょっと来てくれ」と光貴に呼ばれ駆け付けた際、ちらっと一瞬目撃してしまった彼の肢体は、それはもう見事なものだった。

着痩せする質なのか胸板は厚く、広い。あれでは抱き着くくらいの勢いでなければ、背中側から身体の前面を洗うのは難しいに違いない。

とはいえ、正面から対峙するのは無理な話である。どうしたって諸々見てはいけないものが、眼に飛び込んでくるに決まっていた。ならば葉月が選択できる道は一つだけだ。

「平気です。乾かせばいいだけです」

「君がそう言うなら、僕は構わないが」

気配と物音で、光貴が後ろを向いてくれたのが伝わってくる。葉月は恐々《こわごわ》薄目を開け、暴れる心臓を懸命に宥《なだ》めすかした。

――光貴様は使用人に裸を見られても何でもないのでしょうけど……私ははしたなくもどきどきしてしまう……っ
こちらにしてみれば、彼は雇用主以前に同じ年の男性だ。それも尋常ではなく整った容姿の。しかも葉月が怪我をしないよう庇ってくれた恩人でもある。

まるで意識するなというのは無茶だ。上気する頬は、意志の力だけでどうにかなるものではない。

「し、失礼します……」

できるだけ何も考えないよう心掛け、葉月は石鹸を泡立てた。

まずは染み一つない、逞しい背中から。泡を滑らせて洗ってゆく。滑らかな質感に息が乱れたのは秘密である。

「もっと強く擦ってほしいな。二日も風呂に入れなかったから、気持ち悪くて」

「こ、光貴様は綺麗好きですね」

「穢《けが》れは溜めたくないだろう」

「私にしてみれば、毎日入浴できるのは贅沢ですけど……」

頭の片隅で、力強く擦られたいのなら、葉月ではなく男性に介助を依頼した方がよかったのではないかと思った。同性同士の方が気も楽ではないのか。

もっともそんなことを言える立場ではないし、彼が葉月以外を近づけたがらないのはよく分かっていた。

——……光貴様には性別なんて関係なく、すべからく『使用人』でしかないから、気にならないのかもしれないわ。

下働きの者を人間扱いしていない主人がいることを、葉月も知っている。

そういう人にしてみれば、使い勝手さえよければ道具が男性か女性かなど、些末な問題だ。よもや光貴も……と嫌な考えが過り、慌てて否定した。

——いいえ、光貴様はそんな人ではない。この方は昔からあまり心を開かない方だもの。私を信頼してくれたから、他の誰かに任せるよりもいいと思ってくださったのよね。

そう考えれば、指名されたことが誇らしくもある。

荒ぶる鼓動から強引に意識を逸らし、葉月は手拭いを動かした。

「流しますね」

「ああ、頼む」

手桶で浴槽の湯を掬《すく》い、葉月は彼の背中を覆う泡を流した。すると見惚れずにいられない滑らかな肌が、輝きを増して現れる。

水滴が瑞々《みずみず》しく弾け転がり、ほんのり上気し蠱惑的《こわくてき》に濡れ光る。

逞しい骨格や筋肉が余すところなく見て取れて、葉月は無意識に喉を鳴らした。

卑猥《ひわい》な感情なんて持ち合わせていないのに、瞬きすら忘れて見つめてしまう。抗えない強制力で、葉月の視線は光貴の背中へ釘付けになった。

——暑い……

ここが浴室であることだけが理由ではない。

体内から、燃えるような熱源を感じた。それは腹の底から、奥深い場所でじりじりと葉月自身を焦がしていった。

「他の場所も洗ってくれ」

「は、い……あ、さ、先に洗髪しましょう。私ったら順番を間違えてしまいました。まず上から洗っていかないと、泡が残ってしまうかもしれませんものね」

完全に言い訳だ。葉月自身は確かに身体の前に頭を洗うが、それは別に世間的な決まり事ではない。

皆それぞれ、自分なりの手順があるだろう。しかも通常、身体はともかく洗髪なんて多くても週に一回程度の頻度だ。男性でもよほどの綺麗好きで二、三回か。

故に唐突かつ中途半端な順序で洗髪を提案したのは、時間稼ぎに過ぎなかった。

「では、頼む。頭の中も汗をかいて、気持ちが悪かったんだ。人間は特別汚れることをしなくても垢が溜まっていくから、厄介だな」

「おかしな物言いをなさいますね」

いくら家の中に籠って労働を避けていても、生きている限りは完璧な清潔を保てない。

それはごく当たり前のことだ。

だが光貴のうんざりとした言い方に、葉月は苦笑した。

「まるで人でなければ、ずっと綺麗なままでいられるとおっしゃっているみたいです。家猫だって、熱心に毛繕いしないと清潔を保てませんよ。生き物はすべからく、努力しないと汚れてゆくのです」

「ふふ、葉月の言う通りだ。……生きている限り、皆同じだ」

「眼を閉じてください。お湯をかけますね」

手桶に汲んだ湯で光貴の頭部を濡らす。

色素が薄めの髪は、濡れたことで色味を濃くした。少し長めの柔らかな毛先から雫が垂れる。葉月の足元にも落ち、爪先を湿らせる僅かな刺激に、きゅっと心臓が疼いた。

庶民には貴重な髪洗い粉を水に溶かして髪に塗《まぶ》し、彼の地肌に擦り込むように馴染ませる。指で圧をかけると、気持ちがいいのか光貴が吐息を漏らした。

「……上手だな」

「あ、ありがとうございます」

褒められたことは嬉しい。けれど余計に鼓動が乱れた。

無防備な体勢で、葉月に全てを預けてくれる彼の期待に応えたい。もっと認められたいと強く感じる。

真剣に手指を動かし、自分の髪を洗う時よりも熱心に、光貴の頭を揉み解《ほぐ》した。指に絡まる髪が奇妙な愉悦を与えてきて、段々平静を装うのが難しくなってくる。

それを悟られたくなくて、表向きは一所懸命洗髪に集中した。

実際には、油断すると呼気が乱れてしまいそうで、息を吐き出すのも慎重にならざるを得なかったのだが。

毛を傷めないよう気を付けつつ、根元から毛先に向かって梳る。滑らかな感触が、とても気持ちよかった。

ずっと触れていたいと馬鹿げたことを考えて、葉月はすぐに打ち消す。

主に怪我をさせた上、いったい自分は何を浮かれているのか。余計なことは考えまいと戒めることそのものが、愚かさの証明だ。

もし両手が開いていたのなら、自らの横面を思い切り叩きたい。葉月は内心秘かに反省し強引に思考を切り替えると、煩悩諸共洗い流すため濯《すす》ぎに取り掛かった。

「……お湯をかけますね」

いっそ、自分の中にある醜いものも浅ましさも一緒に流せたらいいのに。

石鹸や髪洗い粉では、人の見えない汚れまでは落としきれない。いつまで経っても内側にこびりついたままだ。それこそ、生きている限り溜まってゆく垢と同じ。

何か特別汚れる真似をしなくても、歳を重ねるにつれ黒いものが堆積してゆく気がした。

人間は業が深い。何故生まれた時と同じ無垢でいられないのか。

――身の丈に合わない欲を捨てることができたなら、楽なのに――

「……ああ、さっぱりした」

光貴の弾んだ声にはっとして、葉月は背筋を正した。背中を向けている彼が振り返り、にこりと笑ったことで、どんな表情を返せばいいのか一瞬見失う。

ぐるぐると思い悩む心の内を、覗き込まれた錯覚に襲われたためだ。

「そ、それはよかったです」

「では腕や前も洗ってくれ」

「……っ」

一時的な時間稼ぎは、あっさりと終了を告げられた。

もう適当な言い訳も思いつかない。一人で意識している自分がおかしいのだと言い聞かせ、葉月はぐっと奥歯を噛み締めた。

「……かしこまりました。それでは――」

極力頭を空にして、これは作業だと自己暗示をかける。

大根を洗うのと大差ない。目的は垢を落とすことのみ。馬鹿げた恥じらいなんて、全く無意味だと心の中で繰り返した。

泡を塗した手拭いを持ち、光貴の背後から自らの腕を回す。彼の右腕を上げてもらったのは、万が一にも包帯を濡らさないようにするためと、そうしなければ葉月の腕の長さではとても光貴の胸の中央まで届かなかったからだ。

「……っ」

無理な体勢のせいか力が入らなくて、上手く手を動かせない。それとも己の鼻息が彼の肌を掠《かす》めてしまいそうで躊躇っているせいか。

どちらにしてもぎこちなく動くことしかできず、葉月は焦りと羞恥心に苛まれた。

「……擽《くすぐ》ったいな。もう少し力を入れてくれ」

「は、はい」

そうしたいのは山々だが、いざ言われた通りにしようとすれば、もっと密着せざるを得ない。今でさえ、あと少しで葉月の胸は光貴の背にくっついてしまいそうだった。これ以上となれば、完全に抱き着いているのと変わらないではないか。

しかも相手は裸。こちらは着物を着ている。以前抱きしめられた際は、二人ともきちんと服を纏っていた。あの時よりも更に互いを隔てるものがない状況が、淫らな眩暈を引き起こした。

――のぼせてしまいそう……っ
どうすればいいのか分からなくなり、全身の火照りが加速してゆく。

沸騰しないのが不思議なほど煮詰まった葉月の頭は、すっかり役立たずになり果てた。

「……やり難いだろう？　やっぱりそちらを向こうか。心配しなくても、下は手拭いで隠している」

「……っ、ぁ、ああ、そうですよね。か、隠していらっしゃいますよね」

考えてみれば当然だ。

いくら光貴に疚《やま》しさが欠片《かけら》もなく堂々としていても、他人に裸体を見られたいはずもない。たとえ怪我のせいで仕方なくであっても、彼ならば最低限配慮してくれたに決まっていた。

――私ったら、そんなことも思いつかないなんて……どうかしている。

自分に後ろめたいところがあるから、思考が歪むのかもしれない。だとしたら、一層平静を装わなくては。

ふしだらな気持ちを見透かされたくなくて、葉月は素早く立ち上がり、座る光貴の前方へ移動した。

彼の言葉通り、脚の付け根は手拭いで覆ってくれている。

葉月は安堵すると共に、頼りない布一枚の防壁が卑猥に見える己を恥じた。

――下を見なければいいのよ。

顎を上げ、無表情を取り繕う。頬が赤く染まっているのは、浴室に籠る熱のせいだと自分自身に言い訳した。あくまでも蒸しているから。他に理由があってはならない。考えることも避ける。

あまりにも強く握りしめた手拭いが、ぎりっと軋みを上げた。

「あ、洗いますね……」

光貴の前にしゃがみ込み、葉月はか細く呟いた。

けれど下へ視線はやれない。さりとて上を向けば、彼と眼が合ってしまう。できるのは、ひたすら正面に目線を据えることのみ。

しかしそれは、光貴の胸板を直視するということだった。

——どきどきして、苦しい……

手を震わせないことが精一杯。もっと分厚い手拭いを用意すればよかったと後悔する。こんな薄い布一枚では、生々しく彼の肢体の造形を感じ取ってしまう。

張りのある胸筋も。凹凸のある腹の隆起も。太い腕は、服の上からではとても分からない逞しさだ。筋が浮き、ごつごつしている。それでいて匂い立つほど蠱惑的だった。

「……葉月、脚も」

「……っ」

いつまでも上半身ばかり擦っていたところで、お茶は濁せない。

いよいよ逃げ道は塞がれた。漏れ出た呼気は、明らかに潤んでいる。

平常心、と呪文のように繰り返し、葉月は光貴の右脚の脛《すね》に触れた。

硬くて、滑らかであり、力強い。女性が持ちえない特徴がいくつもある。

爪先から次第に上へと手拭いを滑らせ、丹念に泡を塗してゆく。膝から上へ移動する時には、喉がからからに渇いた。

太腿《ふともも》から先は言うまでもない。怖気づき、何事もなかったかのように左足に移ったのは、『逃げた』と責められても仕方なかった。

「……葉月？」

優しい声音が、今はまるで命令だ。

早くと先を促されて、どうにか退路を探るも、全て徒労に終わった。

彼が求めていることは、たった一つ。早く『全て』洗ってくれと命じられている。柔らかく温和な声で。態度だって決して強引なものではない。

こちらの自由意思に任せていると言っても、完全なる過ちではなかった。あくまでも表向きは。

今や、呼吸もままならなくて息が苦しい。

強く握りしめ過ぎたせいで、葉月の拳は白くなっていた。それでも力を緩めることができないのは滑稽だ。

ひょっとしたら何かに縋りたい気持ちの表れかもしれない。

こんな手拭い一枚で何が救われるわけではなくても、手放すのが怖いだなんて。

は、と音にもなり切らない一息が喉を震わせる。

残されているのは、光貴の膝上から脚の付け根。頼りない布で隠されている範囲のみ。

清潔を保つなら、そここそ絶対に無視はできない。激しい葛藤の末、葉月はゆっくりと光貴の中心へ手を忍ばせた。

引き締まった腿は、特に筋肉の発達が伝わってくる。じっくりと見る勇気はなくて、葉月は薄眼になり、わざと焦点をぼやかした。

しかしその分、掌から伝わる感触がより鮮明になったのは想定外だ。たかが布一枚の隔たりでは、他者の温もりが滲んでくるのも遮れない。

五感の全てが彼の存在を感じ取るために存在していた。

しかも視覚を抑えたことで他の聴覚や触覚が途轍もなく鋭敏になる。普段なら気に留めない物音や変化も、驚くほど大きく葉月を揺さぶった。

──心音が煩い。これは──私の心臓の音？　それにいつもは体温が低い光貴様も、随分火照っているような……

軽く両脚を開いて座る彼の前へしゃがみ込み、前傾姿勢になる。邪念を追い出そうとするあまり、葉月は距離感を見誤った。

不意につむじに風を感じ、反射的に顔を上げる。するとこちらを見下ろす光貴の瞳とかち合った。

赤い。頬でも身体でもなく双眸が。

ひゅっと喉奥で掠れた音が鳴り、それが自身の驚きの声だと気づくには数秒を要した。

搦め捕られた視線が異常に熱く、葉月の判断力さえも蕩《とろ》けさせたからだ。

――ううん……私の見間違い？　いつも通りの優しい茶色だ……

つい先日も、どこかで彼の眼の色に驚いたことがあった気がする。けれど思考力は鈍麻していた。思い出そうとしても、一向に頭が働かない。心臓の音が乱打して、耳も役立たずになってしまった。

それでいて、光貴の呼吸音や彼の髪から滴る水滴の音だけは、葉月の耳に飛び込んでくる。

何も考えられず、見つめ合ったまま。

時間にすれば、さほど長いものではないはず。精々十数秒。だが永遠に感じられた。

「……石鹸を泡立ててくれれば、そこは自力でどうにかする。風呂から上がったら、身体を拭くのと寝間着を着るのは手伝ってくれ」

「は……は、い」

拍子抜けした。

てっきり本気で『全て』任されると思っていた。光貴もそれを望んでいるのだと。言葉にしなくても雰囲気や態度で命じられていると、こちらが勝手に勘違いしていたらしい。

――は、恥ずかしい……っ、光貴様はご自分では手が届かない、不自由な部分を補ってくれという意味でおっしゃっていたのに……！

危うくとんでもない部分へ手を突っ込むところだった。あと一歩彼の制止が遅かったら、主に対して破廉恥な暴挙に及んだと糾弾される事態に陥りかねなかった。

確か光貴の父親は、以前息子が世話係に懸想され厄介な事態になったと言っていたはず。そういういざこざを避けるために葉月が連れてこられたのに、この為体《ていたらく》。最悪、誤解を受け御堂家を追い出されてもおかしくないではないか。

「そ、それでは仰せの通りにいたします」

真っ赤になった顔を伏せ、葉月は一度手拭いを洗い、再び石鹸を擦り込んだ。手桶には新しく湯を汲む。

大急ぎで準備を整え、まさに逃げ出すつもりで浴室から飛び出した。

これ以上この場に留まれば、必要のない醜態を晒しかねない。余計なことを口走りそうで、脱衣所の扉を閉めた瞬間、葉月は何度も深呼吸した。

すると新鮮な空気が肺を満たし、僅かながら冷静さを取り戻せた。

すっかり沸騰しかかっていた頭も、少しずつ冷えてくる。空回りしていた思考力は段々落ち着き始めた。

——完全に惑わされていた……

空気に。雰囲気に。何よりも光貴が醸し出す何かに。酩酊《めいてい》し、操られていた錯覚もある。

全ては彼の望むまま。支配されることへ疑問が湧かないどころか歓喜すらあった。

——もっとも全部、私の思い込みだけど……

眩暈の余韻で足元がふらつく。本当にどうかしていた。あの光貴に限って、葉月に淫らな要求をするわけがない。いや、ただ身体を清めていただけで、淫らだと思うことがもう、認知の歪みだった。

――光貴様はきっと、私の戸惑いを見抜いていらしたんだわ。だから最後は自分でやるとおっしゃったのよ。それなのに私は、みっともない……これからどんな顔をしてお会いすればいいの……

自己嫌悪で全身が重くなる。

しかしいつまでもぼうっと落ち込んではいられず、葉月は自らの頬を二度叩いた。気合を入れ直して、煩悩を振り払う。

彼にこれ以上気を遣わせないよう、切り替えなければ。自分が御堂家で働くのは、光貴に一般的な感覚を身に着けてもらうためだ。それなのに葉月が『常識』を逸脱していては、本末転倒ではないか。

今一度己の役目を胸に刻み、葉月はもう一度強く頬を叩いた。

どこかで、何かが畳を這う音が聞こえた。

それとも重みのあるものを引き摺っているのか。

夢現の中、葉月の聴覚が聞き慣れない音を拾う。だがどこか懐かしさも滲む、不思議なもの。

ずず……っと控えめな物音は、少しずつ移動している。初めは離れていたそれが、段々接近してくると、冷気めいた風が葉月の瞼を撫でていった。

「……？」

怯えか。安堵か。

浮かんだ感情は自分でもはっきりしない。あまりにも眠気が勝り、瞼を震わせるのが精一杯。葉月がほんのりと顔を歪ませると、『それ』の気配は遠退いていった。

……夢の中から意識が浮上する。まだ室内は暗い。おそらく夜明けまでには数時間ある。いつもなら朝までぐっすり眠れる葉月が、こんな刻限に起きるのは珍しい。自分でも不思議に思いながら、暗闇の中で瞬いた。

――……光貴様の入浴をお手伝いして、気が昂ったせいかな……

あれから必死に平静を保ったけれど、内心は千々に乱れたままだった。彼の顔はとても見られず、素っ気ない態度をとらないようにするのが精々。

言葉少なに仕事を終え、いつもよりやや早めに自室へ引っ込んだ次第だ。と言っても、葉月の部屋は光貴と襖一枚しか隔たってはいないのだが。

――私ばかり動揺して、本当にみっともないわ。光貴様は全くもって普段とお変わりなかったのに……

おそらく、何も気に留めていない。彼にはその程度のことなのだ。

だが葉月は、瞼に焼き付いてしまった光貴の裸身が、眼を閉じる度に浮かぶから厄介だった。

その上、掌には未だ感触が残っている。彼の肩の形、背中の広さ、胸や腹の硬さも。

それらが意思とは無関係に何度も思い出されるものだから、葉月の眠りを妨げていた。

――眼が冴えちゃったな……

寝返りをうち、嘆息する。刹那、先ほど耳にした『ずず……』という異音が夜を震わせた。

「……？」

どうやら夢でも気のせいでもなかったらしい。

得体の知れない物音は、一度気になりだすとつい意識が追ってしまう。完全に眼が覚めてしまったのなら、尚更だ。

音の出所が気になって、葉月は半身を起こした。

今夜は残暑が厳しい。

誰かが窓を開けて寝ているのかもしれない。だとしたらそこから虫や、もっと悪ければ蛇が入り込むこともあり得るのでは。

考えたくもない可能性で、背筋が冷える。しばし逡巡した後、葉月は暗がりに視線をさまよわせた。

——どうしよう。確かめた方がいい？　でも……

このままでは安心して眠れないが、もし想像したものがこの部屋に侵入していたら、見たくないのが本音だった。端的に言えば、怖い。

葉月は爬虫類が苦手なのである。虫はまだしも、小さな蜥蜴《とかげ》であっても勘弁願いたかった。

もう一度音が聞こえたら確認しようと決意し、注意深く耳をすませる。しかしせっかく勇気を振り絞ったのに、そこから『何かを引き摺《ず》る音』はぴたりとやんだ。

代わりに聞こえてきたのは。

「……っ」

男の、低い呻《うめ》き声。光貴の声だと気づいた瞬間、葉月は隣室へ声をかけた。

「こ、光貴様……起きていらっしゃいますか？」

返事はない。だが今度は、まるで苦しんでいるかのような荒い呼吸音が漏れてきた。

「光貴様？　し、失礼いたしますね」

これは何か大変なことが起きていると思い、葉月は部屋を隔てる襖を開けた。

こんな深夜に彼の部屋へ足を踏み入れたことは一度もない。いつだって、一日が終われば翌朝まで顔を合わせないのだ。

光貴は当初『自分が呼んだらすぐ駆け付けるように』と葉月へ告げたが、そういうことはなく、だったら他の使用人と同じように葉月も女中部屋や離れで寝起きすると申し出ていた。

しかし聞き入れてもらえず、今日までずるずると分不相応な待遇を受けてきたのだ。

「光貴様……？」

窓は勿論、雨戸がぴったりと閉められているため、月明かりは届かない。一切の光源もない室内は漆黒に沈んでいた。

眼が慣れず、葉月は手探りで前へ進む。

何かに足を引っかけて転ばぬよう、慎重に歩を進めた。その間にも、彼の押し殺した呻きが漏らされ、焦燥が募る。

悪夢を見ているのなら起こさなくてはならないし、どこか不調ならば医者を呼ばなくてはと、部屋の中央に敷かれた布団へにじり寄った。

「光貴様、大丈夫ですか？」

横臥《おうが》した彼は背を丸め、眉間に皺を寄せていた。触れた額は汗が滲んでおり、魘《うな》されている。暗闇の中でも、苦しげなのは明らかだった。

「光貴様、眼を覚ましてください。まさか腕が痛むのですか？」

ひょっとしたら傷が悪化したのかと思い、肝が冷えた。だとしたら、きっと入浴したことは無関係ではない。あの後、消毒して包帯を替えたのは葉月だが、何か失敗したのだろうか。

――お医者様を呼ぶ？　でもこんな時間に来ていただけるかしら……

葉月は光貴の肩を揺すり、彼の耳元で声をかけた。

「光貴様……！」

「……んぅ……は、葉月……？」

彼が睫毛を震わせ、数度瞬いた。未だ眼が覚め切らないのか、茫洋《ぼうよう》とした視線をこちらに向けてくる。

それでも乱れていた呼吸は僅かに落ち着き、激しく上下していた胸は平素の状態に戻りつつあった。

「何かありましたか？　お水を飲まれますか？」

「いや、大丈夫だ……――僕は魘されていた？」

「はい……とても苦しそうだったので、申し訳ありませんが起こさせていただきました」

「はは……ちっとも君は悪くないのに、また謝るのか？　むしろこっちがお礼を言うべきじゃないか」

冗談めかした光貴の発言に、葉月はほっとした。

心配したひどい状況ではなく、たまたま悪夢を見ていただけのようだ。深呼吸した彼は起き上がり、布団の上で胡坐《あぐら》をかいた。

「嫌な汗をかいてしまったな」

「身体を拭きますか？　手巾を持ってまいります」

「いや、いらないよ」

立ち上がりかけた葉月の手を、光貴が掴んだ。そのせいで体勢を崩し、葉月は彼の胸へ倒れ込む。気づいた時には、完全に身を預けた状態になっていた。

「も、申し訳ありません……！」

慌てふためいて姿勢を正そうとしたが、その前に葉月の肩は光貴に抱かれた。大きな掌がしっとりと圧を加えてくる。

寝間着越しの接触は、艶めかしい。それも時刻は深夜で布団の上。

ひと気のない二人きりの空間は、一気に淫靡《いんび》なものへ変化した。

「こ、光貴様……？」

「とても嫌な夢を見たんだ……不愉快で恐ろしかった」

小刻みに震える彼の腕は、蒸し暑い夜に心地いい冷たさを帯びていた。

むしろ葉月の方が、体温が高く汗ばんでいる。これまではたいして気にもならなかったのに、葉月は急に汗臭さが心配になり唐突な羞恥を覚えた。

「あ、あの……横になられた方がいいですよ。まだ朝まで時間がありますし、休んでください」

「しばらく傍にいてくれないか？」

「えっ？」

昼間であれば、特に悩むことなく葉月は二つ返事で引き受けた。けれど今この瞬間は、迷わざるを得ない。あまりにも意味深で、常識からかけ離れていた。

「と、隣の部屋に控えております」

「……それでは足りない。とても飢《う》えているんだ」

「……？　お腹が空いてらっしゃるのですか？　でしたら何か軽食を持ってまいりましょうか」

このところ、暑さのせいか光貴の食欲が落ちていた。

特に怪我以降、葉月が初めて食事の介助を引き受けた辺りから、膳を残しがちになっているのだ。

「食べても、本当の意味で腹は膨れないよ。食物では満たされないものが餓《かっ》えているから」

彼の言いたいことが不可解で、葉月は惑いを浮かべた。

食事が口に合わないという意味ではないだろう。御堂家の台所を預かる者は、腕がいい。

それに光貴は嫌いなものに一切手を付けないので、好むものを出すよう当主から厳命されているはずだ。

「あの……それでは光貴様がお望みのものを用意いたしましょうか……？」

それくらいしか葉月に解決策は見つからなかった。

暑気に中《あた》り弱っているなら、身体に優しいものがいいかもしれない。それとも滋養がつくものか。夏場に喉を通りやすいものは何だろうと葉月が考えていると、彼は皮肉げに口角を歪めた。

先ほどよりもかなり眼が暗闇に慣れてきている。おかげで、光貴の複雑な表情が見て取れた。

「葉月、僕のために何でもしてくれる？」

「それは……勿論です。私はそのためにここにおりますから」

僅かに彼の両眼が細められ、どこか鋭さを帯びた。突如、煩かった虫の鳴き声がぴたりと止まる。

窓と雨戸を閉めていてもお構いなしに響いていたのが一転、静寂に支配された。

空気が張り詰めたと感じたのは思い過ごしだろうか。緊張感を孕み、暑さとは別の理由で滲む汗が葉月のうなじを伝った。

そこへ光貴の手が這い、思わず大仰に肩を強張らせる。

「……っ、こ、光貴様……？」

「こういう弊害が出るとは、想像もしていなかった。本当に人はどれだけ長く見知ったつもりでも、常に新鮮な驚きをくれるな」

「え……？」

困惑する葉月は身動きできず、笑顔と呼ぶには翳りを帯びた彼の表情を見返した。

「……十年振りの生活は、色々想定外の事態が起きるということだよ」

こちらの疑問に答えたつもりなのか、光貴が告げる。だが解答のようで、そうではない。さりとて葉月も、自分が何を問いたいのか明確に分かっているとは言い難かった。

「気力が衰えてしまったようだ。英気を養わせてくれないか？」

「私にできることでしたら……」

疲れを癒したり労わったりするくらい、乞われなくてもするつもりだった。

何でも申し付けてくれという気分で、葉月は姿勢を正す。布団の上で男女二人が手を握り見つめ合っていることの意味を、考えることなく。

生温い空気が揺れる。

じっとりと湿度を孕み、肌に纏わりつく。墨めいた夜の闇が騒めき出し、いつの間にか葉月の耳には再び虫たちの声が届いていた。

「……抱きしめさせて」

耳元で彼に囁かれ、仄かな振動に全身が打ち震えた。

肌や耳孔から妖しい薬を注がれた気がする。痙攣《けいれん》に似た戦慄きは、光貴の逞しい腕で抱き竦められ、押さえられた。鼻腔一杯に彼の香りが広がり一気に酩酊感が高まれば、何故か葉月の全身から力が抜けた。

こちらの首筋に光貴の顔が埋められ、湿った呼気が吹きかけられる。

寝間着一枚では、体温も形もまざまざと伝わってきて、肌が直接密着する部分は、しっとりと重なった。

指一本、不用意に動かせない。

少しの変化で、絶妙な均衡が崩れてしまいそうで怖い。

呼吸もままならず、葉月は唇を蠢かせ、その都度何も発せずに引き結んだ。

もはや虫の声は聞こえているが意識に上らない。彼から伝わる感覚以外が遠退いて、遠い世界の出来事のよう。全て現実感がなく、夢かどうかも曖昧になった。

「……僕が怖い？」

「こ、光貴様を恐れたことなんて、一度もありません……」

それは紛れもない本心だ。時折委縮させられても、彼に対する信頼感は絶対だった。

幼い頃は憐れみや庇護欲が勝っていたが、今は包容力があり、優しくて努力家の尊敬できる人だと思っている。仕えることができて、自分は幸運だとも。

そんな気持ちを伝えたくて、葉月は躊躇っていた手を持ち上げ、光貴の背中に回した。

「……嫌な夢を見たなら、人恋しくもなりますよね」

かつて弟妹が夜中に泣きながら抱き着いてきたのを思い出し、葉月は彼の背をとんとんと叩いた。

ほんのりと懐かしい気持ちになる。

だがそれは、淫靡な空気に傾くのを恐れるからでもあった。

敢えて無垢だった過去の遣り取りを思い起こすことで、気を逸らしている。何より自分自身が妙な思考に囚われないよう、律していた。

「私がお傍にいます」

「ああ……葉月はここにいる。――……でも、もっと近づきたい」

「ぁ」

強く抱き込まれたまま、重心が後ろに倒れた。

押し倒されたのだと理解したのは、光貴の向こうに天井が見えたからだ。

背中は、上等の綿が詰められた布団に支えられている。つまり葉月は、仰向けに転がっていた。

艶めいた眼差しに見下ろされ、愕然としたのは言うまでもない。瞬きも忘れ、時が停まったのかと訝った。

「……葉月、直接触れたい」

「……ぁっ」

寝間着の襟から、ほんの少し彼の指が侵入した。胸の裾野に僅かながら触れている。

大きく息を吸い込めばその分胸が上下して、より光貴の手に掠めそうで、葉月は咄嗟に息を詰めた。

けれどずっと止めてもいられない。しばらくの逡巡の後、緩々と漏らした吐息は淫猥な色を帯びていた。

光貴の手は、やはりひんやりしている。正直に言えば、火照る肌には心地いい。

だがこのまま受け入れてはならないことくらい、葉月にも分かった。

——光貴様を誘惑した世話係と、私も同じとみなされてしまう……！

戻ってからの一年間、記憶をなくし不安を抱えていた中、常に傍にいる使用人に裏切られた彼は、いったいどんな気持ちだっただろう。

献身的に尽くしてくれると思っていたのに、それが欲情を孕んだものだったなんて、嫌悪感を抱いても不思議はなかった。

まして光貴はある意味精神的にまだ幼い面がある。

いくら実年齢は十八歳で、知識や教養を備えていても、彼の中には『十年間の普通の生活』が残っていない。それ故、人との距離感を学べなかった。本来なら自然に育める感覚が抜けているのだ。

　一方では成熟していても未熟な核を抱えた、そういう不安定な状態だと、葉月は思っている。ならば光貴のために自分がすべきことは、『当たり前』や『常識』を伝えることだ。たとえ心のどこかで、流されてしまいたいと願っていても。

「い、いけません。光貴様。こういうことをしては駄目です」

「……二人きりなのに？」

　手を繋いだり抱擁したりすることの延長線上だと考えているのか、彼は納得できない顔をした。

　第三者の眼がなければ、本気で問題ないと捉えているらしい。だとしたらそれはとんでもない間違いだと教えなくてはならなかった。

「その、こういった行為は特別な関係にある者がすることです。友人よりも親しくて、誰よりも大事な人と……」

「だったら僕にとっては葉月だ。君以上に大事な存在なんてない」

　まっすぐな思いをぶつけられ、心が揺さ振られなかったと言えば、嘘になる。

　しかし素直に喜んでいい内容ではなかった。きっと、光貴には言葉の重みが理解できていない。

　今は無邪気に葉月を傍に置きたがっているだけ。過去の思い出をなぞり、安心できる存在だから。七歳までの日々と、戻って一年間の記憶しかなければ、彼にとって家族以外に一番近しいのが葉月であるに過ぎなかった。

そこへ肉体だけは大人になっているから、問題が拗《こじ》れているのではないか。

「大事にも、色々な種類があるのです」

「そうなのか？　でも葉月以上の人間なんて、一人も思いつかない。君のためなら僕は全てを捨てられるのに？」

噎《む》せ返るほどの甘い台詞だった。

おそらく光貴が抱いているのは愛や恋なんてものではない。寂しさと執着、欲が混ざった厄介なものだ。

しかしだからこそ純粋だとも言えた。

建前のない剝き出しの渇望に中てられて、くらくらする。

彼の燃える双眸にははっきりと、葉月への愛着が浮かんでいた。それを偽物だとか歪《いびつ》だとか断じることはできない。どんな種類のものであったとしても——自分が激しく欲されているのは事実だったためだ。

「葉月の元に帰るため、無茶をした。そのせいで力の大半が失われ、枯渇状態から回復するのに、一年かかってしまった。本当はもっと早く君に会いたくて堪らなかったよ。もしかして僕が遅くなったせいで、葉月は怒っているのか？」

「えっ」

ある意味傲慢な自己肯定と物言いに、しばし唖然とした。

――まるで私が光貴様の迎えを待っていたと信じて疑っていないみたい。でも――

怒っているかと問われれば、答えは否だ。だから小さく首を横に振ることしかできない。

曖昧な返事は光貴に上手く伝わらなかったらしく、彼は困ったように眉尻を下げた。

「……人間は、単純なようで難しい」

「光貴様は……私の元に帰りたかったのですか……？　御堂家のご両親の元ではなく？」

今問いただすべきことは、もっと他にあるのかもしれない。だが葉月の唇から溢れた疑問は、それだけだった。

彼の言った内容を解釈しようとして、何度も反芻する。いったいどういう意図なのか。その上で、どんな回答を求められているのか。

必死に考え――余計に混乱した。

「そうだよ。それだけを目標に――全部捨てた。今はぎりぎりこの身を維持できているようなものだ」

「ひょっとして、行方不明になられていた間のことを、何か思い出されたのですか？」

「……いいや、何も。だけど葉月のために全て放棄したのは分かっている。もし力を使い果たしたとしても、悔いはなかった」

「私の……ために……」

罪悪感が刺激される台詞だ。同時に、甘い束縛も伴っている。それを嬉しいと感じるか煩わしいと思うかは、当人の受け取り方次第だった。

そして葉月の心が傾いたのは。

「……私に触れたら、光貴様の英気が少しは養われるのですか？」

そんなことで彼が失ったものを取り戻せはしないに決まっている。だが光貴が望むのなら、役に立ちたいと願った。

思いの根源に如何なる種類の感情があるのかは、見通せない。後ろ向きなものか前向きなものかさえ。

だがだとしても、自分に縋りついてくる男の手を振り払うのは不可能だった。

握りしめていた拳から力を抜く。

弛緩《しかん》した葉月の腕は、布団の上に投げ出された。

こちらの身体の強張りが解けたのは、彼にも感じ取れたのだろう。そっと眼を細め、音もなく覆いかぶさってきた。

「……っ」

隙間なく肢体が重なる。これまでにも何度か密着したことはあるけれど、こんな刻限に二人きりの寝室ではなかった。誰かに見咎められれば、言い訳のできない状況だ。

まだ何も疚しい真似をしていないとしても、多大なる誤解を招くには充分だった。

「……足りない」

熱く滾《たぎ》る息を吐き出して、光貴の掌が葉月の脇腹を撫で上げた。肋骨を辿る動きが卑猥で、びくりと反応せずにはいられない。

しかもそのまま彼の手は葉月の乳房へ添えられた。さらしなど当然巻いていない。下着なんて高価なものは尚更である。そもそも就寝のため、完全に無防備だった。つまり寝間着をはだけてしまえば素肌に至る。

「……ぁっ」

布一枚越しに胸を鷲掴《わしづか》みにされ、ゆったりと形を変えられると、次第に乳房の頂がむず痒くなった。

乳頭がそそり立ち、布で擦られる。それがまたもどかしい官能を呼び、葉月は身悶えずにはいられなくなった。

「ん……っ」

段々胸元が乱されて、葉月の鎖骨付近までが露わにされる。それに伴い、体温が上昇し始めた。

ただでさえ蒸していた空気の湿度が高まり、今や湯上りのように火照っている。にも拘らず光貴に触れられている部分は、相変わらずひやりと心地いい。その落差が葉月を惑乱させた。

「や、ぁ……っ」

ついに剝き出しにされた片胸がまろび出て、暗闇の中、淫靡に浮かび上がる。日に焼けることのない部分の肌は白く、さながら発光しているかのようだった。

葉月自身、ひどく淫らな光景だと思う。汗ばみながら手探りで身体を絡ませる男女。恋人でも夫婦でもないのに、半裸を晒している。

明確に愛を告げる言葉はなく、ただ欲望をぶつけているのかどうかすら曖昧だった。考える力は鈍麻して、弾む呼吸に蝕まれてゆく。むしろ何も考えたくなくて、葉月は必死に声を嚙み殺した。

――擽ったいのに……ぞくぞくする……っ
とてもじっとなんてしていられない。勝手にいやらしい声がこぼれ出る。堪えようとすればするほど、婀娜《あだ》めいた息が嚙み締めた歯の狭間から漏れた。

「んん……っ」

以前より肉がついたとはいえ、痩せ気味の葉月の胸など揉んでも面白くないだろうに、光貴は妙な熱心さで双丘の形を変えてきた。

白い肉を思うさま捏《こ》ねられ、乳首がそそり立ってくる。闇の中でもそこが熟れた色味を帯びているのが分かった。

しかも彼が舌先で悪戯を仕掛けてくるものだから、唾液で濡れそぼり、殊更敏感になってゆく。途轍もなく淫らな事態に、葉月は思わず両眼を閉じた。

恥ずかしい。どうしてこんなことになったのかよく考えようとして、次の瞬間には凶悪な快楽で思考が断たれた。

「はぅ……ッ」

生温い口内に招かれた乳嘴《にゅうし》が、啜り上げられ甘噛みされる。指でさえ他人に触れられたことがない。自分でだって、身を清める時くらいしか意識したことがない部分だった。

それがまるで光貴の玩具にされている。いや、彼のあまりに真剣な様子からは、この上なく大事な宝物のように愛でられている気もした。

「光貴、様……っ、も、もう……っ」

彼の頭を押しやろうとして、葉月は光貴の後頭部に手をやった。

さらりとした髪の感触は、もう湿ってはいない。すっかり乾いて、浴室での名残はなかった。

だがその差異が余計ふしだらにも思える。

濡れ髪を思い出し、ゾクゾクと背筋が粟立つ。忘れようとしても葉月の掌に残る感覚が、芋づる式に彼の裸体を想起させた。

——私ったら、何を考えて……っ

見ていない振りをして、その実しっかり網膜に焼き付いている。とんだ痴女だ。恥ずかしがりつつも、ちゃっかり観察していたなんて、自分で自分が信じられなかった。何てあさましく狡いのか。

しかしそれらの嫌悪感も瞬く間に押し流された。

光貴の二本の指に扱《しご》かれて、胸の飾りがますます過敏になる。乳輪を優しく撫でられながらもう片方を舌で弾かれると、不可思議な熱が下腹に溜まった。

つい、両膝を擦り合わせずにはいられない。

葉月がもぞもぞと動いていると、彼の右手がこちらの腰紐を解いてきた。

「あ……！」

あっけなく、寝間着が左右に割られた。そうなれば葉月の肌を守ってくれるものは何もない。

咄嗟に寝返りを打って裸身を隠そうとしたけれど、一足遅かった。

「……綺麗だな」

下半身は光貴の膝に挟まれ、上半身は肩を押さえられたせいで身動きが取れない。しどけなく寝そべったままの葉月の身体は、隅々まで視姦された。

今どこを見られているのかはっきり認識できる視線が、全身を嘗《な》め回してゆく。

ただでさえ昂っていた肌が、より熱を高めた。

「み、見ないで……」

「ごめんね。それは無理だ」

本音では少しも悪いと思っていない口調で、形ばかりの謝罪を光貴から受けた。それよりも明らかに彼は興奮している。

僅かに掠れた声も。速まる呼吸音も。葉月を弄《いじ》る手付きも。

全てがいやらしくて、発情を示している。求めていると言葉より雄弁に告げられ、葉月の吐息もふしだらに濡れた。

「もっと触らせて」

探求心も露わに、光貴は葉月の肉体を探索し始めた。

形と柔らかさを確かめたいのか、丹念に触れてくる。腰の括《くび》れを辿られると、得も言われぬ官能が膨れあがった。

しかも彼の大きな手は、そのまま下腹へ移動してくる。臍《へそ》の周りをくるりと描き、やがて内腿の間に忍び込んだ。

「駄目……っ」

胸だけで精神的に限界だったのに、それよりも抵抗感が強い。そこへ触れられてしまえば、もう二度と引き返せない気がした。実際には、とっくに立ち止まる機会なんて見失っていたのだが。

「葉月……拒まないで。君は僕のものだと誓ったじゃないか。葉月に針を千本も飲ませられない。でも破るなら、罰を受けてもらうよ」

戯れの指切りげんまん。あくまでも子どもの遊びの延長。だが光貴にとってはとても重い意味を持つのだと、ようやく気づいた。

「あれは……」

「僕に葉月を傷つけさせないでくれ。契約を違えるなら、命をもって償ってもらう」

ひんやりとした指先が葉月の脚の付け根を弄った。

恐れからか戸惑いからかは判然としないけれど、身体の奥、芯の部分がぞくっと震える。魅入られたように彼の眼を見つめることしかできなかった。

「ああ……濡れている」

「え……っ？」

繁みを掻き分けた男の指先に肉の割れ目をなぞられ、葉月は愕然とした。どこがと言われなくても流石に分かる。

性の知識に乏しい葉月でも、自分の肉体がはしたない反応を示しているのが理解できた。

「や……嘘……っ」

「嘘じゃないよ、葉月。ほら」

「んぁっ」

花弁を慎重に摩擦され、葉月の爪先がきゅっと丸まった。

まだ蜜洞へは微塵も侵入されていないのに、温い快感が広がる。己の変化を信じたくなくて固まっていると、光貴が陶然《とうぜん》とした微笑みを浮かべ、濡れた指を見せつけてきた。

「ほら。葉月が僕を欲してくれている証拠だ」

「ち、違……っ」

眼前に突き出された彼の手は、透明の滴に塗れている。葉月から溢れた愛液であるのは間違いない。ならば自分の身体は思い悩む心とは裏腹に悦んでいるということだ。

あれこれ理由を捏ね繰り回しながら、結局のところ快楽に負けている。そんな事実に呆然とした。

「嬉しいな……葉月も同じ気持ちなんだね」

しかしこちらの葛藤など歯牙にもかけていないのか、光貴はより艶やかに微笑んだ。頬は紅潮し、瞳は夢見るように細められている。滲み出る歓喜は駄々洩れで、いつも以上に彼を華やかに彩った。同時に、抗えない圧を漂わせる。

人を従わせることに慣れた空気が充満し、葉月の全身が縛り付けられた心地がした。

――動け、ない……

勿論、言葉も紡げず、瞬きすらままならなかった。

粘度のある闇が、重みを増す。夜自体が意思をもって葉月を押し潰しにかかっている。

外で虫たちが鳴いているのかどうか、もう聞き取る余裕はない。認識できるのは光貴に関することのみ。

彼の感触。匂い。重み。視線。

さながら閉じられた空間に二人きり。

外部のあらゆるものから隔絶された部屋の中、葉月は光貴の贄《にえ》同然だった。

「丸呑みにしたいくらい、可愛い」

慄きと淫らな衝動がごちゃ混ぜになる。この瞬間、もしかしたら初めて葉月は彼に対して恐れを抱いたのかもしれない。もしくは、畏《おそ》れを。

「……あッ」

強く閉じていたつもりの脚をものともせず、内腿の狭間で光貴の指先が自由に動く。

意思に反して綻び始めていた蜜口は、いともあっさり陥落した。

ほんの少し、浅い部分に彼の指先が潜り込む。何物をも受け入れたことのない隘路《あいろ》は、異物に騒めきつつも愉悦を拾った。

「嫌……っ」

「こんなに溢れてきているのに？　人は簡単に嘘を吐くし、葉月は中々本心を明かしてくれないから、この場合は『もっとしてほしい』ってことかな」

「違います、光貴様……っ、ぁ、あッ」

とんでもない勘違いだ。真逆の解釈にもほどがある。だが彼が完全に誤っているとも言えないのを、葉月も薄々察していた。

淫路を探る光貴の指は、的確に葉月の快楽を暴いてゆく。どこをどんな角度で、どれだけの力加減で摩擦すればいいのかを、最初から知っていると言わんばかりだ。

捏ねられた肉襞は、初めこそ硬く強張っていたものの、すぐに柔らかく解れてくる。奥からは新たな潤滑液がとろとろと溢れた。

「内側がひくついている……僕の指がしゃぶられているみたいで、堪らない」

宵闇に淫蕩《いんとう》な水音が響く。

控えめな衣擦れの音と、荒くなってゆく呼吸音がそこへ被さった。

だが次第に、葉月の喘ぎが何よりも大きな音になってしまう。死に物狂いで口を押え声を漏らさずやり過ごそうと足掻《あが》いても、結局は無駄な抵抗に終わった。

媚肉を往復されるだけでなく、淫芽を捏ねられれば、もう耐えられない。

膨れた花芯は敏感で、喜悦を貪る器官に成り果てた。いやらしく肥大し、光貴の指を歓迎している。摘まれ擦られ、叩かれて、ますます充血し硬くなった。

「……ん、んん……ッ」

「思う存分大声を出しても、誰も気にしないのに……葉月は恥ずかしがり屋だね。昔から奥ゆかしくて、年齢より大人びていた」

「ひ、ぁっ」

「でも身体は素直で正直だ」

葉月がびくっと背筋を引き攣《つ》らせた瞬間、彼は嫣然《えんぜん》と唇で弧を描いた。

見つけたと言いたげに、こちらが大きな反応をした場所を攻め立ててくる。それはもう執拗に、容赦なく。

粘着質な水音は聞くに堪えないほど激しくなり、じゅぷじゅぷと葉月の鼓膜を揺らした。

「ぁ、ああ……ッ、や、そんな……っ」

淫水が掻き出され、肉芽に塗りたくられる。するとますます転がしやすくなるのか、蕾を集中的に嬲《なぶ》られた。

思考力は奪われて、息を継ぐ以外何もできなくなる。空気を求め開いた葉月の口は、淫猥な艶声をこぼした。

「やぁあっ、それ、駄目……ぁ、あぁッ」

ちかちかと光が爆ぜる。勝手に腰は浮き上がり、太腿が痙攣した。

一際強い官能が駆け抜けて、葉月の四肢が強張る。数度引き攣って弛緩するまでに、悲鳴めいた声が長く尾を引いた。

「……ぁ、ぁ……」

もう全身が汗塗れだ。暑さだけではない理由でどこもかしこもびしょ濡れだった。何よりも濡れそぼっているのが葉月の秘めるべき場所。

茫洋とした意識の中でもそれは感じ取れ、葉月は恥ずかしさから自らの顔を両手で覆った。

「……も、無理、です……」

「とても甘いよ。まるで甘露だ。どんな上等の神酒でも、これには及ばない」

「あ……っ」

何のことだと首を擡げてしまったことを、葉月はひどく後悔した。

自分が漏らした蜜液で濡れた指を、光貴がさも美味しそうにしゃぶっている。赤い舌を殊更ゆっくり蠢かせているのは、見せつけるためだろう。

葉月の視線が彼に注がれているのを充分意識して、光貴が口角を上げた。

「そ、そんなもの、舐めないでください……！」

「何故？　もったいないじゃないか」

指の股や爪に這わされる舌はやや長く、見るからに器用だった。繊細に動いて非常にいやらしい。

時折わざとらしく音を立て、余計に葉月の眼も耳も釘付けにした。一時たりとも視界から追い出せない。聴覚は研ぎ澄まされ、聞きたくない水音を拾っていた。

「嫌なんです……っ」

「葉月の嫌がることはしたくないな……仕方ない。じゃあ諦めるよ」

さも残念そうに手を下ろした彼にほっとしたのも束の間。葉月は限界まで両眼を見開いた。

「光貴様……っ？」

太腿を抱えられ、大きく左右に脚を開かれる。油断したのが間違いだったと言わざるを得ない。

寝間着を脱がされた身体は、完全に裸。しかも散々弄られた陰唇はあさましく綻《ほころ》んでいる。

大胆に開脚させられ、葉月は自身の中で最も恥ずかしい部分を晒す体勢を強制された。

「やぁあッ」

この暗さでは、はっきりとは見えないかもしれない。しかし眼はかなり暗闇に慣れていた。曖昧であっても物の形や仄かな色味は分かるはず。ふっくらとした恥丘や、蜜の絡んだ下生えも。

しかも至近距離で覗き込まれれば匂いも伝わってしまいそうで、平然と転がっていられるわけがなかった。

「やだ……っ、光貴様、放してください……！」

「葉月の甘露がまた溢れた。本当に君の口は素直じゃない。大丈夫、もっとよくしてあげるよ」

違うという叫びは葉月の喉奥に消えた。代わりに悲鳴が迸《ほとばし》る。

上体を倒した彼が葉月の股座へ顔を寄せ、今しがた指を舐めていた舌で肉粒を捉えたからだ。

「ぁああッ」

圧倒的な悦楽に、意味のある言葉なんて紡げなかった。全身の毛が逆立って、汗が噴き出す。四肢は引き絞られ、踵《かかと》が布団の上でのたうった。

「んぁっ、ぁ、は……ぅああっ」

指よりも柔らかく、湿ったもので肉蕾を包まれる。かと思えば根元から吸い上げられ、硬い歯を押し当てられて、繰り返し弾かれた。

そのどの動きも気持ちがいい。下半身を固定されているため、愉悦を逃がすこともできなかった。

ふしだらに開かれた脚は中空で揺れている。花芽を虐められる度に肢体が戦慄いた。

「ふ、ぁ……あ、ああッ」

「甘い。酩酊しそうだ。花の香りよりも香《かぐわ》しくて、中毒性がある……」

「ひぅう……っ、ぁ、やぁあっ」

吹きかけられる息に、快楽が一段上がる。内腿を光貴の髪が掠め、それもまた官能の糧になった。

太腿は彼の指が食い込むほど強く摑まれ、葉月の力では動かせない。いや、仮に身じろぎできる余裕があったとしても、淫らな責め苦から逃れるのは不可能だった。

立て続けに与えられる恍惚のせいで、頭と身体が連動せず、抵抗しなくてはと考える余力すら残されていない。喘ぐだけになった唇の端からは、だらしなく唾液が垂れた。

「ぁああ……っ」

先ほどよりも大きな波が葉月を襲う。眼も眩む逸楽に呼吸が止まった。

きゅうっと淫路が収斂《しゅうれん》しても、光貴の舌は陰核を捉えたまま。じゅっと啜り上げられて、快感が飽和した。

「あ……ァあああ……ッ」

意識が真っ白に塗り潰される。涙が溢れ、汗と唾液で顔はぐちゃぐちゃになっているだろう。だがそれを気に留めることすらできず、葉月は腿を抱え直された。

「……ゃ、ぁ……」

「そのまま力を抜いているといい。君に苦痛を味わわせたくはない」

前を寛げた彼が優しく、けれど淫猥に微笑む。ぎらついた眼差しは影に沈み、はっきりとその色味を確認することはできなかった。それでもごまかしようのないほど渇望が湛《たた》えられている。葉月を求める瞳に体内が甘く疼き、ついぼんやり見惚れてしまった。

「人は接吻《せっぷん》というものをするのだっけ」

「ひ、ぁ」

「唇を合わせる意味はよく分からないが、葉月となら楽しそうだ」

ずしりとした質量を蜜口に感じ、そのまま棒状のもので前後に擦られる。くびれた部分に花芯を擦られ、愉悦の焔《ほのお》が再び燃え上がった。

見なくても、それが何なのかは察せられる。

光貴の楔《くさび》が硬くそそり立ち、先走りを滲ませているのだと分かった。

――私を欲しいと思ってくださっているの……？

今この時だけでも。たとえ一般的な恋愛感情ではなくても。一時でも狂おしく求められていると思えば、途轍もない満足感があった。

常識と照らし合わせて、『引き返せ』と囁く声がどこからかしている。しかしそれはあまりにも小さくささやかだ。一所懸命耳を傾け聞き取ろうと努力しなければ、簡単に取りこぼしてしまう程度のものだった。

だから上体を倒した彼が葉月に口づけてきたことで、迷う心はより乱された。

正解なんて初めからない。あっても、葉月に選べるかどうかはまた別の問題。唇を合わせる心地よさに溺れているうちに、光貴の屹立が泥濘《ぬかるみ》へ押し込まれた。

「ふ……ぐ……っ」

悲鳴は、彼の口内へ吐き出される。それでも初めての痛みは、想像していたほどではなかった。比較対象がないのではっきりとは分からないが、葉月に耐えられない激痛ではない。

苦痛よりも『やっと』の歓喜が大きい。

長い間待ち望んでいたもの。それをようやく迎え入れられた気がしていた。

——熱い。

灼熱の剛直が、体内を切り裂く。

存在さえ意識したことのない空間が、太く逞しいもので埋められてゆく。腹の中を支配される衝撃は、相当なものだった。

「……ん、ぅ……っ」

上も下も水音を奏でながら繋がっている。

舌を擦り合わせ混ざった唾液を嚥下すると、喉が焼けた。下肢では傷口を擦られた痛みがある。

少しずつ二人の距離が近づいて、やがて互いの局部がぴったりと重なった。

「は……やっと願いが叶った。葉月、辛くない？」

「う、く……、大丈夫、です」

本当は喋るのも一苦労だった。話す振動が体内に響き、痛みが生じる。だが光貴がしば

らくじっとしていてくれたおかげで、次第に楽になってきた。

彼が労わるように腕や腹を撫でてくれたのも大きいかもしれない。

濃厚な色香の中に、こちらへ注がれる気遣いが見て取れた。それを愛情と呼んでいいのかは、分からないけれども。

「涙目で可愛い。葉月の笑顔が見たいのに、そんな顔で泣かれたら、ぞくぞくする」

「あ……っ」

軽く腰を揺すられて、葉月は小声を漏らした。

やはり痛みはある。しかしそれを遥かに上回る快感もあった。

光貴の指が葉月の花芽を捉え、優しく揉んでくる。喜悦を引き出す動きは、効果絶大だった。

「んぁ……っ」

薄らいでいた愉悦が、瞬く間に戻ってくる。それも更に力を蓄えて。

蜜壺を埋め尽くす肉槍が爛《ただ》れた襞《ひだ》を擂り上げ、同時に淫芽を扱かれる。

彼の手で頭を撫でられ口づけも再開されては、葉月に為す術などない。すぐにまた悦楽の高みへと押し上げられた。

「……っ、ぅんんッ」

太く長いものを引き抜かれる度粘膜がこそげられ、押し込まれれば苦しさと快感が拮抗する。蜜洞を隈なく摩擦され、愛蜜が溢れ出た。
二本の指で甚振《いたぶ》られた肉雷は、未だかつてなく膨れ
気の流れにも愉悦を浴びた。
「んぁっ、ぁ、ぅあ……あ、あんッ」
「ああ……葉月、葉月……とても綺麗だ。もっと可愛い声を聞かせ
淫液が攪拌《かくはん》され、泡立ちながら敷布を濡らした。
深く楔を捻じ込まれ、視界が揺れる。揺れる乳房に食いつかれると、新たな
れた。
いくつもの喜悦が注がれ、何も考えられなくなってゆく。ただ気持ちがいいことで
の頭はいっぱいに満たされた。
「はぁあッ」
「ああ……飢えが癒される……」
「ひ、んッ……ぁ、あっ」
最奥を穿たれたまま腰を小刻みに揺す振られ、快楽の水位が上がった。あと少しで達し
てしまう。またあの圧倒的な絶頂感に襲われそうで、葉月は必死に頭を振った。
そう何度もあれを味わえば、きっとおかしくなってしまう。とてもついさっきまで生娘
だった女が知っていいものではない。もはや引き返せない泥沼だとしても——ここで踏み

留まりたかった。

「も……やめてください……っ、わ、私たちは立場が違います……っ」

涙ながらに懇願する。呂律も回らなくなっている中、どうにか言葉を紡げたのは奇跡に等しい。辛うじて動かせる首を左右に振って、葉月は懸命に光貴へ訴えた。

だが、それは失敗だったと言わざるを得ない。

「——まだ君はそんなことを言うのか……どうやら僕の想いが上手く伝わっていないらしいね。せっかくこうして同じ場所で触れ合うことができているのに……だったらもっと葉月に分かるよう刻み付けるしかないな」

「か……は……っ」

身体を二つ折りにされ、結合が深まった。

深々と突き刺さった剛直が、葉月の臍の辺りまで届いている。子宮を直接穿た

前に星が散った。

「ほら、こんな奥まで君の中に入った人間はいないだろう？　僕が

だよ」

うっとりとした口調で彼がこぼす。

深く口づけられながら光貴に貫かれ、揺さ振られた。

一時たりとも葉月から視線を逸らさず、瞬きの間す

められ、口内で舌同士が激しく絡まり合う。逃げ惑う葉月の舌は搦め捕られ、半ば強引に啜り上げられた。

どろどろに汚れた肢体を搦め合い、境目が曖昧になる。それなのに体温だけはいつまで経っても同じにならない。少しは彼の肌も火照っているはずだが、しっとりとした低温はそのままだった。

「ぁ……あ、ァああッ」

「葉月、君の中がうねっている。まるで僕を食い千切ろうとしているみたいだ」

卑猥なことを囁かれ、浅く深く腰を叩きつけられた。その度に葉月は快楽の波に浚《さら》われる。今やもう、自ら光貴の律動に合わせ無意識に身体をくねらせていた。

理性を剝ぎ取る動きで口内も蜜穴も捏ね回されて、葉月の全てが彼に奪われてゆくのを感じる。過去も未来も塗り替えられる錯覚は、不覚にも恍惚をもたらした。

——舌が擦り付けられるの、気持ちいい……もっと欲しい。いっそ何も考えずに済むよう奪い尽くしてくれたらいいのに……

立場の違いも、身分の差も、超越できたらどんなに素晴らしいだろう。

こうして直に触れ合えるにも拘わらず、まだ遠い。どうしても乗り越えられない壁が二人の間にはあった。

「ぁ、は……っ、ぁ、あああッ」

けれど葉月に考え事ができたのはここまで。切なさも迷いも絶大な愉悦に飲まれて消えた。

「やぁ……っ、変になる……っ」

「なっていいよ。——むしろなってほしい」

打擲の合間に淫芽を強めに摘まれ、荒ぶる快楽が一気に弾けた。

直後、葉月の蜜壺で光貴の屹立が質量を増し大きく跳ねる。腹の奥に熱い飛沫を注がれる感触を最後に、葉月の意識は漆黒に染められていった。

四章　指切りげんまん

絶対に守らなくてはならない一線を踏み越えてしまった。

光貴と過ちを犯した夜から十日。

あれから表向きは平穏な毎日が続いている。日々は静かで、まるで嘘臭いくらい日常の繰り返し。

元より光貴の身の回りの世話を担っていたのは葉月だけで、彼は積極的に他者と関わったり出歩いたりしないため、二人の変化に気づく者はいなかったのだろう。

汚してしまった敷布に関しては、翌朝葉月が早起きをして『とても暑くて汗を沢山かいたから』などと言い訳し、自分の分と一緒に洗い証拠隠滅を図った。

当事者二人が口を噤めば、あの夜は何もなかったことになる。蒸し暑い夜に見た夢も同じ。

そうでなくてはならなかった。

もしこんなことが露見すれば、葉月は御堂家から追い出される。たとえ光貴自身が葉月を傍に置くことを望んでも、父親である当主が許すはずもない。

息子に悪い虫が集《たか》っていると判断し、叩き出されるのが関の山だ。葉月が遠路はるばる連れてこられたのは、『そういう心配』がないからに決まっている。

過去の罪悪感を抱えている限り、葉月は色々な意味で、丁度よかったのだ。

——当主様の信頼を裏切ったと知られれば、確実に家族への援助だって打ち切られてしまう……そんなことになったら、いったいどうすればいいの。

離れて暮らすようになってから、村の話は勿論、家族のことも一切葉月の耳に入ってこなかった。しかし便りがないのは元気な証拠。おそらくそれなりに上手くやっているはずだ。

父も兄も働き者とは言い難いが、生活に余裕が出れば気持ちの上で落ち着くはず。葉月が弟妹の面倒を見られない分、きちんと世話をしてくれていると信じるよりほかになかった。

だからこそ、今ここを追い出されるわけにはいかないのだ。せめてもう少し金を貯めてからでないと困る。

村に帰って家族の面倒を見るにしろ、弟妹を引き取って育てるにしろ、先立つものがなければ、身動きが取れない。

学も才も持っていない葉月には、ここ以外で纏まった金を稼ぐ術がなかった。言ってみれば、人生を立て直すために、退路は断たれているのだ。

――それに……以前と全く同じ生活に戻るのは、絶対に嫌……お金があれば選択肢を増やせるもの。私だけの問題ではなく、弟妹のために――

我ながら打算的だ。自分でも呆れる。しかし背に腹は代えられない。

いくら考えても結局答えは一つだけ。葉月は秘密を守ることに決めた。

本当はあれこれ理由をつけて、光貴の傍にいられる必然性を得たいだけだとは考えずに。

「――葉月、考え事？」

「……んっ」

未だ明るいうちから敷かれた布団の上で、葉月はうつ伏せになっていた。背中には光貴が覆い被さっている。互いに裸で、汗ばんだ肌を密着させていた。

「僕といる時には、他のことなんて考えないでほしいな」

「……それでは一日中光貴様のことしか考えられません。四六時中、貴方と一緒にいるので……」

「はは。それはそうだ」

あの夜以降、彼は葉月を片時も傍から離さない。

それこそ姿が見えなくなると如実に不安定になる。用事があってしばらく席を外した日などは、夜半になって悪夢に魘されることもしばしば。

休む時は勿論、入浴も食事も葉月を視界に収めていなければ納得してくれなかった。

――それ自体はあまり前と変わらないかもしれない。でも……

明らかに変化したのは、二人の距離感だ。

先日までは葉月が傍に控えていれば、問題なかった。

読書中は同じ部屋にいて、光貴の入浴が終わるまで浴室の外で待っているといったように。しかし彼の怪我をきっかけにして身体や頭を洗うことを求められてから、要望は更に高じている。

今では文字通り『葉月も一緒』でなくてはならなかった。

つまり着物を脱いで、共に湯船に浸かるのだ。そして初回こそ免除された行為も、ごく自然に要求されている。

彼の肉杭を清めること。向かい合って座り、素肌を晒して奉仕する。

未だ慣れることはできないが、それとて『お礼』と称して光貴に葉月の身体を隅々まで洗われることに比べれば、数段マシだった。

その上昼夜問わず閨《ねや》に連れ込まれることには、今後も耐性がつくことはないだろう。

今日だって昼餉の後、少し休むと嘯《うそぶ》いた彼により、葉月はあっという間に裸にされてしまった。拒むことは許されない。したくてもできない。もしくは流されたいと本心では思っているのか。

　何もかも茫洋としたまま、葉月は光貴と絡まり合った。

「……ぁ、そこは……っ」

「ああ、いつも葉月が可愛らしく鳴いてくれるところだ」

　楔の先端で蜜道の弱い部分を捏ねられる。そこを刺激されると、葉月はすぐに双眸を蕩けさせた。

「お待ちください……ん、ぁ……少し、休ませて……ぁ、あ」

「君が疲れたと言うから、激しくはしていないよ。繋がっているだけだから、許してほしいな」

　彼の言う通り、荒々しく交接しているわけではない。緩々と揺れ、穏やかな愛撫に身を任せている。互いの形を鑑賞するように、ひたすらじっくり肉の交わりを味わった。

　だが挿入されたままいったいどれだけ時間が経ったのか。

　もはや時間の感覚を失って久しい。中天にあった太陽は、だいぶ角度を変えていた。

「ぁッ……でも……もう」

「今日は元々これと言って用事はない。読みたい本は昨日終わってしまった。だから一日中葉月と戯れようと決めていたんだ」

「ひ、ぐ……っ」

敏感な肉壁をぐりぐりと小突かれ、もどかしい快楽が注がれた。

下腹が熱くなり、潤みを増す。しかし達するには僅かに足りない刺激で、葉月は無意識に腰をくねらせた。

「……ああ、可愛い。淫らな君を見られるのは僕だけだ。そうだよね？」

「あ、ァんッ」

半ば押し潰されながら剛直を深く突き入れられ、葉月は拳を握って顔を突っ伏した。強く握りしめたせいで、手の甲が白くなり筋が浮く。そこへ光貴の手が重ねられ、押さえつけられた。

「は……っ」

ただでさえ著しい体格差がある。それを上からのしかかられ手まで拘束されては、葉月が彼の身体の下から脱出するのは不可能だった。

傍から見れば、光貴の影に完全に隠されて、真下に葉月がいることすら分かってもらえないのでは。そんな妄想が余計に快楽を掻き立てた。

衝撃を逃がすこともできずに最奥を串刺しにされ、執拗に子宮の入り口を捏ねられる。激しく揺さ振られずとも、意識が飛びかかった。

「ぉ、あ……っ、ぁ、あああッ、光貴、様……っ」

「皆がこの行為を好むのも、納得できる。生殖のためだけではなく、愛しい者を丸呑みにするのに等しいことだな」

うなじにかかる男の息が滾っている。後ろから耳朶《みみたぶ》や襟足に嚙みつかれ、それもまた新たな喜悦を呼び覚ました。

淫路をゆっくり掻き回されて、とめどなく蜜液が滴り落ちる。

後でまた適当な言い訳をして葉月が敷布を洗わなくてはならないだろう。だがその間、彼がぴったりとついてくることは、容易に想像できた。

おそらく洗濯の間も、干している時も、取り込む際にも眼を離さないはずだ。一瞬でも葉月が視界から消えれば、遠くへ行ってしまうと怯えているかのように。

執拗にずりずりと膣を擦られて、身体中が敏感になっている。眼も眩む愉悦を浴び続けた葉月は、だらしなく喘いで快楽に濁った瞳を瞬いた。

「ぁ……あ、あ……っ」

「このままずっと何時間でもこうしていたいけど、そろそろ終わりにしようか？　明日、葉月の足腰が立たなくなったら困るからね」

優しい台詞を吐きながらも、光貴が容赦なく葉月の腰を持ち上げた。すると尻を突き出した四つん這いの体勢に変えられる。

あまりにも卑猥でみっともない姿勢に、崩れかけていた葉月の理性が明瞭になった。

「や……っ」

「寝そべったままだと思うように動けない。葉月も達せなくて辛かった？　これからいっぱい突いてあげるから、安心してくれ」

不安しかない台詞に慌てて首を横に振ろうとする。しかし後ろを振り返るより早く、荒っぽい打擲を受けた。

「ひぃっ」

柔らかな女の尻と硬い男の腰がぶつかって、拍手めいた音が鳴る。内壁がみちみちと押し広げられ摩擦された。抜け落ちる寸前まで引き抜かれた彼の腰は振り子のように戻ってくる。深々と貫かれ、葉月の両眼から涙が溢れた。

「ああ……君の内側がすっかり解れて、僕のものに絡みついてくる」

「ぉっ、ぁ、あ、ぉ……っ、やぁっ、駄目ぇ……っ」

聞くに堪えない淫音を搔き鳴らし、視界が前後に揺らされた。光貴の肉槍で愛蜜が攪拌されて白く濁る。その滴は葉月の太腿を伝いとめどなく流れ落ちた。

わざわざ見て確認するまでもなく、布団ははしたない状態になっているはずだ。

敷布はとうにぐちゃぐちゃになっていて、ひどい有様だった。

「葉月、気をやっては駄目だよ。ちゃんと僕に抱かれているのを意識していて」

「ま、待って……っ、ぁ、あああッ」

縋るものが欲しくて枕にしがみつけば、より強く屹立を捻じ込まれて情熱的に引き抜かれた。

何度も数えきれない回数隘路を往復する剛直が、その都度葉月を内側から壊してゆく。交尾する獣そっくりの格好を強いられ快楽が増す程度には、すっかり身体を躾けられていた。

「君さえいれば、他には何もいらない」

「……ぁうっ」

折り重なってきた彼が葉月の耳殻《じかく》に舌を這わせ、耳穴にまで吐息を吹き込んでくる。熱っぽい呼気は、こちらの体内を湿らせた。

釣鐘状になった乳房を揉まれ、かと思えば下に移動した光貴の手に陰核を捏ねられる。それら全ての愉悦が一気に襲い掛かって来るから堪らない。経験の浅い葉月に太刀打ちできるわけもなく、されるがまま髪を振り乱し身悶えた。

「もぉ……無理、なの……っ、ぁあああッ」

遠慮のない動きで葉月の弱点を的確に突かれ、限界はとうに超えていた。

何度も絶頂に飛ばされ、ずっと法悦の頂点が続いている。高みから下りてこられず、更に悦楽を味わわされた。

腹の中を支配され、押し出される嬌声すら彼の意のままになっている。突き上げられば大きな音を奏で、引き抜かれれば切ない音色を漏らした。

みっともない声を我慢しようと足掻いても、無駄な抵抗。

葉月のいいところは全て光貴に把握されている。そこを一つずつ順番に攻められ、愉悦は蓄積していく一方だった。

浅い部分も、最奥も、腹側の一点も。全て器用に暴かれる。

太く逞しい彼の肉槍が、葉月の洞《うろ》をみっちりと埋め尽くした。

「ぁ……あああっ」

「葉月。もっと君を頂戴。全部丸ごと食らってあげる……っ」

「やぁあッ」

ごりっと鈍い音がして、奥を抉じ開けられそうになる。もうそれ以上進めないと感じる場所を執拗に穿たれた。

葉月の両腕は後ろに引かれ、まるで馬の手綱《たづな》のようにされている。

上半身は布団から浮き上がり、絶妙な角度で体内を攻め立てられた。

「ひぃいッ、駄目……ぁ、あ、あああ……ッ」

汗を飛び散らせ唸る様は、まさしく獣同然。言葉もろくに喋れなくなり、葉月の口から漏れるのは淫らな艶声と唾液のみだった。

「ぁ……あっ、深い……っ」

「ここ、葉月は好きだね。擦ると僕のものに絡みついてくる……ねぇ、もしかして意識してしゃぶってくれているの？」

「ち、違……っ、ぁ、くぅうッ」

自分の意思で淫路を窄められるほど手馴れていない。全ては無意識の反応だった。

「可愛い……ずっと昔から、こうして直接交われたら、どんなに素晴らしいか夢想していた。だけど想像以上だ……どんなものや行為より英気が養われる……っ」

「ぁあああッ」

力強い打擲を受け、頭が真っ白になった。

肉壺が収縮し、葉月の体内にいる光貴の楔を締めつける。彼の形がはっきり感じられ、葉月は一層快楽で染め上げられた。

もう自らの身体を支える余力もない。すっかり脱力して、光貴の望むまま喘ぐ人形に成り果てた。

「ゃ、ああ……ッ、また……っ」

「好きなだけいっていいよ。葉月が望むだけ、気持ちいいことをしよう」

今日だけで何度達したか数えきれない。蕩け切った肉筒は、それでも彼を歓迎し柔らかに蠢いた。葉月が言えない代わりに、『もっと』と強請り、淫蕩な涎を垂らし続けている。

ふしだらな水音が激しさを増し、室内には籠った熱気と淫らな匂いが充満していた。

「ふ、ぁ……あァああ……っ」

腰を固定され、押し潰されながら深いところを貫かれる。光貴の身体が密着し、片手で肩を押さえられれば葉月本人は動けず、最奥を捏ね回された。

一瞬も休めず強制的に揺さぶられ、快感を注がれる。

まさに丸呑みにされている錯覚が、葉月を倒錯的な官能へ誘った。

僅かな抵抗も許されない。受け止めきれない情熱をぶつけられる。

完全に彼の形に作り替えられた葉月の内側は、やや強引な行為さえも愉悦として享受した。

大きな肉杭に粘膜をこそげられ、喜悦に咽《むせ》び泣く。もう限界だと訴えても容赦なく奪われ求められる。それを嬉しいと感じることは、敢えて頭の中から追い出した。

「ひ……いっちゃ……ッ」

「ああ、僕も……このまま君の中に出してもいいよね？」

駄目だと言う間は勿論もらえなかった。

一際鋭く突き上げられ、何も言葉を発せない。悲鳴めいた嬌声を迸らせただけ。

葉月が全身を戦慄かせた直後、腹の中に熱液がぶちまけられた。

「……ぁ、あ……」

熱い体液が内側から葉月を侵食する。染み込む白濁を、己の肉体が大喜びで飲み下していくのが分かってしまった。

下腹が波打って、奥へ誘う。断続的に子種を吐き出され、光貴が最後の一滴まで葉月の子宮に注ごうとするように腰を揺らした。それすらも悦楽を呼び、絶頂したばかりの葉月を震わせる。

四肢が痺れて力なく布団の上に投げ出され、局部は繋がったまま。彼は葉月の中から出ていく気がないのか、そのままの状態で肩やうなじに接吻を落としてきた。

「……いっそ食べてしまいたいくらい、葉月が愛おしい……人の欲深さがやっと心底理解できた……」

弾けた世界には二人だけ。

背徳的な遊戯に耽《ふけ》り、昼夜問わず身体を重ねる。到底『当たり前の生活』からは程遠かった。

——戻れなくなってしまう……分かっているのに、拒めない……

こめかみに触れる光貴の唇が優しい。髪を梳いてくれる手つきも、葉月を楽な体勢に変えてくれる気遣いも全て、労わりに満ちていた。本当に愛されているのではないかと思いたくなるほどに。

現実だけ見れば、葉月がしているのは皆の信頼を裏切って愛欲に溺れているに過ぎない。

それでも一抹の幸福を感じてしまう己の本音から眼を逸らし、葉月は束の間の微睡《まどろ》みに転がり落ちた。

短いうたた寝から目覚めれば、空は茜色に染まり始めていた。

窓際に置かれている座椅子に座った光貴の膝に抱かれ、葉月はうとうとしていたらしい。いくら自分が小柄であっても、人ひとりの重みはそれなりにある。どれだけ長い時間彼に寄り掛かって寝こけていたのかは謎だが、葉月は慌てて飛び起きた。

「も、申し訳ありません。私ったらすっかり眠っていたみたいで……っ」

「起きていきなり立ち上がると危ない。おいで」

腕を広げた光貴は、『このまま座っていろ』と言いたいようだ。しかし使用人が主に抱えられ惰眠を貪るなんて、あってはならなかった。

——私ったら、自分の立場をしっかり自覚しないと……着物まで光貴様に直していただくなんて……

それに身体に不快なべたつきはない。

あんなに淫蕩に絡み合い様々な体液で汚れたはずが、さっぱりしている。おそらく彼が後処理をしてくれたのだろう。こういうことは初めてではなかった。

「い、いいえ。もう時間も時間ですし、いつまでものんびりしていることはできません」

そうでなくても今日一日、爛れた行為に費やしてしまった。

葉月の仕事は多くないものの、だからと言って何もせずだらけていられる性格ではない。時間があるなら、部屋の片づけや繕い物くらいはしたいのである。

「つれないな。……身体は大丈夫か？　無理をさせた？」

「ぇ……い、いいえ。大丈夫です……」

眉を八の字にした彼に問われ、『はい』の返事は出てこなかった。光貴の瞳に、本気で葉月を思いやる色が見え隠れしていたからだ。

彼の立場であれば何も後ろめたいことはないだろうに、こちらの反応を窺っている。散々好き勝手しているようで、葉月の『本当に嫌なこと』には触れてこない用心深さと思慮深さがあった。

「辛かったら、もう休んでも構わない」

「いいえ、滅相もない」

こんな風に気遣われるから、葉月は光貴を拒みきれないのかもしれなかった。

どうしても疼く情がある。胸の奥が温もって、甘くて苦い気持ちが込み上げるのだ。どんな形であれ、求められて大切にされるのは嬉しい。諦めていた全てを与えてくれる彼を、遠ざけられるわけがなかった。

けれどそれを深く考察してはいけないことも、葉月は重々理解していた。

「光貴様、あの、何かお飲み物でもご用意いたしましょうか？」

「いや、いい。それよりもいい風が吹いている。少し庭を散策しようか」

日が陰ったおかげか、外の気温はだいぶ落ち着いていた。それに彼が言う通り、心地よい風が肌を慰撫する。

淫らな交歓で火照った身体には丁度いい。気分転換になるとも思い、葉月は頷いた。

「そうですね。まだ夕餉には早いですし」

「よし、決まりだ。足元に気を付けて」

先に縁側に出た光貴がそっと手を差し出してきた。紳士めいた仕草は非常に様になる。夕暮れの柔らかな光に照らされた彼は、いつもよりもっと魅力的に見えるから厄介だった。

――もっとも、燦々《さんさん》と照る日差しの下でも、月明かりの中でも、光貴様はどこか人間離れした美しさを放っている。

置かれている草履に足を通し、二人並んで外へ出る。他には人影がないことに、葉月は安堵していた。

罪を犯している自覚がある分、どうしても他者の眼が気になる。完全に犯罪者の心理だ。疚しさが、葉月を臆病者にしていた。それともこそこそしてしまうのは、村八分になっていた経験のせいなのか。

人目を避けることが癖になってしまったのかもしれない。そんな寂しさとやるせなさが、葉月の口を重くした。

「……また何か他所事を考えている？」

「えっ、いいえ、今日は少し涼しいなと思っていただけです。だいぶ秋めいてきましたね」

取って付けた言い訳なんて彼にはお見通しだろう。それでも微笑んだだけで、光貴は葉月をそれ以上問い詰めようとはしてこなかった。

会話が途切れ、刹那の沈黙が落ちる。静寂を振り払うように、葉月は敢えて遠くに視線をやった。

御堂家の庭は手入れが行き届いており、寺社仏閣にも引けを取らない。

広大な敷地の中に趣向を凝らした日本庭園が広がっていた。

刈り込まれた庭木は勿論、鯉が悠々と泳ぐ池、そこに架かる橋に鹿威し《ししおど》、水琴窟《すいきんくつ》まである。ここからは見えないけれど、枯山水の手法で造られた一角もあった。

「ああ。これくらい爽やかだと過ごしやすいな。雲が多いから、明日は雨かもしれない」

彼の視線に促され葉月が空を見上げれば、少し灰色の雲が遠くにあった。

「連日の暑さで庭木がぐったりしていますから、ざっと降ってくれればいいですね」

「懐かしいな。昔もそんなことを言っていたじゃないか」

「昔……？」

そんなことを言ったことがあっただろうか。昔と言うからには、十年以上前のことに違いない。葉月は不思議に感じつつ、光貴を振り返った。

「すみません。私は覚えていませんが、猫のこといい光貴様は記憶力がいいですね」

「忘れてしまったのか？　あの年は一際雨が少なくて人も大地も乾いていた。君は茶碗に水を汲んで持ってきてくれたじゃないか」

「茶碗に？　私が？」

そんなことをしなくても、村一番の屋敷に預けられていた彼が、水一杯に不自由するはずがなかった。仮に深刻な水不足に陥っていたとしても、光貴が後回しにされるなんてあり得ない。誰よりも優先されていたはずだ。

――それに光貴様が村に滞在していた年は、別に雨が少なくなかったような……

彼が預けられていた期間は、一年にも満たない。いくつもの齟齬に、葉月は怪訝な顔をした。

確かに村に全く雨が降らず、大変だった年はある。

井戸の水位は明らかに下がり、作物の出来に影響が及び、不安も蔓延していた。

しかしあれは勘違いでないなら、今から八年前のことではなかったか。

「どなたかと、間違えていらっしゃいませんか？」

「――……記憶を混同しているかもしれない。昔のことはぼんやりしているんだ。ひょっとしたら、神隠しに遭っていた期間のことかもしれないな……」

「あ……っ、そうですよね。私ったら配慮が足りず、申し訳ありません」

軽々しく触れてはいけない領域の話だと思い、葉月は慌てて頭を下げた。

光貴が行方知れずになっていた十年間。その間彼がどこで何をして生きていたのか、気にならないと言えば嘘だ。本音では葉月としても問い質してみたい。しかし繊細な問題なため、極力この話題を避けていた。

光貴が積極的に語らないのなら、それが答えだとも思っている。医者でも家族でもない自分が興味本位で踏み込んではいけない話だ。

「いや、構わないよ。葉月が聞きたいなら、いくらでも語る。ただ、本当に覚えていないから言えることは少ないけどね」

苦笑する彼は、この話題を疎《うと》んではいないようだった。

話せる範囲であれば、教えてくれそうだ。そう思うと、葉月はこれまで堪えていたものの、どうしても確認したかった疑問を、もはや我慢しきれなくなった。

「ではお言葉に甘えて……一点だけよろしいでしょうか」

「何だい？　葉月が僕に興味を持ってくれるなんて、嬉しいな」

「あの……もしお嫌でしたら、答えていただかなくて結構です。その場合は二度と口にしないようういたしますので」

「もったいぶらず、聞いてくれ」

光貴に促されても、葉月は少し逡巡した。彼を不愉快な気分にはしたくない。慎重に言葉を選び、切り出した。

「……光貴様は、私の声が聞こえたから戻ってこられたと以前おっしゃっていましたよね？　あれはいったいどういう意味だったのでしょう」

そもそも彼がどこから現れたのかも、未だに謎だ。おそらく社の周りに広がる森なのだろうが、その前は？　道らしいものはないし、急峻《きゅうしゅん》な崖《がけ》に囲まれている。それが今までずっと気にかかっていたのだ。

「ああ。そのままの意味だよ。葉月がいる場所が僕の帰るところだと、分かっていた」

「……？」

理解できるようで、やはり考えても疑問符は消えてくれなかった。

葉月の困惑は、そのまま顔に出ていたのだろう。彼は苦笑すると、こちらの頬に触れてきた。

「長い間、君のことだけ考えていた。どうやったら傍に行かれるか。触れられるか。取り戻せるのかを」

途切れてしまった時間軸の中で、考えていたのは葉月のことのみ。

そう告げられた気がして、胸がきゅっと疼いた。甘い痛みに思わず浅く息を吸う。すると歩みを止めた光貴に葉月は抱きしめられていた。

「十年が長いか短いかは実感がないが、葉月を一人にしてしまったことは悔やんでいる。すぐに戻れなくて、申し訳なかった」

「い、いえ……光貴様は何も悪くありません」

「だが僕が消えたことで、君が苦境に立たされたのだろう？　馬鹿げている。誰の責任でもない。強いて言えば、足を滑らせた僕自身の咎だ」

「足を……滑らせた？」

聞き捨てならない。

葉月が瞠目すると、彼も軽く眼を見張った。

「何か思い出したのですね……っ？」

「ああ……朧《おぼろ》げだが、そうかもしれない……」

「もしかしたら光貴様は怪我をして動けなくなっていたところを、誰かに助けられたのかもしれません。ですが記憶をなくしてしまい、十年後に思い出されたとしたら……」

そういう事例があるか葉月には分からないが、可能性の一つだとは思った。

行方知れずになっていた間、彼はそれなりの教育を受け底辺ではない生活を送っていたのは疑う余地もない。そうでなくては、もっと荒んでいなくてはおかしい。

所作や知識に身だしなみ。どれをとっても洗練されている。ならば空白の十年はいったいどんなものだったのか。一度謎の答えを垣間見せられれば、聞きたい欲が止まらなかった。

「光貴様を助けてくださった恩人がいるなら、探すべきではありませんか？　ああ、でも当主様が既に手配なさっているかしら……」

息子思いの父親なら、葉月が思いつく程度のことはとっくに想定済みに決まっている。しかも彼は御堂家を率いる実業家でもある。

あらゆる可能性を模索して、息子のために奔走していても不思議はなかった。我が子が戻ってきたからそれでよしと手を引きはしないのではないか。

興奮気味に葉月が告げると、光貴は感情の読めない表情でこちらを見つめてきた。

「光貴様……？」

「――……悪いが、この話はここまでにしようか。無理に思い出そうとすると頭が痛むんだ」

普段とは違う冷たい口調で、彼はこめかみを揉んだ。本当に頭痛がするらしく、ひどく不調そうに見える。つい先刻まで何事もなかったのに、急な変化に葉月は大いに戸惑った。

「あ……申し訳ありません、光貴様。私ったら……つい余計な口出しをいたしました」

――本当に辛いのは、記憶をなくしている光貴様なのに……私ったら、自分の知りたい欲求を優先してしまった……

「葉月は悪くないと何度言えば分かってくれる？　今だって僕が辛い目に遭っていたよりも、誰かに保護され幸せであったらいいと願ってくれただけじゃないか」

彼に腰を抱かれたせいで、二人の距離がぐっと近づく。

とても主と使用人のものではない。明らかに親密さが漂う立ち位置は、葉月を狼狽させるのに充分だった。

「ひ、人に見られます」

「誰もいない。見られたとしても、僕は構わない」

一瞬たりとも迷わず断言され、心が乱された。

柔らかな部分に爪を立てられたような、それでいて真綿に包まれたような複雑な気分だ。どう返事をすればいいのか迷い、葉月は瞳を揺らすことしかできなかった。

長年自分の意思を押し殺してきた弊害が、こんな時にも出てくる。意見を求められていると理解していても、口が滑らかに動いてはくれなかった。

「……私も、とは言ってくれないのか？」

夕刻の色をしていた光は、いつの間にか藍色に近くなっていた。あと数分で太陽は完全に沈むだろう。

夜になれば、また必然的に二人は淫らな戯れに興じる予感があった。

このところ昼夜関係なく肌を重ね、特に闇が勝る時間は欲望が抉り出される。獣の如く無我夢中で相手を求めずにはいられなかった。

それは葉月にも言えること。

強引に行為を強いられているのではない。駄目だと口先では述べながら、本気で抵抗できないことへ言い訳ばかりしている。それこそが本心だと自分自身薄々感じているのだ。

「……っ」

息を呑んだのは、返すべき答えを見つけられなかったから。

どう言葉を絞り出したところで、正しく伝えられるとは思えなかった。おそらく葉月自身、未だに正解を見失っている。下手に口を開けば言ってはいけない台詞を漏らしそうで、怖かったのもあった。

「……そろそろ部屋に戻りましょう。食事の用意をいたします」

はぐらかしたと誹《そし》られれば、ぐうの音も出ない。卑怯なのは承知の上で、葉月は光貴の身体を押しやり、背を向けた。

──私がここに留まるのは、本当に光貴様のためになっているの……？

引き返せない泥濘へ踏み入っている気がするのは思い違いか。どんどん過ちに雁字《がんじ》搦《がら》めにされている。このままではいずれ取り返しがつかないことになる予感があった。

──逆に私が光貴様におかしな価値観を植え付けてしまっているんじゃ……

「葉月には感謝している。君のおかげで僕はだいぶ人間らしくなれた」

「……え?」

漂っていた淫靡な空気を振り払うように、彼が和やかな声音で告げてきた。

丁度己の存在意義について煩悶《はんもん》していた葉月は、驚いて振り返る。すると光貴が風に乱された髪を押さえながらこちらを見つめてきた。

「正直、戻った当初の僕は、今思えば奇行ばかりだった。父から聞いていないのか?」

「ぁ、その……周囲との軋轢《あつれき》があったとは聞いております」

初めての顔合わせで、そう告げられた。記憶をなくしているからか、ちょっとした常識が欠落しており、上手く周りの人々と交流できないのが悩みの種であると。要約すればそういう内容だったはずだ。

「実際にはそんな甘い話ではない。到底人前には出せない次元だったと思うよ。だって箸の使い方を知識として持っていても、いざ持たせてみれば上手く動かせないといった有様だったからね。他にも身を清める際、真冬にも拘らず湯を使いたがらないとか。あとは——そうだな、刃物になかなか慣れなかったせいで髪や爪が伸び放題になった時期もある。切らなくてはならないと頭で理解していても、どうしても身体が拒絶してね」

「え?」

流石にそれは初耳だ。彼の言葉が本当なら、御堂家はさぞや困り果てたのではないか。常識云々の範疇を越えている。

「一日の大半を寝床で過ごし、他人が近づくと恐慌状態に陥る。食べられるものが極端に少なく、唐突に動けなくなったと思えば夜中に屋敷を抜け出そうとしたりもした」

「え……」

「当時は、自分でもどうにもならない混乱の中にいたんだ」

まさかそこまでとは。両親にしてみれば一見何の問題もなく戻ってきた息子が別の生き物に変貌してしまったと感じても、不思議はなかった。

「それでも教えられれば段々慣れていったが……母は変わってしまった我が子を受け入れられなかったようで、結局心を病んでしまった。僕も自分のことに精一杯で、彼女を慮ることができなかったしね」

「そんな……光貴様も奥様もどれほどお辛かったことでしょう……」

葉月の中に奥方への同情心が擡げた。たった一人の息子が行方不明になり、やっと帰ってきたと思えば別人のようになっていたなら、精神的に多大なる苦痛を受けただろう。怖い方という印象を抱いて、彼女の心痛に今まで思いを馳せなかったことを、深く反省した。

だがそんな葉月の心中を見透かしたのか、光貴がやや皮肉げに唇を歪める。

「母親がどういう存在か知っていても、こちらはもう幼い子どもじゃない。昔のように甘えられないし、そもそも僕らはべったりとした親子関係ではなかったみたいだ。僕の知る限り、病弱な七歳になったばかりの子を一人で他所へ預けるのは珍しいのでは？　ああ、あの村で療養し始めた時には、僕はまだ六歳だった。親元から離すには早くないだろうか」

あまりにも彼の言う通りで、葉月は返事に詰まった。

通常なら、自分も我が子の療養に同行したくなるのが一般的かもしれない。しかも一年近い長期に渡ったのだ。けれど途中、葉月の記憶では光貴の母親が村を訪れたことは一度もなかった。

――光貴様はお母様に会いたいと、よく泣いていらっしゃったのに……

考えてみれば歪だ。

勿論、そういう親子は他にいくらだっている。様々な事情もあるだろう。一概に普通でないとは言えなかった。

それでもかつて涙をこぼしていた彼を思い出し、葉月の胸が鋭く痛んだ。

自分だって、母が出て行って悲しかったし、寂しくて不安で何度隠れて嗚咽を漏らしたことか数えきれない。

だが光貴はあの頃の葉月よりもっと幼くして、他人ばかりの見知らぬ地に放り込まれたのだ。いったいどれだけ傷ついたか、想像も及ばない。当時、後ほんの少しでも自分が彼に寄り添えていたらと後悔の念が湧き起こった。

「で、ですが……光貴様が行方不明になられた直後に、奥様は村へ飛んでこられました。涙をこぼされ、それはもう取り乱して……」

「だろうね。僕を亡くせば、己の立場が危うくなると考えたんじゃないかな」

「え」

光貴を慰めたくて口にした葉月の言葉は、あっさりと断ち切られた。

息子を案じて冷静さを失った母親の姿が思い出される。葉月は少しも疑わず、そう信じていた。だがもしや違ったのだろうか。

「母にとって一番大事なのは、今も昔も『御堂家の奥様』という立場だ。それを責めるつもりは毛頭ない。人が体面を気にするのは分かっている。おそらく『身体が弱い以外は手のかからない自慢の息子』でなくてはならない僕が、理想から外れたのが許せなかったようだ。そう考えればとても哀れな女性だな」

まるで他人事めいた物言いには、辛い心情が欠片も見えなかった。

戸惑った葉月が光貴をじっと見つめても、彼は微塵も気にしていないとしか思えない。

他人である葉月が聞いても辛い内容を、ただ淡々と喋っていた。

「こ、光貴様はとても傷つかれたのですね……」

「いや、別に。僕は生きるために学習を優先したから、母のことは眼中にもなかった。それがまた彼女を追い詰めたのかもしれないが」

唖然とした。

中途半端に葉月の口は開いたが、それに気を配ることもできない。あまりにも自分の考える常識からは外れていて、到底理解が及ばなかった。

——私は、家族を捨てた母であっても、会いたいと思う気持ちを捨てられないのに……

光貴にしてみれば空白の時間が長過ぎて、母親に対する情が薄くなってしまったのか。しかし昔の彼はごく普通に母を慕っていた。行方知れずだった期間の記憶がないのなら、幼い頃の思いを抱き続けていても不思議はないと思う。それなのに、この冷淡とも言える反応は何なのか。

疎んでいるのとも違う。端的に言って、興味や関心が一切窺えない。情報としての『母親』を認識していても、根底にあるはずの情が感じられないのだ。

当時と今。落差が激しくてどちらが本当の光貴の姿なのか戸惑う。

葉月は当惑したまま、彼から視線を逸らした。

——十年は人を変えるのに充分な時間だわ。辛いことがあれば、その分人格形成にも影響を及ぼすでしょう。でも……辛かったかどうかも覚えていないのに、ここまで変わってしまうことがある？

ざわりと違和感が生じる。実のところそれは、以前から葉月の中に凝っていたもの。

一つずつは小さく朧げな欠片が、今はっきりとした像を結んだ気がした。

――何かがおかしい。

しかしその言葉が浮かんだ瞬間、葉月は慌てて打ち消した。こんなことを考えてはいけないと何度も頭を振って。

「葉月？」

「で、では当主様が光貴様を支えてくださったのですね」

伴侶である妻が気鬱の病に罹《かか》ってしまい、一人で息子を立派な跡継ぎに育て上げなくてはならなかった父親は、大変だったに違いない。

ただでさえ多忙な方だ。家の中の細かなことまでは眼が行き届かないに決まっている。

光貴が人とは違う行動に及ぶ度、頭を抱えたのは想像に難くなかった。

「まぁ、そうだね。金や人は潤沢に注ぎ込まれた。その点は感謝している。衣食住に困ることはなかったし、比較的早く最低限の人間らしい立ち居振る舞いを学べたから」

また他人事だ。葉月の勘違いなどではなく、著しい心の距離を感じる。

考えてみれば、自分がこの屋敷で働くようになってから、あまりこういった話をしたことはなかった。聞いてはいけないと思っていたし、特に過去に纏《まつ》わる内容は軽々しく口に出すのが躊躇われたためだ。

「光貴様は当主様に愛されていらっしゃいますよ……？」

やや的外れにも思えることを、どうしてか今言わなくてはならない気がした。

そうでないと大事なものを取りこぼす心地がしたのだ。上手く表現できない焦燥に駆られ、葉月は光貴に告げずにはいられなかった。

「お、奥様だって……同じはずです」

「親は子を大抵は慈しむものだろう。勿論理解している」

知識として。言外にそう付け加えられている感覚があった。しかも彼は『それがどうした』程度の態度を崩さないまま。

何とも言えない居心地の悪さに、これ以上葉月が口にできる言葉は見つけられなくなった。

思い返してみれば、葉月がこの屋敷へ呼び出された日以来、当主とも顔を合わせていない。同じ邸内に暮らしているにも拘わらず、一度たりともだ。

基本的に自分は光貴と行動を共にしているのだから、自動的に父と息子も全く会っていないということになる。

そのことに改めて思い至り、愕然とした。

どれだけ多忙であっても、同じ屋根の下で暮らしながら何か月も姿を見かけることすらないなんてあり得るだろうか。

食事を共にしないとか、生活時間帯が違うなどの理由があっても、後ろ姿さえ見かけない。それどころか気配や足音も聞いた覚えがなかった。

──光貴様の部屋の周り、それに彼がよく足を運ぶ図書室の辺りは常にひと気がない。光貴様が怪我をした時だって、人を探さなければならなかった……

つまり避けられている。当主を筆頭にして、使用人たちからも。

掃除等の必要に応じて関《かかわ》りがある下働きはいるが、彼らは明らかに光貴から距離を置いていた。それが当主の意思に沿ったものだとしたら。

考えられなくはない。だとしたら原因は。

「恐ろしいのだろうね。人は理解できないものへ本能的な恐怖心を抱く。神隠しに遭った僕は、彼らにとって畏怖の対象なのだと思う。関りを避けたいと願うのは、自然なことだ」

「……っ」

寂しさを窺わせない光貴の口調は、余計に葉月の胸を締め付けた。

きりきりと引き絞られて、ろくに息もできなくなる。悲しいのと悔しいのとで、涙が溢れそうになった。

「光貴様は、何も悪くないではありませんか……っ、理不尽です」

「恐れは、理屈ではない。仕方ないよ。生き物ならば生存のため恐怖心を研ぎ澄ませるのは必要不可欠だ。それに──僕が悪くないのと同じで、葉月にも非はない。いつまでも罪の意識に囚われないでほしい」

どこまでも淡々と。達観したかのような彼の物言いが、葉月の切なさを加速させた。

――他者の心の内を、本当の意味で覗くことは誰にもできない。だからもしかしたら、光貴様の気持ちを勝手に理解したつもりになるのも、私の独り善《よ》がりの怖れがある。でもだとしても――

優しいこの人を理解したいと思った。

未だ一人でさまよっているような彼の傍に寄り添いたい。貴方はもう一人ぼっちではないと言ってあげたかった。孤独の傷を舐め合うだけでも構わない。

光貴が葉月にしてくれたように、心の隙間を埋められたなら。一心不乱に求められ『必要だ』と伝え続けてくれたことで、自分の侘しさがどれほど癒されたことか。

誓えもしないくせに、この先ずっと離れないと口にして、手を握ってあげたくなる。そんな愚かな衝動を堪えるため、葉月はゆっくりと深呼吸した。

「私が光貴様のためにできることはありますか……?」

「いつも言っている。僕の隣に常にいてくれ。父だって葉月には感謝しているはずだ。君がやってきてから、僕が格段に落ち着いたからね。葉月は僕に人としての振る舞いを教えてくれる優秀な教師でもある。今までの世話係は僕に怯えるか委縮するばかりで、すぐに辞めてしまった」

または彼を誘惑して、あわよくば御堂家に入り込もうとしたか。

人として不完全な光貴を篭絡《ろうらく》して手に入れ、自分に都合よく操ろうと画策した者たちの気持ちも分からなくもない。

それだけ御堂家も光貴自身も魅力的だ。傍にいると分不相応な欲望を抑えられなくなることは、葉月自身にも身に覚えがあった。

叶うなら、このまま一緒に――と願ってしまいそうな己に、何度慄いたことか。

――でも、私は光貴様を利用することも、付け込む真似もしたくない。

誠実に向き合って、彼の信頼に報いたかった。それこそが、葉月の存在意義でもある。

――光貴様に求められている間は、私にできることをしよう。

傍から見れば間違った行いだとしても、二人の間に限れば必要なもの。傷を舐め合うのにも似た、虚しさと共感、愛しさがあった。

「葉月は駄目なことは駄目ときちんと告げてくれる。僕の顔色を窺ってのご機嫌取りばかりではない。それでいて安らぎも与えてくれる……かけがえのない人だ。これからも離れないと約束して」

彼が小指を差し出し、柔らかく笑む。その無邪気な笑顔はあまりにも無垢で、葉月を釘付けにした。

「その約束なら、前に一度交わしたはずです」

「何度でも更新したい。願いや祈りは重ねるほどに力を増す」

「光貴様は時折、不思議な言い回しをなさいますね」

苦笑しながらも葉月は彼の指へ己の小指を自ら搦めた。指切りげんまんと二人同時に歌う。

もう子どもではない二人には似合わない。それなのに過去をやり直しているのに似た甘酸っぱさもある。

指切ったと締め括ったところで葉月は勢いよく小指を振り払おうとしたが、一瞬早く光貴のもう片方の手が添えられた。

「え……」

歌詞が中途半端に尻すぼみになり、虚空に消えた。

辺りはすっかり藍色に呑まれている。影が濃くなり、仄かな肌寒さが忍び寄っていた。

「……誓おう。葉月と生きられるなら、どんな犠牲も払ってみせる」

「ぎ、犠牲なんて……」

大げさだと笑い飛ばせない空気が彼から漂った。

光貴の両手で包み込まれた葉月の手に、彼が恭《うやうや》しく口づける。接吻や肌を重ねたことはあっても、こんなことは初めてだった。

何故かとても淫靡に感じられ、光貴の唇から眼が離せない。

呼吸も忘れ、葉月は彼に何度も繰り返し口づけられる己の手を見守った。

——擽ったい……光貴様は唇までひんやりしている……

それとも葉月自身が火照っているせいか。

握られた手を振り解《ほど》けず、されるがまま手指を舐められた。爪を舌で擽られ、指の股を捏ねられる。更には親指から一本ずつ食まれ、最後は小指の付け根に歯を立てられた。

「——先日読んだ本に、指切りは元々遊女が始めたものだと書いてあった。客に己の唯一であり本物の愛を誓う証として、自分の小指を切断し贈ったそうだよ。事実だとしたら、随分怖いね。でも葉月へ不変の想いを示せるなら、僕も指くらい切り落とせるな」

「お、恐ろしいことを言わないでください……!」

子どもの遊びにそんな背景があったとは考えもせず、葉月は大いに驚いた。

何という情念。そして執着心か。

童歌としか認識していなかった『指切りげんまん』が急に重い意味を持った気がする。

つい及び腰にならずにはいられなかった。

「ふふ……葉月の身体には髪一筋分の傷もつけさせやしないから、安心してくれ」

「あの、念のためにお伝えしておきますが、光貴様が小指を切るのも駄目ですよ？　それは普通致しませんからね？」

きちんと釘を刺しておかなくては不安だった。

「ふぅん。針千本飲むより簡単な気がするが」

「どちらにしても駄目です。そういう覚悟を持てという話でしかありません。遊女の方々も実際に小指を落とすわけではないのでは？」

「葉月が嫌がるならしない。でも欲しくなったらいつでも言ってくれ。君のためなら指の一本くらい代償とも思わない」

「絶対に欲しくなりませんよ……！」

青褪《あおざ》めた葉月は勢いよく首を左右に振った。すると分かっているのかいないのか、彼が腹を抱えて破顔する。

「……！　光貴様、さては私を揶揄ったのですか？」

「そんなに葉月が怯えるとは思わなかった。でも、半分以上本気だよ」

「半分本気では、質が悪いです。くれぐれも、光貴様の小指はいりませんよ。肝に銘じてください。私は誰の指も欲しくはありません！」

人の指なんて貰っても、困るだけだ。そういう一種猟奇的な愛情はごめん蒙《こうむ》りたい。

葉月が震えつつ言い募れば、彼は楽しげに笑ってくれた。その様子は穏やかで、少し前のややおかしな空気が払拭される。

「うん。誰の指も受け取らないでくれ、葉月。もしも君に無理やり小指を押し付けてくるような輩がいたら、僕が遠ざけてあげる」

「心配なさらなくても、そういう極端な方はいませんよ」

「指切りも他の奴とはしないでほしい」

再び手に口づけられ、光貴の口内へ葉月の小指が導かれた。

彼の歯が、甘噛みを仕掛けてくる。ねっとりとした口内の温度と感触は、葉月を激しく動揺させた。

「ね？　約束して」

「こ、これでは指切りできません……それに、普通大人同士はあまりしませんよ……」

「そうか。だったらやはり僕たちは色んな意味で特別なんだ」

束の間、甘い愉悦が葉月を包んだ。

こんな時間が少しでも長く続けばいいと願う。いつかは終わりが訪れると分かっているから尚更に。

何度一緒にいると約束を交わしたところで、葉月と光貴の人生はいずれ別々の方向へ進む日が来る。生まれや育ちは勿論、立場が違うのだから避けられるはずもない。『その日』は確実にやって来るのだ。

ただし今回は別れの時を自ら選べる分、恵まれていた。

――十一年前は何もかもが突然だったから……

葉月は柔らかに微笑む光貴を眩しく見つめた。彼を『神隠しに遭った例の』と陰口を叩かれないようするのが、己の務めだ。

そのためにはどんな辛いことでも耐えようと自分自身に誓う。心の中でひっそり。誰に告げるでもなく。当然、光貴自身にも口を噤んで。

「葉月が僕を良い方向へ変えてくれる。きっと間もなく、誰と比較しても遜色ないと父に認めさせてみせる。その時は――」

最後まで言い切らず、彼は葉月の額に接吻してきた。

月と星に照らされて、世界に二人きりならよかったのに、と愚かな妄想に酔いしれる。自分でも馬鹿げていると失笑したいのに、潤む瞳を光貴から逸らせなかった。

一瞬でも長く見つめていたいと願う。砂上の楼閣に過ぎない幸福が継続するように。

「自分でも実感している。戻ってからの一年間より、葉月が来てからの数か月の方が格段に進歩している。僕は間もなく、完璧な人になれるよ」

「……光貴様は昔も今も、欠けたところなんてありません」

「ありがとう。葉月に褒めてもらうのが一番嬉しい。でも人間社会では父親に認めてもらうことが重要だろう？　でないと一人前と見做されないと聞いた。だから僕は頑張っている。堂々と葉月の傍にいられるように」

諸々の努力は全て葉月のためだと言いたげな台詞に眩暈がした。

胸に滲む感情の名前を探ってはいけない。向き合えば、自分が苦しくなる。だからこそ葉月は「……当主様に認めていただけるといいですね」とだけ返した。

口にした言葉に嘘はない。本心からそう願った。
光貴が幸せになってくれるなら、という祈りを込めて。
まさかその願いが叶えられ、悲劇に繋がるとは思いもせず。

五章　結婚

光貴の父親が息子に会いに来たのは、久し振りだった。

それこそ葉月がここへ連れてこられた時以来ではないか。しかし我が子に関する報告は随時受けていたらしい。

使用人たちは光貴に関わらず、誰も近づかない振りをしつつも、実際には監視の眼を光らせていたようだ。

御堂家の後継者としてあるまじき奇行に及ばないか。常識と建前を理解し身に着け、他者との交流が可能であるか。

そしてこの度『合格』の判定が下された次第だ。

――当主様はやっぱり光貴様を案じてらしたのね。……でもだとしたら私とのことも、全てご存じなのでは……？

闇でのことは、葉月自ら証拠隠滅を心掛けている。話す時も触れ合う時も、極力人目は避けていた。だが完璧であったかと問われれば、否定せざるを得ない。

――光貴様に隠すつもりがあまりないもの……いいえ、人のせいにするのはやめよう。私が拒めなかったから招いた事態だわ。

己の行動と選択には責任を取る。そう覚悟して、同席を命じられた葉月は手を握りしめた。

場所は応接室。葉月が父と御堂家を訪れた際に通された場所だ。あれ以来、初めて足を踏み入れた。

「――父上、お久し振りです。ご健勝でいらっしゃいましたか」

「ああ。お前も以前より顔色がいいな」

「ええ。葉月のおかげで不足していたものが補充されましたので」

「そうか。ならば何よりだ」

一見穏やかに始まった親子の会話は、何かを探り合うようにも見えた。心なしか当主の視線がさりげなくこちらに向けられた気がする。

どう考えても、葉月は『悪い虫』だ。光貴に集る害虫。父親としては息子の邪魔になるのなら、迷わず排除するだろう。いつ話を切り出されるかと、身を固くして待つ。だが。

「君も倅のために心を砕いてくれていると聞いている。礼を言おう。この先も光貴に仕えてやってくれ」

「え……は、はい」

想定外の声をかけられ、葉月は瞬いた。俯き加減だった顔を上げ、当主の様子を窺う。光貴の父は、そんな葉月の視線をするりと躱した。

「――光貴、お前がこのところ非常に良識的だと耳に届いている。この分なら私の仕事の一端を任せられる日も近いだろう。そこで、だ」

思わせ振りに言葉を区切った当主が咳払いをする。いよいよ本題に入るらしい。戸惑い気味だった葉月も慌てて背筋を正した。

「年齢を考えれば少し早いが……こういうことは縁だからな。どちらにしろ同じ結果になるのなら、人に先んじて行動した方がいい」

「何のお話でしょう?」

もったい付けた父親の言い回しに、光貴が首を傾げた。穏やかな口振りだが、やや焦れているのが葉月には分かる。ただし当主には見抜けないのか、上機嫌で口髭に触れた。

「以前のお前ならば、『父上は忙しいのだから、早く本題に入ってください』と無表情で言っているところだな。私を気にかけているようで、実際には合理的な冷淡さを隠そうともしなかった。随分、成長したようだ。これもまた彼女のおかげだろう」

笑みを浮かべた光貴は黙っている。

息子のにこやかな笑顔に満足したのか、父親はますます笑みを深めた。

「光貴、喜びなさい。お前に縁談が持ち上がっている。お相手は上野伯爵のご令嬢、菖子《しょうこ》様だ。この上ない良縁だぞ。当然私はお受けするつもりだ。あちらのお嬢様が女学校を卒業次第、我が家へ嫁ぐことになるだろう」

息を呑んだのは、葉月一人。

当事者である光貴は、表情を変えず双眸を細めた。

「……縁談とは、結婚のことですよね？」

「当たり前のことを問うものではないぞ。何でもひと月ほど前、お前が百貨店にいたのをお嬢様が見初めたそうだ」

おそらくそれは、光貴が葉月を連れ、強引に洋服を買い与えようとした日のことだ。洋装なんてする機会はないと言い拒否したけれど、結局高価なワンピースを贈られてしまった。

あの日のことを『菖子様』に目撃されていたのだと思い至り、葉月は無意識に奥歯を噛み締めた。

同時に、自分がこの場に同席させられている意図を悟る。

――当主様は、私に身の程を弁《わきま》えるようおっしゃりたいんだわ……

だから使用人でしかない葉月をこの場に呼び出したのだ。本当なら、扉の外で待つよう言いつけても不思議はないのに。

あくまでも婉曲に、光貴に相応しい縁談が来ていると知らしめ、自らを律しろと遠回しに告げているのだ。

「少し前までは、お前が外出したと聞くと不安が勝っていたが、よもや上野家の令嬢を射止めてくるとは。私は鼻が高いぞ。その調子で今後も積極的に出歩くといい」

御堂家は裕福な家柄だが、元は先々代が商売で財を築いたと聞く。それまでは地方の豪農に過ぎなかった。それ故、『血筋』の良さを欲しているのかもしれない。

名誉と財、地位の次に人が望むもの。人間の欲望は底が知れない。一つ手に入れればその次が欲しくなる。他者の手にしている恩恵を羨んで、更なる『上』を目指すのだ。

「妻を迎えてこそ、一人前の男だ。お前も身を固めて、より一層立派な人間にならなくてはな」

「……今のままの僕では、不完全なのでしょうか」

「お前が頑張っているのは、私も分かっている。だがこの父をもっと安心させてほしい。独り身でいてはいつまで経っても半人前と見做される。将来を考えればお前を支えてくれる確固たる後ろ盾が必要だ」

それは葉月ではあり得ない。そう言外に突き付けられたのも同然だった。

きつく拳を握りしめたせいで爪が掌に食い込む。何故か痛みは、微塵も感じなかった。

「僕は父上の期待に応えられていないのでしょうか？」

「逆だ。お前は私の期待以上に成長している。認めているからこそ、更なる高みを目指せと言っているのだ」

人前に出しても問題ないと判断したから、婚姻に前向きになっているのが窺えた。

良縁を結ぶことで、『神隠しに遭った息子』と嘲《あざけ》られるのを逆転させたい思いもあるのかもしれない。上野伯爵の令嬢を娶《めと》れば、格段に評判がよくなるのは眼に見えていた。

当然、御堂家にとっても利益しかない話だ。

社会的地位が上がり、『成り上がり』『田舎者』とは言われなくなる。この先新たに事業を拡大するのも容易になるのが確実だった。

「父上に認めていただくには、僕がその令嬢を妻に迎えるべきなのですか？」

「ああ、その通りだ。名家と縁続きになることで、お前を侮《あなど》る者はいなくなる。——自分の立場をしっかり自覚しなさい。……妾《めかけ》ならばその後囲えばいい」

小さく付け加えられた台詞に、葉月は愕然とした。どう考えても、自分のことを言われている。鋭い言葉の刃は、葉月の急所を的確に貫いた。

「とにかくこんな良縁は滅多にない。いずれ正式に挨拶の場を設ける。お前も心構えはしておくように」

当主にしてみれば、息子が断るなんて頭にもないに決まっている。

上流階級に属する者にとって、結婚は大事な仕事の一つだ。しかもこれを機に息子を取り巻く煩わしい噂を払拭できるとなれば、乗り気にならないはずがなかった。

下手に断れば、御堂家の立場も危うくなる。光貴に纏わる悪評は、より苛烈になり収拾がつかなくなる恐れもあった。

ならば選べる道は一つだけ。それ以外許されない。

葉月が漠然と覚悟していた『終わり』の時が、唐突に眼の前に立ち現れた。

「――倅が無事相応しい妻を迎えるまで――世話を頼む」

それは要求ではなく命令。

葉月は全身にのしかかるのに似た重圧を確かに感じた。何を言われているのかは、考えるまでもない。

光貴がその身分に見合った伴侶と縁づくまでが、葉月の役目だと告げられていた。いや、その後は日陰の身として生きていけと言われているのか。

今すぐ叩き出されないだけマシだと、頭のどこかで囁く自分がいる。

温情と猶予を与えられた。葉月には身に余る待遇だ。

だが現実的に考えれば、暗澹《あんたん》たる気持ちになる。

――上野伯爵のご令嬢と光貴様がご成婚したら、私は御堂家を出ていく……？　もし居座れば、奥様を大事にする光貴様を間近で見続けなくてはならないの……？

どちらにしても地獄。

辛い選択でしかない。提示された未来の図に、泣きたくなった。

「光貴が落ち着いてくれて、重荷を下ろした気分だ。あとは菖子様との間に孫の顔を見せてくれれば申し分ない」

「それで僕は『完璧』になりますか？」

「ははは、面白いことを言う。そうだ。家庭を持って、御堂家は安泰だと周りの者にも見せつけねばな。それでこそ立派な男子だ」

高らかに笑った当主は立ち上がり、息子の背中を力強く叩いた。

光貴は一切よろめくこともなく、それを受け止める。口元には笑みを刷《は》いたまま。だが、瞳はどこか冷ややかな色をしていた。

「……気を付けてお戻りください」

「ああ、この話を一刻も早くお前にしたくて、仕事を途中で抜けてきた。そろそろ戻らねばならないな」

見送りは必要ないと言い、当主は応接室を出て行った。残されたのは光貴と葉月。

互いに黙り込んだまま、室内の振り子時計が午後三時を告げ、静寂が破られた。

「――人間は、面倒臭いな」

たった一言。

吐き捨てるように彼が嘆息した。その言葉で、光貴が結婚に乗り気でないことが窺える。だが断固拒否する気がないことも、葉月は嗅ぎ取ってしまった。

――光貴様はこの話を受けるおつもりなんだわ……勿論、お断りするなんて、できるはずがないけれど……

それでも傷ついているのは、彼に『嫌だ』と言ってほしかったからなのか。

葉月は自分でもよく分からず、込み上げそうになる涙を瞬きで振り払った。

「……丁度おやつ時ですね。お茶の準備をいたします」

何か手を動かしていなくては、涙が溢れてしまいそう。感情に翻弄されたくなくて、葉月は立ち上がった。

「先日光貴様が買われた羊羹を食べますか？」

「葉月は今の話をどう思った？」

こちらの問いには全く答えず、彼は唐突に話題を変えた。いや、ごまかしたかったのはおそらく葉月の方だ。無関係な話をして、この話題に触れたくなかった。

「どう、とは……？」

何を求められているのか分からず、言い淀《よど》む。泣いて縋り付いてほしいのか。それともおめでとうございますと微笑んでもらいたいのか。

正解を探るため光貴の瞳を見返したが、何も読み取れず狼狽《うろた》えた。

——それに……私なんかが意見していいことではない……

きりきりと胸が痛い。呼吸するだけで苦しさが増した。息を吸っているはずなのに、むしろ溺れそうな圧迫感がある。

何も言えないでいる葉月を、彼は静かに見つめてきた。

「父の意に沿うことが、息子として正しい行いのはずだ。君も同じ考えか？」

「それは……っ」

回答を葉月に迫るのは、残酷としか言えない。

御堂家の、及び光貴のためを思うなら、正解は他にないのだから。

頷くことも首を横に振ることもできない葉月から、彼の視線は逸らされない。内側まで覗き込まれそうな眼差しに、耐えられなくなったのはこちらだった。

「……っ、先に部屋に戻ってお茶の準備をしてきます」

「葉月」

呼び止める声に振り返ることなく、葉月は足早に応接室を飛び出した。その後は小走りの勢いで光貴の部屋まで戻る。

今は何も見たくないし、誰とも話したくない。相手が彼であっても例外ではなかった。

ここまで強く一人になりたいと願ったのは、いつ以来か。いっそ消えてなくなってしまいたくなる。

村八分にされ、家族からも邪険にされて、社で一人泣いていた頃を思い出し、必死に堪えていた涙がついに溢れた。

――みっともなく泣いている場合じゃないのに……っ
葉月は畳に突っ伏して嗚咽を噛み殺した。もしかしたらこれまで自分が気づかなかっただけで、今この瞬間も誰かが葉月たちを監視しているかもしれない。そうでなくても、間もなく光貴が部屋へ戻ってくる恐れがあった。

彼は葉月が号泣していたと知れば、きっと心配してくれる。けれどそれを望んでいないし、情けない泣き顔を見られたくなかった。

――泣いても何も解決しない。覚悟していた日が、思っていたよりも早まっただけ……今無性に社に行って祈りたい。あの場だけが、いつも葉月を優しく迎えてくれた。

けれどここから村は、あまりにも遠い。

そもそも自身が何を願いたいかも不透明だ。本当の望みを葉月は言語化できず、感情だけが乱された。

ここに来て初めて、『村に帰りたい』と思う。

正確には『社に行きたい』だ。ずっと変わらず葉月に優しく寄り添ってくれた場所。

樹々は大きく育ち、建物や鳥居、注連縄の劣化が顕著でも、変化しないものがあったのだ。例えば清浄な空気。圧倒的な静寂。誰でも平等に受け入れてくれる懐の深さのようなもの。

それこそが今の葉月を慰撫《いぶ》してくれるように感じられた。

「……一度様子を見に戻ろうか……」

家族のことも気にかかる。弟妹の面倒をあの父と兄がちゃんと見てくれているのか。しかしそれは後付けの理由。本音を吐露すれば、息苦しさが限界に達していた。どこか遠くへ逃げたい。そしてそれは、思い出の社以外あり得なかった。

「……葉月？」

閉じていたはずの襖が開かれ、そこに光貴が立っていた。

反射的に振り返ってしまったので、涙を拭う暇もない。仮に頬を濡らす滴を拭いたところで、真っ赤になった眼はごまかせなかっただろう。

彼はすっと双眸を細め、部屋へ入ってきた。その際、後ろ手で襖を閉める。

閉ざされた空間に二人きり。

こんなにも気まずさを感じたのは、初めてだった。

「……泣いていたの？　痛々しいな」

葉月の傍にしゃがみ込んだ光貴が、潤む目尻を指で辿った。

情緒が乱れ、赤らんだ頬には彼の低い体温が心地いい。ひやりとした冷たさが、葉月に仄かな冷静さを取り戻させてくれた。

「――ねぇ、葉月。僕は君の胸の内を言葉にしてもらわないと分からないよ。人はあまりにも複雑すぎる。特に葉月は中々本心を明かしてくれない。昔は――色んな話をしてくれたじゃないか。愚痴や文句でもいいから、僕は聞きたいよ」

「そ、そんな……光貴様の前でそういった話をした覚えはありません……」

「君が忘れてしまっただけだよ」

そうだろうか。きっぱりと言い切られると、彼の言葉が正しい気がしてくる。

だが会話したことで興奮が鎮まったのか、葉月は大きく息を吸うことができた。

平常心が戻ってくれば、自分の行動の幼さが嫌になる。深く呼吸を繰り返し、葉月は声を絞り出した。

「……先ほどのご質問にお答えします。私は……光貴様のためになるのであれば、縁談をお受けするべきだと思います。当主様のおっしゃる通り、上野伯爵家と縁が結べるならば、大きな力を得られます」

血を吐く思いで、最後まで言い切ることはできた。本当は途中何度も『お断りしてほしい』と叫びそうになったが、渾身の理性で捻じ伏せる。

彼はそんな葉月を瞬きもせず凝視してきた。

――心の傷口から、鮮血が流れているみたい……

まっすぐな視線を受け止める勇気がない。説明できない疚しさに堪え兼ね、葉月はそっと瞳を伏せた。

「……それが、葉月の本当の願い？　僕が完璧な人間になることを望んでいるの？　結婚すればそれが叶うという理屈はよく分からないが……確かに大多数の人はある程度の年齢になれば伴侶を迎える。だがそれは条件で決めるものだとは知らなかった」

「……人によります。価値観はそれぞれです。家を守るため、愛情の確認、世間体……人の数だけ理由はあります」

「なるほど。やはり難しいな。人の世はもっと単純なものだと侮っていた。——でも葉月がそう思っているなら、何故泣いていたんだ？　喜んでいる涙には見えない」

正直に本当のことは打ち明けられない。言えば自分が惨めになるだけだ。

光貴自身が結婚を絶対に嫌だと思っていない限り、葉月が口出しできることは一つもなかった。

とはいえ、適当にごまかしても彼は納得してくれないだろう。この話を何度もされるのは流石に辛い。意見を求められるのは拷問に等しかった。

——私個人の感情は、隠し通さなくちゃいけない。光貴様の元を去るなら、きっと今だ。

そこで葉月は先ほど浮かんだ考えを織り交ぜて話すことにした。

「その……村の社が気になって……このところそればかり考えていたので、気持ちが不安定になっていたのです」

「社？　あの朽ち果てた？」

「はい。私以外お参りする人もいなかったので、今頃どうなってしまったのか。あの、一度様子を見に行ってもよろしいでしょうか？」

完全なる嘘でもない。ただ真実の割合が低いだけだ。

それでも放置されている社が気掛かりなのは事実だった。もしかしたら鳥居や屋根が崩れてしまっている可能性もある。お供え物だって絶えて久しいのではないか。

十年以上も葉月を慰め続けてくれたあの場所が、完全に朽ちてしまうのは忍びない。この気持ちは本物だった。

「……光貴様、一度村に戻ってもよろしいでしょうか？　社と家族の様子を見に行きたいのです」

互いに冷静になるために、そして正しい道を歩むため距離をとる。今ならば不自然さはない。彼だって納得してくれると葉月は思った。

――丁度いいんだ。私一人ではとても決断できなかったけれど……暇をいただこう。

光貴の傍を一時も離れたくない本心には蓋をして、葉月は笑顔を取り繕った。泣き腫らした瞳を、少しでもごまかせるように。

「数日で構いません。休暇をいただいてもよろしいでしょうか？」

御堂家に来てから、葉月は一日たりとも休まず働いてきた。きつい仕事ではなかったものの、四六時中彼の傍に仕えていたのだ。だからこそ、ほんの何日かの休みを所望するのは、当然の権利とも言えた。しかし。

「――駄目だ。許可できない」

「え……っ」

あっさりと却下され、葉月は唖然とした。

それどころか憮然とした彼の表情に委縮する。葉月に対して『怒り』を見せたことのない光貴が、明らかに苛立っていた。

「たとえ数日であっても、君が僕の傍からいなくなるなんて許せない」

「そんな……で、ですがこれから奥様を迎えるとなれば、私は邪魔になります」

「僕が結婚すると、葉月が何故邪魔になる？　君が望むなら妻を娶るつもりだったが……結果葉月がいなくなるなら、絶対にしない」

嬉しい、と感じてしまう自分は心底愚か者なのだろう。

本来なら、仕える者として主に正しい道を示さねばならない。この場合なら、上野伯爵令嬢との結婚を勧めるのが正解。

それなのに葉月の心は喜びに弾んでしまった。すぐに自己嫌悪に苛まれはしたが、歓喜が溢れたのは紛れもない事実だ。その現実は消せなかった。

「そのようなことをおっしゃらないでください……っ」

声が震える。自分自身の至らなさを糊塗《こと》するためにも、葉月は光貴の気持ちを受け入れられない。万が一ここで心情の赴くまま身勝手な行動に出れば、待っているのは破滅だけだ。

それも我が身だけならまだしも、彼を道連れにして。

一時の感情で先走れば、光貴は御堂家に居場所をなくし、上流階級で笑い者になり、上野伯爵からも睨まれることになる。

ただでさえ一度世界との繋がりを断たれた人を、再度不安定な身の上に追いやることはできなかった。

——私が願うのは、光貴様の幸せだけ……

「どうして？　何もかも僕は葉月のためにしたのに……」

「私たちは生きる世界が違います。ですから——」

「同じだ。僕が全部捨てて同じにした」

「え？」

どこか嚙み合わない会話に虚を突かれた。光貴が何を言っているのか不可解で、葉月の否定の言葉は引っ込んだ。

「こうして君に触れるためなら、全て失っても惜しくない。だから、あらゆるものを擲《なげう》った。そのことに後悔はしていない。でも、考えていたよりずっと人は柵《しがらみ》に縛られるのだな」

「光貴……様？　何のお話ですか……？」

「……葉月は知らなくていい。だがこれだけは言っておく。僕の元から消えることは決して許さない。もし勝手に姿をくらませれば――いくら君といえども契約を違えたとして代償を払ってもらうよ」

「あの……？」

ますます困惑して、葉月は瞳を揺らした。

視界には、こんな時でも美しい主の姿。切なくこちらを見つめてくる焦げ茶の双眸には、葉月だけが映っていた。

「それから、村の社のことだが――あれはもう中身のないただの遺物だ。朽ち果てたとしても、問題ない」

「え、それでは祀られていた神様は？」

それが何なのか知りもしないが、葉月は大いに焦った。

あそこをただの廃墟や廃屋だとは見做せない。大事にしなくてはならない場所だと本能的に感じていた。

「……神は人の信心を失えば零落《れいらく》して力をなくす。結果、穢れに身を落とす者もいれば、無に還る者もいる。または己をそこへ縛る力が弱まり、別の地へ移動する。――そう、とある文献に書いてあった」

「で、では村の社は……」

葉月がいた当時ですら、充分なことができていたとはとても言えない。ならば今は尚更ではないか。

どこか新天地を求めて飛び去ってくれたならまだいい。けれどそれ以外ならば——

「人づてに聞いたが、社はほとんど倒壊しているそうだ。ならばいっそ、取り壊してしまえば祀られていた神は自由になれるかもしれない」

「ああ……」

長年、葉月の心を支えてくれた大切な場所。それが失われるのは悲しい。それでも名前も霊験も知らない神が零落してゆくよりは救われる心地がした。

あの社に眠る神は、確かに葉月を助けてくれたのだから。祀る者がいないなら、自由の身になってほしい。そして別天地で相応しい扱いを受けてもらいたかった。

「葉月が気になると言うなら、こちらに社を移してもいい」

「そんなことが可能なのですか？」

「ご神体を正式な手続きに則って移動することは可能だよ。——……もっとも、あれはもうとっくに空になっているけどね」

小声で呟かれた後半の言葉は、安堵で緊張が緩んでいた葉月には聞き取れなかった。端から、光貴に告げるつもりはないのだろう。

代わりににこりと微笑んで、彼は葉月を抱きしめてきた。

「だから何も心配しなくていい。僕の傍にいてくれれば——お願いだよ、葉月」

人としてどこか歪なところがある彼の言葉を、額面通りには受け取れない。どういった思いで口にしているのか、はっきりとは理解できないからだ。

葉月を求めてくれているのは間違いなくても、愛や恋だと言い切るには、光貴の言動は不可解だった。よく言えば純粋。悪く言えば幼い。一般的な常識の型から逸脱している。

葉月を乞いながらも、別の女性との結婚に対し抵抗感が薄く、必要だと言われればさしたる疑問もなく了承しそうなくらいに。

更に彼には己の選択に後ろめたさもないのだ。このままいけば、新婚早々妾を囲うことになりかねないにも拘わらず。

——流されてしまいたいと願う私がいる……

葉月は複雑な己の感情を持て余し、彼の腕の中で眼を閉じた。


その夜、葉月は不思議な夢を見た。

どこか見覚えがある場所。それでいて、まるで知らない光景。

緑豊かでよく手入れの行き届いた境内は、広くはないが清浄な空気が満ちていた。大勢の人がひっきりなしに訪れて、あれやこれやと願い事を述べたり、供え物をしたりして帰る。

質素ながら信仰心と畏敬の念が静かに湛《たた》えられていた。

——ここはどこ？　知っている気がするのに、思い出せない……

考えようとしても思考は纏まらず、葉月は足裏が踏みしめる草の感触に意識を奪われた。

——私ったら、裸足？　草履は？

脱いだ覚えはないが、思い返せば草履を履いた記憶もなかった。そもそも、いつどうやってここへやって来たのかすら曖昧だ。

——頭の中がぼんやりしている……でも、何故だろう。とても懐かしい。身体が軽い。木漏れ日が心地よく、小鳥の声が耳を楽しませてくれるからか。それともつい眠気を誘われる陽気の影響か。

思い煩うことが馬鹿々々しくなり、葉月はいつしか考えることをやめていた。

そんなことよりも、とても気分がいい。ずっとここでぼんやりしていたいくらいだ。どうせ家に帰ったところで、辛いことばかり待ち受けている。

現実は束の間の安息さえ許してくれない。せめてここにいる間だけでも深呼吸して己を労わりたくなった。

――『だったら、ずぅっとここにいればいいのに』――

突然、葉月の頭の中に言葉が響く。自分の声ではない。だが驚きはしなかった。

夢の中ではそれが普通であり、特別大騒ぎするような異常事態でもなかったせいだ。

『それは、できませんよ』

応えた声に、微かな違和感を覚えた。聞き慣れた自分の声と違う気がしたものの、己の喉を通過したのは間違いない。しかし、疑念はすぐに脆く崩れた。

――変なの。いつも通りの私の声なのに――

そうだ。これと言って特徴のない年若い女の声。どうして『違う』などと感じたのか、もはや自分でも分からなかった。

頭の中に靄がかかったよう。ぼんやりしているからおかしなことを考えるのだ。

自身の声どころか己の容姿や名前も曖昧になっているとは思い至らず、葉月は睫毛を震わせた。

――私は誰……？　ううん、そんなことよりも今は……

――『どうして？　ここにいれば誰も君を傷つけない』――

『だとしても……私の居場所はあの家だけです。仕方ありません』

他に行く当てなんてない。短い時間こうして息を吐けただけ御の字だ。

話すことに気を取られ、もやもやとした感覚は隅に追いやられた。

――『皆しょっちゅう願い事をしてばかりなのに、君はしないの？　自由になりたいと言えばいいのに』――

『人には色々柵がありますます。身の丈に合った生き方が望ましい。私があの家で生きることも、運命なのでしょう』

悲観しているのではない。諦めているのでもない。葉月は他に生き方を知らないだけだった。自由と言われても、ぴんとこないのだ。

――『こっちへくればいい』――

『無理ですよ。私たちはずっと一緒にはいられません。あまりにも違いすぎますから。こうして時折お話しできるだけでも、私は恵まれているのだと思います』

姿の見えない何かに微笑みかける。

伸ばした指先へ触れるものは一つもない。それでも、差し込む光が温かく葉月を照らしてくれた。

――『……一緒にはいられない？』――

『ええ。気にかけてくださっただけで、とても嬉しくありがたいです。どうかこれからもこの村を守ってください。私がこの世を去った後も――』

どこにも行くなと追い縋る声が聞こえた。だが、それはそもそも本当に音なのかどうか疑わしい。

いつだって葉月以外の耳には聞こえない。物心ついた時には――いや、生まれた瞬間にはそうだったとしか言えないのだ。

幻聴だと言われてしまえば、反論の余地も証明する方法もなく、葉月自身説明が難しい。ただいつの頃からか不思議とは思わなくなっていただけ。

そのため、『人に言えば奇妙に思われる』という意識が薄らいでいたのは否めない。特に言いふらさずとも、そういった秘密は得てして漏れるものだ。

秘密にする意志が乏しければ尚更のこと。

気づけばいつの間にか、葉月が『それ』を聞き取れる事実が村の中に広まっていた。

もし不幸な巡り合わせがなければ、この話はここで終わっていただろう。けれど運命は残酷。時として、人を試す真似を仕掛けてくる。

悪意なく、戯れに。いや、遊びという認識さえもなく。

翌年。

村は未だ嘗《かつ》てない干ばつに見舞われた。悲劇は、それだけに留まらない。

雨乞い虚しく田畑はひび割れ、疫病が流行り、地震によって何軒もの家屋が潰れた。老若男女関係なく、次々と痩せ細り斃《たお》れてゆく。

すわ祟りかと村人が怯え切ったのも仕方あるまい。葉月自身、大勢の村人が死んでゆくのを為す術なく見守ることしかできなかった。

圧倒的な自然を前に、無力な人間ができることは少ない。

どれだけ田畑を耕しても実ることはなく、看病虚しく病は癒えず、家財も家族も亡くした者は生きる気力も失った。

ならば、精々が言い伝えに倣い、『捧げる』ことだけ。荒ぶる何者かを鎮めるために。

相応しいのは無垢な娘。それも『特別』であればより好ましい。適任者はすぐに決まった。

貧しくて、親の発言力が低く、美しい上に聡明な女。しかも常人《じょうじん》には聞こえない声を聞く。こんな最高の条件を兼ね備えた娘は他にいなかった。

村の総意として指名され、拒絶などいったい誰にできようか。

そしてこの年。『生贄』に選ばれたのが——


「……っ」

目覚めは最悪だった。

全身汗まみれで、呼吸は荒い。心臓は爆音で打ち鳴らされ、葉月は焦点の合わない両眼を見開き、胸元を強く握っていた。

——夢……

恐ろしい悪夢を見た。今も恐怖で身体が竦んでいる。現実ではないと分かっているのに、一向に震えも冷汗も止まらなかった。

それなのにどうしたことか、具体的な内容が一切思い出せない。怖かった——という感情だけは鮮明でも、ではどんな夢だったのかは早くも滲んでいた。

——太鼓や鈴の音が聞こえた気がする……

まるで祭り。もしくは儀式。

しかしそんな記憶も葉月の中から瞬く間に風化していった。

——真っ白だ……何も覚えていない。

たった今見た夢が欠片も思い出せないもどかしさと不可解さが腹立たしい。さりとて頭からすっぽり抜け落ちていることに、安堵もあった。

相変わらず葉月の全身は怯えている。すっかり委縮し、手足は冷たくなっていた。戦慄く指先には力が入らず、拳を握るのも一苦労。それでいて爪先まで強張っている。

心音は乱れたまま。完全に恐慌をきたしている状態だ。よほど悪夢による衝撃が大きかったに違いない。

だとしたら、いっそ忘れてしまった方が精神衛生上いいに決まっている。強引に恐怖を呼び覚ます必要などあるはずもなかった。

されど震えは欠片も治まらず、葉月は深く息を吸い、ゆっくり吐き出した。

——怖い。

理由は不明でも、こびりついた恐怖が全く去ってくれない。むしろ正体不明のまま、じりじり心を苛んでいく錯覚があった。

瞼の裏に赤い色が明滅する。それが夢の残滓《ざんし》かどうかも分からず、慌てて瞳を見開いた。

——あれは、血？　それとも別の——

「——葉月？　どうしたの？」

「光貴、様……」

隣に横たわっていた男が頭を擡げ、こちらを覗き込んできた。ほんの一瞬、彼が誰でここがどこなのかを葉月は見失う。

闇の中でも秀麗な美貌。逞しく健康的な身体。誰もが羨みそうな理想そのもの。聡明な焦げ茶の双眸に見つめられ、既視感と違和感が同時に湧いた。

忘れたはずの夢と現実がごちゃごちゃになる。混乱し、頭が正常に働かない。

それでも一呼吸の間で、現状を思い出した。

——ああ……ここは御堂家のお屋敷だ……それも光貴様の寝室。

二人とも裸で同じ布団で眠っていた。いつものように睦み合い、そのまま自堕落に微睡んでいたのだ。

未だ明けきらない暗さを見れば、午前四時過ぎだろうか。

部屋の外は、耳が痛いほどの静寂が横たわっていた。

「……怖い夢でも見たのか？」

光貴が優しく問いかけながら、汗で額に張り付いた葉月の前髪を横へ流してくれた。

彼の指先はこちらのこめかみを辿り、頬を撫で下ろしてくる。そして眼尻に溜まっていた涙を拭ってくれた。

「わ、分かりません……ただ、どうにも怖くて……」

何一つ覚えていないから、詳しく説明もできず、葉月は瞳をさまよわせた。改めて言葉にすると、何とも滑稽だ。

悪夢を見た気はしても、それを具体的に伝えられない。そうこうしている間に、夢を見たことさえ定かではなくなってきた。

「いえ、ごめんなさい……光貴様を起こしてしまいましたね」

「そんなこと気にしなくていい。君が落ち着くまで傍にいられて嬉しい」

彼の唇で瞳の縁をなぞられて、少し擽ったい。それ以上に体温が低い人肌が心地よかった。

抱きしめてくれる腕も、頭を撫でてくれる手も、密着する肌も、絡む脚の全部が葉月を慰めてくれる。

労わられて甘やかされ、今独りきりでなくてよかったと、心の底から感じた。

――この温もりに慣れては駄目なのに……ほっとしてしまう……

きっと昼間のことがあったから、恐ろしい夢を見たのだろう。潜在的な罪悪感や不安が、悪夢となって噴出したに違いない。

物分かりのいい振りをして本心を押し殺そうとしても、葉月の心は『光貴と離れたくない』と訴えているのかもしれなかった。

今だって、こんな風に抱きしめられている場合ではないのに、彼の胸を押し退けられずにいる。全て、葉月の弱さと狡さのせいで。

「……どんな夢を見たの？　葉月」

「ごめんなさい。本当に覚えていなくて……ただ懐かしいような、でも知らない場所にいたような気がします……」

「そう……」

頭頂に口づけられ、全身が弛緩する。光貴の胸に包まれると、急速に葉月の心が凪いでいった。浅く速かった呼吸も平素の速度に戻ってゆく。

「……忘れたなら、きっとたいしたことがないものだったんだよ。そのまま忘却の彼方にやってしまえばいい」

「……はい。わざわざ思い出したくはありません」

「うん。……失念は、人に与えられた恩恵の一つだ」

「覚えておかねばならないことも忘れてしまう時があるのは、厄介ですけどね」

敢えて冗談めかして言い、葉月は己を励ました。好き好んで暗闇を覗き込みたくはない。何故か、確実に後悔する予感があった。触れてはいけない何か。

どうせただの夢だと自分に言い聞かせ、より悪夢の記憶が風化するのに任せた。

――眼が冴えてしまったな……

落ち着いてはきたものの、もう一度眠れる心境ではなくなっている。乱れた気持ちの余韻が全身に散り、再び悪夢を見ない保証もない。ならばこのまま朝まで起きていようかと、葉月が思案していると。

「……葉月が村の社を気にかけてくれて、嬉しかった」

「え?」

「僕にとってもあそこは思い入れがある場所だから」

光貴には、神隠しに遭った因縁の場所だ。だとしたらあまりいい思い出とは言えないのでは。そう考え、葉月は返す言葉に迷う。

抱きしめられたまま数度瞬いていると、彼が額同士をこつりと合わせてきた。

「……葉月と再会できた特別な場所だ。大切な思い出がある」

「そんな風におっしゃってくださるのですか……」

優しい言葉を贈られ、葉月の瞳から涙が溢れた。

けれど先ほどまでとは全く違う理由の涙だ。人は嬉しくても泣く。そんな簡単なことを久し振りに思い出した。

「気が遠くなるくらい長い間、葉月に会いたくて堪らなかった。ようやくそれが叶った場所だ。僕はあまり土地に思い入れは持たない方だが、君が大切に感じてくれていたことが嬉しい。だから僕にとっても大事な地だと思う」

「光貴様……」

「あの当時から考えると、こうして一緒にいて触れ合えることが、とても信じられないな」

「私も……奇跡だと思っています」

十年もの歳月が経って、彼と再会できるなんて夢にも思わなかった。光貴が生きてくれていたことに、改めて感謝の念が生まれる。

切なさと喜びを嚙み締め、葉月は彼の背中へ手を這わせた。

「光貴様、どうか幸せになってくださいね」

「葉月が傍にいてくれれば、僕はいつだってこの上なく幸せだよ」

微笑む彼の顔が滲んだのは、葉月の瞳が潤んでいたからだ。それを気づかれたくなくて、そっと瞼を下ろし、葉月は光貴の胸板へ頬を押し付けた。

——辛い思いをした分、光貴様にはこの先幸福だけが降り注げばいい。私はもう、充分な思い出をいただいた……

接吻は、どちらから求めたのか判然としない。おそらく、同時に口づけしたいと願った結果だ。

薄く開いた唇の狭間から舌を差し出し、相手のものも歓迎する。

口内で粘膜を絡ませ合えば、粘着質な水音が控えめに鳴った。

初めて肌を重ねた時は呼吸もままならなかった行為が、今では彼の動きに合わせる余裕もある。舌先で擽り、誘うように逃げ惑えば、強く啜られた。

は、と淫らな吐息を漏らし、いったん唇を解いてまた貪り合う。唾液を混ぜ、わざと淫音を奏でる口づけは、淫らな行為と大差なかった。

「……葉月は、接吻が好き？」

「ん……光貴様とする口づけは好き、です」

他の人間とはしたいとも思わないし、想像も嫌だった。むしろ嫌悪感すらある。誰にも触れられたくないし、触れたくもない。それが葉月の本音だ。まして唇をつけ、口内を舐め回すなんて、彼が相手だからこそ恍惚に浸れる。別の誰かとなんて、怖気が走った。

「嬉しいな。僕も葉月以外とは絶対にごめんだ」

何度も唇を合わせ、解くのを繰り返す。時には接触させただけ。軽く啄んで、合間に鼻を擦りつける。

それに飽いたら、噛みつく勢いで深く口づけ、激しく舌を絡ませ合った。

「は……っ」

悪夢の恐怖で冷えていた葉月の末端に熱が巡る。凍えていた指先も、今や汗ばむほどに火照っていた。

「ん……光貴様はいつもお身体が冷たいですね」

こちらが昂っているせいか、余計に彼との体温の差を感じた。光貴は不調を感じていないようだが、あまりいつも冷えているのであれば心配になる。何気なく葉月が腕を摩《さす》れば、彼が苦笑した。

「問題ない。真冬は動きたくなくなってしまうが、暑い時期には丁度いいんだ」

「そうですか。私も、光貴様にくっついていると、ひんやりと気持ちがいいです」

「だったらもっと密着したらいい」

ぎゅっと抱き込まれて、少し苦しい。だがそれさえ愉悦の糧になった。

「ふふ……そんなに強くしがみ付かれては、動けませんよ」

「動けないようにしているんだよ。ほら、逃れられないだろう？　だから葉月は早く諦めた方がいい」

「光貴様はおかしなことを言いますね」

実際、葉月の身動きは封じられていた。けれど不快感はない。逆に安心感に包まれて、ほぅっと息を吐いた。

「……葉月、君の中に入りたい」

「……っ！」

直接的な誘惑に眩暈がした。頬は一気に熱を帯び、全身も赤くなる。胸の狭間にじわりと汗が浮く感覚がして、葉月は潤む瞳をさまよわせた。

「そ、そんなこと……」

「駄目？」

軽く俯いていても下から覗き込まれて懇願された。暗がりでも麗しい眼差しに捕らえられ、抗えるはずがない。

拒否できる立場にはないと言い訳し、葉月は微かに顎を引いた。そんな己の卑近さからも、一時的に背を向ける。

本音では、未だ残る恐怖を完全に塗り潰してほしかった。それができるのは光貴だけだ。彼と触れ合っている間は、嫌なことも恐ろしいことも全部忘れられる。煩わしい現実から逃れ、二人きりの空間に漂っていられた。

あまりにも甘美な誘惑を拒めない。

嘘偽りのない葉月の本心は、拒みたくないと渇望していた。ずっと昔。遥か以前から。

――昔……？　光貴様を愛しく想うようになったのは、最近なのに……？

子どもの頃は、特別ではなかった。どちらかと言えば、接し方に迷っていたほどだ。さして親しくはなく、距離感が摑めずにいた。

それなのにさも長い間彼を慕っていたかのような感覚が葉月の内側にはある。それが不思議でならなくて、数瞬意識が茫洋とした。

「――葉月？」

「……っ、ぁ……」

「よそ見しては駄目だよ」

甘い、けれど濃密な口づけで葉月の意識は引き戻された。口内が光貴の舌でいっぱいになる。吐息が奪われ、たちまち全身に喜悦の種が埋められた。

「は……っ」

指先まで熱を孕み、眠りに落ちる直前まで抱き合っていた名残か、葉月の陰唇は未だ潤んでいた。

彼の手が優しく肉の割れ目をなぞると、はしたなく新たな蜜を湛える。綻んだ媚肉はすぐに光貴の指を呑み込み、やわやわと蠢いた。

「……ぁ、ふ……」

「辛いことなんて、一つも思い出さなくていい」

「あ……」

抱き起こされた葉月が下ろされたのは、仰向けに横たわった彼の上。光貴に跨る形で膝立ちの姿勢に導かれた。

その際、肩から寝間着が滑り落ちる。腰紐は緩み、もはや身体に引っ掛けているだけ。全裸よりも卑猥な格好で、彼を見下ろす羽目になっていた。

「こ、光貴様……」

「煽情的な眺めだね」

「ふ、んぁ……っ」

下からささやかな胸の膨らみを揉まれ、淫靡に色づいた乳頭を捏ねられた。

彼を押し倒しているかのような体勢に、背徳感が込み上げる。やや後ろめたい感情は、ふしだらな官能を掻き立てた。

騒めくのは心か体内か。期待が溢れ、葉月の喉が無意識に鳴った。

「葉月、自分で擦りつけてみて」

恥ずかしい。普段なら、いくら光貴の命令でも聞けやしない。それなのに熱に浮かされているせいか、葉月は彼のそそり立つ肉杭へ自らの花弁を押し当てた。それだけでなく、ぎこちなく腰を前後させる。

「ん……っ」

にち……と淫靡な水音が奏でられ、一層羞恥に火をつけた。

下に視線をやれば、凶悪な楔が葉月の愛蜜で濡れているのが見て取れる。こちらの動きに合わせ、より力強く漲《みなぎ》る様まで。

血管が浮いた剛直は、醜悪な形をしている。あんなに太くて大きなものが自分の中に収まるとはとても信じられなかった。

けれどこれまで数えきれない回数受け入れてきたのだと思うと、葉月の隘路がいやらしく収縮する。しかも光貴の一部だと認識すれば、途端に愛おしさが生まれた。

葉月の視線に反応したのか、彼の肉槍がより雄々しく天を衝く。

あまりにも淫蕩な光景から、葉月は眼を逸らすこともできなかった。囚われたかの如く、凝視してしまう。瞬きの間も惜しく、吐息が濡れていった。

「……葉月、触ってくれ」

「は、い……」

きっと今、自分はどうかしている。すっかり猥雑な空気に酔い、冷静な思考力を手放していた。それとも何も考えまいとするあまり、不必要に淫奔《いんぽん》になっているのか。

己自身でも分からないが、嫌でないのが不思議だった。

思う通りに振る舞って、望むものを手に入れたい。普段なら持てない大胆さを、今夜は発揮しても許される心地がした。

夜が明ければこれまで通りの日々が始まる。

どれだけ光貴が葉月を厚遇してくれても、飛び越えられない壁があるのだ。二人が生きる場所はあまりにも違っていて、決して同じにはならない。だからこそ、この夜だけは全て忘れて夢中で求めたかった。

我が儘でいい。卑怯と罵られても。

せめて一夜の夢を必死に欲す。眼前に差し出された目くるめく快楽に溺れ、本当に向き合わなくてはならない問題から眼を逸らし、葉月は覚束《おぼつか》ない手つきで彼の屹立へ触れた。

温かくて、硬い。それでいて脈動が感じられる。

やや汗ばむ肌は、作り物ではなく光貴の肉体であることを葉月の掌を通して伝えてきた。

「強く握って」

「こう、ですか？」

太い幹を摑むと、表現できない昂ぶりが葉月の奥で生じた。

脚の付け根が潤んで、じくじくと疼く。何を欲しがっているのかは、考えるまでもない。

今両手で握っているもので早く埋めてほしい。

はしたない欲求を口走りそうになって、懸命に飲み込んだ。

喉を通過する息は熱く滾って、今にも喘ぎに変わりそう。無意識に葉月は腰を揺らめかせ、蜜口をどうにか光貴に擦りつけられないか探っていた。

「いやらしくて、可愛いよ。葉月。僕が欲しい？」

「あ……」

思わず頷くところだった。危うく顎を引きかけたのを、ぐっと堪える。それでも飢えが滲んだ瞳は隠せない。浅ましく彼を見つめ、肉杭を握る手に力が籠った。

「発情しているくせにごまかそうとしている君は、極上にそそるね。もっとどろどろに甘やかしたくなる」

「ぁ……ッ」

光貴の指が媚肉を割り、葉月の内側へ入ってきた。

浅い部分をゆっくり往復し、濡れ襞を摩《さす》る。激しさはないのにいつもと違う体位のせいか、とても快感が掻き立てられた。

じわじわと末端まで愉悦が広がる。膝立ちを維持しようとしても、太腿に力が入らない。それどころか満足に彼のものを握っていることさえ難しかった。姿勢が崩れ、前のめりになる。すると無防備な蜜口には光貴の指がもう一本入ってきた。

「ぁ……あ、そんなに触れては……っ」

「葉月も僕に触っていいのに。ほら、好きなように弄ればいい」

「ひ、ぅ」

今や彼の身体に折り重なる形になった葉月は、ひくひくと肢体を震わせた。中途半端に羽織ったままの寝間着が、尖った乳首に擦れる。

堪らず艶声を漏らせば、局部同士が擦り合わされた。

「あ……っ」

ずりずりと前後する肉塊に花芯を押し潰される。括れに引っ掛かり弾かれ、転がされた。屹立に浮いた血管が予想外の刺激となって葉月の陰核を苛み、とめどなく蜜液が溢れ出る。

既に下半身はしとどに濡れている。眠る前の淫らな体液も乾いていないのに、新たな愛蜜でびしょ濡れだった。

「……ぁ、あ」

なのに光貴は一向に葉月の内側に入ってきてくれない。いつまでも性器を合わせ、淫音を奏でるだけ。それでも充分に気持ちがいいが、達するにはまるで足りない。欲求不満だけが蓄積されてゆく。

次第に焦れた葉月が淫靡に身をくねらせるまでに時間はかからなかった。

「……は、ぁ……あ」

「ああ、可愛い」

そう言って彼は葉月の髪を撫で、肩を摩り、腰を抱いてくれる。けれどやはり決定的なものを与えてはくれなかった。

「光貴、様……っ」

「うん、何？」

恍惚の滲んだ双眸は、仄かに嗜虐《しぎゃく》的だ。獲物を丸呑みにせんと狙う捕食者のよう。食らわれる恐怖を感じなくもないが、それ以上に葉月は喜悦を掘り起こされた。

「ぁあ……ッ」

官能が末端まで伝わってゆく。少しでも気を抜けば、もっと口にしてしまいそう。だが辛うじて言葉を慎んでも、淫らに腰をくねらせることは止められなかった。

「……ぁ、ア、あ……ッ」

「葉月……自分で挿れてごらん？　僕に見せつけてくれ。君が僕を食らってゆくところを」

何て淫蕩なお願いか。

沸騰ぎりぎりだった葉月の頭が完全に茹で上がる。

微かに残った理性が駄目だと叫んでも、もう囁きにもなっていなかった。身体はとっくに陥落し、『この先』の快感を希《こいねが》っている。

その上光貴に言われた言葉で、葉月の自制心は限界を迎えた。

――私が光貴様を食らうの……？

甘美な台詞が頭の中で木霊する。この誘惑が毒だとしても、飲み干したい。

熱く凝った息を吐き、葉月は再び膝立ちになった。

「大丈夫、手伝うよ」

彼に導かれ、位置を調整する。これまで眼にしたことのない角度で、光貴の楔に自らの手を添えた。

「そのまま腰を落として」

「……んッ」

花弁に肉杭の先端が接吻した。しかしそれ以上重心を下ろす勇気がない。あと少しで極上の快楽を味わえると分かっていても、太腿から力を抜きるのは難しかった。

「怖がらなくていい。おいで」

「光貴様……」

脇腹を撫でてくる手が優しい。下から見上げてくる瞳も慈しみが湛えられていた。何度も媚肉に触れる剛直も。全てが葉月の背中をやんわりと押してくれる。暴れる欲に、これ以上抗えなかった。

緩々と身体を下ろし、逞しい肉槍を頬張ってゆく。

隘路を目一杯押し広げられ、濡れ襞を掻き毟られる度、淫らな声が押し出された。

「……ぁ、あ……ッ」

擦れる場所が普段と違い、葉月自身に委ねられているのが悦楽を増幅させた。

まさに自分が彼を食べている気分になる。いやらしく涎を垂らし、しゃぶっている錯覚が葉月をどんどん昂らせた。

光貴が支えてくれるから、信じて動ける。甘く細められた視線に炙られ、蜜路が収斂した。

蜜窟を支配されても、主導権はこちらにある。息を整え更に腰を落とし、葉月はやがて彼の上に完全に座り込み、感嘆の息をこぼした。

「……は、ぁあ……」

「頑張ったね、葉月」

引き締まった光貴の腹の凹凸が、寝間着越しに感じられた。そこへ手を置いていると、彼もまた息を荒げていることが如実に分かる。

自分と同じだけ興奮し、荒々しい呼吸を繰り返してくれていることが、殊の外嬉しかった。

「光貴様、も、動けません……」

話すだけでも振動が体内に響き、これ以上はとても無理だ。これが葉月の限界。涙目で途切れ途切れに訴えれば、彼は柔らかく微笑んで労わってくれた。

「いいよ。あとは僕を存分に味わって」

「あ……ッ」

下から突き上げられて、一瞬葉月の身体が浮いた。重力に従って落ちれば、深々と串刺しにされる。それを何度も。

蜜口からは、まさに光貴を食らっているのに似た音が立てられた。卑猥な水音は耳から忍び込み、より悦楽を増幅させる。そこに己の荒い息遣いが重なれば尚更だった。

弾んで、貫かれる。汗が放物線を描いて飛び、蜜液は攪拌されて泡立った。

いつしか葉月自身も要領を得、彼の動きに合わせて動き始める。

己の感じる場所へ切っ先が当たるよう重心を変え、上下する速度を同じにした。共に快楽を得るため腹に力を籠め、光貴を締め付ける。

すると彼の表情から余裕が消え、打擲の鋭さが増した。

「……っく」

——光貴様が感じてくださっている……

その事実が嬉しくて、葉月は恍惚に浸った。もっと余裕がなくなった彼の顔が見たい。こちらの腰を摑む手が肌に食い込むことも愛おしい。悩ましい表情を見下ろしているだけで、全身に嵐のような快楽が回った。

「は……っ、ぁ、あッ」

今までで一番熱心に動き、自主的に喜悦を求める。淫らな女に成り果てて、葉月は身体を弾ませた。

自らの肉体で光貴のものを扱く度、彼は艶やかに顔を歪め、吐き出す息は唸り声にも似ている。

いつもひんやりとした肌は火照り、珠の汗が幾筋も首や胸板を伝い落ちていた。不意にそれが甘露に見えて、葉月は思わず上体を倒し、男のはだけた寝間着の狭間へ舌を這わせる。

光貴が驚愕に眼を見開いたのが、どこか誇らしく感じられた。

「葉月……っ」

「甘くは、ないのですね」

舌に残るのは塩味。よく考えれば当然なのだが、不思議と『甘いに違いない』と思ったのだ。その理由は自分でもよく分からなかった。

「いつの間にそんなことを覚えたんだ？」

「だって、今夜は私が光貴様を食べていいのでしょう？」

すっかり愉悦に浸りきった頭は、普段なら考えられない台詞を吐いた。その間も絶えず淫らに腰を振る。汗が瞳に入って沁みても、やめようとは思えなかった。

「ああ、確かに言った。本当に人間は——いや、葉月は複雑で時に頑固な面がある。それに途轍もなく純粋だ」

「ぁ、んんッ」

彼が上半身を起こしたことで、向かい合い座る形になった。勿論下肢は繋がったまま。体勢が変わったことで、内部の擦れる場所も変化した。

「んぁっ、ぁあ……ッ」

「好きなだけ僕を食らってくれ。でもこっちの腹も満たさせてもらうよ」

「あ、ァああっ」

胡坐をかいた光貴に抱き直され、葉月は最奥を穿たれた。脳天まで駆け抜ける淫悦に、涙が溢れる。頭は真っ白になり、気持ちがいいことでいっぱいに埋め尽くされた。

「……全部忘れても構わない。だけど——約束だけは違えては駄目だ」

「は、ぁッ、ああ……ひ、ぁッ」

固く抱き合って共に揺れる。達する予感に葉月は彼の背中へ腕を回した。

「光貴様……！」

「葉月……っ」

腹の中に熱液が注がれる。勢いよく子宮を叩かれ、葉月は激しい絶頂へ飛ばされた。

「ぁ……あああッ」

同じ心音、同じ息遣い。ただし体温が混ざり合うことはない。

汗まみれの手足を絡ませ、二人揃って愉悦の海を漂った。

六章　嵐

「とても似合っているよ、葉月」

「あ、ありがとうございます、光貴様。ですがもう何度目ですか？」

「何度でも言いたい。やはりこの服を選んでよかった」

うっとりと瞳を潤ませた光貴は、満足げに頷いた。

以前、彼が葉月のために購入したワンピース。洋装なんてしたことがない上に、眼を疑うような値段で売られていたため、葉月は最初『着る機会がない』と断った。

けれど光貴は一歩も引かず、隙をついて支払いを済ませてしまったのだ。しかも、服に合わせて靴や帽子、果ては鞄まで揃えていたと知ったのは、今朝である。

天気がいいから出かけようと誘われ、『この前の服を是非着てほしい』と懇願され断れなかったところに、さりげなく小物が追加されていたというわけだった。

下着まで準備されており、思わず遠い目をしたのは、言うまでもない。

――これ全部でいったいいくらかかっているのかしら……まさか絹？　私の給金なんて、一年分を合わせても足りないくらいじゃない？

おそらく彼は『返せ』と言わないだろうが、葉月は理由がない贈り物を平然と受け取れる性格ではなかった。喜びの前に後ろめたさが先立つのだ。

何かお返しをしなくてはと思うものの、葉月に用意できる程度のものなら、光貴は既に持っているに決まっている。

すっかり困り果てつつ、言われた通り彼からの贈り物を身に着け、光貴に連れられて銀座にやって来た次第だった。

煉瓦建築が整然と並び、歩道と車道が分けられた日本で最初の近代街路には、沢山の店が並んでいる。

個性豊かな建物の外観を見るだけでも楽しい。葉月は都会の華やかな空気に気圧されながらも、物珍しい光景に眼を奪われた。

――お洒落な人ばかり……颯爽《さっそう》と洋装を着こなし、晴れていても傘を持つ男性がいるのね。これが流行りなの？　村では絶対にない景色だわ。

葉月はこれまで光貴に連れ出されても、周りを見る余裕があまりなかった。

如何にも田舎者の自分に気後れしていたのは否めない。煌びやかな街並みと人々の中で自身が浮いている気がして、暢気に周囲を眺める気になれなかったのだと思う。

だが今日は、彼が葉月のために選んでくれた服で装っている。そのことが勇気を与えてくれていた。

帝都でも流行最先端の場所にいて、尻込みせずに済んでいる。似合っているかどうかは自分では分からないけれど、光貴が褒めてくれるなら自信を持ってもいい気がした。

単純なものである。彼からの贈り物に身を包んで、一言称賛されれば、それだけでもう天にも昇る心地になれるのだから。

「葉月は何を着ても可愛い。足は痛くない？　靴に慣れていないから、辛くなったらすぐ教えてくれ」

「大丈夫です。光貴様が、とても履きやすい靴を選んでくださいましたから……」

生まれて初めてヒールのある靴を履いたが、今のところ不具合は何もなかった。草履や下駄とはまるで履き心地が違うものの、案外安定感があって悪くない。それにワンピースは動きやすく軽いのも気に入っていた。

——ただ脚が少し心許ないのが気になるけど……

脛や足首が丸見えだ。それに袖が短く肘から先も露出している。人前でこんな格好をしたことがない葉月は、無意識に腕を摩ってしまった。

「寒い？　何か羽織るものを見繕おうか」

「え？　いいえ、必要ありません」

　これ以上彼に葉月のための散財をさせるわけにはいかない。

気を緩めるとすぐさま近くの店舗へ飛び込みそうな光貴を、葉月は慌てて押し留めた。

「むしろ汗ばむくらいの陽気です。ちっとも寒くはありません」

「そう？　だったらどこかで甘いものでも食べようか。それとも今日の格好に合う宝飾品でも見に行くかい？　君の細い首には、きっと首飾りがよく映える」

　その二択であれば、葉月に選択できるのは前者だった。

　下手にどちらも断れば、光貴は『だったら両方叶えればいい』などと言いかねない。過去にもそれで痛い目を見ている。今着ているワンピース一式がいい例だった。

「で、ではお茶を飲んで休憩しましょう」

「そうだね。百貨店なら、色々なものがあるだろう。行こう」

　二人並んで歩き、葉月は胸のときめきを抑えられなかった。

　周囲から、それとなく視線を感じる。彼の美貌が注目を集めているのは間違いない。そして葉月も見られているのが感じられ、今の自分たちが他者の眼にどう映っているかが気になった。いつも通り『主と使用人』だろうか。それとも――

「葉月、手を繋いでもいい？　もしくは腕を組みたい」

「え……きゅ、急にどうされたのですか」

「二人きりではないけれど、人に見られても僕は構わないし、今日の葉月なら、許可してくれそうな気がした」

「……っ」

笑って流せなかったのは、図星だったからだ。

勿論、『駄目です』と諫めることもできなかった。あまりにも彼の言う通りで。

——私、今の自分であれば、光貴様の横に立っても恥ずかしくないと思っていた。

もっと言えば、人に見られたいとまで。

普段とは違う綺麗な格好をしているだけだが、彼に釣り合っている気がする。錯覚や勘違いだとしても、嬉しかったのだ。

「葉月、おいで」

差し伸べられた手は、何らかの吸引力を放っているとしか思えなかった。考えることもできず、葉月は光貴の掌に己のものを重ねる。そっと引き寄せられ、彼と腕を組むように導かれた。

さながら淑女だ。良家の子女めいた扱いに、心臓が口から飛び出しそうになった。

——夢みたい……

人通りの多い往来で、光貴とこんなにも密着して歩ける日が来るなんて考えもしなかった。

想像することさえ罪だと、自分を律してきたのだ。だが今、彼は葉月に微笑みかけてくれている。人目を気にせず、堂々と歩幅を合わせて隣を歩いてくれた。

たったそれだけのことでも、どんなに嬉しかったことか。

抱き合い口づけるのとはまた別ものの幸福感が全身を巡った。頭がふわふわとし、落ち着かないのに満たされている。いっそこのまま百貨店に到着しなければいいと願うほど。

——私、いつからこんなに欲深くなってしまったの……

もう過去の自分には絶対に戻れない。戻りたいとも思えなかった。

ままならない心が『光貴の傍にいたい』と叫ぶ。そのためなら日陰の身でも構わないと、愚かなことまで考え始めた矢先。

「まぁ！　光貴様ではありませんか。奇遇ですわね、お買い物にいらしたの？」

鈴を転がすような軽やかな声がかけられた。

葉月は反射的に彼と組んでいた腕を解く。使用人として染みついた癖か、咄嗟に数歩下がって光貴の背後に控えた。全て、無意識のまま。

「菖子さん」

「……っ」

その名前を耳にして、葉月の全身が強張った。

直接対面したことはない。彼女の方は、葉月のことなど微塵も認識していないだろう。

きっと眼中にも入っていない。だがこちらはよく知っていた。

上野伯爵家のご令嬢。生まれた時から、あらゆるものに恵まれた人。光貴を見初め、縁談が纏まりかけている相手だった。

「こんなところでお会いできるなんて、運命ですわね。先日ご挨拶させていただいて以来ですわ」

「ええ。偶然ですね」

さらりと躱した光貴の言葉は気にならないのか、菖子はますます華やいだ声を出した。

己の美貌を熟知しているのか、長い睫毛を魅力的に震わせる。手入れの行き届いた肌は滑らかで、透き通るような白さだった。

大きな瞳に赤く小ぶりな唇。清楚な美しさの中に、『望むものは何でも手に入れられる』と信じて疑わない傲慢さも透けて見えた。

華やかな柄があしらわれた着物に袴を合わせ、足元は編み上げブーツ。大ぶりのリボンで髪を纏めているのが若々しく自信に満ち溢れていた。

端的に言って、綺麗な少女だ。顔立ちが整っていることは勿論、労働とは無関係の指先は、葉月にはない白さと細さを誇っている。つい、我が身と比べて羨望を抱かずにはいられないほど。

周囲の注目を歯牙にもかけない『似合い』の二人に、葉月は激しい劣等感を抱いた。

「私たち、縁があるのですね。せっかくですもの、少しお話しいたしませんか？」

「申し訳ありません。予定がありますので、ご遠慮させていただきます」

表向きはにこやかに微笑みつつ、光貴ははっきり拒否を示した。しかしその程度で引き下がる気はないのだろう。菖子はさりげなく彼の隣に立った。

「そんなこと、おっしゃらず。私たち、いずれ夫婦になるのではありませんか」

「……先日お会いした際には、具体的な話はしていないと記憶しておりますが」

穏やかに言う光貴は、以前と比べれば随分忍耐強く建前を身に着けていた。これがもし一年前であったなら、さぞや冷淡に菖子を振り払っていたのではないか。

礼儀を弁えた振る舞いをする彼に安堵し、葉月は同時に鋭い胸の痛みを覚えていた。

――ああ……先日、光貴様が珍しく私を置いてお出かけになった日に、菖子様とのお見合いをされていたのね……

いや、彼の言い方から考えて、正式な見合いではなく顔合わせのようなものかもしれない。非公式な対面とでも呼ぶのか。

とにかく、その場では詳しい話が出なかったというだけで、結論は同じだ。いずれ、二人は結婚する。そのための第一段階でしかなかった。

常に葉月を傍らから離さない光貴が、珍しく屋敷を空けた日を思い出し、葉月の心臓が嫌な軋みを上げる。ぎゅっと眼を閉じても、その痛みは消えてくれなかった。

「父は私にはまだ結婚は早いと思っているのです。ですから婚約期間を長く設けようと画策しているのですよ。何だかんだ娘に甘い方なので」

「そうですか」

穏やかでありながら抑揚なく話す光貴とは対照的に、菖子は花盛りの娘らしい明るい声で笑った。

だが仕草は品があり、所作も美しい。非の打ち所がない良家の令嬢だった。おそらく大半の男性は彼女の魅力に夢中になる。今も道行く数人の紳士が菖子を振り返って見ていた。

――私とは、何もかも違う……

生まれた時から越えられない壁がある。その事実をまざまざと見せつけられた。

いくら綺麗な服を着て取り繕っても、葉月には決して醸し出せない生来の気品。育ちの良さに裏打ちされた漲る自信。そういうものが、菖子を内側から光り輝かせていた。

堂々とした姿勢一つとってもまるで別物。そこにいるだけで注目を集めずにはいられない。俯き気配を殺している自分とは段違い。比べることすら、おこがましかった。

――光貴様に与えられた服を身に着けたくらいで、私ったら気が大きくなって……恥ずかしい。でもよかった。菖子様は私たちが腕を組んでいたことに気づかれなかったみたい。

込み上げる羞恥心で居た堪れなくなった葉月は、強く奥歯を噛み締める。できる限り存在感を消し、影に徹した。

「――あら？　そちらの方は？」

だが残酷にも、菖子の眼に留まってしまったらしい。彼女は微かな嗜虐心を潜ませた眼差しを葉月に投げかけてきた。

「僕の傍に仕えてくれている幼馴染です。彼女に日々助けられています」

「まぁ、そうですの。使用人にしては派手な格好をされているので、どなたなのか気になってしまいましたわ」

言外に、嘲りが滲んでいた。それとも裏の意図を嗅ぎ取ってしまったのは、葉月に後ろめたさがあるからなのか。

判断できる冷静さを今は持てず、葉月は視線を下げたまま深く首を垂れた。

「……初めまして。光貴様の身の回りのお世話をさせていただいております」

「ふぅん、そう。幼馴染なら気心が知れているのかもしれないわね。――それよりも光貴様、新しくできた甘味処に参りませんか？　とても静かで雰囲気がよろしいのよ」

葉月への興味は一瞬で薄れたらしく、菖子は光貴の腕に自らの腕を絡ませた。ごく自然に甘える仕草は、女の眼から見ても愛らしい。

けれど更に一歩下がらねばならなかった葉月は、上手く言葉にできないもどかしさを抱えた。

――本当に、とてもお似合いの二人だわ……

さながら一幅の絵画のよう。美貌も立ち居振る舞いも家柄も釣り合っている。この場で邪魔者なのは、明らかに葉月だった。

——私はここで待っているからお二人でどうぞと送り出した方がいいのかな……いえ、口を挟むのも失礼に当たる……？

彼の将来のため、正しい選択をしなくてはならない。そのために自分は光貴の傍にいることを許されているのだ。足を引っ張る真似だけは絶対にしてはならなかった。

葉月が血を吐く思いで、言葉を絞り出そうとすると——

「申し訳ない。先ほど申し上げた通り、先約があります」

にこやかな表情も優しい物言いも変わらないのに、冷えた空気を漂わせた光貴が菖子の腕をやんわり外した。

そして素早く距離をとり、優雅に腰を折る。あくまでも無礼にはならない範囲で。

「お付きの方が、困っていらっしゃいますよ。菖子さんもご予定がおありなのでは？」

彼女の背後には付き添いらしき使用人が控えていた。何やら約束でもあるのか、先刻から時計ばかり気にしている。光貴の言葉でこれ幸いと思ったのか、大きく頷いた。

「お嬢様、そろそろ移動しませんと高畑様との待ち合わせに遅れてしまいます」

「あら、もうそんな時間なの？　別にお断りしても構わないのに……」

「そうは参りません。ようやく取れた人気の公演だとおっしゃっていたではありませんんか」

使用人に促され、菖子は渋々頷いた。それでも名残惜しいのか、光貴を見つめ「ではまた近いうちにお会いいたしましょう」と微笑む。

その表情には、断られるなんて微塵も考えていない自信が窺えた。

「お気をつけて」

約束を交わすことなく光貴は彼女を見送る。葉月は深く頭を下げていた。

だから菖子が浮かべた刹那の表情は見ていない。愛らしい少女が前を向く直前、汚らわしいものへやる視線を葉月に注いできたなんて、夢にも思わなかった。


天気は下り坂だ。雨はさほどではないけれど、強い風が吹いていた。

——台風がやってきそう。

空を見上げた葉月はぼんやり思う。生温く湿気った空気が肌に纏わりついた。

——この時期は大きな台風が通過するものね。特に私たちの村は被害を受けることも多かったし。……家族は元気かな……。

葉月の里帰り申請は、結局うやむやになってしまった。あれ以来、話題に上ることもない。いざ口に出そうとすると、光貴が如実に機嫌を損ねるので、どうしても切り出せずにいた。

——菖子様との婚約はいつ纏まるのかな……今日？

今夜、光貴は父親に連れられて会食に行っている。最近、彼がかなり落ち着いてきたためか、当主が連れ歩く機会が増えているのだ。

当然、葉月は同席できない。今夜の相手は仕事関係だと聞いていたが、実際には上野家との正式な見合いなのではないかと疑ってしまう。

そんな自分が嫌で、葉月は深い溜め息を吐いた。

——私には関係のないことでしょう。

彼の婚姻は、御堂家のために大事なことだ。避けては通れない。光貴自身力をつけるためにも、上野家と姻戚関係になるのは、最高の話だった。むしろこれ以上の良縁はなかなかないのでは。

破談にするなんて愚の骨頂。それくらいは葉月にだって重々分かっていた。だが、心が納得してくれないだけだ。

——菖子様は光貴様に相応しいお嬢様だったじゃない。祝福しないでどうするの？

一日でも早く心の整理をつけなくては、自分自身が辛くなる。それも理解した上で、上手くいかない。葉月は自分の不器用さにうんざりした。

——天気が悪いから、余計に心が掻き乱されるんだわ。こんな日は何も考えずに済むよう、光貴様が貸してくださった本を眺めよう……

図書室から何冊か持ってきた画集を並べる。難しい内容は相変わらず分からないけれど、美麗な絵を見ているだけで僅かながら慰められる心地がした。

——光貴様、あまり天気が荒れる前に帰られるといいな……

先ほどよりも雨脚が激しくなっている。風も勢いを増していた。閉じた雨戸が煩く揺れて、葉月は心細さを呑み込んだ。

彼がいないせいで孤独感が浮き彫りになる。広い屋敷のどこかには大勢の人がいるはずなのに、葉月のいる場所は話し声一つしない。

今後はおそらく一人の時間が増えるはず。これまでは寂しさなんて感じずにいられたのは、光貴が常に一緒にいてくれたからなのだろう。そんなことにも長い間気づかなかった。

——ううん。私は自分の孤独にも眼を向けないようにしていたのね……

ごうっと一際強い風が吹き、壁や窓が軋んだ。思わず首を竦め、やり過ごす。

葉月が乱れた髪を直そうとした、その時。

「……っ」

突然背後から濡れた布で口を塞がれた。

更には太い腕に押さえつけられる。驚きのあまり息を吸い込めば、鼻の奥につんとした刺激臭が広がった。

——何……っ

一瞬で意識が遠退く。指一本動かす間もなく葉月は漆黒の闇に塗り潰されていった。

現実感が薄らいで、過去と現在、夢と現実が曖昧になる。境目が滲んでゆき、初めに戻った感覚は聴覚だ。

……どんどんどんと太鼓の音が鳴り響く。

大げさに振られる鈴の音も。いっそ不快で、耳を塞ぎたくなった。

——また、あの夢だ。

豊かな緑の奥にある、小さな社。

だが今回は青空ではなく、星もない暗黒の空を見上げていた。つまり自分は今、真夜中に屋外で寝そべっているのか。

周囲では篝火《かがりび》が焚かれている。太鼓や鈴の音が夜を震わせていた。

手足は全く動かせない。それどころか鉛を括りつけられたように重かった。

朦朧《もうろう》としつつ瞼を押し上げれば、鈍く光る刃を持つ誰かと眼が合う。血走った双眸は理性が感じられず、一種異様な興奮状態が窺えた。

壮年の男は何事かを絶えず呟いている。まるで呪文だ。それとも祈りか。はたまた呪いか。聞き取れたのは『生贄』の単語のみ。

周囲から歓声が上がる。

それを合図に男が刃を高く掲げ、まっすぐにこちらの喉元めがけて振り下ろした。

「——……っ」

悲鳴は『かつて』と同じように上げられなかった。声は音になることなく虚空に消える。

しかし『今回』は、葉月の瞳が見開かれ、天井を映していた。その上心臓は激しく脈打っている。全身は汗に塗れ、忙しく呼吸を繰り返した。

——生きて……いる……

喉を裂かれ、死んだと思ったのに。生々しい痛みや血が噴き出す感触が残っているにも拘らず。

——私、またおかしな悪夢を見たの……？

途轍もなく怖かった。さりとてやはり以前と同じで記憶は急速に薄れていった。数回深呼吸するうちに、全てが曖昧に溶けてゆく。そうして残されたのは、鮮烈な恐怖心だけだった。

「——……あら、もう眼が覚めたの？　随分早いのね」

「……っ？」

てっきり誰もいないと思っていた空間に人の声が響き、少なからず驚いた。

しかも聞き覚えのある声だ。若い女のもの。それもごく最近耳にしたばかり。

葉月は気配がする方向へ、ゆっくり顔を向けた。

「……ぐっ」

ぐにゃりと視界が歪み、ひどい吐き気が込み上げる。頭がぐらぐらして凶悪な眩暈に襲われ、葉月は慌てて自らの手で口を押さえた。

「ああ、急に動かない方がいいわよ。薬がまだ抜けきらないでしょう」

「くす、り……？」

そういえば、鼻の奥に刺激臭が残っている。意識が途切れる直前嗅いだものだと思い出し、葉月は慄然とした。

——え？　私は御堂家のお屋敷にいたはずなのに……ここはどこ？

改めて瞳を動かして周囲を見回せば、薄汚れた床に転がされていた。どこか蔵の中だろうか。埃っぽく、とにかく暗い。人の出入りがほとんどないのか、黴《かび》臭くもあった。

こんなところは記憶にない。御堂家の敷地内にも蔵はあるが、葉月が立ち入ったことは一度もなかった。そんな理由も必要も皆無だからだ。そもそもここは、おそらく御堂家ではないのでは。根拠はないが、本能的にそう悟る。

現状が理解できず、葉月は頭痛を堪えながら何度も瞬きを繰り返した。

「二度と会うこともないと思っていたのに、残念だわ。名乗る必要もないわよね？　だって、今後私の視界にお前が入ることは絶対にないのだし」

「菖子……様……」

楽しげに語っていた女は、葉月が名前を呼ぶと眉間に皺を寄せた。心底不愉快げに、大仰な溜め息を吐く。

「私の名を呼ぶ許しを与えた覚えはないのだけど。これだから下賤の女は嫌なのよ」

吐き捨てた声音には可憐だった面影はどこにもない。悪辣な仕草で顎をそびやかせた。

眼の前で起こっていることが信じられず、葉月の呼吸が忙しくなる。それなのに息苦しさは増すばかり。頭痛と吐き気も悪化してゆく。

菖子の周りには明らかにならず者の男が数人立っていた。良家の子女と交流があるとはとても思えない、荒んだ雰囲気を滲ませている。

その中央で、まだ成熟した大人とは言えない少女が女王の如く男たちを従えていた。

「どう……して……私、を……？」

「それを私に聞くの？　邪魔だからに決まっているじゃない。お前のような浅ましい女が光貴様の傍にいると、せっかくの縁談に水を差すのよ。だからこの者たちにお前を連れてきてもらったの。金を払えば手引きしてくれる人間なんていくらでもいるし、この天候のせいで多少の物音は聞こえない上、顔を見られる危険も少ない。丁度よかったわ」

状況から考えて、葉月は彼女に攫われたらしい。それも御堂家の使用人が手を貸し、実行犯がこの場にいる男たちなのか。

——やっぱり私は、よく思われていなかったのね……

あの家の使用人たちにしてみれば、葉月は光貴を誑《たぶら》かす毒婦でしかなかった。由緒正しい上野伯爵家令嬢との縁談が持ち上がっている今、是非とも排除したい存在に決まっている。正義感の名のもとに、犯罪に手を貸しても不思議はなかった。

――自業自得ね……

今更、いずれは光貴の元を去るつもりだったと言ったところで意味はないだろう。実際、迷う気持ちが葉月にあったのだから、下手な言い訳はしたくなかった。

最低の本音を吐露すれば、妾としてでも彼の傍に居座りたかったのだ。それが本妻にとってどれだけ心の負担になるか考えもせず。

――醜い私の本心が招いた結果だわ……

縁談の話が出た時点ですぐに身を引かなかった己の咎だ。菖子が暴挙に出たとしても、責める資格は葉月にない。恐怖や諦念よりも申し訳なさの方が大きかった。

「光貴様も何故、お前のような田舎娘をお傍に置くのかしら？　しかも婚姻前の火遊びには眼を瞑ると申し上げたのに、怪訝な顔をされて……全く、大人しそうな顔をしてとんだ淫婦なのね。光貴様をあそこまで惑わせるなんて」

嗅がされた薬の影響か、再び葉月の意識が途切れそうになる。必死に瞼を押し上げていないと、また悪夢の中に引き戻されかねなかった。

手足は痺れ、感覚が乏しい。嫌な汗は止まらず、視界が暗くなり始めていた。耳鳴りが激しくなり、段々菖子の言葉も聞こえなくなってくる。

ゆっくり、けれど確実に葉月の視野が狭まった。

「お前如きが光貴様の足を引っ張っていいと思っているの？　本当なら口もきけない雲の上のお方よ」

――私が……光貴様の足枷になっているの……？

力になりたくて、少しでも支えたいと願い、傍にいると誓ったのに。真逆に迷惑をかけただけだと断罪された。

弱った心には菖子の言葉が鋭い刃となって突き刺さる。しかもどれも的確に葉月の急所をめがけて。

「お前の存在自体が光貴様には邪魔なの。とっとと消えてくれれば見逃してあげたのに。二人きりで腕を組んで歩くなんて、忌々《いまいま》しいったらありゃしないわ……！　誰かに目撃されたら光貴様の評判に傷がつくじゃない。その程度の配慮もできないなんて」

やはりあの日、銀座で会った際に見られていたのだ。そして菖子は葉月を『取り除くべき障害』と判断したに違いない。

――私が、分不相応な未来を夢想したせいで……

十年も彼を苦しませた償いが、数か月傍にいただけで果たせるわけもない。一生かけても贖《あがな》いきれない重罪を自分が犯したのだと、葉月は呻きを漏らした。

「――この女を永遠に日の下を歩けないようにして」

「お任せください、お嬢さん」

「たっぷり可愛がってやった後は、娼館で働かせましょう。なぁに、面は悪くない。それなりに稼げますよ」

下卑た笑いが鼓膜を揺らした。

不快感と嫌悪感で肌が粟立つ。それなのに指一本動かせない。床に転がされたままの葉月の瞳から、涙がこぼれた。

「お前はこうして汚い場所で大勢の男に股を開いているのがお似合いだわ。男性を誑かすのが得意なのでしょう？　精々、頑張ってちょうだい。きっと天職になるわ。私に感謝したくなるはずよ」

良家の子女とは到底思えぬ悪罵《あくば》を吐いて、菖子は葉月に背を向けた。遠ざかってゆく足音がする。代わりにこちらににじり寄ってくるのは、酒臭く獣めいた体臭を放つ男たちだった。

「へへっ、こりゃいい仕事にありつけたもんだ」

「ああ。女を襲って売り飛ばすだけで、大金が得られるなんてな」

「たまにはこういう幸運にも恵まれねぇと、やってられねぇよ」

仰向けに横たわっていた葉月に、一人の男がのしかかってきた。抵抗しようにも、四肢のどこにも力が入らない。気力も湧かなかった。

着物の襟を摑まれ、勢いよく左右に割られる。別の男の手で、強引に脚も開かれた。

素肌を晒され、猛烈な吐き気が込み上げる。折れかけていた心が、明確に拒絶を叫んだ。

——光貴様以外に、触れられるのは嫌……っ
けれど悲しいかな、手足は重く動かなかった。それどころか容赦なく手首を摑まれて、骨が軋む。葉月が痛みに呻けば、嗜虐的な男たちを楽しませただけだった。

「ははっ、随分とお坊ちゃんに可愛がられているようだ」

「他人の女を寝取るのは興奮するぜ」

「しかも金持ちの坊ちゃんのお気に入りだ。さぞや具合がいいに決まっている」

葉月の身体に残る光貴に愛された痕を眼にして、男たちが一層盛り上がった。肌に散る赤い痣を太い指が撫で回してくる。

彼が大切に扱ってくれた身体を穢されたくなくて、葉月はなけなしの力で身を捩った。

「無駄に暴れんなよ。すぐ極楽を味わわせてやるから」

「ああ。坊ちゃんのことなんて忘れるくらいに善がらせてやる」

やめて、と掠れた声で懸命に訴える。だがまるで音にならない。頭を少しでも動かせば、嘔吐感が増すだけ。ならばせめて、葉月は顔を近づけてきた男に嚙みついてやろうとした。

——そしてその後は……自ら命を絶とう。

愛しい男だけしか知らないままで、幕を引く。今度こそ『終わりの形』は自分自身で選びたかった。誰かのための自己犠牲ではなく、己の心に従って。

「……光……貴、さ、ま……」

最期にあの人の名を呼べてよかった。『前回』は、その暇さえ与えてもらえなかったのだから――

「――また、僕から彼女を奪うのか？」

風の流れが変わる。

耳障りな男たちとは全く違う涼やかな声が蔵の中に響いた。

ただし隠す気のない憎悪と怒りが滲んでおり、決して大きくはない声音だったのに、その場を凍り付かせるには充分なもの。

今まさに葉月の身体にむしゃぶりつこうとしていた男たちは、啞然として闖入者《ちんにゅうしゃ》を振り返った。

蔵の出入り口に、一人の男が立っている。破落戸《ごろつき》と比べれば、細身の体軀は威圧感に欠けていた。にも拘らず、圧倒的な存在感で『支配者』が誰なのかは明白だった。

空気が張り詰める。許しなく呼吸もできない気分にさせられ、動けない。万が一勝手な行動をとれば、無事では済まないと本能が理解していた。葉月も、男らも。

「どう、して……」

「遅くなって、ごめんね。葉月。すぐに終わらせるから、家へ帰ろう」

重苦しい冷気を放っていた光貴が、一転葉月には優しげに語りかけてきた。それでも見間違いでないのなら、暗がりの中で二つの赤い瞳が爛々と輝いている。

禍々《まがまが》しくも美しい光に、男たちが息を呑んだのが伝わってきた。

——これは、夢？

何故光貴がここに。当主と一緒に会食へ行ったはず。そうでなくてもこの悪天候。更には攫われた葉月の居所が分かるはずもないではないか。

いくつもの疑問符が頭の中を駆け巡る。

けれど彼が葉月を助けに来てくれたことは、紛れもない事実だった。

「光貴様……」

もう直接呼びかけることはできないと思った愛しい名前。それを口にできたことが嬉しい。葉月の双眸からはとめどなく涙が溢れた。

震える手を床に這わせ、必死に彼に向かって伸ばしてゆく。距離があって届かないのは分かっていても、少しでも光貴に近づきたかった。

「だ、誰だ」

「御堂家の……」

「ああ、お嬢さんの婚約者だっていう坊ちゃんか」

虚勢を張っているのがあからさまな態度で、男の一人が立ち上がった。葉月にのしかかり、素肌を弄っていた男だ。

その男がどいたことで、葉月が半裸に剥かれているのが視界に入ったのだろう。光貴の両眼がより燃え盛る深紅へと変化した。

「……彼女に触るな」

「参ったな、こちらも金を受け取ってしまったんで、依頼は遂行しなくちゃならねぇ。坊ちゃんほどの色男なら、他に女はいくらだっているだろう？　ここはお嬢さんの意を汲んで、見逃してくれませんかね？」

光貴の異様な気配に呑まれはしたが、相手が一人だと悟った男たちは、若干余裕を取り戻した。交渉次第で丸め込めると考えたらしい。にやつきながら頭を掻いて、仲間同士目配せする。いざとなれば得意の荒事で光貴をどうにかできると踏んだようだ。

「婚約者の可愛い嫉妬だ。ちょっとした我が儘くらい、聞いてやるのが男ってもんだろう」

「ああ。お偉い方々は醜聞を避けたいんじゃないか？　双方丸く収めるには、多少の犠牲は払わないとな」

「この女が消えれば、坊ちゃんにも利益がある。ひとまず言うことを聞いてやりゃぁ、お嬢さんは納得するに決まっているさ。その後主導権を握れば完璧だ」

じっと押し黙った光貴を説得できたと思ったのか、男らは如実に警戒を解いた。そのうちの一人が光貴に近づき、気安い仕草で彼の肩に手を置こうとし——直後、肘から先が消失した。

「ぎゃぁああッ」

血が、飛び散る。赤い飛沫が壁や床に模様を描いた。

朦朧とした意識の中でも、それは葉月の眼に焼き付く。

突然消えた右腕の切断面を男が押さえ床をのたうち回り、転がる度に夥《おびただ》しい出血が床を汚した。

「な、何だっ？」

「お前、斬られたのかっ？」

「手……お、俺の手がぁあッ」

光貴が指一本動かしていないのはこの場にいる全員が見ていたが、彼が刃物を隠し持っていたとしか思えない。だが光貴は両腕をだらりと垂らしたまま。

頬についた返り血を拭いもせず、無感情な視線を泣き叫ぶ男へ投げかけていた。

「て、てめぇ、いったい何をしやがった」

言葉は勇ましく脅していても、残る男たちは完全に腰が引けていた。声が震え、光貴へ近づこうともしない。それどころか痛みに苦しむ仲間を介抱する様子もなかった。

そんな彼らを一瞥もせず、光貴が足を踏み出す。視界に入っているのは、四肢を投げ出し横たわる葉月の姿のみ。それ以外は欠片も関心がないと言わんばかりに、まっすぐこちらへ歩いてきた。

男たちは「ひっ」と身を強張らせ、立ち竦んでいる。その間を堂々と進み、光貴は葉月の傍らまでやってきた。

「葉月、帰ったら、すぐに穢れを祓おう。薬を抜いて、汚いものに触れた場所を清めないと」

「え……？」

これもまた悪夢の続きなのか。夢と現が混じり合い、葉月から現実感を奪った。眼にしたものがどこまで真実なのか判断できない。今にも完全に閉じてしまいそうな瞼を開いていることが精一杯。

身動きできない葉月は、彼にそっと抱き起こされた。乱れた着物を、丁寧に直される。晒されていた素肌を隠してもらうと、言葉にならない安堵が込み上げた。

「どうやってここが……」

「葉月のことなら離れていたって分かる。そうなるように、何度も交わったじゃないか」

当然のことだと告げられ、よく考えれば不可解なのに光貴が言うならそうなのだと、理屈抜きに納得する自分がいる。それを疑問に感じないのは、葉月が朦朧としているから。

希薄になった現実感の中では、何が正しいのかは曖昧になった。

——きっとこれも夢かもしれない……

だとしたら、目覚めれば再び全部忘れてしまう。『恐怖』だけを残し、微塵も覚えていないに違いない。

真っ赤な血の海も。生臭い臭いも。男たちの悲鳴も。

逃げ惑うならず者が次々に絶命してゆく光景も。

全てが幻。ただの悪夢だ。

葉月は光貴に抱き上げられ、静かに蔵を後にする。一歩外へ出れば、髪が勢いよく乱された。それでも彼がしっかりと抱え込んでくれたおかげで、ほとんど濡れることはない。

光貴の低めの体温に包まれ、いよいよ下りてきた瞼の重みに耐えられなくなった。

「葉月、何も心配しなくていい。嫌なことは、全部忘れてしまえばいい。どうせ全て過去になる」

囁かれた声は労わりに満ちていた。慈しむ手に守られれば、もう何も怖くはない。

だからきっと、視界の端に捉えた『それ』は見間違いなのだろう。

このところ色々なことがあって、葉月の気持ちは昂っていた。そのせいで陰惨な幻影を見てもおかしくない。

たとえば、蔵の外に見覚えのある着物を着た女の無残な亡骸が転がっていたとしても、

それが上野伯爵令嬢によく似ていたとしても――全ては夢に違いなかった。

濡れ鼠の遺体は、一目で事切れているのが分かる。愛らしかった顔は、見る影もなかった。

――まるで……様が怒っているみたい……

誰のことを考えたのかも判然としないまま、葉月の意識はそこでふつりと途切れた。


何かが流れ込んでくる。

精気や生命力。そう呼ばれる温もりめいたもの。

不快な感触が残っていた肌は洗い流されたのかさっぱりとしていた。さながら、生まれ変わったよう。

微睡みの中を揺蕩《たゆた》っていた葉月は、戦慄く瞼を押し上げた。

「……眼が覚めた？　葉月」

「光貴様……」

ついさっきまで頭の芯に居座っていた頭痛は、もはや霧散している。頭を動かしても吐き気はない。

ゆっくり呼吸を繰り返し、葉月は自分が背後から彼に抱えられて浴槽に浸かっているのだと気が付いた。

「あ……」

「雨に濡れて身体が冷えてしまったからね、一緒に温まろう」

「え……？　どうして……」

こんな状況になっている理由が思い出せず、葉月は狼狽した。少し前のことが、ぽっかり記憶から抜けている。あるのは『怖かった』感覚だけ。

このところ光貴と共に入浴するのは珍しくなくなっていたものの、勘違いでないのなら今は深夜ではないのか。こんな時刻に湯に浸かるのは、流石に初めてだった。

「たまには真夜中に風呂に入るのもいいじゃないか」

葉月の肩に口づけながら彼が笑う。愛おしむ動きで首筋を舐められると、『そんなものかな』と思考力が鈍麻した。疲れていて考えるのが億劫だったのも否めない。

「汗を沢山かいたからね。汚れを全部洗い流して綺麗になろうと思っただけだ」

「あ……」

光貴の手が葉月の脚の付け根へ忍び込み、蜜口を撫でた。

その意味深な動きで、今夜も淫らに求め合ったのかと納得する。何故かその記憶はなかったが、毎晩肌を重ねているので、おそらく葉月の勘違いに決まっていた。

――私、寝惚けているみたい。

またいつものように気をやって、彼に後始末をしてもらったのか。恥ずかしいやら申し訳ないやらで、つい俯かずにはいられなかった。

「可愛い、葉月。今回は君を守れて本当によかった」

「……？　何のお話ですか？」

「何でもないよ。ただの独り言だ。それより……抱いていい？」

うとうととしている間に弄られていたのか、媚肉は既に綻んでいた。甘く蕩け、花弁を辿る光貴の指が入ってくるのを待ち望んでいる。ひくつきながら、湯の中で愛蜜を滲ませていた。

「こ、ここで？」

「そう。今すぐ葉月が欲しい。丸ごと食べてしまいたい。でないと飢えが満たされないんだ」

うなじを甘噛みされて、官能がさざ波立った。

ぞわぞわとした愉悦が末端まで伝わる。ほぅと漏れ出た吐息は濡れていて、頷いたのも同義だった。

「ありがとう、葉月」

「ん……っ」

軽く身体を持ち上げられ、下ろされたのは胡坐をかいた彼の脚の上。何の抵抗もなく、光貴の楔を隘路が呑み込んでいった。

「……ぁ、あ……」

淫道を押し広げられ、肉襞を擦られる。

向き合って座り繋がったことはあっても、互いの顔が見えない体勢は初めてだった。

赤子に排泄させるような姿勢で抱えられ、とても恥ずかしい。だが深々と貫かれると、たちまち喜悦が大きくなる。

ばしゃんと湯面に波紋が広がり、蒸気が火照った肌を舐めていった。

「や、ぁ……っ」

彼の手が葉月の身体の前へ回され、膨れた淫芽を扱かれた。そこは淫らに勃起し、強めの刺激でも大喜びで甘受する。

摘まれ、弾かれ、押し潰されると、一層充血して敏感になった。

「葉月の全ては、僕のものだ。髪の毛一本、誰にもやらないよ」

「ぁ、あ……っ、嬉しい……っ」

喜びを感じてしまう自分は、大馬鹿者だ。確か『もっと早く身を引くべきだった』と反省した気もするのに、それとて夢か現実か思い出せない。

どこからどこまでが『今』なのかも曖昧なまま。頭の片隅でひらめく欠片が何なのか、摑もうとして手を伸ばす度、より逃げてゆく心地がした。

「ん、ぁ……っ、光貴様……私たちずっと昔にどこかでお会いしたことがありますか……？」

「僕が療養で預けられていた時、村で一緒に過ごしたじゃないか」

「ぁ、んッ、そ、そうではなくて……もっと、ぁ、ふ……む、昔に……」

「もっと昔？　それなら六歳よりも前のこと？　流石にあまり覚えていないよ」

自分でも何を言っているのか、葉月自身分からなかった。

六歳より以前なんて、記憶していること自体少ない。それに彼があの村にやって来たのは七歳になる直前。それよりも前であれば、二人が出会っているはずがないのだ。

「ぁ、ああ……っ、や、ぁ……っ」

奥を突かれたまま腰をゆったり揺すられ、得も言われぬ快感を生む。子宮の入り口を捏ねられて、同時に肉芽を弄られ、愉悦が大きくなった。

二人が律動を刻めば、湯が波立つ。水滴が頬にかかって、葉月は潤った呼気を漏らした。

「あ……ぁ、あんッ」

「葉月、『僕ら』が出会ったのは十一年前だよ」

「そう……ですよね。おかしなことを申し上げて、ごめんなさい。……ぁ、ああッ」

陰核を重点的に攻められて、葉月は四肢を震わせた。気持ちがいいことしか考えられなくなってくる。

体内に突き刺さった楔が弱いところを擦ってくれ、抗い難い恍惚を生み、思わずのけ反れば湯の中で乳房が揺れた。

「……前よりも大きくなったね」

「や……恥ずかしい……っ」

大きな掌に胸を鷲摑みにされ、『どこが』と問う必要もない。

光貴の手で形を変えられる膨らみは、先端を尖らせて淫靡に色づいた。

再会した当時は痩せこけていた葉月も、今では年頃の女性らしい丸みを帯びている。すっかり健康的になった肢体は、豊満とは言えずとも柔らかな稜線を描いていた。

「夢が叶って嬉しいよ。人が願い事を告げる気持ちがよく分かった」

「ね、願い？」

「ああ。僕は葉月と一緒にいたい。それだけをずっと願い続けていた」

「昔の私たちは、あまり親しくはなかったのに……そんなに私を思ってくださったのですか？」

後ろから葉月を抱く彼の腕に力が籠る。まるで絡み付かれているよう。締め付けられる息苦しさもややある。だがそれらを上回る圧倒的な多幸感が葉月を包んだ。

「うん……そうだよ。会いたくて仕方なかった。もう二度と君を奪われはしない」

神隠しに遭って消えてしまったのは、光貴の方だ。葉月自身はどこにも行っていないし、奪われてもいない。

だから彼の物言いは不可解だった。だが葉月の疑問は悦楽に押し流される。

乳頭と花芯、それから蜜壺を一気に甚振られ、考え事はできなくなった。

「ひぁ……っ」

「人の世の礼儀に則ると、父親に逆らうのは得策ではないと判断したが、それは時と場合によるんだね。従っていれば正解だと勘違いしていた。最近葉月が悲しそうにしていたのは、僕が別の女と結婚するから？　それなら嫌だと言ってくれたらよかったのに。危うく道を誤るところだった。葉月を泣かせてまで形だけの妻を娶る気はないよ」

最奥を抉じ開ける勢いで、光貴の切っ先に抉られた。

腹の中は彼で一杯。内臓が容赦なく押し上げられる。突き上げられ落とされると、蜜窟が大喜びで騒めいた。

「はぁ……ッ」

「ん……っ、中が締まったね。葉月が喜んでくれているのが伝わってくる……」

乳房も淫芽も揉みくちゃにされる。

やや乱暴な手つきが光貴から自分へ向けられた執着心に感じられ、葉月の内側が収縮した。不随意に光貴の肉槍を締め付け、咀嚼する。

彼の形がはっきりと伝わり、己の肉筒がすっかり光貴に馴染んでいるのが分かった。もはやこの身体について葉月自身よりも彼の方が詳しいかもしれない。

どこをどうすればあっという間に達してしまうか、暴いたのは光貴だ。されるがまま鳴き喘ぎ、葉月は卑猥に身を捩った。

「んぁああァッ、ぁ、いい……っ」

「僕もとても気持ちがいい。ずっと二人きりでこうしていられたらいいね。――僕らの邪魔をする者は、ちゃんと取り除いてあげるから、安心して。勿論父親も例外じゃない。あんな汚らわしい女を勧めてくるなんて、正気とは思えないな」

汚らわしい女とは誰のことだろう。快楽でけぶった頭では、理解できなかった。

問い返そうにも深く浅く淫路を貫かれ、思考が纏まらない。葉月は浴槽の縁に手をかけ、前のめりになった。

「は……っ、立てる？　葉月」

「ぁ、ああっ」

抱えられるようにして湯船から立ち上がり、葉月は慌てて眼前の壁に手をついた。そうでもしないと、とても身体を支えられない。

力強く彼が腰を叩きつけてきて、前後に揺さぶられる。尻に光貴の腰がぶつかり、濡れた打擲音が掻き鳴らされた。

「アッ、ぁ、あああァッ」

「この方が動きやすいね。これから他にも色々試してみたいな」

「ま、待って、激し……ぁ、ひぁッ」

葉月の腰は後ろに引かれ、突かれる毎に快楽が刻まれた。爛れた肉襞が摩擦される。汗か湯か分からない液体で全身はずぶ濡れ。特に内腿は生温い滴がどんどん滴り落ち、乾く間もない。掻き出される蜜液は泡立って、彼の動きを助けていた。

「ひぅ……っ、ぁ、あんッ」

「葉月がいれば、他には何もいらない。これが愛情か。どこかに閉じ込めて、いっそ誰の眼にも触れさせないようにできたらいいのに。独占欲や支配欲にも似ているけれど、そんな単純なものでもないとは、人は複雑怪奇だな。だけどこういう執着も嫌いじゃないよ」

閉じられなくなった葉月の口からは唾液が垂れ、さぞやみっともない顔を晒しているに違いなかった。

それを気にする余裕は皆無で、情熱的な打擲を受ける。

頽《くずお》れかける度、穿たれている局部に負担がかかった。とりもなおさずそれは、絶大な快感に変換される。

壁と光貴に挟まれて、逃げ道はどこにもない。法悦を逃がすこともできず、葉月はガクガクと痙攣した。

「ぁあ……ッ」

体内へ、熱い飛沫が放たれる。恍惚の味は一度味わえば中毒性があった。何度も求め、更なる刺激を欲してしまう。貪欲に愛されたいと願っていた。

もう、自分に嘘は吐けない。

葉月の身体は今やすっかり躾けられ、白濁を歓喜と共に飲み下した。

「誰も僕らを引き裂けない。そんな愚か者は、全員僕が——」

コ　ロ　シ　テ　ア　ゲ　ル。

恐ろしい台詞は快楽の絶頂で消え去った。本当に呟かれたかどうかも分からない。幻聴か夢かも曖昧に、溶けて崩れた。

はっきりとしているのは彼がくれる感覚だけ。

首筋に吹きかかる呼気は、甘く熱い。葉月を抱く腕は力強く、言葉より雄弁に愛情を伝えてくれた。

何もかも放り出して光貴と溺れてしまいたい。底なしの深く暗い水の底でも構わなかった。そこが、人の道を外れた場所であったとしても。

「ずっと……一緒にいてくださいますか……？」

「嫌だと拒まれても、二度と放してあげないよ」

そこまで求めてくれるなら、共に堕ちるのも厭わない。無理だと嘆くのはやめ、葉月は後ろを振り返った。

「私も……光貴様をお慕いしています」

「葉月……！」

体内で彼のものが再び質量を増す。蜜道を押し広げられ、葉月は淫らに喘いだ。

「ぁ、あ……また大きく……っ」

「葉月があんまり可愛いことを言うから、仕方ないよ」

一度剛直を引き抜いた光貴の腕の中で身体をひっくり返され、葉月は彼と向かい合う体勢にされた。

片脚を持ち上げられ、背中を壁に預ける。絡んだ視線は燃え上がりそうな熱を帯び、ごくりと喉を鳴らしたのはどちらだったのか分からない。

どきどきと心臓が脈打ち、期待が淫窟を潤ませた。

「目一杯僕の愛情を受け取って。家族になって、死んでも共にいよう」

「ああ……っ」

そそり立った肉杭に串刺しにされ、葉月の爪先が丸まった。

片脚を持たれているせいで、不安定になる。転ばないよう両手を光貴の背に這わせれば、何とそのまま彼に身体ごと抱き上げられた。

「きゃ……っ」

葉月を支えるのは、光貴の腕と繋がった秘所だけ。浮遊感に慄き、慌てて両脚を彼の腰に搦める。するといつも以上に奥深くまで、光貴の楔が突き刺さった。

「かは……っ」

「葉月の中がびくびくしている……気持ちいい？」

そんな生易しいものではない。動いてもいないのに、意識が飛びかかっていた。呼吸すらままならず開いた口の端から唾液が滴る。

僅かな振動が激しい快感になり、葉月は夢中で髪を振り乱した。

「だ、駄目……っ、下ろしてくださ……んぁッ」

軽く揺さ振られ、眼前に火花が散った。一瞬失神したかもしれない。だが逸楽のすさまじさに、すぐ意識が引き戻される。すると改めて脳天まで突き抜けかねない官能に襲われた。

「ぁあ……っ」

勝手に蠢く膣が彼の剛直を喰い絞める。さも美味そうにしゃぶり扱き上げた。

淫蕩な動きは快楽に直結する。葉月がひくひくと身体を震わせれば、余計に喜悦が荒ぶった。

「やぁあ……ッ、壊れ、ちゃ……っ」

「葉月を壊しはしない。大事に愛でて、幸せにする。もう間違えたりしない」

壁に押し付けられ、タイルの冷たさが心地よかった。けれど後ろに下がることができない分、思い切り奥を捏ねられる。小突かれ、揺らされると、卑猥な嬌声を漏らさずにはいられなかった。

「ひ、ぁアッ、イっちゃ……っ」

「涙目で、最高に可愛い」

べろりと頬を舐められて、葉月は限界を迎えた。びくっと四肢が強張り、光貴にしがみついたまま激しく痙攣する。

蜜路の楔がぐっと漲り、彼が唸り声を上げた。

「……っく、もっと君の中にいたいのに……っ」

「んぁあぁッ」

宙に足が浮いたままやや乱暴に抜き差しされ、奥を抉られ、鋭く引き抜かれる。肉襞を擦り立てられ蜜液が掻き出されれば、粘着質な水音と浴槽の湯が跳ねる音が混じり合う。

淫蕩な息遣いが浴室内に響き、葉月はあっさりとまた高みへやられた。

「ぁ……っ、ああぁあッ」

真っ白だ。火花が散って、世界が白む。子宮にも白濁を注がれ、内と外から染められてゆく錯覚に溺れた。それがまた極彩色の愉悦になる。いつまで経っても絶頂から下りてこられない。

葉月ははしたなく艶声を迸らせ、甘い責め苦を飲み干した。身体は貪欲に彼がくれる法

悦を享受し、更に強請るように蜜壺を蠢かせる。

一滴残らず子種を絞り取る動きに、二人同時にふしだらな息をこぼした。

「ぁ……あ……」

圧倒的な恍惚で、顔がだらしなく蕩けている。涙も唾液も拭う余力はなく、垂れ流しのまま。

口づけを乞うたのはどちらからなのか。おそらく同じ気持ちで唇を押し付け合った。

舌を差し出し、粘膜を擦り付けて互いの口内を味わう。夢中で舌を絡ませ唾液を啜り上げて。

欲望剥き出しの接吻は、淫猥さを極めている。水音だけでも聞くに堪えず、尽きない欲情にまた火をつけた。

「あ……」

「葉月が僕と同じ気持ちを返してくれたから、全く治まらないよ……何度君を抱いても、もっと欲しくて堪らなくなる……」

次第に角度を変える肉杭が、葉月の中で大きくなっていった。

あまりの絶倫さと凶悪さに動揺したのは言うまでもない。

「ま、待ってください。流石にもう……っ」

「待てない。ここまで辿り着くのに、僕がどれだけの年月と労力を注いだと思う？」

「え、じゅ、十一年ですよね」

光貴が行方不明になり、戻ってくるまでにかかった歳月は十年。そこから更に一年以上経った。とは言えその間、光貴の努力が如何ほどのものだったかは、想像すら及ばない。

「……そうだよ。でも僕にとっては、もっと際限なく長く感じられた……それこそ自分が何者か分からなくなるほど永劫の暗闇にいる気分だった……——覚えてはいないけどね」

付け加えられた最後の言葉から、何故か嘘の匂いを嗅ぎ取った。だが葉月は無理に問い質すつもりはない。彼が語りたがらないことを探る気はなかった。

大切なのは今。そして未来だ。過去を蒸し返して何になる。もはや引き返せない場所に自分たちはいるのだと、悟っていた。

疲れ果てた葉月を慮ってくれたのか、物足りなそうにしながらも光貴が結合を解いてくれる。ようやく自らの脚が下ろされて、ほっとした。生まれたての仔馬のように膝が震えたのはご愛敬だ。

「……絶対に僕を置いていかないでくれ」

広い胸に抱きしめられ、陶然と息を吐く。もう葉月にとっての居場所はここ以外見つけられなかった。

「……指切りをしましょうか」

子どものお遊びに過ぎなくても、二人にとっては切実な契約。違えればきっと命も奪われる。重みを存分に理解した上で、葉月は自身の小指を差し出した。

「ああ……何度でも」

瞳を潤ませ笑った光貴が指を搦めてくる。滲んだ熱が、溶け合う気がした。

跋《おくがき》

崖を転がり落ちた童は、瀕死の状態だった。

もはやどう手を尽くしたところで助かるまい。しばらく放っておけば、呼吸が止まる。幼くても、これがこの子の寿命だったのだろう。

命の灯火が消えてゆくのは、日常のこと。何の感情もなく、見守るつもりだった。

気が変わったのは、その男児が先刻まで『彼女』と一緒にいたからだ。

会話が弾んでいたようには見えなくても、楽しげに共に遊んでいた。ならば特別に親しい間柄に決まっている。

そもそも彼女がここへ人を連れてきたのは初めてのことだ。新たな『器』を得て現れた少女を見た瞬間、かつて守れなかった彼女であることはすぐに分かった。

もう何年も、何十年も、何百年も停滞していた時間が動き出す。半ば眠りについていた意識が戻った理由は、彼女の気配を感じたからに他ならなかった。

――やっと会えた。

再会は最早諦めていたのに。

人は簡単に死に、生まれ変われば全て忘れてしまう。そのように作られ、恩恵を与えられている。不完全だからこその祝福に等しかった。

たとえ魂が同じものでも、別の『器』に宿れば、かつてと同じ人間では決してない。それでも――どれだけもう一度会いたいと願ったことか。

随分昔、この村には不思議な声を聞くことのできる女がいた。善良で無欲な、それでいて無知な、恵まれているとは言えない少女。

己がこの地で役目を与えられて、人の営みにはあまり興味がなかったのに、何故か彼女のことは気になった。久し振りに会話ができる人間だったからかもしれない。

長すぎる生に飽いていたので、たまに話すだけでも充分心が慰められた。

昨晩食べたものや隣家の赤子について。夕日が綺麗だったこと。その程度のたわいのない内容でも楽しかったのだ。

多くを望んだわけではない。本当に彼女が時折、社へやってきてくれるだけで満たされていた。ああ、それなのに。

干ばつは、不幸な偶然でしかない。人が何らかの原因や因果を求めたくなる気持ちも分かるが、全ては単純な巡り合わせだ。

祈り許しを乞うたところで天に影響を及ぼせるわけもない。卑小な存在に過ぎないくせに、自分たちをどれだけ大層な存在だと思いあがっているのか。

愚かな人間は、簡単かつ自分以外の犠牲を払い、雨を求めた。

ただの自己満足。集団故の暴走。狭く閉じた世界は率いる者が道を誤れば、たちまち崩壊へひた走る。止める者は誰一人いなかった。

そんなものを望んではいないと何度叫んだだろう。

だが全くもって声が届くことはなかった。彼女以外、聞く耳を持つ人間はいない。その上、皮肉にも生贄に選ばれたのは、ただ一人の『特別』な女。

やめろと叫んでも、彼女は『それで村の皆が救われるなら』と淡く笑った。無意味な自己犠牲で命を落としたところで、その願いが天に通じるはずもない。実に馬鹿げている。

求めていない贄を捧げられ、当然雨乞いは不発に終わった。完全なる無駄死にだ。

彼女の血が滴る祭壇は、この上なく滑稽だった。あの時何を考えたのか、今では不思議と思い出せない。

肉体を持たないにも拘らず、胸に空虚な穴が開いた気がする。眠りも食事も必要ないけれど、日々が一気に淀んでいった。

もし一つだけあの儀式に意味があったとするなら――むしろ人を見限って、以降はどんな祈りも願いも受け取る気はなくなったことのみ。

滅びるなら滅びればいい。村も人も。

田畑は干上がり、人も獣も大勢死んだ。これまで守ってきた全てが無価値に感じられ、右往左往する人間は無様でしかない。むしろ忌まわしく興味すら失った。

そうしてあらゆるものへ背を向けて、眠ったままどれだけの時間が過ぎたのか。何度も季節が変わり、静寂が満ちるまで。

訪れる者のなくなった社は寂れ、周囲の光景は様変わりした。当時生きていた村人は死に絶え、いつしか血縁関係のない者らが他所から住み着いたらしい。

人間は良くも悪くも逞しい。あっという間に適応し繁殖する。

次第に人の数が増え、気づけば村になっていた。その中に——新たな器を得た『彼女』がいた。

再び巡り会えるとは思っていなかった分、『心』と呼ばれるものが躍った。会いたくて堪らなかったのだと、ようやく気づく。

信者を失い、力をなくし、それでも無に還らず穢れに身を堕とさなかったのは、ひとえに彼女に会いたかったからなのだと、自覚した。

もしも自分に人間と同じ眼があったのなら、きっと滂沱の涙を流していたことだろう。

新たに生まれ変わった彼女に己の声は届かなかったが、それでもよかった。彼女の魂の美しさは、少しも損なわれていない。傍にいられるだけで、充分だった。

けれども。

大怪我を負い、今まさに死のうとしている幼子は、確か『光貴様』と呼ばれていた。彼女にとって『特別』な存在に違いない。死んでしまえば、どれだけ悲しむことか。

さりとて旅立つ魂を引き留める術はなく、もはやそれは止められない流れだった。傷だらけのこの小さな身体は、間もなく空になる。

――ならば、虚ろになった『器』をどうするかは、私の自由ではないのか？

これだけの損傷を受けた肉体は、本来なら使い物にならない。ほぼ力を失っている我が身では、修復に何年もかかりそうだった。

――だが、手に入れれば私も『人』になれる。そしてここに縛られることなく、自由にどこへでも行かれるようになる。

かつて彼女は、自分たちは違いすぎるから一緒にはいられないと言っていた。だとしたら、同じものになればいい。そうすれば共にいられる。この先もずっと。

永遠に等しい命も、神格も、清浄な世界も惜しくはなかった。仮に今後穢れに塗れ消滅しても構わない。堕ちて最も欲しいものが手に入るなら、安いものだ。

――お前に選択肢をやろう。お前は私になって、私がお前になる。そうすればこの先も葉月と共にいられよう。人とは違う存在になるが、お前の意識も多少は残る。

選ばなければ、息絶えるだけ。それは幼子にも理解できていたらしい。光貴は微かに頷いた。

千載一遇の好機を前にして、迷ったのは一瞬だけ。

魂が完全に肉体から離れる前に、丸呑みにし、同化する。腹の中に収め、吸収した。幼子の記憶、身体を構成する物質、感情に思考。完璧に成り替わるために。

守らねばならぬ人間に対し、義務を放棄するに止まらず過剰な干渉を施せば、おそらく自分も無事では済まないに決まっている。

それでも、後悔は微塵もなかった。あるのは彼女の元へ行かれる喜びだけ。自らの足で大地を踏みしめられたら、どれほど素晴らしいことか。

しばしの微睡みの中、白蛇は赤い眼をゆっくり閉じた。

軽く肩を揺すられると共に「光貴様」と呼ばれ、目を覚ました。

どうやら図書室で本を読んでいる間にうたた寝をしていたらしい。こちらを覗き込んでくる愛しい女が、視界の中で柔らかく微笑んだ。

「お疲れですか？　少し横になられては？　せっかく久し振りの休日ですもの」

「ああ……」

引退した父の跡を光貴が継いで既に三年。事業は軌道に乗り、順調に大きくなっている。かつてよりも御堂家は一層隆盛を極めていた。今や成金などと陰口を叩かれることもない。

全ては新たに当主となった光貴の手腕による。神懸かり的な判断力と決断力には、誰もが舌を巻いていた。

そのため、上野伯爵令嬢の急な不幸の後、あらゆる縁談を断って、突然身分違いの葉月を妻に迎えたいと言っても、誰も反対することはできなかったのだ。父親ですら、口出しできないほどに息子の発言力は確固たるものになっていた。

口さがない者は『すっかり息子に頭が上がらないようだ』と嘲っているが、光貴にはどうでもいい。実際この数年で、父はすっかり老いていた。

「せっかくの休日なのに、どこにも連れて行ってやれず、すまない」

「私が家でゆっくりしましょうと申し上げたのですよ。それに身重ですから、外出するよりもこうして光貴様と家にいる方が安心です」

葉月が優しい手つきで大きく膨らんだ腹を撫でた。そこには二人の第二子となる赤子が宿っている。夫婦揃って、誕生を心待ちにしていた。

「そうだね。葉月の体調が一番大事だ」

上の子は昼寝中。束の間、久し振りに二人きりの時間が訪れた。

「近頃は弟妹が子どもの面倒を見てくれるので、とても助かっています。あの子たちまで呼び寄せてくださり、光貴様にはいくら感謝しても足りません」

瞳を潤ませた葉月が光貴の隣に腰掛けた。

「妻の家族の面倒を見るのは、夫として同然のことだ。未成年なのに父も兄も亡くしてしまっては、頼るべき大人が必要だろう」

先日、村は嵐による土砂崩れに見舞われ、多数の犠牲者が出た。その中に、葉月の父親と兄も含まれる。幸いにも弟妹は無事助け出され、御堂家に引き取られることとなったのだ。

「最近村は不幸続きです。地震や落雷による火事もあったそうですし……まるで神仏に見放されてしまったみたい」

「悪いことがあれば、そのうちいいこともある。あまり気にする必要はないよ」

不安げな妻を抱き寄せ、光貴は彼女の頭を撫でた。

もう人ならざる者の声を聞く力を持たないはずなのに、葉月の勘の良さは健在だ。本質を捉える力は、相変わらずだった。

——見放された、か。あながち間違いではない。あそこにはもう、土地を守護する存在はいないのだから。

光貴が去って数年は維持できたようだが、今後は廃れてゆく一方だろう。いずれ緑に呑まれてゆくに違いない。それが自然の摂理だ。そして再び人の営みが一から始まるのかもしれなかった。

「葉月、これからも僕らはずっと一緒だ。だから何も心配しないで。僕がついている」

「光貴様……ええ。約束ですね」

戯れに小指を絡ませ合い、二人同時に破顔した。

いつまでも——死後も共にいようと契約を交わして。

あとがき

初めましての方も、そうでない方もこんにちは。山野辺《やまのべ》りりと申します。

和ものを書くと、何故かじっとり因習ホラー風味になる不思議。

単純にそういう世界観が大好物なので、隙あらばぶち込もうとした結果ですが。

今回も、薄っすら気味の悪さが漂っていますが、完全に純愛ものです。少なくともヒーロー側からは純度百パーセントの献身愛ですね。とても尽くしています。色んな意味で。

ただ元がアレなので、ちょっと世間の常識からズレているだけで……。

そんなこんなを要約すると、間違いなくピュアラブになります。

お楽しみくださると、幸いです。

イラストは吉崎《よしざき》ヤスミ先生です。和ものもしっとりと官能的な絵で、最高ですね。そこはかとなく漂う不穏感を余すところなく表現してくださり、感激です。

この本の完成に携わってくださった全ての皆様に感謝しています。

勿論、読者の皆様にも。心からありがとうございます。またどこかでお会いできますように願っております！

山野辺りり

Sonya
ソーニャ文庫

この本を読んでのご意見・ご感想をお待ちしております。

◆ あて先 ◆

〒101-0051
東京都千代田区神田神保町2-4-7 久月神田ビル
㈱イースト・プレス　ソーニャ文庫編集部
山野辺りり先生／吉崎ヤスミ先生

淫愛《いんあい》の神隠《かみかく》し

2024年6月6日　第1刷発行

著　　者　山野辺《やまのべ》りり
イラスト　吉崎《よしざき》ヤスミ
装　　丁　imagejack.inc
発 行 人　永田和泉
発 行 所　株式会社イースト・プレス
〒101－0051
東京都千代田区神田神保町2－4－7 久月神田ビル
TEL 03－5213－4700　FAX 03－5213－4701
印 刷 所　中央精版印刷株式会社

ISBN 978-4-7816-9770-3

Sonya ソーニャ文庫の本

冥《くら》闇《やみ》の花嫁
山野辺りり
Illustration なま
もう逃がしてはあげられない——
呉服店に奉公している雪子は、同じ奉公人の蓮治に切ない恋心を抱いていた。悍ましい夢に悩まされるようになった雪子は不眠で体調を崩してしまう。あるきっかけから共寝するようになった二人は、淫らなふれあいを求めるようになり……。
Sonya

『冥闇の花嫁』 山野辺りり

イラスト なま

Sonya ソーニャ文庫の本

魔女は
紳士の腕の中
山野辺りり
Illustration
幸村佳苗
君が魔女なら、僕は喜んで堕落する。
不貞を働く継母と司祭に嵌められ、地下牢に囚われたクリスティナ。そこへ、初恋の人・イシュトヴァーンが現れる。かつて突然、連絡を絶った彼。クリスティナは7年ぶりの再会を訝しみ、彼を拒絶する。しかし、妖艶に微笑む彼に牢から連れ出され、強引に純潔を奪われて——!?
Sonya

『魔女は紳士の腕の中』 山野辺りり

イラスト 幸村佳苗

Sonya ソーニャ文庫の本

どれだけ僕を嫌い憎んでも君の全てを手に入れる

神殿の下働きのユスティネは、王太子の座を追われ聖職者となったレオリウスの世話係に突然任命された。最初は臆していたものの、聡明で穏やかな人柄に触れ心惹かれるようになっていた。だが、あることをきっかけに変貌した彼に強引に純潔を奪われてしまい……!?

『堕ちた聖職者は花を手折る』 山野辺りり

イラスト 白崎小夜

Sonya ソーニャ文庫の本

もう[illegible]怖[illegible]いのか？

ある日を[illegible]誰にが[illegible]物に見えるようになったブラン
シュ。誰に[illegible]出[illegible]ず[illegible]屋敷に引きこもっていた
が突然、結[illegible]ること[illegible]相[illegible]冷酷非道と噂の次期
辺境伯シルヴ[illegible]初[illegible]相[illegible]夜、彼に抱かれ怯えるも
のの、[illegible]の手つ[illegible]どこ[illegible]く情[illegible]で……。

『愛[illegible]異形』 山野辺りり
イラスト Ciel

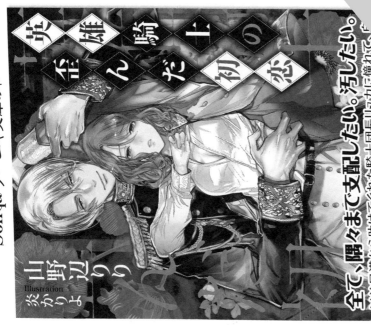

まえがき

いきなりで申し訳ないのですが、次の漢字を読んでみてください。

①ミカンが撓わに実っている。
②大人の女性の窈窕とした雰囲気。
③腹が立ったので、家に帰って不貞寝する。
④頭痛で顳顬のあたりがズキズキする。

①「撓わ」は、「たわわ」。〝枝がしなるほどたくさん〟という意味を表します。
②「窈窕」は、「ようちょう」と読み、〝女性のしとやかなようす〟を表すことば。
③「不貞寝」の読み方は、「ふてね」。〝どうにでもなれ、という気分になって

寝る〟ことですよね。

④「顳顬」は、ふつうは「こめかみ」と読む漢字。〝目と耳の間、頭が痛むときにもみたくなる部分〟を指しています。

四つとも読めた人は、漢字をかなりご存じです。自信を持っていいでしょう。読めない漢字があった人も、がっかりする必要はありません。みなさんは今、新しい知識を手に入れたのですから。そして、これから先も未知のものにいっぱい出会えるのだ、と考えてみてください。なんだかワクワクしてきませんか?

日本語には、読み方が難しい、いわゆる〝難読漢字〟がたくさんあります。それらの一つを読めるようになるということは、新しい知識が一つ増えたということ。自分が賢くなった気がしますよね。

しかも、難読漢字の数の多さといったら、事実上、無限だと言ってもいいくらい。〝また一つ賢くなった〟という知的興奮を限りなく味わえるわけですから、難読漢字の勉強にはまる人が現れるのは、当然のことと言えましょう。

実際、テレビを見れば、難読漢字を取り扱うクイズ番組が毎日のように放送されていますし、インターネットの世界でも、難読漢字を紹介するコラムを載せたサイトが、あっちでもこっちでも花盛り。みなさんの中にも、それらを日々、楽しんでいる人が、きっとたくさんいらっしゃることでしょう。

そうやって、多くの人が自分の知的成長を実感できるというのは、すばらしいことです。ただ、漢字をメシの種にしている私のような人間からすると、同時に、ちょっともったいないような気もしています。なぜなら、一つ一つの難読漢字の背後には、〝どう読むのか？〟よりもさらにおもしろい、〝どうしてそう読むことになったのか？〟という物語が横たわっているからです。

たとえば、「撓わ」を「たわわ」と読むのは、もともとは中国語を書き表すためだけに作られた漢字を、日本語を書き表すときにも使えるようにした、カスタマイズの結果です（28ページ）。「窈窕」の読み方を通じては、古代中国の人々がどのような方法で漢字を次々に生み出していったのか、その一端をうかがい知ることができるでしょう（52ページ）。

「不貞寝」を「ふてね」と読む漢字の使い方は、どんなことばを書き表すときでも〝なんとか漢字を使いたい〟と考える、日本人の情熱のたまもの（157ページ）。「顳顬」を「こめかみ」と読むのに至っては、音読み・訓読みという基本的な読み方を無視して漢字を使ってやろうという、なんとも大胆不敵な試みの結果なのです（168ページ）。

そういった事情を知ると、漢字の世界がさらにおもしろく見えてきます。せっかく難読漢字の勉強をしているのに、そのおもしろさに触れずにいるなんて、もったいないと思いませんか？

そこで、この本では、さまざまな難読漢字を取り上げてみなさんの知的好奇心を満たすだけではなく、その背景に見え隠れする、漢字のしくみやその移り変わり、先人たちが漢字を使いこなすために編み出した知恵などをも説明していきます。といっても、専門的な議論に深入りするつもりはありません。知っておくと漢字の世界がよりおもしろく見えてくるような知識を、わかりやすくご紹介していきます。

〝木を見て森を見ず〟ということばになぞらえていえば、一つ一つの難読漢字の読み方を知ることは、一本一本の〝木を見る〟ことに当たります。それぞれの木を前に、美しい花やみごとな枝ぶりを観察するのは、もちろん楽しいことです。でも、〝森を見る〟ことによってその壮大さに心打たれるのも、また感銘が深いものですよね。

私が申し上げている〝森を見る〟とは、漢字の世界の全体像に触れること。〝木を見るついでに森も見てやろう〟というのが、この本の基本的なコンセプトです。

それでは、漢字の広大な〝森〟の探険に、出かけることといたしましょう。

難読漢字の奥義書——目次

第II章 やさしい漢字の難しい読み方

第IV章 動植物を表す漢字のいろいろ 193

第Ⅴ章　難読地名の世界を散策する　245

第I章

いかにも難しそうな漢字の読み方

難読漢字は、大きく二つの種類に分けられます。一つ目は、漢字そのものがあまり使われないので、読み方も知られていないもの。二つ目は、漢字そのものはよく目にするけれど、ふつうとは違った読み方をするものです。

この章では、ぱっと見にいかにも難しそうに感じられる一つ目の方を取り上げながら、漢字の読み方に関する基礎知識をご説明していきましょう。

1

訓読みと音読みって、何が違う？

「大」を「おおきい」と読むのは訓読み、「だい」と読むのは音読み。漢字にこの二種類の読み方があることは、みなさん、ご存じでしょう。では、この二つの読み方はどうして存在するのでしょうか？

その理由を知ることは、日本語を書き表す文字としての漢字について知る上で、最も基本的で重要なことの一つです。

①あの人はいつも上司に**諂って**いる。
②この投資は、将来、莫大な利益を**齎す**だろう。
③朝、鳥たちの**囀り**で目を覚ます。
④バイクが耳を**劈く**ような爆音を残して走り去る。
⑤賛成派と反対派の激しい**鬩ぎ**合いが続く。

①「諂って」の読み方は、「へつらって」。〝おべっかを使う〟という意味です。
②「齎す」は「もたらす」と読み、〝ある結果を引き起こす〟こと。
③「囀り」は、「さえずり」。言うまでもなく、〝鳥が鳴くこと〟ですよね。
④「劈く」の読み方は、「つんざく」。〝勢いよく引き裂く〟ことを表します。
⑤「鬩ぎ」は、「せめぎ」と読みます。「せめぎあう」とは、〝対立状態になる〟ことを言います。

ここまで、めったに見かけない、いかにも難しそうな漢字ばかりが並んでいますね。でも、ひらがなで書いてしまえば、それほど難しくは感じません。「へつらう」も「もたらす」も「さえずり」も「つんざく」も「せめぎ（あい）」も、現在でも使われているふつうの日本語ですから、ことばとしてはそれほど難しいわけではありません。

では、次の五つはどうでしょうか？

⑥演壇の上に仁王立ちになり、聴衆を睥睨する。
⑦幹事から懇親会への出席を慫慂される。
⑧夕もやのかかった縹渺たる風景。
⑨輸送トラックが輻輳する大規模流通センター。
⑩貧困に苦しむ人々を賑恤する。

⑥「睥睨」は、「へいげい」と読みますが、だれもが耳で聞いただけで理解できることばではありませんよね。〝見回して威圧する〟という意味だと理解するためには、辞書を調べなくてはいけません。
⑦「慫慂」も、「しょうよう」という読み方だけを教えてもらっても、〝何かをしないかと誘って勧める〟ことだという意味はわからないことでしょう。
⑧「縹渺」は「ひょうびょう」で、〝ぼんやりと遠くまで広がっているようす〟。
⑨「輻輳」は、「ふくそう」。二文字とも「車（くるまへん）」が付いていて、

本来は〝車の行き来が集中する〟という意味。転じて〝多くのものが集まってくる〟ことを指します。

⑩「賑恤」は、歴史用語と言ってもいいような古いことば。「しんじゅつ」と読んで、〝困っている人に金銭や物資を恵む〟ことを表します。

①〜⑤は、読み方さえわかれば意味もわかるのに、⑥〜⑩は、読み方がわかっても意味はちんぷんかんぷん。その違いは、①〜⑤は訓読みなのに対して、⑥〜⑩は音読みだということに起因しています。実は、訓読みは日本語ですが、音読みはもともとは中国語なので、そのままでは日本人には意味が伝わらないことがあるのです。

漢字が中国で発明された文字だということは、ほとんど常識だと言っていいでしょう。中国の人々は自分たちのことば、つまり中国語を書き表すために漢字を作りました。ですから、漢字にはもともとは中国語としての発音しかなかったのです。それが日本列島に伝わってきたときも同様で、当時、日本に住んでいた人たちが漢字を読む際には、中国語を勉強してその発音のまま読むしかありませんでした。

しかし、日本語と中国語では、発音がかなり異なります。英語のRとLの発音の区別は日本人には難しく、きちんと練習しないとどちらも同じラ行になってしまいがちですよね。それと同じようなことが、漢字が伝わってきたころの日本列島でも起こりました。その結果、日本人は、かなりなまった発音で漢字を読むことになりました。そうやって生まれたのが、音読みなのです。

つまり、音読みとは、昔の中国語の発音が日本語風に変化したもの。音読みで読まれることばは、いわば中国語からの外来語です。ふだんからよく使う外来語であればだれにでもわかりますが、⑥〜⑩のようにめったに使われないことばの場合は、そうはいきません。多くの日本人にはそのままでは意味が伝わらないのです。

私たちは、中国語を書き表すために生み出された漢字を、日本語を書き表すために使っています。訓読みと音読みの存在は、そのことを端的に示しているのです。

2

訓読みで読めれば、意味がわかる！

漢字は、一つ一つが意味を持っています。しかし、音読みで読んでいる限り、中国語を知らない日本人にはその意味は伝わりません。それだと、日本語を書き表す文字としては役に立ちませんよね？

そこで昔の日本人が考え出したのが、意味を翻訳しながら漢字を使うことでした。ここからしばらくは、そうやって生まれた訓読みについて、詳しく見ていくことにしましょう。

①この土壁は、火には強いが水には**脆い**。
②自分の部屋でゲームに**耽る**のが楽しみだ。
③ミスをしたが、先輩が**庇って**くれた。
④血の**滲む**ような努力を重ねる。

⑤相手の前に**跪いて**許しを乞う。

①「脆い」は、「もろい」と読みます。〝崩れやすい〟ことですよね。
②「耽る」の読み方は、「ふける」。〝夢中になる〟という意味を表します。
③「庇って」は、「かばって」。意味は、〝非難や攻撃から守る〟ことです。
④「滲む」の答えは「にじむ」で、〝うすくしみ出る〟こと。
⑤「跪いて」はちょっと難しいかもしれませんが、「ひざまずいて」と読みます。「ひざまづいて」と書いても、ＯＫ。〝地面や床に膝を付ける〟という意味です。

今、取り上げた①〜⑤は、すべて訓読み。一応、意味を説明しておきましたが、読み方がわかれば意味は自然と理解できるかと思います。

そのあたりの事情を説明の便宜上、かなり単純化して申し上げますと、たとえば「走」という漢字は、音読みでは「そう」と読み、〝比較的速いスピードで移動する〟という意味を表します。それは、「はしる」という日本語に相当します。そこで、「走」という漢字をそのまま「はしる」と読んでしまえば、中国語を知らない日本人にもわかることばになります。これが、訓読みの発想です。

つまり、訓読みとは、その漢字の意味を日本語で表現したものであって、いわば〝翻訳読み〟なのです。ということは、訓読みで読めるようになるとその漢字の意味がわかり、ひいてはその漢字を使った音読みの熟語の意味もわかるようになるわけです。

では、後半はどうでしょうか？

⑥ここは埋め立て地なので、地盤が**脆弱**だ。
⑦政府の**庇護**の下、産業が発展する。
⑧話題のベストセラーを**耽読**する。
⑨穴の奥底から地下水が**滲出**している。
⑩礼拝堂で**拝跪**して祈りを捧げる。

⑥「脆弱」の読み方は、「ぜいじゃく」。意味を知らなくても、「脆」を「もろい」と訓読みすることを知っていれば、〝もろくて弱い〟という意味だとすぐにわかります。

⑦「庇護」は、「ひご」と読む熟語。文脈から意味はなんとなくわかるでしょうが、「庇」の訓読みは「かばう」だと知っていれば、〝かばって守る〟という意味だと確信を持って言うことができます。

⑧「耽読」は、「たんどく」。これも、「耽」の訓読みは「ふける」だと知ったばかりですから、〝読みふける〟という意味だろうと想像がつきますよね。

⑨「滲出」の読み方は、「しんしゅつ」。「滲」の訓読み「にじむ」から、意味は〝にじみ出る〟ことだとわかります。

⑩「拝跪」は、「はいき」と読みます。めったに見かけないことばですが、「跪」は「ひざまずく」と訓読みしますから、〝拝みながらひざまずく〟という意味だと推測するのは、そんなに難しいことではありません。

以上のように、音読み熟語の意味を訓読みから導き出す作業は、私が今さら説明するまでもなく、日本語を読み書きする多くの人が無意識のうちに行っていることです。現在、ある種の人々が好んで用いるカタカナことばとは違い、漢字で書き表されることばならば意味がわかると私たちが感じるのは、ここに理由があります。

つまり、音読みだけではだめで、訓読みもないと、日本語を書き表す文字としての漢字は役に立たないのです。

音読みは中国語に由来し、訓読みは意味を表すという違いを意識しておくことは、とても重要です。なぜなら、中国語を書き表すために発明された漢字は、訓読みという工夫を加えることによって、日本語を書き表す際にもとても便利な文字へと変化を遂げたからです。

日本の文化は、中国文化から絶大な影響を受けています。と同時に、外国の文化を自分たちに合うようにアレンジしてきたというその営みによって、日本人が極めてオリジナルな文化を育ててきたことも、また事実なのです。

3

訓読みはなんとなく想像がつく？

先ほどお話ししたように、訓読みはその漢字の意味を日本語で表したものです。そのため、たとえ初めて見る漢字でも、きちんとした文脈の中で訓読みの形で使われていれば、たいてい、読み方の想像がつくものです。

ここでは、そんな難読漢字を集中的に取り上げてみましょう。みなさん、それほど苦労せずに読めてしまうのではないでしょうか。

①ビルの屋上から下を見下ろし、足が**竦む**。

②自分の欠点は棚に上げて、他人を**貶して**ばかりいる。

③病み上がりの少し**窶れた**顔つき。

④ぼろぼろのコートを身に**纏って**、寒さをしのぐ。

⑤煮え滾るお湯の中に、食材を放り込む。
⑥必死の形相《ぎょうそう》で、交渉相手に躙り寄る。
⑦怖ろしい夢を見て魘される。

①「竦む」は「すくむ」。ビルの上で足がどうなるかを考えれば、答えは出るでしょう。
②「貶して」は「けなして」。欠点を指摘することに関連することばで、「○○して」となるものを思い浮かべてみましょう。
③「窶れた」も、漢字はいかにも難しそうですが、同じ要領。病み上がりの顔つきですから、「やつれた」が答えとなります。
④「纏って」は、「まとって」。「身に」に続いて「○○って」となることばだと考えれば、漢字を知らなくても想像はつくでしょう。
⑤「滾る」は、「煮え」に続くわけですから、ふつうに考えて「たぎる」で正解。

⑥「躙り」も、「躙り寄る」でひとまとまり。「にじり」と読みます。
⑦「魘される」は、見た目がかなりいかつい漢字ですよね。夢を見て「○○される」と言えば、それは「うなされる」だと相場は決まっています。
以上からもお気づきでしょうが、訓読みの難読漢字では、送りがなも重要なヒントになります。「まえがき」で取り上げた「撓わ」もその例で、果実が実るようすを表すことばで「わ」で終わるものを探せば、「たわわ」と読めてしまいますよね。

ただ、中には送りがなが付かない訓読みもあります。

⑧猛獣を檻の中に閉じ込める。
⑨緊張の箍が緩んでミスを犯す。
⑩闇組織のアジトに踏み込んだが、蛻の殻だった。

⑧「檻」は「おり」。ごくごく常識的に考えてみれば、答えが思い浮かぶでし

ょう。

⑨「箍」は「たが」。「たがが緩む」という慣用句でよく使われます。

⑩「蛻」は「もぬけ」。これまた、「もぬけの殻」という慣用句でよく使われるので、読めてしまうのではないでしょうか。

それだけに、「たが」や「もぬけ」そのものの意味を聞かれると、ちょっと困ってしまうかもしれません。「たが」とは、〝桶や樽などにはめて、側面の板を固定する道具〟。「もぬけ」とは、〝昆虫や蛇などが脱皮する〟ことを指します。

ほかにも「簪（かんざし）」だとか「臍（へそ）」だとか「鑢（やすり）」だとか、送りがなの付かない訓読みはたくさんありますが、そういう漢字を知らなくても、文脈がきちんと与えられればなんとなく読めてしまう。それが訓読みのすごいところなのです。

4 便利な訓読みにも難点がある

「食」を「たべる」と読むのも、「歩」を「あるく」と読むのも、どちらも訓読みです。これは、英単語の eat や walk をそのつづりのままで、「たべる」「あるく」と読むようなもの。訓読みとは、実に斬新で便利な方法なのです。

しかし、どんな便利なものにだって短所はあります。ここでは、訓読みのデメリットを見てみることにしましょう。

① 沸騰したお湯が鍋から**溢れる**。
② 無理な力が加わり、継ぎ目に**歪み**が生じる。
③ **弛んだ**気持ちに活を入れる。
④ トラックが**喧しい**音を立てて走り抜ける。

⑤ 一生懸命、応援したので、声が嗄れた。

①「溢れる」を、たいていの方は「あふれる」と読むことでしょう。もちろんそれで正解なのですが、一方で「こぼれる」と読むこともできます。お湯が〝あふれる〟こととお湯が〝こぼれる〟ことは、基本的には同じ現象。だから、どちらを使って訓読みしても、「溢」という漢字の意味の翻訳としては間違いではありませんよね。

訓読みは〝翻訳読み〟なので、本来は、意味さえ間違っていなければどう読んでもかまわないものなのです。実際、「食」には、「たべる」のほか、「くう」「くらう」といった訓読みもあります。「歩」は、「あるく」以外に「あゆむ」と読むこともできます。どれで読んでも基本的な意味は変わりません。

ただ、ふつうは、「食べる」「食う」「食らう」、「歩く」「歩む」のように、送りがなが異なるのでどの訓読みをしているのか区別できます。ところが、送りがなまで一緒になってしまうと、見た目から区別することはできません。「溢れる」

をはじめ、ここに挙げた五つはそういう例なのです。
②「歪み」は、「ゆがみ」でも「ひずみ」でもご名答。両方とも〝異常な形になること〟という意味です。
③「弛んだ」は、「ゆるんだ」と「たるんだ」の両方が正解。どちらも〝緊張が解ける〟ことを表します。
④「喧しい」に至っては、書きことば的な「かまびすしい」と話しことば的な「やかましい」のほか、「かしましい」でもOK。どれでも〝うるさい〟という意味は変わりません。
⑤「嗄れた」も、「かれた」「しわがれた」「しゃがれた」の三つの読み方が可能。どれで読もうと、〝声がかすれる〟ことを表します。
このように、訓読みは、どう読んでいいか決められない、という困った状態を引き起こすことがあります。振りがなを付けておけばこの問題は解決できるわけですが、それもけっこうめんどくさいですよね？　これは、訓読みの持つデメリットの一つです。

また、漢字の中には、現在ではほとんど使われないような訓読みに翻訳されてしまったものもあります。そういう訓読みは、いくら文脈が示されてもなかなか読むことができませんし、読めても意味がさっぱりわからないとか、はたまた意味を勘違いしたまま使っているといった結果になりがちです。これもまた、訓読みのデメリットの一つでしょう。

⑥食糧不足で**饑い**腹を抱えた子どもたち。
⑦渋柿は、**醂して**初めて食用となる。
⑧若いころ、彼らはいつも酒を**賖って**飲んでいた。
⑨この地方は衛生状態が悪く、**瘧**に苦しむ人が多い。
⑩**膕**がぴんと伸びた、美しい立ち姿。

⑥「饑い」は、「ひだるい」と読みます。意味は〝お腹が空《す》く〟こと。地域によっては現在でも方言として残っているようですが、あまり耳にしないですよね。

ことです。

⑦「酥して」は、「さわして」。「さわす」とは、〝液体につけて渋みを抜く〟ことです。

⑧「賖って」は、「おぎのって」または「おきのって」。〝支払いをつけにして買いものをする〟ことを表すことばですが、耳にしたことがある人はまれでしょう。

⑨「瘧」は、「おこり」。ある種の感染症の名前ですが、現在では「マラリア」と呼ばれるのが一般的で、「おこり」はほとんど使われません。

⑩「膕」の答えは、「ひかがみ」。〝膝の裏側の部分〟を言います。この部分、「よぼろ」という呼び名もあるので、そちらも正解。読みが一つには定まらない例でもあります。「ひかがみ」であれ「よぼろ」であれ、今では整体師さんなど限られた業界の方を除いては、めったに用いないことばとなっています。

これらのことばも、昔はそれなりに使われていたのでしょうが、時代とともに一般性を失っていったのです。ことばとは、時が流れるにつれて移り変わっていくものです。難読漢字を掘り下げていくと、その移ろいを感じることもできるのです。

5

勘違いから訓読みが生まれる？

訓読みとは一種の翻訳であるわけですが、悲しいことに人間とは勘違いをしやすい動物で、時には誤訳をしてしまうこともあります。そして、それがそのまま定着してしまうことだってあるのです。

そのように、中国語の意味には関係なく日本語だけで独自に使われるようになった訓読みのことを、〝国訓《こっくん》〟と言います。具体的に見てみましょう。

①亡き人を偲んで、黙禱《もくとう》を捧げる。

②犯人の足取りを辿り、潜伏先を見つける。

③脇の下を擽られて、思わず笑ってしまった。

④門の前では多くの人が犇めいて、開場を待っている。

①「偲んで」は、「しのんで」。「偲」は、中国語では〝励まし合うようす〟を表す漢字。しかし、部首「亻（にんべん）」が〝人〟を表すところから、日本人は〝人を思う〟と解釈して「しのぶ」と訓読みするようになりました。

②「辿り」は、「たどり」。本来、「辿」は〝ゆっくり歩く〟という意味。ところが、字形の「山」にひきずられて、日本人は〝山の中で道から外れないように歩く〟と解釈して、「たどる」と訓読みしているわけです。

③「擽られて」は、「くすぐられて」と読みます。部首「扌（てへん）」と「樂（「楽」の旧字体）」の組み合わせですから、「くすぐる」はぴったりの訓読みだと思われます。ところが、中国語での「擽」の意味は〝たたく〟だというから、驚きです。

④「犇めいて」は、「ひしめいて」。「牛」が三つで「ひしめく」とは、これまたまさにぴったりですが、中国語での「犇」は〝牛が驚く〟とか〝牛が走る〟という意味を表します。

以上は、漢字の形から日本人が独自の解釈を導き出してしまったもの。国訓の代表的な例で、その勘違いについては、弁明の余地はほとんどありません。

ただ、国訓の中には、当たらずといえども遠からずといった感じで、情状酌量の余地がある誤訳もたくさんあります。

⑤バーベキューをするために火を熾こす。

⑥茹でたお芋を鍋から上げる。

⑦馬に乗った二人の侍が、轡を並べて走って行く。

⑧昇進したのを機に、新しいスーツを誂える。

⑨寒い戸外にいると、手が悴む。

⑩おどしたり賺したりして、言うことを聞かせる。

⑤「熾こす」は、「おこす」と読みます（「熾す」と書くこともあります）。

「熾」の本来の意味は、「熾烈《しれつ》な争い」のように、〃火の勢いが強い〃こと。それを微妙に拡張解釈して〝火を燃え立たせる〟という意味で使っています。

⑥「茹でた」は、「ゆでた」。中国語での「茹」は、主に野菜類を〝食べる〟ことを表します。また、〝柔らかい〟という意味もあります。日本語で「ゆでる」と訓読みするのは、そのあたりから生まれた誤訳でしょう。

⑦「轡」は、日本語では「くつわ」と訓読みしますが、中国語での意味は〝たづな〟。「くつわ」は馬の口に付ける器具で、それに結びつけた〝たづな〟を引いて馬を操るのですから、いかにも惜しい誤訳ですよね！

残りの三つはもっと微妙。最初は正しく訳したのに、その日本語の意味が時代とともに変化してしまったために、現在では誤訳扱いされるようになってしまったものです。

⑧「誂える」の読み方は、「あつらえる」。「あつらえる」とは、〝頼んで作ってもらう〟こと。でも、中国語としての「誂」は、〝誘って何かをさせる〟という意味。実は、日本語の「あつらえる」も昔はその意味だったのですが、〝頼んで何かをしてもらう〟ところから〝頼んで作ってもらう〟ことへと変化したのです。

⑨「悴む」は、「かじかむ」。「悴」は、「憔悴《しょうすい》」という熟語があるように、〝やせ衰える〟という意味を表す漢字。日本語「かじかむ」はそもそもはその意味を表すことばでしたが、現在では変化して、主に〝凍えて手足がうまく動かなくなる〟という意味で使われます。

⑩「賺し」は、「すかし」と読みます。「賺」の中国語での意味は、〝高値で売りつける〟こと。日本人はこれを拡張解釈して〝だます〟という意味だと理解しました。「すかす」はもともとはそれを表す日本語。それが、〝真実ではないことさえ言う〟ところから、〝機嫌を取る〟ことを意味するようになったのが、ここでの「賺す」だというわけです。

漢字の本来の意味を尊重する立場からすれば、そこから外れた国訓を使うなんて、ケシカラン話です。しかし、こういう芸当は、漢字を自由に使えるようになって初めて生まれてくるものではないでしょうか。国訓は日本人が漢字を自分たちの文字として使いこなすようになったことの現れでもある、と考えることができるでしょう。

6

日本で生まれたオリジナルの漢字

あることばを書き表したいのにそれにふさわしい漢字がない場合は、どうすればいいでしょうか。先人たちは、そんな時に、中国語には存在していない自分たちオリジナルの漢字を作り出すことがありました。それらは、〝国字《こくじ》〟と呼ばれています。ここでは、その例を見てみることにしましょう。

① ちょうど**凪**の頃合いで、風はそよとも吹かない。
② 駅伝選手が次の走者に**襷**を渡す。
③ **籾**から殻を外し、実を取り出す。
④ その公園にはかつての森の**俤**が残っている。
⑤ 飼い猫に、きちんとトイレの**躾**をする。

⑥あの夫婦はよく喧嘩するが、子は鎹で、けっして別れない。
⑦汚れた鍋を、簓でこすってきれいにする。

①「凪」の答えは、「なぎ」。〝朝晩の風が吹かない時間帯〟を指す「なぎ」を、「風」と「止」を組み合わせて表したものです。「風」の省略形として「几」を用いるのは国字の一つのパターンで、ほかにも「凩（こがらし）」や「凧（たこ）」といった例があります。
②「襷」は、「たすき」。「ネ（ころもへん）」は〝衣服〟を表す部首。「擧」は「挙」の旧字体で、「あげる」という訓読みがあります。「たすき」はもともと、〝衣服の袖をたくしあげるために使うもの〟ですから、「襷」という漢字で表現したものでしょう。
③「籾」は、「もみ」と読みます。「もみ」とは、お米を収穫したときに、〝米粒を覆っている殻〟のこと。うっかりすると指の皮膚に刺さるくらいとがっているところから、「米」と「刃」を組み合わせたのでしょう。「刄」は「刃」と読み

方も意味も同じ漢字です。

④「俤」は、「おもかげ」。「おもかげ」とは、〝姿かたちが似通っていて、別のあるものを思い出させるようなもの〟。それを、〝弟を見て兄の姿かたちを思い出すようなものだ〟とたとえて、「亻（にんべん）」に「弟」を組み合わせて表したものだ、と考えられています。

⑤「躾」の読み方は、「しつけ」。「身」を「美」しく保つというところから生まれた国字でしょう。次ページの⑨にも出てきますが、部首「身へん」にも国字が多く、ほかに「躮（せがれ）」や「躻（うつけ）」が知られています。

⑥「鎹」は、「かすがい」と読みます。「かすがい」とは、〝木材と木材をつなげるときに使う金具〟。「鎹」は、その働きをある木材から別の木材へ金具を「送」ると考えて作られたものと思われます。

⑦「簓」は、かなり難しいですね。答えは「ささら」。〝竹筒の片方の端を細かく割いた道具〟で、現在は何かの表面などを掃除するのに使いますが、もともとは、これで木の板をこすって音を出す打楽器の一種でした。刃物を使って端を

細かく割くことを、刃物で細かい模様を「彫」るととらえて作られた国字でしょうか。

ここまでのように、国字の大半は、送りがななしで一つの単語として使われます。とはいえ、送りがな付きで用いられる少数派も存在しています。

⑧悔しさのあまり、髪の毛をかき毟る。
⑨雨が止んだから、軈て太陽が顔を出すだろう。
⑩その方の訴え、殿様のお耳に聢と入れておこう。

⑧「毟る」は、「むしる」。〝生えているものを引き抜いて、地肌を露出させる〟ことを表します。引き抜くのが「毛」だと、その本数が「少」なくなりますから、「毟」と書き表すことにしたわけです。

⑨「軈て」は、「やがて」。「応」の旧字体「應」を「身」に組み合わせた理由ははっきりしませんが、何かものごとが生じて、しばらくするとそれに「身」が

「応」じるところからか、とも言われています。

⑩「聢と」は、「しかと」と読んで、〝しっかりと〟という意味を表します。「耳」に「定」を組み合わせてあるのは、「耳」できちんと聞いた上で行動を「定」める、というところからでしょう。

ところで、国字は訓読みして使われるだけで、音読みは存在しないのが原則です。なぜなら、日本語のオリジナルだから中国語としての発音は存在せず、したがって、中国語の発音が変化した音読みも存在しえないからです。

とはいえ、例外的に音読みのような読み方をする国字もあります。たとえば、「しゃくに障《さわ》る」と言うときの「しゃく」は、元からの日本語。その発音を「積」の音読みの一つ「しゃく」を借りて表し、それに部首「疒（やまいだれ）」を付け加えて「癪（しゃく）」という国字が作られました。こういう読み方を、音読みに分類することがあります。

7

三島由紀夫の華麗なる訓読み

ここまで、いかにも難しそうな漢字の訓読みについて、お話をしてきました。私たちはふだん、こういう漢字をあまり目にしないかもしれません。でも、ちょっと時代をさかのぼった昭和の作家の文章では、よく使われています。

ここでは、現在でも愛読者の多い三島由紀夫の『潮騒《しおさい》』（一九五四年）の最初の部分から、その実例を見てみることにしましょう。

①午後になると燈台のあたりは、没する日が東山に遮られて、**翳った**。

②少女が、（中略）木の枠を砂に立て、それに身を**凭せ**かけて休んでいた。

③母親は、（中略）生計が立ちゆかないと奥さんに**愬えた**。

④獅子《しし》の**鬣**のような白髪をふるい立たせている名代《なだい》のがみがみ屋

⑤ 竈のそばに暗いランプを吊した小さな部屋

①「翳った」の読み方は、「かげった」です。
②「凭せ」は、「もたせ」と読みます。
③「愬えた」は、「うったえた」。「訴える」と書いても意味はほぼ同じです。

ここまでの三つは、文脈と送りがなから容易に推測がつくでしょう。次の二つは、送りがながつかない例です。

④「鬣」は、「たてがみ」と読みます。形がとても入り組んでいて、いかにも難しそうな漢字ですが、直前の「獅子」が読めさえすれば、すんなり読めてしまうでしょう。

⑤「竈」には、『潮騒』では「かまど」と振りがなが付いています。ただし、ほかにも「かま」「へっつい」などと訓読みされることもあります。どれで読んでも意味は同じ。字面《じづら》だけでは訓読みが一つに決められない例です。

⑥大山十吉は、海風によく鞣された革のような顔を持っていた。
⑦厨口の硝子《ガラス》戸に奥さんの影がうごいている。
⑧舳先に立って、（中略）朝空の下の太平洋の方角を眺めながら、

この三つはやや古めかしいことばなので、知らないと読むのは難しいかもしれません。
⑥「鞣された」の読み方は、「なめされた」。「なめす」とは、〃はぎ取った動物の皮を加工して、柔らかくて破れにくい状態にする〃ことです。
⑦「厨口」は、「くりやぐち」。「くりや」とは〃台所〃の古い言い方。「厨房（ちゅうぼう）」という音読みの熟語であれば、おなじみかもしれません。
⑧「舳先」は、「へさき」。「へ」だけでも〃船の先端〃という意味の日本語ですが、ふつうは「さき」を添えて使われます。「舳」は、〃船の先端〃を意味する漢字です。

⑨弟の宏は（中略）組合長の息子の頭を刀で擲って泣かせたのであった。
⑩蛸《たこ》は、（中略）全身を辷り出してうずくまった。

⑨「擲って」は、「なぐって」。「擲」は、中国語では〝ものを投げつける〟という意味を表す漢字で、日本語でも「擲つ（なげうつ）」と訓読みして使います。「なぐる」は、それが拡大解釈されたもの。国訓の例です。
⑩「辷り」は、「すべり」と読みます。「辶（しんにょう）」は〝移動〟を表す部首で、それに横棒を加えて〝横に動く〟という意味を表して、「すべる」と訓読みする国字です。
『潮騒』の最初の二十ページほどを見ただけでも、以上のようなさまざまな漢字を拾い出すことができます。よく言われる「昔の人は、今の人とは比べものにならないほど漢字の知識が豊富だった」とは、具体的にはこういうことなのです。

8

部分から音読みを予想する

このあたりで、音読みに話題を移しましょう。

最初にご説明したように、音読みとは、昔の中国語の発音が日本語風に変化したものです。つまりは中国語からの外来語なのですが、その読み方については、意外と予想がついてしまうことがあります。ここでは、その予想のしかたについてお話をいたしましょう。

① 道がわからなくなり、森の中を**彷徨**する。

② このウイスキーは、美しい**琥珀**色をしている。

③ 高い塔の上から、町を**俯瞰**した映像を撮る。

①「彷徨」の読み方は「ほうこう」で、〝さまよう〟という意味。

②「琥珀」は、「こはく」。〝明るく透明感のある茶色が美しい宝石の一種〟です。

③「俯瞰」は「ふかん」と読み、〝上から見下ろす〟ことを表します。

これらを難なく読める方も多いでしょう。でも、すぐには読めなかったとしても、「方」の音読みは「ほう」で「皇」の音読みは「こう」だから、「彷徨」は「ほうこう」と読むんじゃないか、と推測するのは難しくないですよね。同様に、「虎（こ）」と「白（はく）」から「琥珀（こはく）」、「府（ふ）」と「敢（かん）」を合わせて「俯瞰（ふかん）」というのも、それほど苦労せずに導き出せます。

次の四つはもう少し難しいことばですが、同じように考えて読むことができます。

④彼女はとても怜悧な頭脳の持ち主だ。

⑤この峠には山賊が蟠踞している。

⑥長い入院生活で、褥瘡ができる。

⑦怒られるのが恐くて、跼蹐しながら社長室に入る。

④「怜悧」は、「れいり」。「令（れい）」と「利（り）」という音読みをつなげればいいだけですよね。〝頭がいい〟という意味です。

⑤「蟠踞」も、「番（ばん）」と「居（きょ）」を合わせて「ばんきょ」。〝ある場所にどっしりと存在している〟ことを表します。

⑥「褥瘡」は「じょくそう」で、いわゆる〝床ずれ〟のこと。「辱」は、「屈《くつ》辱《じょく》」「雪辱《せつじょく》」のように「じょく」と音読みする漢字です。

⑦「跼蹐」は、「きょくせき」と読み、〝おっかなびっくりしながら進むようす〟を表すことば。「脊」は難しいかもしれませんが、「脊髄（せきずい）」という熟語があります。

このように、漢字全体の音読みとその一部分の音読みが一致するのは、これらが〝形声《けいせい》〟と呼ばれる方法で作られているからです。

簡単に申し上げると、形声とは、あることばを表す漢字を作るときに、すでに存在している漢字の中からそのことばの発音と一致するものを探してきて、それに、「へん」や「かんむり」「にょう」といった部首を付け加える方法です。その結果、部首ではない部分の発音が全体の漢字の発音を表すことになるわけです。ここで言う発音とは昔の中国語の発音なのですが、それが変化したのが音読みなので、この関係を音読みにスライドさせることもできるのです。

形声の方法で作られた漢字は、全体の八割以上を占めていると言われています。特に、日常生活ではめったに使わない難しい漢字の場合、そのほとんどが形声。「まえがき」で取り上げた「窈窕（ようちょう）」もその例で、〝女性がしとやかなようす〟を表すことばです。

残りの三つは、漢字の形の上でちょっと注意が必要な例です。

⑧ご指導・ご**鞭撻**をよろしくお願い申し上げます。
⑨立派な**穹窿**を備えた教会建築。
⑩大学病院で医師としての**研鑽**を積む。

⑧「鞭撻」は、「便」「達」をつなげて「べんたつ」。〝厳しく指導する〟こと

です。ただ、「撻」をよく見ると、「達」の「辶（しんにょう）」の点が一つ多いですよね。

⑨「穹窿」も、「弓」「隆」を合わせて「きゅうりゅう」。〝ドーム状の建築物〟を言います。この「窿」も、「生」の上に、「隆」にはない横棒が一本、加わっています。

⑩「研鑽」は「けんさん」と読み、〝さらなる向上を目指して努力する〟という意味。「鑽」の右側「賛」はだいぶ複雑な形をしていますが、「賛成」の「賛」と同じです。

「達」「隆」「贊」は、いわゆる〝旧字体〟で、昔はこの形の方が正式だったのです。旧字体に対して、「達」「隆」「賛」のように、現在、私たちがふつうに使っている漢字のことを〝新字体〟と言います。新字体は、日常的によく使われる漢字について、手書きの負担を軽減するために定められたもの。そのため、日常的にはめったに用いられない漢字の中には、逆に旧字体の形がそのまま残っていることがあるのです。

9

部分が同じならば音読みも同じ？

というわけで、形声の方法で作られている漢字では、部首ではない方の部分が音読みを表しています。この〝部首ではない方の部分〟のことを、〝音符《おんぷ》（声符《せいふ》）〟と呼んでいます。

音符の中には、今では単独の漢字として使われることが少なくなってしまい、音読みが知られていないものもあります。そういう場合、同じ音符を含む漢字をいくつか思い出すことで、突破口が開けることがあります。

①目に雑菌が入ったのか、**眼窩**に炎症がある。

②反対運動が**燎原**の火のごとく広がる。

③ＣＴを撮ったところ、動脈に**狭窄**が見つかった。

④ SNS上で誹謗中傷がくり返される。
⑤ 彼の驕慢な態度が、友人たちを遠ざけた。
⑥ 草むらの中を匍匐しながら前進する。

① 「眼窩」は、「がんか」。〝目のくぼんだ部分〟を指します。「咼」は見慣れない漢字ですが、「通過」「渦中」「コロナ禍」といったことばを思い浮かべれば、「か」と読む音符だと容易に予想できますよね。
② 「燎原」は「りょうげん」と読み、〝野焼きが行われている野原〟のこと。「尞」だけでは使い道のない漢字ですが、「同僚」「治療」「独身寮」などから、「燎」も「りょう」と読むことが推測できます。
③ 「狭窄」は、「きょうさく」。「窄」は、訓読みすれば「窄まる（すぼまる）」。「乍」の音読みを知らなくても、「作」「昨」がありますから、「さく」と読むことが想像できます。
④ 「誹謗」は「ひぼう」で、「誹」も「謗」も〝悪口を言う〟こと。「謗」の

音読みについては、「傍線」が参考になるでしょう。

⑤「驕慢」は「きょうまん」と読み、〝思い上がる〟ことを表します。「陸橋」「矯正」を思い浮かべれば、音符「喬」は「きょう」と読むことが推測できます。

⑥「匍匐」の読み方は「ほふく」。「補」「捕」などから音符「甫」は「ほ」と読めそうだと想像できますし、「福」「副」を思い出せば、音符「畐」の読みは「ふく」だと予想がつきます。

残りの四つは、旧字体が絡んでいるものです。

⑦幕末の志士たちは、尊王攘夷を合い言葉に活動した。
⑧他人のまじめな悩みを揶揄するな。
⑨どんなに立派な人物でも、瑕瑾はあるものだ。
⑩雄勁な筆遣いで、竜の絵を描き上げる。

⑦「攘夷」は「じょうい」と読み、〝外国の勢力を追い払う〟こと。「襄」は

「じょう」と音読みし、新字体では少し変形して「嬢」「譲」「壌」「醸」などの音符になっています。
⑧「揶揄」の読み方は「やゆ」で、〝からかう〟という意味。「耶」は、昔の中国の文章で、疑問を表すために用いられた漢字。現在の日本では、名前や当て字などで使われることがあります。音符「兪」は、「輸」「諭」などの音符の旧字体です。
⑨「瑕瑾」は、「かきん」と読み、〝ちょっとした傷〟という意味。「叚」はめずらしい形ですが、「休暇」を思い出してください。「堇」の方は、「勤」「謹」の音符の旧字体です。
⑩「雄勁」の読み方は「ゆうけい」で、意味は〝力にあふれている〟こと。「巠」は、「輕」「經」「徑」などに使われている音符で、それぞれ「軽」「経」「径」の旧字体です。

10

音読みの予想は微妙にずれがち？

形声の漢字には、音読みを示す音符が含まれています。それさえわかってしまえば音読みなんて難しくもなんともない、ということになりそうなのですが、そうは問屋が卸しません。

なぜなら、音符が表している音読みは、古い中国語の発音に基づくもの。現在、私たちが使っている音読みからは微妙にずれることがあるからです。

①疲れ切って、**蹌踉**とした足取りで歩く。
②狡猾な手段で、人から金をだまし取る。
③後に引けなくなって、思わず**啖呵**を切った。
④計画は資金難から**蹉跌**してしまった。

⑤ 多くの人命が犠牲になった、凄惨な事故。

① 「蹌踉」は「そうろう」と読み、〝よろけながら歩くようす〟を表します。「蹌」はいいとして、「踉」の方は「りょう」と読みたくなりますよね。でも、「浪人」の「浪」や、〝オオカミ〟を表す「狼」も「ろう」と音読みすることを考えれば、納得がいくでしょう。

② 「狡猾」は「こうかつ」と読み、意味は〝ずる賢い〟こと。「骨」の音読みは「こつ」ですが、「猾」の音読みは「かつ」。似た例として、「滑空《かっくう》」の「滑」があります。

③ 「啖呵」は、読み方は「たんか」で、意味は〝勢いよく断言すること〟。「炎」の音読みは「えん」ですが、「啖」は「たん」と音読みします。「淡白」の「淡」や、のどにからむ「痰《たん》」と同じです。

④ 「蹉跌」は「さてつ」と読み、〝つまずく〟ことを表すことば。「失」の音読みにつられて「さしつ」と読みたくなりますよね。そんなときは、「鉄」や、

「更迭《こうてつ》」の「迭」を思い出してみてください。

⑤「凄惨」は、読み方は「せいさん」で、〝とてもいたましい〟という意味。音符「妻」が「せい」という音読みを表す例としては、「同棲《どうせい》」の「棲」があります。

以上のように、音符の音読みと漢字の音読みが合わなくなっている主な理由は、漢字の長い歴史そのものにあります。中国で漢字が使われるようになってから、三五〇〇年近く。日本で用いられるようになってからだけでも、一六〇〇年くらい。その間に、中国語でも日本語でも、ことばの発音は変化してきました。中には、音符の発音とその漢字の発音が別々に変化したものもあるのです。

①~⑤では、同じずれ方をする仲間がいる漢字を挙げてみました。こういった漢字については、お互いを関連させて覚えると効率的です。しかし、中には、そういう仲間がなかなか見つからない、孤独な漢字もあります。

⑥ 考えるひまもなく、体が咄嗟に反応する。

⑦一日中かけずり回ったので、すっかり疲労困憊した。
⑧都会の喧噪を忘れさせてくれる、静かな隠れ家。
⑨遊んでばかりの懦弱な生活を送る。
⑩梅の花から馥郁とした香りが漂う。

⑥「咄嗟」の読み方は「とっさ」で、意味は〝その瞬間〟。「出」を含んでいて「とつ」と音読みする漢字は、ほかにはなかなか見あたりません。
⑦「困憊」は「こんぱい」と読み、〝疲れ果てる〟という意味。「備」を音符にしていて「はい（ぱい）」と読む漢字は、大きな辞書を探しても簡単には見つからないことでしょう。
⑧「喧噪」は「けんそう」と読んで、〝さわがしい〟ことを表します。「宣」を含んでいて「けん」と音読みする漢字は、現在ではまず用いられないものばかり。ちなみに、「乾燥」「体操」のように、音符「喿」は「そう」という音読みを示します。〝気分がハイになったり落ち込んだりすること〟を指す「躁鬱（そう

うつ)」という熟語もあります。

残りの二つは、さらに混乱する例です。

⑨「懦弱」の正解は、「だじゃく」。〝意気地がない〟ことを表します。「需」は「需要《じゅよう》」のように「じゅ」と読み、「儒教」の「儒」では「じゅ」と読む音符として使われています。しかし、「懦」の場合は「だ」と読むのです。

⑩「馥郁」は、「ふくいく」と読み、〝いい匂いが漂ってくるようす〟。「馥」については、「腹痛」や「復活」などを思い浮かべれば、「ふく」と音読みすることがわかりますよね。問題は「郁」の方で、音符に使われた「有」の音読みは「ゆう」。同じ音符を含む「賄」は、「賄賂《わいろ》」のように「わい」と読みます。でも、「郁」の音読みは「いく」。三者三様なので、本当に困ってしまいます。

このように、形声で作られた漢字の読み方にはきちんとした原則はあるものの、それが当てはまらない例も少なからずあります。一応の規則はあるけれど例外も多い。――それが漢字なのだと、心得るべきでしょう。

11

ずれた予想が定着した音読み

形声の漢字では、音符の音読みがその漢字の音読みになるのが原則です。とはいうものの、先ほど見たようにこの原則には例外も多いので、鵜呑《うの》みにしていると間違った読み方をしてしまうことになります。同じ間違いをする人がたくさんいると、その間違いが一定の市民権を得ることがあります。そうやって生まれたのが、〝慣用音〟と呼ばれる音読みです。

①君には人間としての矜恃がないのか。
②このあたりにはキノコが簇生している。
③この切手は珍しく、マニアの垂涎の的だ。
④畑に農薬を撒布する。

⑤臭いを感じないのは、副鼻腔の炎症が原因だった。

①「矜持」は、本来は「きょうじ」と読み、〝プライド〟を意味する熟語。しかし、「今」につられて「きんじ」と読まれることがよくあります。
②「簇生」の本来の読み方は「そうせい」ですが、「族」につられて「ぞくせい」とも読まれています。「簇」は、訓読みでは「簇がる（むらがる）」と読む漢字です。
③「垂涎」は、「すいぜん」が本来の読み方。「延」につられて「すいえん」とも読まれます。「涎」の訓読みは、「よだれ」。「垂涎」とは〝よだれを垂らして欲しがる〟ことです。
④「撒布」も、本来の読み方は「さっぷ」。〝広い範囲にまき散らす〟という意味です。ところが、「散」につられてよく「さんぷ」と間違えられます。それが定着した結果、現在では「散布」と書く方が一般的になっています。
⑤「鼻腔」の本来の読み方は「びこう」で、〝鼻の穴の奥にある空洞〟のこ

と。「空」につられて「びくう」とも読まれます。特に医学用語としては、〝鼻の穴〟を指す「鼻孔（びこう）」とまぎらわしくないように、「びくう」と読むのが習慣です。

⑥古くさい考え方の**残滓**を一掃する。
⑦ことばの成り立ちを**溯源**的に研究する。
⑧トラが**獰猛**な目つきで獲物を見つめる。
⑨デマを流して敵の意識を**攪乱**する。
⑩異物を飲んだので、胃の中を**洗滌**する。

後半の最初の二つは、音符が少し難しめの漢字になっている例です。
⑥「残滓」は、本来は「ざんし」と読む熟語。「滓」は、〝沈澱物〟を指す漢字。「劇団を主宰《しゅさい》する」のように使う「宰」の影響で、「ざんさい」と読まれることがあります。

⑦「溯源」の本来の読み方は、「そげん」です。「氵（さんずい）」を「辶（しんにょう）」にして「遡源」と書いても意味は同じで、〝流れる方向とは逆向きに進む〟こと。「朔」は〝毎月の一日目〟を指し、「さく」と音読みする漢字。そのため、「溯源」は「さくげん」とも読まれています。

残りの三つは、旧字体が関係する例です。

⑧「獰猛」は、本来は「どうもう」と読み、〝荒々しくて暴力的なようす〟を表すことば。「寧」につられて「ねいもう」と読む人もいます。よく見ると、「獰」の音符の「寧」では、「皿」の部分が「皿」になっています。とても微妙ですが、旧字体の形です。

⑨「攪乱」は、「こうらん」と読むのが本来の読み方。ただし、「覺」は「覚」の旧字体なので、「攪乱」もしばしば「かくらん」と読まれています。意味は、〝かき回してぐちゃぐちゃにする〟ことです。

⑩「洗滌」は、本来は「せんでき」と読んで、〝水や薬剤を使ってきれいにする〟ことを表す熟語。「条」の旧字体「條」につられて、「せんじょう」とも読ま

れるようになりました。その結果、今では「洗浄」と書くのが一般的になっているところは、④の「撒布」と似ています。

以上のうち、本来の音読みとは異なる方の音読みも慣用音として認めるのが一般的です。でも、それでいいのでしょうか。間違いだとすべきではないでしょうか。

この問題は、結局のところ、その音読みがどれくらい市民権を得ているかによって判断するしかなく、人によってその判断は異なります。以上に掲げた例の中にも、辞書によっては間違いだとしているものもあることでしょう。

みなさんの中にも、本来の音読みを守るべきだと考える方もいらっしゃるでしょうし、現実に合わせてフレキシブルに対応すべきだと感じる方もいらっしゃることでしょう。どちらかの立場がより優れているというわけではありません。

ことばや文字はコミュニケーションの道具ですから、一定の〝きまり〟を守らないと、相手に伝わらなくなってしまいます。その一方で、ことばや文字の世界とはこういう〝揺れ〟を常に抱えているというのも、事実なのです。

12

予想がつかない音読みもある！

漢字の中には、形声の漢字とよく似た見かけをしているのに、音符を含んでいないものもあります。それらは主に〝会意《かいい》〟という方法で作られていて、字形から音読みを推測することはできません。

ここでは、会意の方法とはどんなもので、その方法で作られた難読漢字にはどのようなものがあるか、見てみることにしましょう。

①公文書の**改竄**が発覚する。
②法廷に不審者が**闖入**する。
③重罪人が**焚刑**に処せられる。
④**蠱惑**的なまなざしで相手を見つめる。
⑤伝統の**羈絆**を脱して、新しいものを生み出す。

①「改竄」の読み方は、「かいざん」。「ねずみ」と訓読みする「鼠」は、音読みでは「そ」と読みますが、「竄」の音読みとは関係がありません。それは、会意という方法で作られているからです。

会意とは、すでにある複数の漢字を組み合わせて、その意味の掛け合わせによって、新しい意味を持つ新しい漢字を生み出す方法。「木」を二つ合わせて「林」を、「目」の上に「手」をかざして「看」を作るなどが、わかりやすい例です。「竄」は、ネズミが巣穴に隠れるように〝わからないように手を加える〟ことを表すので、「鼠」に「穴」を組み合わせて作られたと考えられます。会意の原理は意味の掛け合わせですから、発音は関係しません。そのため、形声とは違って、発音を示す音符は存在しないのです。

②「闖入」は、「ちんにゅう」。「闖」は、「馬」が勢いよく「門」を出入りするところから、〝急に出入りする〟ことを表します。「門」も「馬」も、「ちん」とは読みません。

③「焚刑」は、「ふんけい」と読む熟語。「焚」は、訓読みでは「焚《た》き火《び》」のように使い、「木」二つに「火」を組み合わせて〝木を集めて燃やす〟ことを表します。「林（りん）」が音符になっているわけではありません。

④「蠱惑」は「こわく」と読み、〝心を狂わせる〟という意味。「蠱」は〝呪いを掛ける〟ことを表す漢字で、古代の中国で、「皿」にいろいろな「虫」を入れて呪いを掛ける方法があったことに由来します。「蟲」は、「虫」の旧字体です。

⑤「羈絆」の読み方は「きはん」で、意味は〝自由を束縛するもの〟。「羈」は、〝「革」のひもで「馬」をつなぐ〟ところから生まれた会意の漢字。「罒（あみがしら）」には、〝捕まえる〟という意味があります。なお、訓読み「きずな」で大人気の「絆」は形声の漢字で、「半」は「半」の旧字体です。

以上は、意味と意味を組み合わせて新しい意味を表すという会意の方法の特徴が、比較的わかりやすい漢字です。しかし、そういう漢字ばかりではありません。以下の五つについては、成り立ちの説明を始めると長くなるので省略しますが、音符が存在しないので音読みの予想ができないことを確認してください。

⑥身内だからといって贔屓してはいけない。
⑦猥褻な写真を撮影した罪で、逮捕される。
⑧恩師の亡きがらにすがりついて慟哭する。
⑨幼い王を補弼して国を治める。
⑩彼女は七十歳を超えても矍鑠としている。

⑥「贔屓」は、「ひいき」と読んで、〝一方にだけ味方する〟こと。「贔」も「屓」も会意の漢字です。
⑦「猥褻」の読み方は「わいせつ」で、〝性的な面で度を越している〟こと。「褻」は会意の漢字です。
界隈（かいわい）」の「隈」があるように、「猥」は形声の漢字ですが、
⑧「慟哭」は「どうこく」と読み、〝大声を上げて泣く〟という意味。「慟」

は形声の漢字ですが、「哭」は会意の漢字です。

⑨「補弼」は、読み方は「ほひつ」、意味は〝君主が政治を行う手助けをする〟こと。「弼」は〝手助けする〟という意味の漢字で、会意の漢字だと考えられています。

⑩「矍鑠」の読み方は「かくしゃく」。意味は〝年を取っても元気でいるようす〟。「矍」は会意の漢字です。ちなみに「鑠」は形声の漢字。「樂」は「楽」の旧字体で、「鑠」では「しゃく」という音読みを示していますが、しかし、「れき」という音読みを示すことの方が多く、例としては、〝砂や小石〟を指す「砂礫（されき）」や、〝車にひかれて死ぬ〟ことを言う「轢死（れきし）」などがあります。

このように、会意の方法で作られた漢字には、音読みを知るための手がかりがありません。この章で取り上げてきたいかにも難しそうな漢字の中でも、最高度の難読漢字だと言えるでしょう。

13

芥川龍之介の絢爛《けんらん》たる音読み

ここまでに取り上げたような、いかにも難しそうな漢字を使った音読みの熟語には、昔の文章を読んでいるとよく出会うことがあります。たとえば、大正時代に活躍した短篇小説の名手、芥川龍之介の『芋《いも》粥《がゆ》』（一九一六年）。和漢洋の文学に造詣が深かった文豪だけあって、文庫本で三十ページ程度の作品の中に、実にさまざまな難読漢字がちりばめられています。

①徒歩の連中は、路傍《みちばた》に**蹲踞**して、（中略）待ち受けた。
②前よりも一層可笑《おか》しそうに広い肩をゆすって、**哄笑**した。
③結局、莫迦《ばか》にされそうな気さえする。彼は**躊躇**した。
④銹《さび》のある、**鷹揚**な、武人らしい声である。

⑤ 的皪として、午後の日を受けた近江の湖が光っている。

①「蹲踞」は、「そんきょ」と読み、ここでは〝両膝をついて座る〟こと。「蹲」は、「尊（そん）」を音符とする形声の漢字で、「尊」は「尊」の旧字体。「踞」も、「居（きょ）」を音符とする形声の漢字です。

②「哄笑」の読み方は「こうしょう」。「哄」は、〝大声を出す〟ことを表します。「共（きょう）」を音符とする形声の漢字ですが、その音読みは「こう」に変化しています。「洪水」の「洪」と同じです。

③「躊躇」の読み方は「ちゅうちょ」。〝ためらう〟ことを表します。「壽」は、「寿命」の「寿」の旧字体ですが、この漢字では音読みが「ちゅう」となっています。似た例に、「貨幣の鋳造《ちゅうぞう》」のように使う「鋳」や、難読ですが、〝カテゴリー〟を意味する「範疇（はんちゅう）」の「疇」があります。「躇」の方は、「著」を音符とする形声の漢字ですが、よく見ると、「日」のすぐ上に点があります。「著」の旧字体です。

④「鷹揚」は、「おうよう」と読み、〝どっしりと構えているようす〟。「応」の旧字体が「應」であることを知っていれば、「鷹」の音読みが「おう」であることには納得がいくことでしょう。

⑤「的皪」は、「てきれき」と読むのが正解で、〝明るく輝くようす〟を言う熟語。「皪」は、「楽」の旧字体「樂」を音符とする形声の漢字。「樂」が「れき」という音読みを表す例については、たった今ご紹介したばかりです（72ページ）。

⑥軽蔑と憐憫とを一つにしたような声

⑦烏帽子《えぼし》と水干《すいかん》とを、品隲して飽きる事を知らなかった。

⑧答え方一つで、また、一同の嘲弄を、受けなければならない。

⑨狐さえ頤使する野育ちの武人

⑩その愚を哂《わら》う者は、畢竟、人生に対する路傍の人に過ぎない。

⑥「憐憫」は、「れんびん」と読んで、〝かわいそうだと思う〟という意味。「憐」の音符「粦」は、「となり」と訓読みする「隣（りん）」や、「うろこ」と訓読みする「鱗（りん）」にも含まれていますが、「憐」で表している音読みは「れん」。「憫」は、「閔（びん）」を音符とする形声文字ですが、現在では「閔」を使うことはまずありません。

⑦「品隲」の読み方は、「ひんしつ」。〝品定めする〟ことを表します。「隲（しつ／ちょく）」は、「陟（ちょく）」を音符とする形声の漢字なのですが、これまた、現在では「陟」はまず使われない漢字となっています。

⑧「嘲弄」は、「ちょうろう」と読み、〝ばかにして笑う〟という意味。「嘲」は形声の漢字で、中に含まれている「朝」は、「朝」の旧字体です。「弄」の方は、訓読みでは「もてあそぶ」となる会意の漢字。「王」は「玉」の変形、「廾」は〝両手〟を表す形で、合わせて、〝両手で玉をもてあそぶ〟ところから生まれたと考えられています。

⑨「頤使」は、「いし」と読み、いわゆる〝あごで使う〟ことを表す熟語。

「頤」は〝あご〟のこと。「匝（い）」を音符とする形声の漢字ですが、「匝」という漢字を使うことは現在ではまずないことでしょう。

⑩「畢竟」は、「ひっきょう」。「畢」の成り立ちには諸説ありますが、形声でも会意でもなく、現在で言う〝ちりとり〟のようなものの絵から生まれた漢字だ、とするのが有力です。「竟」の方も成り立ちは複雑ですが、「鏡」「境」の音符として使われていることに気づけば、「きょう」という音読みを予測するのは難しくはないでしょう。

以上、この章では、いかにも難しそうな漢字を取り上げながら、訓読みと音読みの違いをはじめとする、漢字の読み方についての基本的な知識を説明してきました。しかし、難読漢字の中には、漢字そのものはやさしそうなのに読み方だけが難しいものもあります。どうしてそんな事態が生じるのでしょうか？

その謎を解くために、章を改めて、やさしそうな難読漢字の世界へと分け入っていくことにいたしましょう。

第Ⅱ章

やさしい漢字の難しい読み方

よく使っている漢字をそのつもりで読んだら、間違っていた。——そんな経験は、だれにだってあることでしょう。その原因の一つは、漢字の音読みと訓読みのそれぞれに、さまざまなバリエーションがあることです。

この章では、まずは音読みはいくつかの種類に分けられることをご説明し、続いて、訓読みの多様な可能性についてお話をいたします。

1 音読みは一種類とは限らない

「留学」は「りゅうがく」と読み、「厳守」は「げんしゅ」と読みます。なのに、「留守」を「りゅうしゅ」ではなく「るす」と読むのは、なぜなのでしょうか？　それは、漢字には原則として二種類の音読みがあるからです。

その二種類を、やや専門的には〝漢音《かんおん》〟と〝呉音《ごおん》〟と呼んでいます。それでは、この二種類の音読みはどのようにして生まれてきたのでしょうか？

①お世話になった方々に、**律儀**にあいさつして回る。
②地獄に落ちて**業火**に焼かれる。
③血行障害が原因で、細胞が**壊死**する。

④古代エジプトでは、ミイラを作る際に**没薬**を用いた。

①「律儀」は、「法律」の「律」と「儀式」の「儀」の組み合わせですから、「りつぎ」と読みたくなりますよね。でも、正解は「りちぎ」です。

②「業火」は、〝地獄で罪人を苦しめる火〟のこと。「業務」の「業」ですから「ぎょうか」と読んでしまいがちですが、「ごうか」と読みます。

③「壊死」は、「かいし」でなく「えし」で、〝体の一部の組織が死ぬ〟こと。

④「没薬」は〝防腐剤の一種〟で、「ぼつやく」ではなく「もつやく」と読みます。なんだか漢字の神様がわざと〝ひっかけ〟を用意しているみたいですよね。

第Ⅰ章でご説明したように、音読みとは、昔の中国語の発音が日本語風に変化したものです。その〝昔の中国語〟の中心となっているのは、奈良時代から平安時代の初めごろに遣隋使《けんずいし》や遣唐使《けんとうし》が実際に中国で学んで帰ってきた中国語です。

しかし、漢字は、それよりも何百年も前に、大陸からの渡来人によって日本列島にもたらされていました。遣隋使や遣唐使以前に、音読みもすでに存在していたのです。ただ、その音読みの元になったのはだいぶ古い中国語でしたし、中国の南の方の方言でもありました。そこへ、北部中国にある都へと留学したエリートたちが、最先端を行くピッカピカの中国語の発音をもたらし、新しい音読みが生まれることになったのです。

この新しい方の音読みを〝漢音〟、古い方の音読みを〝呉音〟と言います。漢音の登場により呉音は時代遅れとなりましたが、それでも一部は使われ続けました。ここで取り上げている熟語は、それが現在にまで続いている、〝生きる化石〟のような存在なのです。

というわけで、理屈の上では、すべての漢字に漢音と呉音が存在します。しかし、漢音と呉音に違いがない漢字もたくさんあります。①～④の「儀」「火」「死」「薬」が、その例。そのため、これらの熟語は片方の漢字だけを特殊な読み方で読んでいるように見えるのです。

一方、二字熟語の両方を呉音で読む熟語もあります。そういう場合には、もちろん、難読の度合いが上がります。

⑤歴史上ほかに例がない、**希有**なできごと。
⑥銅板の屋根がさびて、**緑青**だらけになる。
⑦お寺の鐘の鳴る音に、**久遠**の真理を聴く。
⑧ご霊前に**供物**を捧げる。

⑤「希有」は、〝めったにない〟という意味。「きゆう」ではなく、「けう」と読みます。
⑥「緑青」は〝銅にできるさび〟を指すことばで、読み方は「ろくしょう」。「りょくせい」と読んでしまうと、意地悪な漢字の神様の思うつぼにはまります。
⑦「久遠」は、「永久」「永遠」と意味が似ていて、〝はるかに長い時間〟を表すことば。でも、「きゅうえん」ではなく「くおん」と読みます。
⑧「供物」は、「きょうぶつ」ではなく「くもつ」。〝お供えもの〟をやや硬く表現するときに使われます。

以上のように、呉音は漢音に比べて特殊な読み方だと感じられるのがふつうです。新しい漢音の方がよく使われるからです。しかし逆の例もたまにはあります。

⑨ 将棋の駒の一つ、**香車**は、前向きにはいくらでも進める。

⑩ 厳しい**庭訓**によって培われた、忍耐強い性格。

⑨「香車」は、「こうしゃ」ではなく「きょうしゃ」。「きょう」はめったに用いられない読み方ですが、実はこれが漢音。よく使う「こう」は呉音です。

⑩「庭訓」は、「ていくん」ではなく「ていきん」と読み、〝家庭教育〟のこと。これまた、ほかではほとんど使われない「きん」の方が漢音で、「くん」が呉音です。

音読みが一つとは限らないことは、難読漢字を生み出す一因となっています。しかし、その背景には、大陸からの渡来人だとか、遣隋使や遣唐使といった人たちの営みがあるのです。特殊な音読みの中に、歴史の深みを感じてみましょう。

2

意味によって変わる音読み

漢音と呉音の違いは、元になった中国語の時代や地域によるもので、意味とは関係がありません。しかし、数は少ないですが、意味に応じて音読みを使い分けなければならない漢字もあります。

それらは、読み間違いをしやすいという点で、難読漢字の一種。どんな漢字があるか、見てみましょう。

①熱でもあるのか、背筋に**悪寒**が走る。
②長所と短所が**相殺**されて、プラスマイナスゼロになる。
③文の流れをはっきりさせるために、**読点**を打つ。
④今後はこの問題は蒸し返さない、という**言質**を取る。
⑤**滑稽**な踊りで観衆を笑わせる。

⑥会場の使用料を、出納窓口でお支払いください。

①「悪寒」は「おかん」と読み、〝いやな寒気《さむけ》〟のこと。「悪」は、ふつうの音読みはもちろん「あく」ですが、〝いやな〟〝憎む〟という意味の場合には「お」と音読みします。「嫌悪《けんお》」「憎悪《ぞうお》」などが、よく使われます。

②「相殺」の読み方は「そうさい」で、〝打ち消し合う〟という意味。〝少なくする〟という意味の「殺」は、「さつ」ではなく「さい」と音読みします。ほかに「**減殺**（げんさい）」も、読みを間違いやすい例でしょう。

③「読点」は、〝文の区切りに打つ点〟。「とうてん」と読みます。「読」を「とう」と音読みするのは、この〝文を区切る〟という意味の場合だけです。

④「言質」は、「げんち」と読み、〝約束の保証となることば〟のこと。「質」は、ふつうは漢音「しつ」か呉音「しち」で読みますが、〝約束の保証〟という意味の場合には「ち」と読みます。

これらの漢字では、元になった中国語の段階で、複数の発音を意味によって使い分けていました。それを受け継いで、その発音が日本語風に変化して音読みになっても、意味によって音読みを使い分ける必要があるのです。

次の二つは、ちょっと特殊な例です。

⑤「滑稽」は、「こっけい」。「滑」はふつうは「かつ」と音読みしますが、この熟語の場合は「こつ」と音読みします。「滑稽」は〝おかしな〟という意味ですが、もともとは中国語の擬音語・擬態語で、使われている漢字は当て字のようなものです。

⑥「出納」は、「すいとう」。「出」を「すい」と音読みするのは、この熟語のほかに、〝軍隊を出発させる〟ことを指す「出師（すいし）」くらい。この二つに共通する意味は、今一つはっきりしません。ちなみに、「納」を「とう」と読むのは、漢音の一種。「のう」と読むのが、呉音です。

以上のように、意味によって音読みを使い分けるのは、けっこうたいへんです。しかし、漢字の神様もさすがにそこまで意地悪ではなく、その必要がある漢字は漢字全体の中では圧倒的に少数派です。

同様に数はとても少ないのですが、中国語では意味の違いはないのに、日本語で独自に意味によって漢音・呉音を使い分けている漢字もあります。

⑦この巡視船は、まだ**就役**したばかりの新造船だ。
⑧彼は、さる伝統芸能の**宗家**の跡取りらしい。
⑨野党は、**法相**が国会審議に出席することを要求した。
⑩仕事でミスをして、上司の**不興**を買う。

⑦「就役」は、「しゅうえき」と読み、〃任務に就く〃こと。「**懲役**（ちょうえき）」や「**苦役**（くえき）」「**兵役**（へいえき）」のように〃命じられた任務〃を指す「役」は、漢音で「えき」と読むのが習慣です。
⑧「宗家」は、〃中心となる家〃のことで、読み方は「そうけ」。「宗」を「しゅう」と読むのは、〃宗教〃に関係する場合だけで、あとは漢音で「そう」と読むのが慣わしです。

で済みますよね。

⑨「法相」の読み方は、「ほうしょう」。〝大臣〟を指す「相」は、漢音「しょう」で読みます。「首相《しゅしょう》」と同じだと考えれば、「ほうそう」と読み間違えないで済みますよね。

⑩「不興」は、「ふきょう」。「不興を買う」で〝気分を損ねる〟という意味を表します。「興味《きょうみ》」「余興《よきょう》」など、〝おもしろがる〟ことや〝楽しみ〟を表す「興」は、漢音で「きょう」と読みます。「興亡《こうぼう》」「復興《ふっこう》」など、〝盛んになる〟〝盛んにする〟場合の音読みは、呉音「こう」です。

こういった漢字で漢音と呉音を使い分けるのは、その方が意味がはっきりして便利だ、という事情があったからなのでしょう。日本人は、中国から受け取った漢字をそのまま使っているのではなく、自分たちなりにカスタマイズして使っていることが、こういうところにも現れています。

3

二種類の音読みで読める熟語

「出生」は「しゅっせい」とも「しゅっしょう」とも読み、「重複」は「じゅうふく」とも「ちょうふく」とも読まれます。これらは漢音と呉音の違いで、どちらで読んでも意味は変わらず、両方が使われている熟語です。

ただ、時には、意味や文脈に応じて漢音と呉音を使い分ける習慣になっている熟語もあります。そういった熟語も、読み間違いを起こしやすい難読漢字だと言えるでしょう。

①ぬるっとした**気色**の悪い感覚。
②いわれのない中傷を受けて、**気色**ばむ。
③人間の**本性**は善なのか、悪なのか。

④善人ぶっている人物の本性を暴く。
⑤彼は、上司の前ではいつも追従笑いを浮かべている。
⑥他人に追従してばかりでは、独創性が育たない。

①「気色」は、「きしょく」。〝何かから受ける感覚〟を言う場合には、こう読みます。
②は、字面は同じですが「けしき」と読む例。「気色ばむ」で、〝怒りを顔に出す〟ことを表します。
③「本性」は、「ほんせい」と読み、〝根源的に持っている性質〟のこと。
④も同じ漢字を使っていますが、意味は微妙に違って〝本当の性格〟。この場合は、「ほんしょう」と読むのが習慣です。
⑤「追従」の読み方は、「ついしょう」。〝おべっかを使う〟という意味です。
⑥も漢字は変わりませんが、このように〝他人の意見に付き従う〟場合には、「ついじゅう」と読んで区別するのが習慣です。

①③⑤は漢音読みで、②④⑥は呉音読み。ただ、このように読み分けるのは現在の一般的な習慣で、古くは②の場合に「きしょく」と読んだり、④の場合に「ほんせい」と読んだり、⑥の場合に「ついしょう」と読んだりもしています。漢音と呉音の違いは、本来的には意味とは関係がありませんから、読み分けの習慣も不安定なのです。

ところで、呉音には、仏教関連の用語でよく使われるという特徴があります。これは、仏教が日本に伝わったのが遣隋使や遣唐使の時代より前だったことに関連しています。仏教の世界では早くに呉音が定着してしまい、後から入って来た漢音の影響をあまり受けなかったことばも多かったのでしょう。

そこで、意味や文脈によって漢音と呉音で読み分ける熟語も、片方が仏教と関係する場合には、比較的、安定して読み分けられています。

⑦新しい仏像の**開眼**供養を行う。
⑧お盆には、先祖の**精霊**をお迎えする。

⑨仏教では、宗派によっては**肉食**が禁じられている。
⑩**疫病**神に取り付かれたのか、いいことがない。

⑦「開眼」は、呉音読みで「かいげん」。〝仏像に目を入れる（完成させる）〟場合には、こう読みます。「白内障の開眼手術」「テニスに開眼する」のように仏教とは関係のない文脈では、漢音で「かいがん」と読んでかまいません。
⑧「精霊」も同様で、お盆に帰ってくる〝死者の魂〟を指す場合は「しょうりょう」と呉音読みするのが一般的。なまって「しょうろう」となることもあります。一方、ヨーロッパの伝説に出て来る「森の精霊」のように、仏教を離れた文脈では、漢音で「せいれい」と読むのがふつうです。
⑨「肉食」は、一般的には「にくしょく」と読みますが、仏教の世界では「にくじき」と読みます。「食」を「しょく」と読むのは漢音、「じき」と読むのは呉音です。
⑩「疫病」の読み方は「やくびょう」。「疫病神」とは〝不幸をもたらす神様〟

で、厳密には仏教の神様ではありませんが、この場合には、「疫」を呉音「やく」で読むのが習慣。漢音で「えき」と読む「疫病」は、広く〝伝染病〟を指します。

ちなみに、「肉」を「にく」と読むのも、「病」を「びょう」と読むのも、実は呉音。どちらも、呉音読みの方が定着している漢字です。

まったく同じ漢字を使った熟語なのに、意味や文脈に応じて音読みを使い分けなくてはいけないというのは、けっこう面倒な話です。ことばが時代とともに変化していくものであることを考えると、どちらかがどちらかに吸収されてしまってもおかしくはありません。事実、そうやって消滅していった読み方も、過去にはたくさんあったことでしょう。

それでもその使い分けが残っているというのは、そもそも日本人にとって、漢字に複数の音読みがあるのは当たり前だったからでしょう。日本語の漢字の世界には、漢音と呉音という二つの音読みが、深く織り込まれているのです。

4

時には第三の音読みも存在する！

実は、音読みは漢音と呉音の二種類だけではありません。ほかにも、一〇世紀ごろ以降、明治維新に至るまでの間に生まれた〝唐音《とうおん》〟があります。

二種類だけでも複雑なのに、もう一つ加わるのは勘弁して欲しいところですが、心配はご無用。唐音は、この時期に中国から伝わったもののごとを指すごく限られたことばにだけ見られるのが基本で、その数はとても少ないからです。

①屋台の軒先に**提灯**をつるす。
②寒い夜には、足元に**湯湯婆**を入れて寝る。
③**風鈴**の鳴る音に涼しさを感じる。

④なじみのお店の暖簾をくぐる。

①「提灯」は、「ちょうちん」と読みます。漢音で読むなら「ていとう」、呉音で読むなら「だいとう」ですが、どちらでもない読み方です。
遣唐使が九世紀の終わりに廃止されて以降、明治時代に入った一九世紀後半に至るまで、日本から中国へ公式の留学生が渡り、中国語を身につけて帰ってくるような交流は途絶えてしまいます。その時期に散発的に生み出された音読みが唐音。〝ちょうちん〟の原型となったものが中国から渡ってきたのは室町時代のころで、「ちょうちん」とは、その当時の中国語の発音が変化したものなのです。
②「湯湯婆」の読み方は、「ゆたんぽ」。「湯婆」とは、もともと、〝お湯を入れて暖を取るための銅製の容器〟を指す中国語。それが伝わってきたのも室町時代のことだと考えられており、そのときの発音が変化して、「たんぽ」と読まれるようになりました。その上に訓読み「湯（ゆ）」を付けたのは、耳で聞いただけで意味がわかるようにする工夫でしょう。
③「風鈴」は、「ふうれい」ではなく「ふうりん」。これも事情は同じですが、

「風」はふつうに漢音で読まれています。

④「暖簾」は、「だんれん」ではなく「のれん」。「暖」を「の」と読むのは、唐音「のん」が変化したもの。「簾」の音読み「れん」は、漢音です。③④のように、唐音は熟語の一部分にだけ出現することもある、ゲリラ的な音読みなのです。

ここまでの四つは、どれも和風の情緒を感じさせる風物ですが、唐音で読んでいることから、中国から伝わったものを日本的にアレンジして生まれたのだとわかります。そういうことに気づかせてくれるのも唐音のおもしろさの一つです。

⑤おせちの中では栗**金団**が一番好きだ。
⑥おそば屋さんで**巻繊汁**を食べる。
⑦名古屋のみやげに**外郎**を買う。

⑤「金団」の読み方は、「きんとん」。これそのものが中国由来というわけではありませんが、「**水団**（すいとん）」は中国に由来する食べものなので、それ

と関係があるのでしょう。

⑥「巻繊汁」は、「けんちんじる」。これも、元をたどると、禅宗のお坊さんによって中国から伝えられた料理に行き着きます。「巻」を「けん」と読むのは漢音ですが、「繊」を「ちん」と読むのは唐音。漢音・呉音では「せん」です。

⑦「外郎」は、「ういろう」。「外」は、漢音では「がい」、呉音では「げ」。「ういろう」は、もともとは一四世紀ごろに中国から伝来した薬の名前でしたが、のちに変化して、現在のようなお菓子を指すようになりました。

以上のような生活用具や食べものを表すことばのほか、鎌倉時代以降に盛んになった〝新仏教〟に関係することばの中にも、唐音がまとまって見られます。

⑧迷惑をかけた相手に、謝罪**行脚**をして回る。

⑨母屋とは別に、新しく離れを**普請**する。

⑩そのお坊さんは、**売僧**だとして非難を浴びた。

⑧「行脚」は、もともとは〝主に禅僧があちこちを修行して回る〟ことを指すことば。漢音で読めば「こうきゃく」、呉音なら「ぎょうかく」ですが、唐音で「あんぎゃ」と読むのが正解です。「行」を唐音「あん」で読む熟語としては、ほかに「**行灯**（あんどん）」「**行火**（あんか）」「**行宮**（あんぐう）」などがあります。

⑨「普請」は「ふしん」と読み、本来は〝人々に協力してもらいお寺などを建てる〟こと。「請」は、漢音では「せい」と読み、「しん」と読むのは唐音です。

⑩「売僧」の読み方は「まいす」で、〝欲に目がくらんだ僧〟のこと。耳慣れないことばかもしれませんが、時代小説などで、お坊さんをののしるときに出てきます。

唐音は、ちょっと難しい漢字を用いた熟語の中にも使われています。たとえば、「**胡散**（うさん）臭い」の「胡（う）」、お菓子の「**羊羹**（ようかん）」の「羹（かん）」、長崎発祥の「**卓袱**（しっぽく）料理」の「卓（しっ）」と「袱（ぽく）」などが、その例です。

5

現代中国語から生まれた読み方

中華料理の世界では、「炒飯（チャーハン）」「餃子（ギョーザ）」「烏竜茶（ウーロンチャ）」「青椒肉絲（チンジャオロース）」など、現代中国語の発音から生まれた漢字の読み方が、よく見られます。

ここでは、それらのうち、学校で習うことになっている漢字だけから構成されているものを見ておきましょう。

① 焼売　② 老酒　③ 飲茶　④ 米粉
⑤ 辣油　⑥ 搾菜　⑦ 青梗菜　⑧ 回鍋肉
⑨ 棒々鶏　⑩ 小籠包

料理や食材などの名前で一つ一つに異なる例文を作るのはたいへんですから、

ここでは、ことばだけを羅列する形にさせていただきました。

①「焼売」は「シューマイ」。これは、現代の広東語の発音が変化したもの。ふつうに音読みすれば「しょうばい」ですよね。

②「老酒」は「ラオチュー」。これも、ふつうなら「ろうしゅ」と音読みするところ。北京語の発音が変化した読み方で読まれています。

これらは、〝中国語の発音が日本語風に変化したもの〟という点では音読みの一種。とはいえ、まだ歴史が浅く外来語だという意識が強いので、〝現代中国語音〟として、漢音・呉音・唐音といった音読みとは区別して取り扱われるのが一般的です。

③「飲茶」は「ヤムチャ」。「飲」を「ヤム」と読むのは、広東語に由来しています。

④「米粉」は、「べいふん」とふつうに読んでいただいてもいいのですが、ここで問題にしたい読み方は「ビーフン」。「米（ビー）」の由来は、福建省や台湾での発音です。

⑤「辣油」は「ラーユ」で、北京語に由来。「辣」は、「辣腕（らつわん）」「辛辣（しんらつ）」のように、ふつうは「らつ」と音読みする漢字です。

⑥「搾菜」は「ザーサイ」。「搾」は、訓読みでは「しぼる」。「搾乳（さくにゅう）」のように、「さく」と音読みして用いられます。

この四つでは、片方の漢字だけが現代中国語音で読まれています。現代中国語音とは、現代中国語の発音が日本語風に変化したもの。「茶」「粉」「油」「菜」の発音は、その変化の結果、従来からある音読みと同化してしまったのでしょう。そのために、熟語の一部の漢字だけが現代中国語音で読まれることになっているわけです。

⑦「青梗菜」は「チンゲンサイ」。中国南部が原産なので、そのあたりの発音に基づく読み方ではないでしょうか。

⑧「回鍋肉」は「ホイコーロー」。四川料理の一つなので、四川省での発音でしょう。「鍋」は、音読みでは「か」と読みます。

⑨「棒々鶏」は「バンバンジー」。これまた、四川料理の一つです。

⑩「小籠包」は「ショーロンポー」で、「小」はふつうの音読みですが、「籠」「包」は現代中国語音。上海発祥の料理なので、元になったのは上海での発音でしょう。「籠」は、音読みでは「ろう」、訓読みでは「こもる」とか「かご」などと読む漢字です。

現代中国語音は、「**麻雀**（マージャン）」の用語や「**香港**（ホンコン）」や「**上海**（シャンハイ）」といった中国の地名の読み方にもよく見られます。ただ、料理関係の用語は特に多く、昨今の食の多様化を考えると、これからも増えていくのではないでしょうか。

そういうことで言えば、韓国料理も要注目。「**参鶏湯**（サムゲタン）」「**純豆腐**（スンドゥブ）」などは、韓国語の発音で読む漢字熟語として定着しつつあります。

今後は、そういった漢字の読み方も増加していくものと予想されます。漢字の世界では、今も日々、新しいことが起こり続けているのです。

6

音読みはさまざまに変化する

唐音や現代中国語音があるものの、漢字の音読みは、基本的には漢音と呉音の二つに絞られます。では、この二つをとにかく押さえておけば一通りの用が足りるのかといえば、そうでもありません。なぜなら、漢字が複数結び付いた熟語の場合には、漢字単独の音読みから少し変化した読み方で読まれることがあるからです。具体例で見てみましょう。

① **薬缶**を火にかけてお湯を沸かす。
② これは純金ではなくて、**滅金**だな。
③ 彼は剣道部で主将を務めた**猛者**だ。
④ **数珠**を手にして念仏を唱える。

①「薬缶」は、ふつうなら「やくかん」となるところですが、「く」が省略されて「やかん」と読みます。

②「滅金」は、「めっき」。これまた、ふつうなら「めっきん」となるはずですが、「ん」が省略されています。

③「猛者」の読み方は、「もうしゃ」ではなくて「もさ」。「う」が省略されている上に、「しゃ」が「さ」に変化しています。古くは「もうざ」と読んだといいますが、いずれにしても素直な読み方ではありませんよね。

④「数珠」は、ちょっと特殊な例。もともとは呉音で「しゅじゅ」と読んだのではないかと思われますが、現在ではそれが変化して「じゅず」と読まれるようになっています。

以上は、ある音が省略されてしまったり、小さい「ゃ」「ゅ」が変化して母音のaやuになったりしている例です。

ほかに、一文字目の音読みの終わりと二文字目の音読みの最初が結び付いて、別の読み方になることもあります。

たとえば、「反応」はだれだって「はんのう」と読みますが、一文字ずつを厳密に読むと「はん・おう」ですよね。「お」が直前の「ん」に引きずられて「の」になってしまっています。「因縁（いんねん）」や「安穏（あんのん）」も同じです。これらは慣れてしまえばなんてことありませんが、少し複雑な例もあります。

⑤予想外の事態が**出来**した。
⑥はばかりながら**雪隠**をお借りします。
⑦時代劇で吉原のあでやかな**太夫**を演じる。

⑤「出来」は、「しゅったい」。ふつうに読めば「しゅつ・らい」ですが、「つ(tu)」の母音uと「ら(ra)」の子音rがなくなり、合わせて「た(ta)」に変化しています。

⑥「雪隠」は、「せっちん」と読んで、〝トイレ〟を指す古いことば。これまた素直に読めば「せつ・いん」ですが、「い」が直前の「つ」の影響を受けて「ち」に変化しています。

⑦「太夫」は、本来ならば「たい・ふ」と読むことば。ただ、昔の遊廓で〝最も地位の高い遊女〟を指す場合には、「たゆう」と読みます。「い」と「ふ」が結び付いて「いふ」となり、それが「いふ↓いう↓ゆう」と変化したものでしょう。

また、二字熟語の頭の漢字で、音読みの末尾が小さい「っ」に変化する現象もあります。

本来は「がく・こう」と読むはずの「学校」が「がっこう」になるとか、「にち・ちょく」となるはずの「日直」を「にっちょく」と読むといった類《たぐ》いです。

私たちにとってはごく自然なことですが、これまた時には少し複雑な結果をもたらすことがあります。

⑧この部屋では飲み食いはご**法度**だ。
⑨お寺に新しく五重の塔を**建立**する。
⑩自分の考えに**固執**してはいけない。

⑧「法度」は、〝規則で禁止する〟ことで、「はっと」と読みます。「法（ほう）」の音読みは、旧仮名遣いでは「はふ」。この「ふ」が小さい「っ」に変化したのが、「法度」の「法（はっ）」。ちなみに、「度」を「と」と読むのも漢音。「ど」は呉音です。
⑨「建立」の読み方は、「こんりゅう」。呉音読みです。でも、「立」は、漢音でも呉音でも、本来は「りゅう」と読む漢字。ただ、旧仮名遣いでは「りふ」。そこで、「立食《りっしょく》」のように二字熟語の頭では「りっ」に変化することが多く、それが定着してしまって、「起立《きりつ》」のようにおしりでも「りつ」と読まれるようになったのです。ところが、「建立」では、例外的に本来の「りゅう」が生き残っているという次第。正しいはずの読み方が少数派になってしまったという、ちょ

っとかわいそうな例です。

⑩「固執」は、「こしつ」も「こしゅう」も正解。「執」の正しいはずの読み方は「しゅう」なのですが、「立」と同じような事情で「しふ↓しつ」の変化が生じました。「執行《しっこう》」「執筆《しっぴつ》」などがその例です。ただ、「執着《しゅうちゃく》」のような例もある通り、「立（りつ）」ほどには定着していないので、どちらで読んでもよい状態なのです。実際、「確執」「偏執」などについては、「かくしゅう／かくしつ」「へんしゅう／へんしつ」の二通りの読み方が辞書には載せられています。

ここで取り上げた読み方は、基本となる音読みからは変化しているため、難しく感じられがちです。

ただ、その変化にもある程度の理屈があるのが、おもしろいところ。一見でたらめに見えても実は秩序が隠れているのが、ことばの世界というものなのです。

さて、音読みはこれくらいにして、そろそろ訓読みの話へと移りましょう。

7

やさしい漢字の難しい訓読み

第I章でお話ししたように、訓読みとは、漢字が中国語として持っている意味を日本語で表現したもの。つまり、一種の〝翻訳読み〟です。翻訳では、意味さえ間違っていなければ、どんなことばを使ってもかまいません。同様に、訓読みにも実はさまざまな可能性があります。辞書を見ると、日常的によく使う漢字にもなじみのない訓読みがあることがわかります。ここでは、そんな例を取り上げてみましょう。

① ボタンが外れてシャツの前が**開ける**。
② 選手交代のアナウンスに、スタンドが**響めく**。
③ 山小屋風に**設えた**、お気に入りの書斎。
④ **厳つい**外見からは予想できない、優しい性格。

①「開ける」は、「はだける」と読みます。「開」はふつう「ひらく」と訓読みされ、それが一般的な意味を表しているわけですが、〝シャツや着物などの前の合わせ目が開く〟場合には、日本語では「はだける」ということばで表現できます。そこで、「開」を「はだける」と訓読みすることもできるわけです。

②「響めく」は、「どよめく」。「どよめく」とは〝低い音が広い範囲に響き渡る〟ことですから、「響」の訓読みとして使ってもおかしくありません。

③「設えた」は、「しつらえた」。「設」は、「建設」「設置」など、〝建物や機材などをある場所に造る〟ことを表し、ふつうは「もうける」と訓読みします。一方、「しつらえる」とは、〝家具や建物などをある場所に取り付ける〟という意味。この二つは重なり合う部分が大きいので、「設」を「しつらえる」と訓読みすることも可能なのです。

④「厳つい」の読み方は、「いかつい」。「厳」は、ふつうは「きびしい」と訓読みします。一方、「いかつい」とは、〝きびしそうだ〟ということ。そこで、

「厳」を「いかつい」と訓読みしてもOKということになるのです。

これらの訓読みはあまりなじみがないかもしれませんが、その漢字の意味を考え、送りがなを参考にしながら文脈に当てはまる日本語を探せば、読むことができるでしょう。しかし、中には、ふつうに知られている意味が訓読みとは結び付きにくい漢字もあります。

⑤理事会の意見は、**動もすれば**反対に偏りがちだ。
⑥会場は、**宛ら**お祭りのような雰囲気と化した。
⑦晴れていても大変なのに、**況して**雨ならなお大変だ。

⑤「動もすれば」は、「ややもすれば」と読み、〝ある結果になりやすい〟ことを示すことば。昔の中国語の文章では、そういう場合に「動」という漢字を使いました。事態がある結果の方へ〝動く〟というイメージなのでしょう。そこで、日本語では「動」を「ややもすれば」と訓読みすることがあるわけです。

⑥の「宛ら」は、「さながら」と読んで、〝まるで○○のようだ〟という意味を表します。「宛」は、昔の中国語ではそういう意味で使うことがあったのです。

⑦「況して」は、「まして」と読み、〝すでに述べた状態ではそうだから、これから述べる状態ならばなおさらそうだ〟という場合に使うことば。これまた、「況」の昔の中国語での用法を日本語に置き換えると、この訓読みになるというわけです。

以上の三つは、ことばそのものがけっこう難しいですよね。でも、送りがなという手がかりがあります。では、送りがなが付かない場合はどうでしょうか。

⑧ゴールに向かって**直**走る。

⑨探険隊の**殿**に付いてジャングルに入る。

⑩ここで君に会うとは、**努**、想像もしなかった。

⑧「直」は、「ひた」と読み、〝あることばかりをする〟ことを表すことば。

「直隠しにする」のようにも使います。対象とするものごとに〝真っ直ぐ〟向き合うイメージです。

⑨「殿」の読み方は「しんがり」で、意味は〝隊列の一番後ろ〟。昔の中国語での「殿」に、この意味があります。

⑩「努」は、「ゆめ」。この場合の「ゆめ」は、〝まったく○○でない〟という意味を表すことば。これは、〝○○しないように努力せよ〟〝けっして○○するな〟というところから転じた国訓です。

以上は、たとえば、run という英単語を、場面に応じて、「走る」「逃げる」「経営する」など、さまざまな日本語に訳すのと似たようなこと。訓読みには、いろいろな可能性があるのです。実際、日本人は昔から、一つ一つの漢字をさまざまな訓読みで読んできました。私たちがふだん使っているのは、そのうちのごく一部にすぎないのです。

8

訓読みには古い日本語が潜んでいる

私たちがふだんから使っていることばには、昔は使われていたけれど今ではなじみがなくなった訓読みが、残っていることがあります。そういうことばを漢字で書くと、読み方が難しく感じられるものです。

たとえば、「曲者（くせもの）」。「くせ毛」のように、「くせ」には〝真っ直ぐではない〟という意味があります。そこで、昔は「曲」を「くせ」と訓読みすることがあったのです。ほかにどんな例があるでしょうか？

①子どもたちが**飯事**遊びをしている。

②年を取った男の人が、**濁声**で何かを叫んでいる。

③体を**弓形**にそらせて、ストレッチをする。

④苦労しただけに喜びも一入だ。
⑤事のなりゆきを固唾を呑んで見守る。
⑥スポーツカーが疾風のように走って行く。

①「飯事」は、「ままごと」と読みます。「まま」は、〝ごはん〟を指す古い日本語。これが変化した「おまんま」の形なら、今でも使いますよね。
②「濁声」は、「だみごえ」。古くは、〝声が濁る〟ことを「たむ」と言いました。「だみ」は、その変化したものです。
③「弓形」の読み方は、「ゆみなり」。「なり」は、〝目に見える形〟を指すことば。現在では単独で使うことはあまりありませんが、「身なり」「山なり」のようなことばに残っていて、それぞれ「身形」「山形」と書き表すことができます。
④「一入」は、「ひとしお」と読みます。「しお」とは、染め物をするときに、〝染料に布をひたす回数〟を数えることば。〝布を染料の中に入れる〟ところから、「入」と書かれるようになりました。「ひとしお」とは、もともとは〝染料に

布を一回ひたす〟ことで、色が染みるところから〝前よりも程度が増す〟ことを指して使われるようになりました。

⑤「固唾」は、「かたつば」と読みたくなりますが、「かたず」が正解。「ず（づ）」は本来の形は「つ」で、〝つば〟のことを指す古い日本語です。「かたず」とは、〝気を張り詰めているときに口の中にたまる、唾のかたまり〟を言います。

⑥「疾風」は、「しっぷう」と音読みしてもOKですが、ここで答えていただきたいのは「はやて」という訓読み。「疾走」という熟語があるように、「疾」には〝スピードが速い〟という意味があるので、「はや」と訓読みするのは当然と言えば当然。一方、「て」は〝風〟を指す古い日本語。ほかに〝追い風〟を指す「**追風**（おいて）」ということばもあります。

以上は、それぞれの訓読みの意味が比較的はっきりしている例。残りの四つは、少し意味が曖昧にはなりますが、それでもその漢字の意味との関連は理解できるでしょう。

⑦そよ風が吹いて、湖面に**細波**が立つ。
⑧カステラの底に、**粗目**が形のまま残っている。
⑨猫のお腹の**和毛**をなでる。
⑩正倉院は、**校倉**造りの代表的な建築物だ。

⑦「細波」は、「さざなみ」と読みます。「さざ」だけでは意味がはっきりしませんが、〝小さいカニ〟のことをいう「**細蟹**（ささがに）」とか、〝粒の小さい栗〟を指す「**小栗**（ささぐり）」ということばがあるので、「ささ／さざ」には、ほかのことばの前に付いて〝細かい〟〝小さい〟という意味を表すはたらきがあるのでしょう。とすれば、「細波」と書いて「さざなみ」と読むのは、りっぱな訓読みです。
⑧「粗目」は、「ざらめ」。「粗目糖」の略で、〝粒が大きく、見た目が粗い砂糖〟のこと。「ざら」は、「ざらざら」と同じ。〝粗い〟ということは〝ざらざらしている〟わけですから、「粗」を「ざら」と訓読みすることができるわけです。

⑨「和毛」は、「にこげ」と読んで、〝動物の体に生える柔らかい毛〟のこと。「にこ」は、「にっこり」と関係が深く、〝やわらいだようす〟を指すことば。一方、「和」には「やわらぐ」という訓読みがあります。そこで、「和」を「にこ」と訓読みしているわけです。

⑩「校倉」の読み方は、「あぜくら」。〝断面が三角形をしている木材を、「井」の字型に組み合わせて造った建物〟を指します。この「あぜ」については、〝組み合わせる〟という意味があるのだろうと言われています。一方、「校」という漢字は、「木へん」と「交」から成り立っているように、本来、〝木材を交差させる〟という意味を持っています。そこから、「校」を「あぜ」と訓読みするようになったのでしょう。

以上に挙げたことばは、ひらがなで書くとけっして難しくはありませんが、漢字で書くとちょっと特殊な訓読みになります。しかし、それはけっしていい加減な読み方ではなく、対応する一つ一つの漢字の意味を日本語で表した、れっきとした訓読みなのです。

9

訓読みもさまざまに変化する

少し前に見たように、漢字の熟語では、単独の漢字としての音読みから変化した音読みが使われることがあります（104ページ）。訓読みでも同様に、「雨粒（あまつぶ）」で「あめ」が「あま」に変わるような例があります。

ここでは、日常的によく見かける漢字の読み方が変化したために、難読だと感じられるものを取り上げてみましょう。

① 鶏小屋で**雛鳥**が卵を産む。

② 落ちたガラスが**木端**微塵《みじん》に砕け散る。

③ 初戦に快勝して、**幸先**のいいスタートを切る。

④ **畳紙**に包んで、着物をしまう。

最初の四つは、ある音が別の音に置き換わっているもの。専門的には〝音便《おんびん》〟と呼ばれている音の変化の例です。

①「雌鳥」は、「めんどり」。「雌」の訓読み「めす」が「めん」になっています。このように「ん」に置き換わるものは、〝撥《はつ》音便〟と呼ばれています。

②「木端」の読み方は、「こっぱ」。「木の葉」「木立」などで使う「木」の訓読み「こ」が、「こっ」へと変わっています。このように発音が「っ」に変化するものは〝促《そく》音便〟と名づけられています。

③「幸先」は、「さいさき」。〝いいことが起こりそうな前触れ〟を指すことばです。ここでは、「幸」を「さち」ではなく「さい」と読んでいます。このような「い」への音の置き換えを、〝イ音便〟と言います。

④「畳紙」は、〝厚手の和紙の一種〟で、読み方は「たとうがみ」。「畳」の訓読みが「たたむ→たたう（tatau）→たとう（tatou）」と変化しています。ここでは「う」への置き換え、いわゆる〝ウ音便〟が生じたあと、連続する二つの母

音auがouへと変化しています。

次の三つは、音読みのときにも出てきた、読み方の一部が省略される例です。

⑤和室の窓際に文机を置く。

⑥新装開店のセレモニーで薬玉を割る。

⑦あの人は怖面だが、根は優しい。

⑤「文机」は、「ふみづくえ」ではなくて「ふづくえ」。「ふみ」の「み」が消えています。〝本を読んだり書き物をしたりするための机〟のことです。

なお、同じように読み方から終わりの「み」が消えている例としては、ほかに〝書類を入れる箱〟を指す「文箱（ふばこ）」や、〝弓の弦〟をいう「弓弦（ゆづる）」、〝魚を捕まえるための網のような仕掛け〟を意味する「網代（あじろ）」などがあります。

⑥「薬玉」も、「くすりだま」と読みたくなりますが、こちらも「り」がなく

なって「くすだま」。〝お祝いの席で割る球状の飾り付け〟のことですが、元は〝香料を入れた邪気払いの飾り〟だったので、〝香料〟の意味合いから「薬」という漢字が使われています。

ちなみに、終わりの「り」が消える例としては、〝鳥小屋〟をいう「鳥屋（とや）」、懐石料理で使う〝お盆の一種〟を指す「折敷（おしき）」もあります。

⑦「怖面」の読み方は、「こわもて」。「面」の訓読み「おもて」の最初の「お」がなくなってしまっています。

⑧本殿にお参りする前に手水を使う。

⑨冬になっても常磐木の緑は衰えない。

⑩月が弥生に入って、日に日に暖かくなる。

最後の三つは、二つの漢字の訓読みが結び付いて変化している例です。

⑧「手水」は「ちょうず」と読み、神社などで〝手をきれいに洗うための水〟

のこと。「てみず↓てうず↓ちょうず」と変わっていったものでしょう。大工道具の「**手斧**（ちょうな）」も、「ておの↓てうな↓ちょうな」と変化しています。

⑨「常磐木」の読み方は「ときわぎ」で、〝常緑樹〟のこと。「常」には、「**常夏**（とこなつ）」のように「とこ」という訓読みがあります。また、「磐」は〝大きな岩〟を指す漢字で、訓読みは「いわ」。そこで「とこいわ↓ときわ」と読み方が変化しているわけです。

⑩「弥生」は、「やよい」と読み、〝三月〟の古い呼び方。「弥」は「や」と訓読みして、〝ますます〟という意味を表す古いことば。「生」には、「生い立ち」のように「おう（おい）」という訓読みがあります。そこで、本来は「やおい」だったところが、「や」に影響されて「おい」が「よい」へと変化して、「やよい」となっているわけです。

音読みでもそうでしたが、訓読みの変化もいくつかのタイプに分けられます。ことばの発音の変化には、それなりの秩序があるのです。難読漢字を細かく見ていくことは、ことばの発音について深く理解する手がかりとなるのです。

10

音読みと訓読みを混ぜて読む

音読みは元をたどれば中国語で、訓読みは元からの日本語ですから、この二つをごちゃ混ぜにして使うと、ことばのチャンポンになってしまいます。しかし、実際にはそういう例は多く、「台所（だいどころ）」は、一文字目が音読みなのに二文字目は訓読み、「相棒（あいぼう）」はその逆になっています。

こういった読み方は慣れてしまえばなんでもありませんが、中には漢字と読み方とが結び付きにくく、難読だと感じられるものもあります。

① この薬は、肩こり、**頭重**感などに効果がある。
② 今年の稲は**作柄**がよい。
③ 彼はとても**権高**な態度で、部下をこき使う。

④いい予想ばかりを並べ立てた、総花的な提案。

最初の四つは、一文字目を音読みで、二文字目を訓読みで読む例です。

①「頭重」は、「ずおも」。文字通り〝頭が重い〟と感じることです。「頭」の呉音「ず」は、「頭《ず》が高い」のようにそれだけで一つの単語にもなりますから、訓読みと結び付きやすいのでしょう。

②「作柄」の読み方は、「さくがら」。農作物などの〝出来具合〟を指すことばです。「柄」は音読みすれば「へい」ですが、この音読みはめったに使われることがありません。

③「権高」は、「けんだか」と読み、〝おごり高ぶっているようす〟を表します。「権」には、定着している訓読みはありません。

④「総花」は、「そうばな」。意味は、〝関係者全員に利益を与えるような〟。「総《そう》当たり」「総《そう》入れ歯」など、「総（そう）」は訓読みのことばとよく結び付きます。

こういった読み方は、〝重箱《じゅうばこ》読み〟と呼ばれています。「重（じゅう）」は音読み、「箱（はこ〈ばこ〉）」は訓読みだからです。

逆に、一文字目を訓読みで、二文字目を音読みで読む読み方を、〝湯桶《ゆとう》読み〟と言います。「湯桶」とは、おそば屋さんでそば湯を入れて出してくれるような、〝お湯を入れる器〟のこと。「湯（ゆ）」は訓読み、「桶（とう）」は音読みとなっています。次の四つは、湯桶読みの例です。

⑤あいつは**得体**の知れない人物だ。
⑥古ぼけた**木賃**宿に泊まる。
⑦彼女の行動には何の**底意**もない。
⑧今年は**御節**料理の予約が好調だ。

⑤「得体」は、「えたい」と読みます。「得」の一般的な訓読みは、「える」。その「え」と、「体」の音読み「たい」が組み合わさっています。

⑥「木賃」は、「きちん」と読み、〝たきぎの代金〟のこと。「木賃宿《やど》」とは、

たきぎ代程度しか料金を取らない宿というところから、〝簡素な安宿〟を指して使われます。

⑦「底意」の読み方は「そこい」で、〝本心〟〝下心《したごころ》〟といった意味。「ていい」と音読みすることもないわけではありませんが、それを載せていない辞書もたくさんあります。

⑧「御節」は、「おせち」。「お」は、「御」の訓読みで、音読みするなら「ぎょ」「ご」。一方、「せち」は、「節」の呉音です。「御節料理」とは、もともとは暦の上での〝節目〟に作る特別な料理。転じて、一年で最も重要な〝節目〟であるお正月用に作る料理を呼ぶようになりました。

最後に、重箱読み・湯桶読みでも音読みでも読むことができる、ちょっと変わった熟語を取り上げておきましょう。どちらで読むかで、意味が変わってしまいます。

⑨取引先の接待で、**気骨**が折れる。

⑩このお店の**名代**のお団子をいただく。

⑨「気骨」は、この文脈では「きぼね」と重箱読みします。「気骨が折れる」で、〝気苦労が多い〟ことを表す慣用句。「きこつ」と音読みすると、「あの人は気骨がある人だ」のように、〝強い意志の力〟という意味となります。

⑩「名代」は、ここでは湯桶読みして「なだい」。〝評判が高い〟ことを表します。単純に音読みすると「みょうだい」となり、〝代理人〟という意味となります。

このように、重箱読み・湯桶読みは、身近な熟語に意外とたくさん見られます。それらのことばでは、音読みはもともとは中国語だという意識が薄れているから、訓読みと結びつけても違和感がないのだ、と考えられます。日本人は、中国語を書き表すために作られた漢字を、長い年月をかけて日本語の中に取り込んできました。重箱読み・湯桶読みで読むことばは、その努力の一つの現れだと言えるでしょう。

11 森鷗外の多彩なる訓読み

この章の最後として、昔の人々は実際にどのように訓読みを用いていたのか、その具体例を見てみることにしましょう。

取り上げるのは、明治の文豪、森鷗外《おうがい》の長編小説『雁』（一九一一〜一三年）の最初の数章。現在ではあまり用いられなくなったさまざまな訓読みが、使われています。

① 僕は人附合《ひとづきあ》いの余り好くない**性**であった

② 岡田と少し心安くなったのは、古本屋が**媒**をしたのである。

③ その頃から無縁坂の南側は岩崎の**邸**であった

④ 額から頬に掛けて少し**扁たい**ような感じをさせる

⑤ 待たせて置いて、**徐かに**脂粉の粧《よそおい》を凝《こら》す

⑥どうも逃げ果せることは出来まい

①「性」は、ここでは「たち」と読みます。日本語「たち」の〝性格〟〝性質〟といった意味を、漢字一文字で表しています。

②「媒」は「なかだち」と読み、〝間を取り持つもの〟という意味。「媒」は、音読みでは結婚の「媒酌人《ばいしゃくにん》」のように使いますよね。

③「邸」は、「やしき」。なるほど、「邸宅」とは〝お屋敷〟のことです。

ここまでの三つの訓読みは、現在でも時にお目にかかることがあります。

④「扁たい」の読み方は、「ひらたい」。「扁平《へんぺい》」という音読み熟語があるように、「扁」は〝ひらべったい〟ことを表す漢字です。

⑤「徐かに」は、「しずかに」。「徐」は「徐行」のように使われる〝ゆっくりしている〟という意味の漢字。〝ゆっくりして〟いれば、ふつうは「しずか」であるものですよね。

⑥「果せる」については、鷗外は「おおせる」と読ませています。「逃げおお

せる」とは、〝最後まで逃げ切る〟という意味。「使い果たす」のように「果」を「はたす」と訓読みすると、〝最後までやり切る〟という意味を表すことができますから、「果」を「おおせる」と読むことも可能。とはいえ、現在ではめったに見ることのできない訓読みでしょう。

以上は、漢字一文字を訓読みしている例。残りは、漢字二文字の例です。

⑦昼間は格子窓の内に大勢の娘が集まって**為事**をしていた。
⑧その時**微白い**女の顔がさっと赤く染まって、
⑨そのうちにこの**裏店**に革命的変動が起った。
⑩その外は**手職**をする男なんぞの住《すま》いであった。

⑦「為事」は、「しごと」と読みます。「為」は、昔の中国語では〝○○する〟という意味で使われます。その「する」の活用形の一つが「し」。つまり、「為」を「し」と読むのは訓読みだということになります。

⑧「微白い」を、鷗外は「ほのじろい」と読ませています。「ほの」は、「ほのかに」「ほのめかす」などの「ほの」で、〝ちょっとだけ〟〝なんとなく〟という意味。そこで、「かすか」と訓読みすることがある「微」を「ほの」と読むこともできるわけです。

⑨「裏店」は、「うらだな」。ちょっと古い日本語では、「たな」で(a)〝商品を売る場所〟や(b)〝貸家〟を表しました。「店」を「たな」と訓読みするのは、(a)に基づきます。しかし、「うらだな」とは〝裏通りにある貸家〟のことで、この場合の「たな（だな）」は(b)の方。(b)の意味は中国語としての「店」にはないので、国訓だということになります。

⑩「手職」は、湯桶読みの例。「てしょく」と読み、〝手先を使ってする仕事〟のこと。「て」は「手」の訓読み、「しょく」は「職」の音読みです。

このように見てくると、鷗外は実にさまざまな訓読みを使いこなしていたことがわかります。鷗外の頭の中には、あらかじめこういった数多くの訓読みがインプットされていたのでしょう。ただ、その自由な使いぶりを見ていると、頭の中にあるのは漢字の意味で、それをその場に合うように訓読みに翻訳して使っていたのではないか、とも思われます。

現代に生きる私たちは、音読みの熟語や訓読みといった〝ことば〟の形で漢字を頭の中に蓄えています。しかし、鷗外に限らず明治の文章を読んでいると、当時の人々は漢字の〝意味〟そのものを脳みその中に刻み込んでいたのではないか、と感じられます。現代人と明治人とでは、漢字への向き合い方そのものが違うのです。

さて、音読みと訓読みについて、基本的な説明はすべて終わりました。漢字のオーソドックスな読み方に関するお話は、これくらいで十分でしょう。ただ、難読漢字ということになると、そうは問屋が卸しません。

そこで、章を改めて、音読みや訓読みを超越した漢字の使い方、いわゆる〝当て字〟についてお話をすることにいたしましょう。

第Ⅲ章

当て字について考える

〝当て字〟というと、なにか間違った漢字の使い方のようにも思われます。しかし、漢字を使って日本語を書き表すという世界では、当て字はとても重要な位置を占めています。

この章では、当て字とはどういうもので、どんな種類があり、どのようにして生まれて来るのかについて、考えてみましょう。

1

音訓を使って外来語を書き表す

〝当て字〟とは、どのようなものを言うのでしょうか？

それは、答えるのが少々難しい問題です。ただ、「倶楽部（クラブ）」や「珈琲（コーヒー）」のように、外来語を漢字で書き表したものが当て字であることについては、さして異論はないでしょう。ここでは、当て字について考える手始めとして、まずは外来語を表す漢字を取り上げてみましょう。

①犯人は青酸**加里**を飲んで、自殺を図った。

②マッサージをして**淋巴**のめぐりをよくする。

③さつまいもを**天麩羅**にして食べる。

④パーティーの引き出物として**金平糖**を贈る。

⑤通信販売の型録を見る。
⑥この壁は混凝土で作られている。

①「加里」は、「カリ」と読みます。元素の「カリウム」の略ですよね。「加(か)」も「里(り)」も音読みです。
②「淋巴」は、「リンパ」。〝老廃物などを体外へ送り出す働きをする体液〟のことです。「淋」は、訓読みすれば「さみしい」ですが、音読みは「りん」。「巴」は、訓読みは「ともえ」ですが、音読みは「は(ぱ)」です。
③「天麩羅」は、「テンプラ」と読む、ポルトガル語やスペイン語からの外来語。「天婦羅」と書くこともあります。「麩」は「ふ」と音読みする漢字。食べ物の〝ふ〟のことです。
④「金平糖」は「コンペイトー」と読みますが、実はポルトガル語からの外来語。「金」を「こん」と読むのは呉音で、「金色《こんじき》」「黄金《おうごん》」などで使われています。

以上の四つは、音読みをつなげていけば、その外来語の読み方になります。それに対して⑤と⑥は、訓読みを含む例です。

⑤「型録」は、「カタログ」。「型（かた）」は訓読み。「録」の音読み「ろく」を、ここではいかにも当て字的に「ろぐ」と読ませています。

⑥「混凝土」は、「コンクリート」と読みます。「凝」を訓読みで読んでいますが、ふつうは「こり（こる）」と読むのを「クリ」に当てているのは、ちょっと強引ですよね！

強引ということでいけば、次のような例もあります。

⑦霧の港に**瓦斯**灯がつく。

⑧弾力のある**護謨**のような物質。

⑨焼酎にレモンを搾って**曹達**水で割る。

⑩古代のエジプトでは、**木乃伊**が盛んに作られた。

⑦「瓦斯」は「ガス」。語源はオランダ語「ガス（gas）」。「瓦」の音読みは「が」ですが、「斯」の音読みはふつうは「し」で、「す」にはなりません。

⑧「護謨」は「ゴム」。オランダ語「ゴム（gom）」に由来しています。これまた、「護（ご）」は音読みですが、「謨」は漢音では「ぼ」、呉音では「も」で、「む」にはなりません。

⑨「曹達」の読み方は「ソーダ」で、オランダ語「ソーダ（soda）」からの外来語。音読みでふつうに読めば「そうたつ」ですよね。

この三つに見られる、「斯（す）」「謨（む）」「達（だ）」は、現代中国語の発音に基づく読み方かと思われます。これらの外来語の当て字は、中国で作られたか、中国語の影響を受けつつ日本で生まれたものなのでしょう。

⑩「木乃伊」は、「ミイラ」と読みます。オランダ語「ムミイ（mummie）」の発音に一四世紀ごろの中国で当て字をしたものですが、「ミイラ」という日本語そのものは、ポルトガル語からの外来語。つまり、オランダ語起源の中国語と、ポルトガル語由来の日本語が結び付いて、「木乃伊」と書いて「ミイラ」と

読むことになったという、なかなか奥の深い外来語です。

ここで挙げた十個のことばでは、本来は漢字では書き表されないことばの読み方を、中国語の発音であれ日本語の音訓であれ、漢字の読み方を利用して書き表しています。最初に触れた「倶楽部」「珈琲」も、同じ理屈。ただその際、漢字の意味の方はあまり重視されていません。「麩」という漢字が使ってあるからといって、「天麩羅」は〝ふ〟と深い関係があるわけではありませんし、「瓦斯」だって〝瓦〟から発生するはずもないのです。

漢字は〝表意文字〟と言って、読み方を表すだけではなく意味をも表す働きを持っています。つまり、漢字にとって読み方と意味はセットなのです。ところが、これらのことばでは、そのセットを切り離し、〝読み方〟だけを取り出して漢字を使っています。こういうものを、本書では〝読み当て字〟と呼ぶことにしましょう。

となると、当て字の中には、読み方と意味のセットから〝意味〟だけを取り出して使う〝意味当て字〟もありそうです。次に、そのあたりを見てみましょう。

2

外来語の意味を漢字に翻訳する

「煙草」は「タバコ」と読みますが、「煙」に「た」とか「たば」、「草」に「ばこ」とか「こ」という読み方があるわけではありません。タバコは〝煙を吸って楽しむ草〟だよということで、「煙草」と書き表しているのです。

このように、外来語の漢字には、そのことばが指す内容を漢字の意味を用いて表現しているものがあります。それらには、漢字の読み方にはあまり重点が置かれないという特徴があります。

①ピザ生地に**乾酪**をたっぷりと載せる。
②このワインは**酒精**の度数が高い。
③音楽室から**風琴**の音が聞こえてくる。

④ 井戸から喞筒で水を汲み上げる。
⑤ 高級感が漂う、天鵞絨のカーテン。

①「乾酪」は、「かんらく」と音読みしてもいいのですが、当て字としては「チーズ」と読みます。チーズは〝水気の少ない乳製品〟ですから、昔の中国人は〝乳製品〟を表す「酪」という漢字を使って、「乾酪」と翻訳したのです。中国人はそれを中国語の発音で読むわけですが、日本人はダイレクトに「チーズ」と読んでいるわけです。

②「酒精」も、「しゅせい」と音読みすることもできますが、今は当て字のお話をしているので、「アルコール」と読んでいただきたいところ。ここでの「精」は、〝最も大切な部分〟。アルコールは〝お酒の主成分〟だから「酒精」。そうやって作り出された中国語を、日本語ではその意味内容をくみ取って、「アルコール」と読んでいるのです。

以下の三つも同様で、外国語の翻訳語として使われる中国語を、日本語の外来語の読み方で読んだものです。

③「風琴」は、音読み「ふうきん」も可能ですが、当て字としては「オルガン」です。「風琴」とは、もともとは中国で使われていたある種の弦楽器。中国語では、それを借りてきてオルガンを表すことにしたのです。

④「喞筒」は、「ポンプ」。「喞」は、〝水を吸い上げて噴き出させる〟という意味。ポンプと同じような道具は中国には昔からあり、「喞筒」という名前だったのです。音読みすれば「そくとう」または「しょくとう」ですが、現在ではこの読み方はまず使われません。

⑤「天鵞絨」は、「ビロード」。今で言うベルベット。「天鵞」とは、鳥のオオハクチョウのこと。「絨」は、「絨毯（じゅうたん）」という熟語があるように、〝やわらかい毛で作った織物〟を指します。中国人はビロードを、〝オオハクチョウのやわらかい毛で作った織物〟にたとえて、「天鵞絨」と翻訳したのです。

これらの場合、熟語が指し示す意味内容に相当する外来語が、読み方として採用されています。逆に言えば、「乾」に「チー」、「酪」に「ズ」という読み方があるということではなく、一つ一つの漢字の読み方は無視されているわけです。先の〝読み当て字〟とは対照的な、〝意味当て字〟とでも呼ぶべきものです。

ここまでに取り上げたのは、元は外国語の翻訳語として使われる中国語です。

しかし、外来語を書き表す漢字の中には、中国語とは関係がないものもあります。

⑥シルクハットをかぶり、**洋杖**を手にしたコメディアン。
⑦火を着けたいが、**燐寸**がない。
⑧木の椅子に**仮漆**を塗って乾かす。
⑨故障した船が修理のため、**船渠**に入る。
⑩亡くなった方のために**鎮魂歌**を奏でる。

⑥「洋杖」は、「ステッキ」。〝西洋人が使っている杖〟という意味合いです。

⑦「燐寸」は「マッチ」と読み、〝頭の部分をこすると燃え出す、小さな木の棒〟。その頭の部分に使われている薬品を表す漢字が「燐」で、音読みでは「り

ん」と読みます。「寸」は、昔の長さの単位で、一寸は約三センチ。ここでは、〝短いもの〟を指して用いられたものでしょう。

⑧「仮漆」の読み方は、「ニス」。黒光りする〝漆《うるし》〟ほどではないけれど、同じようにつや出しに使う塗料ということで、「仮」を付けたものと思われます。

⑨「船渠」は「ドック」と読み、〝製造や修理のため、船を浮かべておけるようにした設備〟。「渠」は、音読みでは「きょ」と読む〝人工の水路〟を表す漢字ですから、〝船を浮かべるための水路〟ということなのでしょう。

⑩「鎮魂歌」は、「ちんこんか」と音読みしてももちろんいいのですが、当て字としては「レクイエム」と読まれます。〝死者の魂を鎮めるためにうたう歌〟のことです。

この五つは、中国語ではふつうは使われない、日本で独自に作り出された熟語です。日本人は、音読みと訓読みを駆使しながら漢字を使いこなしてきたわけですが、外来語を表すこれらの〝意味当て字〟は、音訓を超えた漢字の使い方だと言えるでしょう。

3

夏目漱石に見る外来語の書き表し方

外来語は、現在ではカタカナで書き表されるのが原則で、漢字を使うことはそう多くはありません。しかし、明治や大正のころには、外来語を書き表す漢字が、今よりもはるかに多く用いられていました。

ここでは、かの文豪、夏目漱石の長編小説『三四郎』（一九〇八年）の前半部分から、ちょっと気になる外来語漢字をご紹介いたしましょう。

① 駅夫が（中略）灯の点《つ》いた**洋燈**を挿し込んで行く。

② **隠袋**から半分封筒が食《は》み出している。

③ 先生が**号鐘**が鳴って十五分立っても出て来ないので

④ 透明な空気の**画布**の中に暗く描かれた女の影

⑤提灯を点けた男が鉄軌の上を伝ってこっちへ来る。
⑥縮《ちぢみ》の襯衣の上へ背広を着ている
⑦試験のため、即ち麵麭のために、（中略）この書を読む。

①「洋燈」は、「ランプ」と読みます。〝西洋人が使う燈火〟といった意味合いです。外来語を漢字で書き表すのに「洋」を使うのは定番で、『三四郎』ではほかにも「洋机（テーブル）」「洋筆（ペン）」「洋盃（コップ）」などの例があります。

②「隠袋」は、漱石の文章に付いている振りがなは「ぽっけっと」ですが、一般的には「ポケット」でいいでしょう。昔は、ポケットのことを「隠し」と言いました。

③「号鐘」は、シンプルに「ベル」。「号」には、「スタートの号砲を鳴らす」のように、〝合図をする〟という意味があります。〝ベル〟とは、〝合図として鳴らす鐘〟ですよね。

④「画布」は、「カンバス」。〝その上に絵画を描く布〟です。

⑤「鉄軌」の読み方は、「レール」。「軌」は、本来は〝車輪が移動したあとに出来るくぼみ〟のこと。転じて、〝ものが移動するコース〟を指します。

次の二つでは、少し難しめの漢字が使われています。

⑥「襯衣」は、「シャツ」。「襯」は、〝肌に直接、触れる衣服〟を言う漢字。広く〝上着の内側に着る衣服〟という意味合いで「襯衣」と書くのでしょう。

⑦「麵麭」は、「パン」。「麵」はいわゆる〝めん〟ですが、もともとは、広く〝麦の粉で造った食べ物〟を指していました。一方、「麭」は、〝麦の粉を練ってふかした食べ物〟です。

以上の七つは、すべて〝意味当て字〟です。実は、外来語を書き表す漢字というとこのタイプが多く、もう一つの〝読み当て字〟は少数派です。その例を『三四郎』の前半部分から探すと、次のようなものが見つかりました。

⑧歓声がある。笑語がある。泡立つ**三鞭**の盃《さかずき》がある。

⑨図書館で**浪漫的**アイロニーと云う句を調べてみたら、

⑩箒《ほうき》とハタキと、それから**馬尻**と雑巾まで借りて

⑧「三鞭」は、「シャンパン」。あるいは「シャンペン」と読んだ方が、音読み「さんべん」には近くなります。お酒の一種ですから、「三」「鞭」とは意味の関係はありません。

⑨「浪漫的」は、「ロマンチック」。音読みしても「ろうまんてき」で発音がかなり似ているので、〝読み当て字〟だと考えていいでしょう。

⑩「馬尻」は、「バケツ」。水を汲んで運ぶのに使うあの道具ですが、「馬」の音読み「ば」に、「尻」を「けつ」と訓読みして組み合わせているのが、秀逸。実は、漱石は漢字の使い方についてはけっこうルーズで、時にこういう人を食ったような当て字をすることがあります。「馬尻」は、その中でも傑作として有名です。

4

インドからやってきた当て字

外来語というと、ヨーロッパに由来することばをイメージしがちです。しかし、中国には古くから、梵語《ぼんご》（サンスクリット）やパーリ語といった、古代インドの言語に由来することばがまとまって伝わっていました。

それらは漢字で書き表されて、やがて日本語にも入り込んで行きます。ここでは、それらを集めて眺めてみることにしましょう。

① **袈裟**を着たお坊さんが、お経を唱えている。
② 事故で亡くなった方々の**菩提**を弔う。
③ ご遺体は今日の午後、**荼毘**に付される予定だ。
④ 三回忌の法要に際して**卒塔婆**を立てる。

①「袈裟」は、「けさ」と読み、〝仏教の僧が着る、肩から掛ける上着〟。〝濁った色〟を意味する梵語「カシャーヤ」に対して、中国で作られた〝読み当て字〟です。

②「菩提」の読み方は「ぼだい」。語源は梵語「ボーディ」で、〝悟り〟という意味。転じて、〝死後の幸せ〟を表すことばとして使われています。

③「荼毘」は、「だび」。〝火葬〟を意味する「ジャーペーティ」というパーリ語があり、その〝読み当て字〟から生まれた熟語だと考えられています。「荼毘に付す」で、〝火葬にする〟ことを表す慣用句として使います。

④「卒塔婆」は、「そとうば」あるいは「そとば」。梵語で〝遺体や遺品を収める建物〟を指す「ストゥーパ」に由来します。現在の日本語では、〝供養のためにお墓の背後に立てる、細長い木の板〟を指して使われています。

以上は、いかにも仏教的な、言ってしまえば抹香臭《まっこうくさ》い用語ですが、古代インドのことばに由来する熟語の中には、もっと日常的なものもあります。

⑤あの店の若檀那は、なかなかのやり手だ。
⑥手紙を開いたその刹那に、合格か不合格かが分かる。
⑦いくつもの修羅場をくぐり抜けてきた、大ベテラン。
⑧よく晴れ渡った瑠璃色の空。

⑤「檀那」は、「だんな」。「旦那」と書いても同じこと。語源は、〝施す〟ことを言う梵語「ダーナ」。〝施しをする人〟というところから転じて、現在の日本語では〝商店などの主人〟を指して使われています。

⑥「刹那」は、「せつな」。〝とても短い時間〟を指す梵語「クシャナ」に対して、中国で作られた〝読み当て字〟です。〝一瞬〟〝瞬間〟という意味で使われます。

⑦「修羅」の読み方は、「しゅら」。語源となった梵語「アスラ」は、〝悪い神様〟のこと。その当て字「阿修羅」の「阿」が省略されたのが「修羅」。「修羅

場」とは、〝激しい争いがくり広げられている場所〟を言います。

⑧「瑠璃」は、「るり」と読み、濃い藍色をした宝石〝ラピスラズリ〟のこと。この宝石を指す梵語「バイドゥーリヤ」に対する当て字「吠瑠璃《べいるり》」の「吠」が省略されたものです。

以上のように、古代インドのことばに由来する漢字の熟語は、基本的に、中国で作られた〝読み当て字〟です。とはいえ、〝意味当て字〟に当たるものがないわけではありません。

⑨幸福の絶頂から、**奈落**の底に突き落とされる。

⑩**般若**の面のごとき形相で激怒する。

⑨「奈落」の読み方は、「ならく」。〝地下にある世界〟を指す梵語「ナラカ」に対する〝読み当て字〟です。ただし、その一方でこの意味を翻訳して作られたことばとして、「地獄」があります。

⑩「般若」は、「はんにゃ」と読みます。由来は、パーリ語で〝真実を認識するための頭の働き〟を意味する「パンニャ」。『般若心経』の「般若」は、この意味。一方、怖ろしい表情と化した女性の顔を描いた能面、「般若の面」は、「般若坊」というお坊さんが最初に作ったので、この名があるそうです。同じパーリ語「パンニャ」からは、翻訳語として「智慧《ちえ》（知恵）」が生み出されています。

これらの場合、「地獄」と書いて「ならく」と読んだり、「知恵」と書いて「はんにゃ」と読んだりすれば、〝意味当て字〟になるわけです。ただ、中国では漢字の発音は決まっていて、「地獄」や「知恵」を古代インド語に近い発音で読むことはありません。〝意味当て字〟とは、日本語独特の漢字の使い方なのです。

それはともかく、「檀那」や「修羅場」、そして「地獄」のような日常的なことばも、元をたどれば古代インドで生まれた仏教の用語に行き着くわけです。仏教が日本の文化にいかに深く根ざしているかが、よくわかりますよね。

5

ありふれた日本語にも当て字はある！

漢字は、もともとは中国語を書き表すために中国で作られた文字です。ということは、厳密に考えれば日本語も漢字にとっては外国語のようなものであり、外来語と同じ理屈で当て字の対象となることがあります。

ここでは、ありふれた日本語の中に見られる、漢字の音訓だけを取り出して使う〝読み当て字〟を取り上げてみましょう。

①公園に、なんだか**変梃**な形をしたオブジェが置かれている。
②おいしいお肉を**鱈腹**食べたい。
③雨の日には、**兎角**気分が落ち込みがちだ。
④優勝するという夢は、**果敢なく**も消えた。

⑤おとぎ話のような、**他愛ない**ラブストーリー。

①「変梃」は、「へんてこ」と読みます。語源ははっきりしませんが、〝てこの原理〟のあの〝てこ〟との関係はないでしょう。つまり、「梃」という漢字の意味とは関係ないけれど読み方だけを借りてきて、「へんてこ」を書き表しているというわけです。

②「鱈腹」は、「たらふく」。「**鱈**」は、「たら」と訓読みして魚のタラを表しますが、「たらふく」はもちろん、タラを食べる場合にだけ使うことばではありませんよね。これまた、「鱈」という漢字の読み方だけを用いているのです。

③「兎角」は「とかく」と読み、〝ある状態になりやすい〟ことを言う場合に使われます。「兎」は「うさぎ」と訓読みしますが、この場合の「とかく」は、ウサギとは無関係です。

④「果敢なく」は、「はかなく」と読み、〝実現することなく〟という意味。「果敢」は、「かかん」と音読みして〝思い切って何かをするようす〟を表すこと

ば。「果敢ない」は、読み方が似ているところから使われたものです。

⑤「他愛ない」は、「たわいない」と読んで、〝しっかりした主張や態度がない〟という意味。〝他人を愛さない〟ことではありません。このことばは、「他愛」と当て字されたため、「たあいない」と言われることもあります。

「まえがき」で取り上げた「不貞寝（ふてね）」の「不貞」も、実は同じです。これらのことばは、元からの日本語。意味の上で当てはまる漢字があれば、それを使って書き表すことができるのですが、そんな漢字が見つからないとなると、読み方だけを使って〝読み当て字〟をするしかないのです。

こういう当て字には、〝なんとか漢字を使いたい〟という日本人の情熱が現れているように感じられます。だって、そもそも「へんてこ」や「たらふく」を漢字で書き表さなければならない理由なんて、ないのですから。

その情熱は、漢字三文字を使った〝読み当て字〟をも生み出すことになります。

⑥瓦落多の中からお宝を見つける。
⑦ふつうの人では考えつかない、奇天烈なアイデア。
⑧問い合わせに対して、頓珍漢な答えしか返って来ない。
⑨ウソがばれそうになったが、なんとか誤魔化した。
⑩若造のくせに、なんと猪口才な！

⑥「瓦落多」は、「がらくた」。「我楽多」と書くこともあります。
⑦「奇天烈」は、「きてれつ」と読んで、〝とても変わっている〟ことを表します。
⑧「頓珍漢」の読み方は、「とんちんかん」。鍛冶屋さんが金属を打つ時には、二人が交互に打つので「トン」とか「チン」とか「カン」という音が一緒に鳴ることはありません。そこから、〝行き違いになる〟ことを表すようになりました。
⑨「誤魔化した」は、「ごまかした」。「胡麻化した」と書くこともあります。

⑩「猪口才」は、「ちょこざい」。〝こざかしい〟という意味ですから、語源的には〝ちょこっとした才能〟という意味合いでしょう。

以上の十個は、すべて〝読み当て字〟です。ただ、「変梃」の「変」の方は、〝変わっている〟という意味の上で「へんてこ」と関係があります。「鱈腹」の「腹」も、〝お腹いっぱい〟という点で「たらふく」と関係があります。

そう思って見ると、「瓦落多」だって、〝多量に落ちている〟ものだと考えられそう。ほかにも、「奇天烈」の「奇」「烈」、「誤魔化す」の「誤」「魔」など、意味の上で微妙に関係がある漢字がいろいろ見つかることでしょう。

〝読み当て字〟の中には、このように、意味の上でもなんとなくつながりがある漢字もよく紛れ込んでいるのが、おもしろいところです。日本人は、必要もないのに漢字を使うことがあって、そんなときにも漢字の意味を完全には無視できないのです。

〝なんとか漢字を使いたい〟という日本人の情熱の奥底には、〝意味を持つ文字〟というものの魅力が見え隠れしているように思われます。

6 発音の変化が当て字を生み出す

「腕白（わんぱく）」は「関白（かんぱく）」が変化したことばだ、という説があります。そう言えば、どちらも〝わがままに振る舞う〟点では同じですね。「かんぱく」の発音が「わんぱく」に変化した結果、意味とはたいして関係がない「腕」という漢字が用いられるようになったというのです。

これも〝読み当て字〟の一種だと考えられます。では、発音の変化によって生じた当て字にはほかにどのようなものがあるでしょうか？

①悲しみをこらえて、**健気**に振る舞う。
②**図体**ばかり大きくて、中身がない。
③風もないのにカーテンが揺れるとは、**面妖**な話だ。

④怒った客が、ものすごい**剣幕**で怒鳴り込んできた。
⑤神聖な儀式の前に、川に浸かって**垢離**を取る。
⑥この大舞台でも物怖じしないとは、**天晴れ**な奴だ。

①「健気」は、「けなげ」と読みます。「健」の音読み「けん」が「けな」に変化しているように見えますよね。でも実際は、〝しっかりしていてたのもしい〟ことを表す「けなりげ」という古語が「けなげ」に変わり、それに当て字がされたものだと考えられています。
②「図体」の読み方は、「ずうたい」。「図」には特に意味はなく、もともとは「胴体」が変化したことばだと考えられています。
③「面妖」は、「めんよう」と読みます。「名誉」の読み方が「めんよう」へと変化し、同時に意味も〝不思議な〟に変わった結果、違う漢字が使われるようになったもの。「妖」はともかく、「面」は読み方だけを借りて使われています。
④「剣幕」は、「けんまく」。これは、本来の漢字は「険悪」で、平安時代の

ころには「けむあく」と発音されていました。それが「けんまく」へと変化したので、漢字も変わったという次第。現在では、〝けんか腰の態度〟を指して使われます。

⑤「垢離」は、「こり」と読んで、〝川に入るなどして、体を水で清める〟ことを指すことば。もともとは「川降り（かわおり）」でしたが、読み方が変化した結果、それっぽい漢字が当てられるようになりました。

⑥「天晴れ」は、「あっぱれ」。「あまはれ」が変化したことばのように思えますが、語源は古語の「あはれ（あわれ）」。〝感動的だ〟という意味です。

以上の漢字の読み方は、①〜⑤では二文字とも音読み、⑥では二文字とも訓読みです。ただ、この種の〝読み当て字〟では、とにかく読み方が合う漢字を借りてくるわけですから、音訓を気にせず重箱読みや湯桶読み（125ページ）の形になっているものも少なくありません。

⑦馬喰が、立派な馬を引いてやってくる。

⑧この時計はブランドもので、篦棒に高い。
⑨漆喰で塗り固めた日本家屋の壁。
⑩この棚の上のものを取るには、脚立が必要だ。

⑦「馬喰」は、「ばくろう」と読み、〝馬のよしあしを見分ける人〟を指すことば。もともと、中国に馬のよしあしを見分けるのがうまい「伯楽（はくらく）」という伝説的な人物がいて、その発音が「ばくろう」へと変化した結果、「馬」の音読み「ば」と、「喰」の訓読み「くらう」を組み合わせて当て字をしたものです。

⑧「篦棒」の読み方は「べらぼう」で、意味は〝ふつうでは考えられないほど〟。「篦」は「へら」と訓読みする漢字で、道具の〝へら〟を表します。一方、「べらぼう」という日本語は、非常に変わった外見をした「便乱坊（べんらんぼう）」という江戸時代の人物の名前から変化したものだ、と考えられています。

⑨「漆喰」は、「しっくい」。肥料に混ぜたり壁などに塗ったりして用いる「石

灰（せっかい）」という物質がありますが、「しっくい」とは、その「石灰」の唐音（95ページ）。読み方があまりにも異なるので当て字したのが「漆喰」で、「漆（しつ）」は音読み、「喰（くい）」は訓読みです。

⑩「脚立」は、「きゃたつ」と読みます。昔の中国語に〝短いはしごのようなもの〟を指す「脚榻子」ということばがあり、それを唐音読みしたのが「きゃたつ」。「榻」は〝長いす〟を表す漢字ですが難しいので、「たつ」と訓読みする「立」が当て字されるようになりました。これは、発音が変化したために生まれた当て字ではありませんが、唐音というやや特殊な読み方が関係している当て字ということで、ここに紹介しておきます。

このほか、「怪我（けが）」や「頑丈（がんじょう）」「内緒（ないしょ）」なども、語源から見るとこれらの漢字と意味の上でのつながりはなく、当て字だと考えられています。〝読み当て字〟は実にさまざまなことばに潜んでいるのです。

しかし、もう一方の〝意味当て字〟だって負けてはいません。ここから先は、意味がポイントになる難読漢字を中心に話を進めていくことにいたしましょう。

7 複数の漢字をまとめて訓読みする

「昨日」と書いて「きのう」と読むのは、常識ですよね。とはいえ、「昨」に「き」とか「きの」といった読み方があるわけではありません。昔の中国語に「昨日」という熟語があって、その意味を日本語に翻訳すると「きのう」になるから、二文字まとめて「きのう」と読むのです。

実は、世の中で難読漢字と言われているものの中には、このタイプの熟語がたくさんあります。その一部を見てみましょう。

① ベランダで、**団扇**を片手に夕涼みをする。
② 地球は**独楽**のように自転を続けている。
③ 大人になるにつれて、**雀斑**がだいぶ薄くなった。

④アメリカは人種の坩堝だと言われる。
⑤劣勢だったチームが、一点を返して反撃の狼煙を上げた。
⑥美しく着飾った花魁が、色街を練り歩く。

①「団扇」は、「うちわ」。「団」には〝円形の〟という意味があり、「団扇」も文字通りには〝円形の扇〟。それは日本語で言うならば「うちわ」にあたります。
②「独楽」は、「こま」と読みます。手から離れても回り続けるようすを〝独りで楽しむ〟ことにたとえたもの。元は中国から伝わったおもちゃの名前です。
③「雀斑」の読み方は「そばかす」で、〝顔の肌にできる細かいしみ〟のこと。それを中国語では、〝スズメの羽に見える斑点〟にたとえて、こう書き表したわけです。
④「坩堝」は、「るつぼ」と読み、意味は〝金属などを熱して溶かすために用いる壺《つぼ》〟。転じて、〝さまざまなものが溶け合っている状態〟を指して用いられま

す。音読みすれば「かんか」ですが、「坩」も「堝」も、この熟語以外ではめったに使われない漢字です。

⑤「狼煙」は、「のろし」。〝昔、戦争などの際に、急を知らせる合図として焚いた煙〟を言います。中国では燃料としてオオカミ（狼）の糞を使ったところから、このような漢字を用いた名前になったと言われています。

⑥「花魁」の読み方は、「おいらん」。主に江戸時代の色街で〝美しくて人気があり、ランクが高い女性〟を指します。ここでの「魁」は、〝トップに立つ人〟という意味。「花魁」は、〝花の中でも最も優れたもの〟というところから、特に色街で〝とびきり美しく、ランクが高い女性〟を指して使われた中国語です。

以上はすべて、一つ一つの漢字の音訓は無視して、中国語の熟語の意味を日本語に翻訳して読んだものです。これは、実は訓読みと同じ発想。訓読みは漢字一文字を相手にしているのに対して、これらは二文字まとめて相手にする点が違うだけです。そこで、こういった読み方のことを、〝熟字（熟語）〟に対する〝訓読み〟という意味で、〝熟字訓《じゅくじくん》〟と呼んでいます。「まえがき」で取り上げた「顳顬（こめかみ）」も、熟字訓の一つです。

熟字訓には、漢字三文字以上の熟字（熟語）を対象としたものもあります。

⑦作物を鳥から守るため、**案山子**を立てる。
⑧玄関の**三和土**は、脱ぎ散らかされた靴でいっぱいだ。
⑨酔っ払っては暴力を振るう、どうしようもない**破落戸**。
⑩**没分暁漢**相手には、何を言ってもしかたない。

⑦「案山子」は、「かかし」。ここでの「案」は、〝心配する〟という意味。「案ずるより産むがやすし」ということわざがありますよね。「子」は、ここでは〝道具や器具〟を表すことばの最後に付ける漢字。汁ものなどをすくう「**杓子**（しゃくし）」や、和室の間仕切りに使う「**障子**（しょうじ）」と同様です。「案山子」は、もともとは〝山里の田畑を鳥が荒らすのを心配して立てる道具〟とい

うところから、中国で作られた熟語です。

⑧「三和土」は、「たたき」。現在では〝コンクリートで固めた床〟のことを言いますが、昔は〝三種類の原材料を混ぜた土〟を使いました。「三和土」は、元はといえば、そこから生まれた中国語。「和」には、〝一緒にする〟という意味があります。「ごま和《あ》え」も、この意味で「和」が使われている例です。

⑨「破落戸」の読み方は、「ごろつき」。また、「ならずもの」と読むこともあります。これも、元は〝落ちぶれた家〟というところから、〝定職を持たず、まっとうでない生き方をしている人〟を指す中国語です。

⑩「没分暁漢」は、「わからずや」と読みます。「没」は〝○○がない〟、「分暁」は〝理屈〟、「漢」は〝男性〟あるいは〝人物〟で、合わせて〝理屈が通じない人〟。もともと、比較的新しい時代の中国語です。

「破落戸」や「没分暁漢」のような熟字訓は、現在の日本語ではあまり見かけませんが、明治時代のころにはよく使われました。「破落戸」のように、複数の読み方を持つものがあるのは、複数の訓読みを持つ漢字があるのと同じことです。

8

日本語の意味を複数の漢字で表現する

簡単に言えば、熟字訓とは複数の漢字をまとめて訓読みする読み方です。訓読みと同じ原理ですから、中には、国訓（35ページ）と同様に、中国語にはない独自の意味にあたる日本語で読む熟字訓もあります。

また、日本人は、日本語のあることばの意味を漢字二文字以上の熟語の形にして表現する方法も編み出しました。これは、国字（40ページ）の熟語版だと言えるでしょう。

①散歩をしていて**時雨**に降られる。
②少し寝たら、酒が抜けて**素面**に戻った。
③豆腐を作るためには**苦汁**が必要だ。

④ 彼女は、さる料亭で**女将**をしている。
⑤ 出陣を前に**鯨波**の声を上げる。

① 「時雨」は、「しぐれ」と読み、〝時々降る雨〟や〝降ってはやむ雨〟のこと。ただ、中国の昔の文章に出て来る「時雨」は、〝ちょうどよい時に降る雨〟という意味。日本語でもこの意味の場合には、「じう」と音読みします。
② 「素面」の読み方は、「しらふ」。〝酔っていない状態〟を表す日本語ですが、中国語としての「素面」は、〝化粧をしていない顔〟を指すことば。その意味の場合には、日本語では「そめん」と音読みをしています。
③ 「苦汁」は、「にがり」。音読みで「くじゅう」と読むと、文字通り〝苦い汁〟のことで、「苦汁を飲む」のように使われます。これは、中国語としての意味。「にがり」は、〝海水から塩を作ったあとに残る液体〟を指す日本語で、独特の苦みがあります。
④ 「女将」は、「おかみ」と読み、〝料亭や旅館などの女主人〟を指す日本語。

しかし、中国語としての「女将」には、〝女性の武将〟といった意味しかありません。

⑤「鯨波」は、「とき」。多くは「ときの声」の形で使い、〝気合いを入れるために大勢で上げるかけ声〟を指します。一方、中国語としての「鯨波」は、〝クジラが起こすような大きな波〟。日本語でも、この意味で使う場合には「げいは」と音読みします。「とき」を書き表す漢字として用いるのは、〝大きな波〟の音を〝大勢で上げるかけ声〟のたとえとして転用したものです。

以上はすべて、もともとは中国語の熟語だったものを、それとは違う日本語独自の意味で読むようになったもの。漢字一文字の訓読みで言えば、国訓に相当するものです。一方、漢字一文字で言えば国字にあたる、ある日本語を書き表すために中国語には存在しない漢字熟語を作り出しているものとしては、次のような例があります。

⑥お囃子《はやし》を響かせながら、**楽車**が街を駆け巡る。

⑦収穫が終わったたんぼに稲架が並ぶ。
⑧毎日シャンプーしているのに、雲脂が多くて困る。
⑨朝から晩まで働いて、もう草臥れた。
⑩カラオケで十八番の曲を歌う。

⑥「楽車」は、「だんじり」と読みます。関西地方のお祭りで使われる〝屋根と車が付いた屋台〟の一種。漢字は、〝音楽を鳴らしながら走る車〟といった意味合いでしょう。
⑦「稲架」は、「はさ」と読み、〝刈り取った稲を干しておくための木組み〟。「架」は、〝木材を組んだもの〟を表す漢字です。
⑧「雲脂」の読み方は、「ふけ」。頭皮がはがれて落ちるあの〝ふけ〟を、〝雲のような脂〟とおしゃれにたとえたものです。
⑨「草臥れた」は、「くたびれた」と読みます。〝疲れ切って倒れ込む〟ようすを、〝風に吹かれて草が横倒しになる〟ことにたとえて、こういう漢字を使う

のでしょう。「臥」は、「ふせる」と訓読みして、〝横になる〟ことを表します。

⑩「十八番」は、「じゅうはちばん」と音読みしていただいてもいいのですが、ここで答えていただきたいのは「おはこ」の方。〝得意とする芸〟を指すことばです。江戸時代、歌舞伎の市川家が、〝得意とする十八種類の演目〟を〝箱〟に入れて保存していたところから、こう書き表すのだと言われています。「番」は、演目を数えることばです。

中国語には、漢字で「楽車」「稲架」「雲脂」「草臥」「十八番」と書き表されることばはなかなか見あたりません。日本人が、日本語の単語を書き表すために、その意味を表すような漢字を並べたのです。意味に重きを置いているため、使われた漢字の音訓は無視される結果となっていて、〝意味当て字〟の一種だと考えることができます。

日本で独自に作られたこれらの〝意味当て字〟は、見かけの上からは、中国語の熟語に由来する熟字訓と区別することができません。そのため、これらも和製の熟字訓として、中国由来の熟字訓と合わせて考えるのがふつうです。

9

音読み熟語をまるごと訓読みする

音読みとはもともとは昔の中国語の発音ですから、漢字の熟語を音読みで読むと、日本語とは異なるやや硬い響きになります。一方、熟字訓は熟語をまるごと訓読みしてしまうので、日本語らしく柔らかい感じがします。

そこで現在でも、文学的な文章などでは、ふつうは音読みで読む熟語をあえて熟字訓で読んで、独特の雰囲気を出すことがあります。それらも、ふつうとは違う読み方なので、難読漢字だと言えるでしょう。

①それが二人の永遠の別れとなった。
②弱者が強者の犠牲となる社会を、改革する。
③大きな波が打ち付けて、飛沫が遠くまで飛ぶ。

④ これまでの経緯を説明する。

①「永遠」は、ふつうは「えいえん」と音読みしますよね。でも、熟字訓として「とわ」と読むと、意味は変わりませんが雰囲気が出ます。
②「犠牲」も、ふつうに音読みすれば「ぎせい」ですが、熟字訓として「いけにえ」と読むこともできます。その方が、ちょっと生々しいですよね。
③「飛沫」は、「ひまつ」と音読みすると、分析的・科学的な雰囲気。一方、熟字訓として「しぶき」と読むと、少し詩的な雰囲気になります。
④「経緯」も、音読みで「けいい」と読むとちょっと外向きのことば。熟字訓として「いきさつ」と読むとやや砕けた表現となります。
このように、音読みと熟字訓を使い分けると、細かい雰囲気を表現することができます。ただし、どちらで読んでも正解ですので、書き手側がきちんと振りがなを付けておかないと、読み手側にどう読めばいいのか伝わらない、という困った点もあります。

では、次のような例はどうでしょうか？

⑤**初心**を忘れないで、がんばります。
⑥異性と話すのに慣れていない、**初心**な子ども。

⑤「初心」は、音読みで読んで「しょしん」。しかし、同じ漢字を使っていても、⑥「初心」は、熟字訓で「うぶ」と読みます。これを逆にして、⑤を「うぶ」、⑥を「しょしん」と読むことはできません。

こういう例は、ほかにもあります。

⑦さる大企業が倒産し、**余波**は業界全体に及んだ。
⑧木陰に残っている雪は、冬の**余波**だ。
⑨住民たちの訴えは、役所では**等閑**に付された。
⑩遊びにかまけて仕事を**等閑**にしてはいけない。

⑦「余波」は、音読みで「よは」。一方、⑧「余波」は熟字訓で「なごり」と読みます。「なごり」の語源は、〝波の残り〟つまり〝嵐のあとまで残っている波〟。そこで「余波」という漢字で表現できるわけです。ただし、現在では「**名残**」と書くのが一般的です。

⑨「等閑」は、音読みで「とうかん」。「等閑に付す」で、〝まともに取り上げず、放っておく〟ことを表します。それはつまり〝なおざりにする〟ことだというわけで、⑩「等閑」は、熟字訓として「なおざり」と読むわけです。

これらの例では、音読みと熟字訓を入れ換えて読むわけにはいきません。音読みには音読みにふさわしい文脈が、熟字訓には熟字訓にふさわしい文脈があるからです。こういうところには、音読み熟語がもともとは中国語からの外来語であったことが、いまだに反映されていると言えるでしょう。

10

二字熟語に送りがなを付けて読む

「おいしい」を「美味しい」と書いたり、「はやる」を「流行る」と書いたりするのは、よく見かける書き方ですよね。これらも、「美味（びみ）」「流行（りゅうこう）」という音読み熟語を、一つ一つの漢字の読み方にはこだわらず、全体の意味を表す日本語で読んでいるわけですから、熟字訓の一種です。

このように、熟字訓には送りがなが付くこともあるのです。

①この岩壁を登るくらいは、**容易い**ことだ。
②あの人は、社長になるのに**相応しい**人物だ。
③カッとなって**逆上せて**しまい、あらぬことを口走る。
④なかなか寝つけず、少し**微睡んだ**だけで目が覚めた。

⑤かつてのスターも、今ではすっかり零落れてしまった。

①「容易い」は、「たやすい」。「容易（ようい）」とは、〝たやすい〟という意味ですよね。

②「相応しい」の読み方は、「ふさわしい」。たとえば「年齢相応（そうおう）の分別を持つ」とは、〝年齢にふさわしい分別を持つ〟ということです。

③「逆上せて」は、「のぼせて」と読みます。「逆上（ぎゃくじょう）」とは、〝感情が高ぶって頭に血が上る〟こと。そこで、熟字訓として「のぼせる」と読むわけです。

④「微睡んだ」は、「まどろんだ」。〝ちょっとだけ眠る〟という意味の「微睡（びすい）」を、同じ意味の日本語を用いて「まどろむ」と読んでいます。

⑤「零落れて」は、「おちぶれて」と読みます。「零」には〝こぼれる〟という意味があり、「零落（れいらく）」とは、文字通りには〝こぼれ落ちる〟こと。世間から〝こぼれ落ちる〟という意味合いで、〝落ちぶれる〟という意味にもな

ります。

残りの五つは、少し難しめの漢字を含むものです。

⑥借金取りに執拗く追い回される。
⑦長い時間、立ちっぱなしだと、脚が浮腫む。
⑧悪が蔓延るのを、黙って見過ごすわけにはいかない。
⑨悲しくて、声を押し殺して歔欷く。
⑩聞かれたくないことを質問され、顔が痙攣る。

⑥「執拗く」の読み方は、「しつこく」。「拗」は、「拗れる（こじれる）」「拗ねる（すねる）」「拗ける（ねじける）」などと訓読みする漢字。「執拗」は、音読みでは「しつよう」と読み、〝何かに過度にこだわり、やめようとしない〟ことを表します。

⑦「浮腫む」は、「むくむ」。「腫」は、「腫れる（はれる）」と訓読みして、

〝体の一部がふくれる〟ことを表す漢字。「浮腫」の二文字で、「ふしゅ」と音読みして、いわゆる〝むくみ〟を指します。ここでは、それを動詞として使っているわけです。

⑧「蔓延る」は、「はびこる」と読みます。「蔓」は「つる」と訓読みする漢字で、「まんえん」と音読みする「蔓延」は、文字通りには〝植物のつるが延びる〟こと。転じて、〝多くのものがつながってのさばる〟という意味になります。

⑨「歔欷く」は、「すすりなく」。「歔欷」は、音読みでは「きょき」と読み、〝すすり泣く〟という意味を表します。「歔」も「欷」も、「歔欷」以外の形で使われることはめったにありません。

⑩「痙攣る」の読み方は、「ひきつる」。「痙」は、〝筋肉がぴくぴく動く〟こと。「攣」は、〝引っ張る〟こと。「痙攣」は、音読みでは「けいれん」と読んで、〝筋肉が引っ張られたようにぴくぴく動く〟ことを表します。

「執拗」「浮腫」「蔓延」「歔欷」「痙攣」は、音読みで読んでもけっこう難読。それをさらに熟字訓で読もうというのですから、日本人もずいぶんと手の込んだ漢字の使い方をするものですよねえ！

とはいえ、文脈と送りがなに注意してそれに合うことばを探せば、なんとなく読めてしまいませんか？ 漢字一文字を訓読みするときにも、そういうことがありました（26ページ）。つまり、熟字訓は、こういう点でも訓読みと同じなのです。

ところで、ここまでにご紹介してきたような、音読み熟語を熟字訓として読む読み方は、いくらでも作り出すことができます。「運命」と書いて「さだめ」と読んだり、「女性」と書いて「ひと」と読んだりするのは、かつての歌謡曲ではよく見られましたよね。あるいは、「本気」と書いて「マジ」と読む、なんていうのも、その一種です。

それが高じると、「運命」を「デスティニー」と読ませたり、「女性」を「レディ」と読ませたりするようになるわけです。こういういかにも現代的な漢字の使い方も、その根っこは、日本語で昔から用いられてきた熟字訓と同じ。考え方だけを取り出せば、漱石がさかんに使っていた、「洋燈（ランプ）」や「麺麭（パン）」といった外来語の〝意味当て字〟と同列だ、と考えることもできるのです。

11

島崎藤村は漢字熟語をどう読ませたか?

複数の漢字が結び付いている熟語をまるごと訓読みしてしまう熟字訓は、漢字を一つずつ読むのに慣れている私たちからすると、ちょっと特別な雰囲気を感じさせます。しかし、かつては非常によく用いられた方法です。

ここでは、明治の文豪、島崎藤村の随筆集『千曲川のスケッチ』(一九一一年)の最初の方から、その実例を見てみることにしましょう。

① 子供というものは**可笑しな**ものですネ

② 素足で豆蒔《まめまき》は出来かねる、**草鞋**を穿《は》いて漸《ようや》くそれをやるという。

③ 麦の穂と穂が擦れ合って、**私語く**ような音をさせる。

④ **一寸**散歩に出るにも、この画家は写生帳を離さなかった。

①「可笑しな」は、「おかしな」と読みます。中国語の「可笑」は、〝笑って当然〟という意味。「おかしな」とは、その意味を翻訳した日本語です。

②「草鞋」の読み方は、「わらじ」。「鞋」は、〝履きもの〟を指す漢字。中国語で〝草で編んだ履きもの〟を表す漢字の熟語を、日本語で似たものを表す「わらじ」で読んでいます。

③「私語く」は、「ささやく」。中国の文章に出て来る「私語」には、〝こっそりと話す〟という意味があります。

④「一寸」の読み方は、「ちょっと」。「寸」は昔の長さの単位で、「一寸」は約三センチ。それを長さ以外にまで拡張解釈して「ちょっと」と読むのは、日本語独自の用法です。

以上は、現在でも辞書によっては載せているような熟字訓。しかし、以下のものを振りがななしで読むのは、現代人にはなかなか難しいかもしれません。

⑤外国の田舎にも、（中略）**収穫**休みというものがあるとか。
⑥牛の性質によって**温順しく**乳を搾らせるのもあれば、
⑦君なぞに、この**光景**を見せたら、何と言うだろう。
⑧**多忙しい**時季が来ると（中略）手伝いをしなければ成らない。
⑨小屋の**周囲**には柵が作ってある。
⑩どうしても長く**熟視めて**いられない

⑤「収穫」は、ふつうは「しゅうかく」と音読みします。しかし、藤村は「とりいれ」と振りがなを付けています。
⑥「温順しく」は、「おとなしく」。ここでの「順」は、「従順」の「順」と同じで、〝相手に従う〟という意味です。
⑦「光景」は、「ありさま」と読みます。なるほど！　ですよね。
⑧「多忙しい」は、「いそがしい」。「忙しい」だけで「いそがしい」と訓読みできるわけですが、強調したい気持ちの現れでしょうか、なぜだか「多」がか

ぶさっています。

⑨「周囲」は、「まわり」。これまた、「周り」でもよさそうです。

⑩「熟視めて」は、「みつめて」と読みます。「視つめて」と書いて「みつめて」と読ませることも可能ですが、藤村は「熟視」を熟字訓として使っています。

『千曲川のスケッチ』には、ほかにも「**俳優**（やくしゃ）」「**価値**（ねうち）」「**噴飯す**（ふきだす）」などの例が見られます。全般的に、島崎藤村の文章では熟字訓の使用が目立ちます。特に⑧〜⑩のような例を見ると、単独の漢字を訓読みして使うよりも、熟字訓の方に慣れ親しんでいたような印象さえ抱かせます。

熟字訓とは、漢字の意味に重点を置いて熟語を読むこと。森鷗外の訓読みのところでも見たように（130ページ）、明治の人々の頭の中には、漢字の意味そのものがたたき込まれていたように思われます。

12

読み方と漢字の微妙な関係

熟字訓では、一つ一つの漢字の音訓は無視されます。その結果、読み方と漢字の関係に、個々の漢字をベースにして考えた場合には理解しがたいようなさまざまな現象が起こります。

当て字についてご説明してきたこの章の最後に、その摩訶不思議な現象のいくつかをご紹介しておきましょう。

① **俎板**の上で野菜を切る。

② 焼きものを焼く前に、**釉薬**をかける。

③ せっかくの提案を**鮸膠**もなく断る。

④ 緩んだ**犢鼻褌**を締め直す。

①「俎板」の読み方は、「まないた」。「板」の訓読みは「いた」ですから、「俎」を「まな」と読むのかといえば、さにあらず。実は「俎」の一文字だけでも、「まないた」と訓読みできます。つまり、「板」があろうとなかろうと読み方は変わらないのです。

②「釉薬」は音読みでは「ゆうやく」ですが、熟字訓としては「うわぐすり」。〝陶器の表面に塗る薬品〟のことです。これも、「釉」だけで「うわぐすり」と読むことも可能です。

③「鮸膠」は、「にべ」。〝ニベという魚から作った接着剤〟です。「鮸」はニベを指す漢字なので、一文字で「にべ」と訓読みできます。一方の「膠」は、「にかわ」と訓読みして〝接着剤の一種〟を表す漢字。日本語では原材料の魚と出来上がった接着剤とが同じく「にべ」と呼ばれるので、「膠」を読んでいないようにも見えるのです。

④「犢鼻褌」は、音読みでは「とくびこん」ですが、一般には、熟字訓として「ふんどし」と読みます。これまた、「褌」だけで「ふんどし」と読めるの

で、読み方の上では「犢鼻」の二文字分は無意味なように見えます。ちなみに、「犢」とは〝子牛〟を意味する漢字です。

以上は、読み方の上ではなくてもいいような漢字を含むタイプ。一方、次の三つは、ありもしない訓読みがあるように見える漢字を含む熟字訓です。

⑤ 昨晩、飲み過ぎて、今朝は**宿酔**だ。
⑥ 割れたガラスの**欠片**を拾う。
⑦ 両親が早く亡くなり、**幼気な**子どもだけが残された。

⑤「宿酔」は、「しゅくすい」と音読みすることもできますが、よく見かけるのは熟字訓の「ふつかよい」の方。「よい」は「酔」のまっとうな訓読みですが、「宿」を「ふつか」と読むことはできません。なぜなら、この漢字には〝一晩が過ぎる〟という意味はあっても、〝二日〟という意味はないからです。

⑥「欠片」の読み方は「かけら」。これも、「片」に「ら」という訓読みがあ

るわけではありません。この場合の「ら」は接尾語で、はっきりした意味はありません。

⑦「幼気な」は、「いたいけな」。「いたいけ」は、語源としては〝痛い気〟で、〝見ていて痛々しい気分になるほど、いじらしい〟という意味。「幼」はあくまで「おさない」と訓読みする漢字で、〝痛々しい〟という意味はなく、「いたい」と訓読みできるわけではないのです。

これらでは、熟字訓の読み方の一部と片方の漢字の訓読みが一致しているため、もう片方の漢字に、実在しない訓読みが現れているように見えているのです。このほか、漢字の文字数が読み方の文字数より多いという、ある意味で効率がよくない熟字訓もあります。

⑧あの人は、実は教養のない**似而非**文化人だ。
⑨正月飾りに**七五三縄**を張る。
⑩水に漬けた大豆をすりつぶし、**豆汁**を作る。

⑧「似而非」は、「えせ」と読み、〝似ているようだが実は違う〟という意味。三文字がまとまって表している意味を二文字の日本語に翻訳して読んでいます。

⑨「七五三縄」は、「しめなわ」。「七五三」だけを切り出すと、一文字少ない「しめ」と読んでいるように見えます。「しめ」とは、〝入るのを禁止して閉め出す〟という意味。それを示すために縄を七本、五本、三本と並べて垂らすので、「七五三縄」と書きます。

⑩「豆汁」は、ここで問題にしたい読み方は「ご」。〝豆腐の原料などに使う汁〟です。漢字二文字に対して読み方が一文字しかない例。ただ、それではさすがに落ち着かないからか、「豆汁」と書いて「ごじる」と読ませることもあります。

以上、三つの章にわたって、音読みと訓読み、そして当て字という、漢字の読み方の三大要素について説明をしてきました。では、その知識を踏まえると、難読漢字の世界はどのように見えるでしょうか。残りの二つの章では、難読漢字が多い動植物と地名の世界に焦点を当ててその実際を見ていくことにいたしましょう。

第Ⅳ章

動植物を表す漢字のいろいろ

世の中に難読漢字はあまた存在していますが、その中でも一大勢力を成しているのは、動物や植物の名前を表す漢字です。

この章では、これまでにご説明した、訓読みと音読み、国訓、国字、音読みの種類、形声、会意、当て字、熟字訓といった知識を活用しながら、動植物の難読漢字にはどんなものがあるか、具体的に見ていきましょう。

1

動植物を漢字一文字で書き表す

「犬」「鶏」「松」「藤」などなど、漢字一文字で書き表される動植物の名前のほとんどは、訓読みです。その多くは、中国からその動植物を表す漢字が伝わって来たとき、すでに日本語にも呼び名が存在したので、それが訓読みとして使われるようになったのです。

それらのうち、現代人の生活にはあまりなじみがない動植物や、漢字ではあまり書き表されなくなった動植物が、難読漢字となります。

①獺（水中で餌を取って暮らす、イタチに似た哺乳類）
②鶉（殻にまだら模様のある卵がよく食用とされる、小さな鳥）
③鰈（平べったくて、目が片方に寄って付いている魚）
④蠍（尾に強い毒を持つ、ザリガニのような動物）

⑤**羆**（日本では北海道の森林に住む、大型の哺乳類）

①「獺」は、「かわうそ」と読みます。部首「犭（けものへん）」は、成り立ちとしては「犬」と同じで、イヌのような〝四本足で体に毛が生えた動物〟を表します。

②「鶉」の読み方は、「うずら」です。

③「鰈」は、「かれい」。ここでの「枼」は、「葉」「蝶」にも使われているように、〝平べったいもの〟を表しています。

④「蠍」の読み方は、「さそり」。音読みは、「かつ」。「**蛇蠍**（だかつ）」は〝ヘビやサソリ〟のことで、「蛇蠍のように忌《い》み嫌う」などと用いられます。

⑤「羆」は、「ひぐま」。上部の「罒（あみがしら）」は「罷免（ひめん）」の「罷」の省略形。「罷」は形声の漢字（51ページ）で、「罷」が音読み「ひ」を表しています。その「ひ」に「くま」を組み合わせたのが「ひぐま」だと考えられているので、「羆」の訓読みは、ほかとは違って漢字が伝来したあとで生まれた

ものだということになります。

以上はすべて、動物の名前で、訓読みの例。漢字一文字を音読みする動物の名前としては、「象」のほか、「犀（さい）」や「豹（ひょう）」があるくらい。どちらもかつての日本には生息していなかった動物なので、日本人は中国語を通じてその存在を知り、中国語の発音に由来する音読みがそのまま日本での呼び名として定着したのでしょう。

後半は、植物の漢字を見てみましょう。

⑥樅（クリスマス・ツリーに使われる針葉樹）
⑦楡（街路樹などに使われる落葉高木。エルム）
⑧棗（なぜか日本ではあまり食用にされない果樹）
⑨蕨（早春、新芽を食用とするシダの仲間）
⑩薊（葉にとげが多く、夏、赤紫色の花を咲かせる草）

⑥「樅」は、「もみ」。「從」は「従」の旧字体です。
⑦「楡」は、「にれ」と読みます。
⑧「棗」は、「なつめ」と訓読みする漢字。ちなみに、「朿」を横並びにした「棘」は、「とげ」と訓読みする別の漢字です。
⑨「蕨」の読み方は、「わらび」です。
⑩「薊」は、「あざみ」。「魚」が含まれている理由は、はっきりしません。
以上もすべて訓読みです。

なお、漢字一文字を音読みして使う植物の名前としては、「菊」「茶」「蘭」などがあります。これらの漢字には、定着した訓読みはありません。その事実は、キクの花を愛でたりお茶をゆっくり味わったりするいかにも日本的な文化も、実は中国の影響の下に生まれたものだということを示しているのです。

2

日本語オリジナルの動植物漢字

中国大陸と日本列島とでは、生息している動植物が異なります。そのため、ある動植物の日本語での名前を書き表す際に漢字を使いたくても、それにふさわしい漢字が中国語には見あたらない場合もあります。

そんなとき、日本人は、漢字に倣ってオリジナルの文字を生み出すことがありました。いわゆる国字（40ページ）です。

①鰯（食用ともなり肥料としても利用される、代表的な青魚）

②鱚（開いて天ぷらにするのが定番の、白身の魚）

③鰆（ハワイではマヒマヒと呼ばれる、赤身の魚）

④鱩（秋田県の名産で、しょっつるの材料にもなる魚）

⑤鯱（白黒の二色の体が印象的な、クジラの仲間）

①「鰯」の読み方は、「いわし」。右側の「弱」は「弱」の旧字体で、古語で「よわし」と読み、「いわし」という名前を表していると言われています。

②「鱚」は、「きす」。「喜（き）」で「きす」の「き」を表した国字です。

③「鰭」は、「しいら」。「暑」は、目を凝らしてよく見ると「耂」の下に点が付いていますが、「暑」の旧字体。〝暑い季節に獲れる魚〟ということから作られた国字です。

④「鱩」は、「はたはた」と読みます。〝雷が鳴りやすい季節に獲れる魚〟ということから。「鰰（はたはた）」と書く国字もあります。

⑤「鯱」は、「しゃち」。本来は日本の想像上の魚で、頭がトラに似ていると考えられていたところから、「魚」に「虎」を組み合わせて作られました。

魚をよく食べる日本人の食生活を反映して、魚の名前を表す国字は、ほかにもたくさんあります。「鯰（なまず）」「鮗（このしろ）」「𩸽（ほっけ）」などが、その例です。

逆に、魚以外の動物については、国字の例はそう多くはありません。ここでは、二つの鳥を挙げておきましょう。

⑥ **鴫**（長い脚とくちばしが特徴的な、渡り鳥）

⑦ **鶍**（くちばしの上下が食い違っている、小さな鳥）

⑥「鴫」は、「しぎ」。〝田んぼによく舞い降りてくる鳥〟だからでしょう。

⑦「鶍」は、「いすか」と読みますが、この国字の成り立ちは、よくわかりません。

植物の名前を表す国字は魚ほどではありませんが意外とたくさんあって、たとえば次のようなものがあります。

⑧ **樫**（実がどんぐりとなる常緑樹）

⑨ **榊**（神道の神事に用いられる常緑樹）
⑩ **梻**（枝を仏前に供える常緑樹）

⑧「樫」は、「かし」。〝幹や枝が堅い木〟というところから生まれた国字です。
⑨「榊」の読み方は、「さかき」。「神」は「神」の旧字体です。
⑩「梻」は、「しきみ」と読みます。「佛」は、「仏」の旧字体です。
以上の多くでは、「魚（さかなへん）」「鳥（とり）」「木（きへん）」といった部首に、その表したい動植物の特徴を示す漢字を組み合わせて、国字ができあがっています。漢字の作り方としては、会意の方法（68ページ）です。

会意が多いというのは、国字の特徴の一つ。形声の方法は中国語の発音に基づくものですから、日本人にはなじみにくかったのでしょう。

3

動植物漢字を日本語独自の意味で使う

中国語と日本語との間で指すものが異なる漢字が多いのも、動植物の漢字の特徴です。いわゆる国訓（35ページ）です。

ただし、一口に国訓といっても、それがどのように生じたのかは一様ではありません。ここでは、動植物を表す国訓の具体例を取り上げながら、それぞれが生まれた理由について、考えてみましょう。

①鰆（刺身や西京焼きなどにして食べるとおいしい魚）
②鰤（刺身か照り焼きにするのが定番の魚）
③鱧（京料理の食材として知られる、高級魚）
④狆（ふさふさとした長い毛が特徴的な、小型犬）
⑤蜩（夏の終わりに鳴くのが印象的な、セミの仲間）

①「鰆」の読み方は、「さわら」。瀬戸内海では〝春に旬を迎える魚〟とされていたところから、こう書きます。しかし、中国の古い辞書には、〝海の魚の一種〟を指す漢字として載っていて、それはサワラではないと考えられています。

②「鰤」は、「ぶり」と読みます。ブリは、成長するにつれて呼び名が変わる出世魚の代表的存在。「魚（さかなへん）」に「師」と書くのは、その出世するようすを〝師匠になる〟ことにたとえたとか、〝師走に旬を迎える魚〟だからとか言われています。これまた、中国の古い辞書には、〝毒のある魚の一種〟として載っています。

この二つは、中国の古い辞書にも載ってはいるものの、簡単な記述しかなく、どんな魚を表すのかははっきりしません。日本人が独自に作り出したつもりだった国字が、たまたま、中国でもかなりマイナーな漢字として存在していたものだろうと思われます。

③「鱧」は、「はも」。これも、中国では別の魚を指す漢字として、古い辞書

に載っています。「鰆」「鰤」と同様の事情でしょうが、日本でなぜ、ハモを表すのに「豊」という漢字を用いたのかは、よくわかりません。

④「狆」は、「ちん」と読みます。中国では〝ある少数民族の呼び名〟として使われた漢字ですが、日本では、江戸時代からこの犬の名前として使われています。これも、国字として作り出したものが、中国にもたまたま存在していた例でしょう。

⑤「蜩」の読み方は、「ひぐらし」。中国では〝セミの仲間全体〟を表す漢字として、古くからよく使われています。日本人がそれを知らなかったとは思えないので、ヒグラシを指して使うのは、何らかの理由で生じた限定解釈なのでしょう。

後半は、植物を表す漢字です。

⑥薇（渦巻き型の新芽を、煮物や天ぷらにして食べる山菜）

⑦蓬（草餅の材料として使われる野草）

⑧蕗（煮物やおひたしなどにして食べる、春野菜）

⑨ **檀**（昔、弓の材料に使われた落葉樹）
⑩ **柊**（つやつやしていてとげのある葉が特徴的な、常緑樹）

⑥「薇」は、「ぜんまい」と読みます。しかし、中国語ではカラスノエンドウという別の植物を表す漢字として、古くからよく使われています。
⑦「蓬」は、「よもぎ」。これまた、中国語では、古くから使用例の多い漢字。ムカシヨモギという別の植物を指します。
⑧「蕗」の読み方は、「ふき」。中国の古い文献では、「菎蕗（音読みすれば「こんろ」）」の形で、〝ある種の香草〟を指す漢字として用いられています。
⑨「檀」は、「まゆみ」。「だん／たん」と音読みして、「**白檀**（びゃくだん）」「**黒檀**（こくたん）」など、インドや東南アジアの原産で器具の材料として使用される樹木の名前に使われるのが、中国語としての用法です。
　以上の四つは、日本語で指すものと中国語で指すものとの間に、よく考えると似た点がないわけではありません。おそらく、日本人が解釈しそこなって、中国

語とは別の植物を指す漢字として訓読みするようになったものでしょう。
⑩「柊」は、「ひいらぎ」と読む漢字。中国ではある種の植物を指しますが、あまりメジャーではありません。これは、日本人が独自に作り出したつもりだった国字が、たまたま中国にも存在していた例かと思われます。なお、この漢字に「冬」が使われているのは、〝緑の葉が冬に目立つ樹木〟だからだとか、〝葉のとげが刺さると疼《うず》く〟からと言われています。

このように、動植物を表す国訓には、大きく分けて二種類があります。一つは、日本人が何らかの事情で、中国語での意味とは異なる解釈をしてしまったもの。もう一つは、中国にも存在するとは知らずに、日本人が国字のつもりで作り出したものです。

ただし、中には中国語と日本語とでの意味の違いが微妙なものもあります。さらに、国字だと考えられていたのに中国での使用例が見つかって、国訓だと改められることもあります。このため、動植物の国字と国訓は、辞書によって分類が異なる例も少なくありません。

4

動植物を表す音読み熟語

ここからは、複数の漢字が結び付いてできた熟語の動植物名を取り上げます。まずは、音読みで読むものを見てみましょう。

音読みとは本来は中国語の発音ですから、これらの動植物の名前ももともとは中国語。それが日本に伝わって来たときにはその動植物を表すのにふさわしい日本語の呼び名がなく、音読みのままで定着したものと考えられます。

①駱駝（背中に大きなこぶがある哺乳類）
②鸚鵡（人間のことばをまねするのが得意な鳥）
③栗鼠（木の実を食べる姿が愛らしい小動物）
④白鼻心（鼻の中心に白い筋があるのが特徴的な哺乳類）

①「駱駝」は、「らくだ」。砂漠に暮らすこの動物は、当然、日本には生息していません。日本に初めてもたらされたのは、奈良時代になってからです。

②「鸚鵡」は、「おうむ」。これも、奈良時代に初めて日本にもたらされた動物。ちなみに、「鸚哥（いんこ）」の渡来はもっと遅いようで、この熟語は唐音（95ページ）で読まれます。

③「栗鼠」は、「りす」。リスそのものは中国にも日本にも昔からいたでしょうが、中国語で「栗鼠」という熟語が使われるようになったのは、一二世紀ごろのようです。「りす」は唐音による読み方で、ふつうに読めば「りっそ」です。

④「白鼻心」の読み方は、「はくびしん」。これはもともとは中国語の方言のようで、江戸時代には「雷獣」という名前で知られていました。昭和の初めごろに毛皮が台湾などから輸入されるようになってから、「白鼻心」という名前が日本語に入ったものと思われます。

⑤芍薬（美しい女性の立ち姿にたとえられることがある花）
⑥紫苑（秋に薄紫色の花を咲かせる、菊の一種）
⑦菠薐草（鉄分を多く含む緑黄色野菜）
⑧曼珠沙華（ヒガンバナの別名。秋のお彼岸のころに花が咲く）
⑨桔梗（紫色の花を咲かせる、秋の七草の一つ）
⑩生姜（根が薬味の定番になっている野菜）

⑤「芍薬」は、「しゃくやく」。日本には平安時代ごろに、薬草として伝わりました。
⑥「紫苑」の読み方は、「しおん」。中国語では「紫菀」と書き表し、日本語でも同じように書かれることがあります。「苑」を「おん」と読むのは、呉音です。
⑦「菠薐草」は、「ほうれんそう」。「菠薐」を「ほうれん」と読むのは唐音で、漢音で読むと「はろう」。もともとは、ネパールかイランあたりの地名に対

して、中国で作られた〝読み当て字〟(140ページ)。その土地にゆかりがあるホウレンソウが、中国を経て日本に伝来したのは、江戸時代の初めごろのことです。

⑧「曼珠沙華」は、「まんじゅしゃげ」と読みます。元は、仏教で〝天界に咲く花〟を意味する梵語の「マンジュシャーカ」に対する〝読み当て字〟です。

⑨「桔梗」は、「ききょう」。古くは「きちこう」とも読まれましたが、「梗」の呉音は「きょう」。そこで、「きちきょう」が縮まって「ききょう」となったものと思われます。

⑩「生姜」の読み方は、「しょうが」。漢音で読めば「せいきょう」ですが、呉音では「しょうこう」。これは旧仮名遣いでは「しやうかう」なので、「しやうかう↓しやうがう↓しやうが↓しょうが」と変化したのでしょう。

このように、植物の熟語では音読みが変化しているもの(104ページ)も目立ちます。

5

動植物を表す訓読み熟語

植物のススキのことを、〝花が動物の尾のように見える〟ということろから「おばな」と呼ぶことがあります。この名前は、「お」と「はな（ばな）」のそれぞれを漢字の訓読みで表して、「尾花」と書かれます。

これは、訓読みを用いて動植物の名前を表す漢字熟語。ここでは、そういった例の中から、読み方がやや難しく感じられるものを見てみましょう。

①頬白（春、独特のさえずりを聞かせてくれる小鳥）
②懸巣（ほかの鳥の鳴き声や機械の音などをまねするのがうまい鳥）
③鴨嘴（平べったいくちばしを持つ、オーストラリア特有の哺乳類）

④ **捩花**（初夏、茎のまわりにらせん状に小さな花を付ける草）
⑤ **鳥兜**（根に猛毒を持つことで知られる草）

①「頬白」は、「ほおじろ」と読みます。〃頬の白さが目立つ鳥〃という意味合いです。
②「懸巣」の読み方は、「かけす」。ふつうに考えれば、〃巣を懸ける〃というのが名前の由来でしょう。
③「鴨嘴」は、「かものはし」。「**嘴**」は、ふつうは「くちばし」と訓読みする漢字。カモとアヒルは生物学的には実は同じ動物で、カモはいわゆるアヒル口をしています。「かものはし」という呼び名も、〃鴨のような嘴を持つ〃ところから付けられたのでしょう。
④「捩花」の読み方は、「ねじばな」。〃ねじったように花が付く〃のが由来。「捩」は「**捩る**（ねじる）」と訓読みします。
⑤「鳥兜」の読み方は、「とりかぶと」。伝統的な舞で使われる〃鳥の形をし

た兜《かぶと》〟に花の形が似ているところから、この名があります。

熟語で使われる訓読みの中には、特殊な訓読みや古い訓読みが混じっていることがあります（115ページ）。動植物の漢字にも、そういう例が見られます。

⑥ 岩魚（渓流釣りで人気がある魚）
⑦ 三椏（早春、独特の香りを放つ花を咲かせる落葉樹）
⑧ 苧環（初夏に咲く花がかわいらしく、園芸でも人気がある草）
⑨ 清白（大根の昔の呼び方）
⑩ 吾亦紅（秋、赤紫色の素朴な花を咲かせる草）

⑥「岩魚」は、「いわな」と読みます。「な」とは、古い日本語で〝魚〟のこと。「いわな」は、〝岩陰を泳ぐ魚〟といった意味合いで名づけられたものでしょう。

⑦「三椏」の読み方は、「みつまた」。「椏」は〝木の股〟を指す漢字なので、

「また」と訓読みできます。ミツマタは、枝が必ず三つに分かれるのが特徴です。

⑧「苧環」は、「おだまき」。昔の日本語には、〝麻などの繊維から作った糸〟を表す「お」ということばがあり、漢字の「苧」にもその意味があるので、「苧」を「お」と訓読みします。一方、「たまき」は〝環状の腕飾り〟。〝苧を環状にまとめたもの〟に似た形の花を咲かせるのが、オダマキです。

⑨「清白」は、「すずしろ」。昔は、「清」を「すずしい」と訓読みすることもありました。「すずしい目元」といえば、〝さわやかな目元〟〝清らかな目元〟ですよね。昔の人は、大根の白さを〝清らか〟だと見たのでしょう。

⑩「吾亦紅」は、「われもこう」。「亦」は、漢文では〝Aに加えてBもまた〟という意味を表すところから、「また」「も」と訓読みされます。ただ、「われもこう」の由来は定かではなく、「吾亦紅」と書くのは〝読み当て字〟です。

6

動物熟語を日本語に翻訳する

「山羊」と書いて「やぎ」と読むのは、前章でご紹介した熟字訓（165ページ）。漢字の熟語を、一つ一つの漢字の読み方にはこだわらず、全体の意味を日本語に翻訳して読んでいます。

難読漢字の世界では、熟字訓は非常に大きなウェイトを占めており、動植物の漢字でも、難読だと言われるものの多くは熟字訓です。まずは、中国語にも存在する動物の名前を熟字訓として読む例から見てみましょう。

①啄木鳥（くちばしで木をつついて独特の音を立てる鳥）
②樹懶（のんびりしていると思われがちな、サルに似た動物）
③旗魚（剣のように長くとがった口が特徴的な、海の魚）

④海鞘（東北地方などで珍味として愛好される、海洋生物）
⑤蝸牛（渦巻き型の殻を背負って歩く、貝の仲間）
⑥泥鰌（口ひげが特徴的な、細長い形をした魚）

①「啄木鳥」は、「きつつき」と読みます。あるいは、少し古めかしい呼び方で「けら」と読んでも正解です。「啄」は、音読みでは「たく」。〝鳥がくちばしでつつきながらものを食べる〟ことを表す漢字で、訓読みでは「啄む（ついばむ）」と読みます。
②「樹懶」の読み方は、「なまけもの」。「懶」は、音読みでは「らん」、訓読みすれば「懶い（ものうい）」。「樹懶」は、〝樹木の上でものうそうにしている〟ことに由来しています。
③「旗魚」は、「かじき」。〝旗竿のように長い口〟をしているという意味合いでしょう。
④「海鞘」は、「ほや」。「鞘」は、「しょう」と音読みする漢字で、訓読みす

ると「さや」。ホヤの仲間には、刀の刃の部分を収める〝さや〟を思わせる形をしたものがいます。「海鞘」は、そこに着目して付けられた名前でしょう。

以上はすべて、どういう特徴を捉えて漢字の名前を付けたのかが、よくわかります。こういう例は、ほかにも「海豚（いるか）」「河豚（ふぐ）」「海月（くらげ）」「海星（ひとで）」「百足（むかで）」など、たくさんあります。

⑤「蝸牛」の読み方は、「かたつむり」。実は「蝸」だけでもカタツムリを表すのですが、それに「牛」が付け加えられているのは、ゆっくりと移動するところからでしょう。

⑥「泥鰌」は、「どじょう」。これも、「鰌」だけでもドジョウを指しますが、〝泥の中に住んでいる〟ところから、「泥」が付け加えられています。

この二つは、その動物をダイレクトに指す一文字の漢字があるのに、それだけでは物足りないのか、その動物の特徴を表す漢字一文字が付け加えられている例です。

残りの四つは、同じ部首を含む二つの形声の漢字が結び付いてできているのが、特徴です。

⑦ **蜥蜴**（しっぽを切られても生きているのが有名な爬虫類）
⑧ **蟷螂**（鎌のような両手で餌をつかまえる昆虫）
⑨ **鴛鴦**（夫婦仲がいいとされている鳥）
⑩ **翡翠**（鮮やかな青緑色をした羽が美しい鳥）

⑦「蜥蜴」は、「とかげ」と読みます。音読みするとすれば、「せきえき」。「虫（むしへん）」を外せば、「析（せき）」と「易（えき）」ですよね。

⑧「蟷螂」は、熟字訓としては「かまきり」。一方、〝自分の能力をわきまえないで強敵に立ち向かう〟という意味の「蟷螂の斧」という慣用句のように、「とうろう」と音読みすることもあります。「當」は「当（とう）」の旧字体。「郎」は、微妙な違いですが「郎（ろう）」の旧字体です。

ちなみに、「虫（むしへん）」の漢字二つでできている動物漢字の熟字訓は、ほかにもたくさんあります。「蜻蛉（とんぼ）」「蜘蛛（くも）」「蝙蝠（こうもり）」「蜉蝣（かげろう）」「螻蛄（おけら）」「蚯蚓（みみず）」などがその例です。

⑨「鴛鴦」は、熟字訓としては「おしどり」。「えんおう」と音読みして使われることもあります。「夗」は、「苑（えん）」「怨（えん）」などにも含まれていて、「えん」という音読みを表します。「央」の音読みは、もちろん「おう」です。

⑩「翡翠」は、鳥の名前としては「かわせみ」と読みます。〝青緑色をした宝石〟を指す場合には、音読みして「ひすい」。「非」の音読みは、もちろん「ひ」。「卒」が「すい」という音読みを表す例としては、「粋（すい）」の旧字体「粹」や、「酔（すい）」の旧字体「醉」などがあります。

以上はすべて、もともとは中国語での動物の名前。これらのことばが日本に伝わった当初は、その中国語としての発音をまねして、音読みで読まれたことでしょう。しかし、日本人にとっては、無理して音読みで読むよりも、その動物を表す日本語で直接、読む方がはるかに楽ちん。熟字訓はそうやって生まれてきたのでしょう。

7

植物熟語を日本語に翻訳する

「薔薇」と書いて「ばら」と読むのは、とても有名。これも、中国語としての名前を熟字訓として読んでいる例です。ここでは、このタイプの植物漢字を取り上げます。

植物の名前を表す熟字訓には、「向日葵（ひまわり）」のように、漢字三文字になるものが多いのも、ちょっとした特徴です。

①**胡桃**（殻がとても硬いナッツの一種）

②**罌粟**（アヘンの原料となることで知られる植物）

③**躑躅**（生垣などに植えられ、初夏、赤や紫の花を咲かせる植物）

①「胡桃」は「くるみ」と読みます。「胡」は、中国人から見て〝西の方に住

む異民族〟を指す漢字。クルミについては、紀元前二世紀ごろ、シルクロードを探険した中国の武将が西の方から持ち帰ってきたという伝説があります。

②「罌粟」の読み方は、「けし」。「罌」は、〝お酒を入れる壺《つぼ》〟を指す漢字。「粟」は、「あわ」と訓読みし、穀物の一種。「罌粟」は、実の形が壺に似ていて、種はアワに似ているところから名づけられたと考えられます。

③「躑躅」は、「つつじ」。音読みすれば「てきちょく」で、「鄭（てい）」と「蜀（しょく）」に「⻊（あしへん）」を付けた、形声の漢字です。「躑」「躅」のそれぞれには実質的な意味はなく、中国語では二文字をまとめて〝移動できないようす〟を表すことば。ツツジの仲間には毒を持つものがあり、動物が食べるとしびれて移動ができなくなるのが植物の名前としての由来です。

④蕪菁（ダイコンを丸くしたような野菜）
⑤蚕豆（塩ゆでにしたり甘納豆にしたりして食べる豆）
⑥甜瓜（メロンに似ているが、甘さは少し薄い夏の果物）

④「蕪菁」は、「かぶ」または「かぶら」と読みます。どちらで読んでも、同じ植物。「蕪」は、〝土地が荒れる〟という意味。「菁」は、〝葉っぱが青い植物〟。〝荒れた土地でも育つ、葉っぱが青い植物〟というところから、「蕪菁」という名前が付いたのでしょう。なお、日本語では「蕪」一文字でも「かぶ」と読む習慣があるので、結果として、「菁」は読み方の上ではなくてもいいような漢字（189ページ）となっています。

⑤「蚕豆」は、「そらまめ」。日本語の「そらまめ」は、〝さやが空に向かって付く〟ことに由来すると考えられていて、ふつうに書けば「空豆」。同じ植物を、中国語では〝蚕《かいこ》のまゆに形が似ている豆〟という意味合いで、「蚕豆」と書き表します。そこで「蚕豆」を「そらまめ」と読めるわけで、「蚕」に「そら」という訓読みがあるわけではありません。ありもしない訓読みがあるように見える熟字訓（189ページ）です。

⑥「甜瓜」の読み方は、「まくわうり」。「甜」には〝甘い〟という意味がある

ので、中国語では〝甘い瓜〟というところから「甜瓜」と名づけたのでしょう。日本では、真桑《まくわ》村（現在の岐阜県本巣《もとす》市内）が産地として有名であったところから、「まくわうり」と呼ばれます。これまた、ありもしない訓読みがあるように見えるタイプです。

⑦百日紅（木肌がつるつるしていて、夏に花を咲かせる樹木）
⑧無花果（タルトやゼリーなど、デザートとして人気の果物）
⑨木天蓼（猫が匂いをかぐと酔ったようになるのが有名な樹木）
⑩山毛欅（新緑も紅葉も美しい、日本の原生林の代表的な樹木）

⑦「百日紅」は、「さるすべり」。約百日もの間、花を咲かせるところからの命名。白や紫の花もありますから、「紅」はその代表なのでしょう。一方、「さるすべり」は、木肌がつるつるしているので〝サルでも滑ってしまう〟という意味合いです。

⑧「無花果」の読み方は「いちじく」。花が咲かないまま実を結ぶように見えるところから。中国語では「映日果」という名前もあり、この音読み「えいじつか」が、「えいじつか→いじつか→いじちく→いちじく」と変化して日本語の名前になった、という説があります。

⑨「木天蓼」は、「またたび」と読みます。「蓼」は、「たで」と訓読みする、苦い草を表す漢字。中国語としての「木天蓼」の由来は〝味がタデに似ていて、高くそびえる樹木〟だとも言いますが、はっきりしません。

⑩「山毛欅」は、「ぶな」。漢字の方が読み方よりも文字数が多い熟字訓（191ページ）の一つ。日本語の場合は、「橅」という国字を使って一文字で表すこともあります。「欅」は、「けやき」と読む漢字。「山毛欅」とは、〝ケヤキに似ていて山地に生え、葉に毛がある樹木〟という意味だと言われています。

なお、漢字三文字で表される植物漢字の熟字訓としては、ほかに「牽牛花（あさがお）」「玉蜀黍（とうもろこし）」などもあります。

8

動植物の日本語名を漢字熟語で表す

動植物を表す熟字訓の中には、日本語での名前を漢字熟語の形で書き表した、和製の熟字訓（170ページ）もあります。特に日本列島近辺に特有の動植物は、中国語には該当する名前がないので、当然その対象となります。

そのほか、中国語に該当する名前があっても、日本人が独自に熟字訓を作り直した動植物もあります。

①公魚（凍った湖面に穴をあけて釣るのが有名な、淡水魚）
②秋刀魚（かつては庶民の味とされた、秋の味覚を代表する魚）
③馬酔木（早春、ビーズをつなげたような花を咲かせる植物）
④軍鶏（闘鶏で使われる、ニワトリの一種）

⑤ **翌檜**（未来志向の名前で人気がある、ヒノキに似た樹木）

①「公魚」は、「わかさぎ」と読みます。この場合の「公」は、〝将軍〟のこと。江戸時代に将軍家に献上される魚だったところから、こう書き表すと言われています。また、「わか」という読み方を生かして「鰙（わかさぎ）」と一文字で書く国字もあります。

②「秋刀魚」の読み方は、「さんま」。〝秋に旬を迎える、刀のような姿をした魚〟という意味合いです。

③「馬酔木」は、「あせび」または「あしび」と読みます。どちらで読んでも、指すのは同じ植物。アセビには毒があって、〝馬が食べると酔っ払ったようにふらふらする〟ところから、「馬酔木」と書き表されるようになりました。

以上の三つについては、現代の中国語でも、和製の「公魚」「秋刀魚」「馬酔木」を中国語読みして、ワカサギ、サンマ、アセビを表すのに使っています。

④「軍鶏」は、「しゃも」と読みます。東南アジアのシャム（現在のタイ）か

ら輸入されて日本で改良された品種で、「しゃも」は「シャム」に由来します。現代の中国語では「闘鶏」で表します。漢字で「軍鶏」と書くのは、もともとは闘鶏専用の品種だったから。

⑤「翌檜」は、「あすなろ」。「あすなろ」の語源については、ヒノキに似ているけれど材質としてはやや劣るので、〝明日はヒノキになろう〟というところからだとする説が有名。「檜」は「ひのき」と訓読みする漢字なので、「翌檜」もこの説に基づく書き表し方です。「羅漢柏（あすなろ）」という熟字訓もありますが、本来は中国語。ただ、アスナロは日本原産。中国語での「羅漢柏」は、もともとは〝ヒノキに似た樹木〟をまとめて表す名前だったかと思われます。以下は、中国語にも呼び名があるのに、日本で改めて熟字訓を作った例です。

⑥**海老**（和洋中を問わず、食材としてよく使われる甲殻類）

⑦**時鳥**（夏の風物詩として、和歌や俳句にもよくうたわれる鳥）

⑧**土筆**（春、煮物にするのが定番のシダ植物の仲間）

⑨ 鬼灯（実がオレンジ色の風船のような萼《がく》に包まれている植物）
⑩ 白膠木（晩夏、白い小さな花を密集して咲かせる、ウルシの仲間）

⑥「海老」は、もちろん「えび」。体が「つ」の字型に曲がっているようすを〝老人〟にたとえたもの。エビを表す漢字としては、中国語には「蝦（か）」があり、また、日本でも国字「蛯（えび）」を使えば一文字で書き表すことができます。

⑦「時鳥」は、「ほととぎす」。「杜鵑（ほととぎす）」「子規（ほととぎす）」「不如帰（ほととぎす）」といった熟字訓もありますが、これらはすべて、元は中国での呼び名。「時鳥」だけは和製の熟字訓で、〝夏がやってきたという時を知らせる鳥〟という意味合いでしょう。中国語にも「時鳥」ということばはありますが、〝その時々に応じて鳴く鳥〟という一般的な意味となります。

⑧「土筆」の読み方は、「つくし」。由来は、〝土の中から生えてくる筆のような形をした植物〟。ツクシは、中国語では「筆頭草」と書き表されます。中国語

での「土筆」は、〝白い土で穂を固めた筆〟を指します。

⑨「鬼灯」は、「ほおずき」と読みます。中国語での「鬼灯」は、いわゆる〝人魂《ひとだま》〟のこと。風船状になったオレンジ色の萼に実が包まれているホオズキの特徴を、日本では〝人魂〟にたとえて呼び名としたのでしょう。「酸漿（ほおずき）」という熟字訓もありますが、これは元は中国語。「漿」は、〝液体〟を表す漢字。実に〝酸っぱい液体〟が含まれているところからの命名です。

⑩「白膠木」の読み方は、「ぬるで」。「膠」は、「にかわ」と訓読みする漢字。ウルシと同じように樹液が白くぬるぬるしているので、それを接着剤に使われる〝にかわ〟にたとえて「白膠木」と書き表すようになったのでしょう。「ぬるで」の由来については、樹液が〝ぬるぬる〟しているからだとか、樹液を塗料として〝ぬる〟ところからだといった説があります。中国語では、「塩膚木」という名前が付いています。

9 日中異義の動植物熟語

交通手段がまだ発達していなかった時代には、中国大陸で実際に生息している動植物を日本人が目にすることはまれでした。そのため、漢字で書き表される動植物の名前の中には、何らかの理由で日本人が解釈を取り違えて、中国語とは別の動植物を指すようになったものがあります。

先に漢字一文字の国訓の例を紹介しましたが（202ページ）、ここでは、複数の漢字からできている熟語について、見てみましょう。

①芙蓉（夏に咲く、ピンクや白の大ぶりな花が愛される植物）
②栴檀（古くは「おうち」と呼ばれた、初夏に花を咲かせる樹木）
③石楠花（ひときわ大ぶりの花を咲かせる、ツツジの仲間）

④ 金鳳花（春、茎の先に小さな黄色い花を付ける草）

①「芙蓉」は、「ふよう」。中国語では、水の上に咲く〝ハスの花〟を指して使われます。

②「栴檀」の読み方は、「せんだん」。中国語ではビャクダン（白檀）という香木《こうぼく》のこと。ただし、日本語でも、〝すぐれた人物は幼いころからすぐれている〟ことを表す「栴檀は双葉より芳《かんば》し」ということわざに出て来る「栴檀」は、ビャクダンのことです。

③「石楠花」は、「しゃくなげ」と読む、呉音読み（80ページ）する熟語。中国語で指しているのは、オオカナメモチという植物です。

④「金鳳花」は、「きんぽうげ」。「花（け〈げ〉）」だけが呉音で、あとは漢音。中国語では、鮮やかなオレンジ色の花が特徴的なオウコチョウという熱帯性の植物を表しています。

以上の四つは、音読みで読む熟語。以下は、熟字訓で読む熟語です。

⑤ **土竜**（地中にトンネルを掘って暮らす哺乳類）
⑥ **沙魚**（初心者でも比較的釣りやすく、人気のある魚）
⑦ **辛夷**（早春に白い花を咲かせる樹木）
⑧ **満天星**（白く小さな花をたくさん咲かせる、ツツジの仲間）
⑨ **羚羊**（主に山岳地帯に生息する、ヤギの仲間）
⑩ **菖蒲**（カキツバタと見分けが付きにくいとされる植物）

⑤「土竜」の読み方は、「もぐら」。中国語では、〝長江に生息するワニの仲間〟を指して使われます。モグラは、中国語では「鼴鼠（音読みするなら「えんそ」）」という難しい漢字で書き表されます。
⑥「沙魚」は、「はぜ」。中国語ではサメを指して使われます。
⑦「辛夷」は、「こぶし」と読みます。中国語では、モクレンのことを言います。

ことです。

⑧「満天星」は、「どうだん」と読んでドウダンツツジを表します。一方、中国語での「満天星」は、シュッコンカスミソウという、いわゆるカスミソウのことです。

⑨「羚羊」は、日本語の熟字訓では「かもしか」と読みます。一方で、中国語ではアンテロープという一群の動物を指すので、日本語でも、その場合には「れいよう」と音読みして区別しています。

⑩「菖蒲」は、日本語の熟字訓では「あやめ」。しかし、中国語でこの漢字熟語が表しているのは、〝サトイモの仲間〟。日本語でも、「しょうぶ」と音読みした場合にはこの植物を指します。

「羚羊」や「菖蒲」は、熟字訓でも音読みでも読めて、読み方によって指す動植物が異なる、いわば両刀遣いの熟語です（177ページ）。

10 『万葉集』の動植物漢字を読んでみよう

以上に見てきたように、現代の日本語では、音訓や当て字・熟字訓などを駆使して、動植物の名前を漢字で書き表しています。では、漢字が日本に伝わってきた当初はどうだったのでしょうか？

ここでは、奈良時代にまとめられた『万葉集』で使われている動植物の漢字の中から、現在でも用いられることがあるものを見てみましょう。

① 蟋蟀（秋に涼しげな声で鳴く虫）
② 黄楊（櫛《くし》の材料として使われる樹木）
③ 萱草（悩みや憂いを忘れさせてくれるという草）
④ 百舌鳥（餌を枝に突き刺しておくことで有名な鳥）

①「蟋蟀」は、「こおろぎ」と読みます。これは、中国語の熟語に由来する熟字訓。ただし、当時の「こおろぎ」はキリギリスなども含んでいたようです。そのため、後には「蟋蟀」と書いて「きりぎりす」と読む熟字訓も登場することになります。

②「黄楊」は、「つげ」。これも、中国語に由来しています。「柘植（つげ）」は、後の時代に生まれた、和製の熟字訓です。

③「萱草」の読み方は、「わすれぐさ」。これも中国語に由来する熟字訓で、「萱」に「わすれる」という訓読みがあるわけではありません。現在の日本語では、音読みで「かんぞう」と読むこともありますが、同じ植物です。

④「百舌鳥」は、「もず」と読みます。これも、中国語に由来しています。「百舌」の二文字だけで「もず」と読むこともありますが、三文字の「百舌鳥」の場合は、読み方の方が漢字より文字数が少ない熟字訓となります。また、「もず」は、「鵙」や「鶪」の一文字で書き表すこともできるという、なんともフレ

キシブルな鳥の名前です。

『万葉集』では、ある同じ動植物の名前を、時には訓読みや熟字訓で書き表したり、時には万葉仮名で書き表したりしています。その二つの書き表し方を対照させながら見てみましょう。カッコ内が万葉仮名の例です。

⑤**鶯**（宇具比須など）　⑥**橘**（多知婆奈など）
⑦**芒**（為酢寸など）　⑧**年魚**（阿由など）
⑨**瞿麦**（奈泥之故など）　⑩**霍公鳥**（保等登芸須など）

⑤「鶯」は、「うぐいす」。万葉仮名で「比」が使われているのは、旧仮名遣いでは「うぐひす」だからです。
⑥「橘」は、「たちばな」と読みます。
⑦「芒」は、「すすき」。中国語としての「芒」にはススキを指す用法はなく、国訓です。万葉仮名で「為」を「す」と読んでいるのは、「為」の意味〝する〟

を表す古語「す」から。「寸」を「き」と読んでいるのは、当時の日本語で〝馬の背の高さを測る単位〟として使われる「き」ということばがあったのを、漢字の「寸」で書き表したところから。どちらも古い時代の訓読みです。なお、ここで挙げた万葉仮名の中では、「為酢寸」だけが訓読みを用いたもので、ほかはすべて音読みです。

⑧「年魚」の読み方は、「あゆ」。〝一年経つと生まれた川に戻ってきて産卵する〟ことに由来する、日本で作られた熟字訓です。なお、『万葉集』では「鮎(あゆ)」も使われていますが、中国語では「鮎」はナマズを表すので、これも国訓。おそらく、〝ある皇后がアユを使って戦いの結果を占った〟という言い伝えをもとに、日本人が国字のつもりで独自に生み出した「鮎」に対して、たまたま中国語で同じ形の漢字があったのでしょう。

⑨「瞿麦」は、「なでしこ」と読みます。中国語としての「瞿麦」は、ナデシコと似たセキチクを指すので、これは、日中異義の熟字訓。日本語でも、「くばく」と音読みで読んでセキチクを指すことがあります。ちなみに、『万葉集』で

は「撫子（なでしこ）」という書き表し方はまだ使われていません。
⑩「霍公鳥」は、「ほととぎす」。このころの「ほととぎす」には、ホトトギスだけではなくカッコウも含まれていました。「霍公」は音読みすると「かっこう」なので、カッコウの鳴き声に由来する日本語独自の熟字訓だと思われます。先に挙げた「時鳥」「杜鵑」などを紹介しましたが（228ページ）、この鳥の名前の書き表し方の多さには、驚かされます。なお、万葉仮名で「芸」を「ぎ」と読んでいるのは、漢音でも呉音でもありません。もっと古くに伝わった音読みに基づいているのではないかと思われます。

このように見てみると、日本人は『万葉集』の時代から、漢字一文字を訓読みするだけでなく、熟字訓をもよく用いていたことがわかります。しかも、①〜④で見たような中国由来のものだけではなく、⑧〜⑩のような独自の熟字訓も編み出しているのです。

熟字訓は、日本語を漢字で書き表そうとする試みのごく早い段階から採用されてきた、重要な方法なのだと言えるでしょう。

11 外来語の動植物を表す漢字

この章の最後に、動植物の名前を表す外来語のうち、漢字で書き表されるものを見ておきましょう。

第Ⅲ章の最初の方で取り上げたように、外来語を表す漢字には、その外来語の発音を漢字の音訓を使って表す〝読み当て字〟と（140ページ）、その外来語が指すものを漢字の意味を使って表す〝意味当て字〟があります（144ページ）。動植物の場合、中国で作られた〝意味当て字〟を熟字訓として読むものが目立ちます。

①海狸（木を使ってダムを造ることで有名な、水辺に住む哺乳類）
②海象（長い牙が印象的な、海に住む大型の哺乳類）
③金糸雀（鳴き声が美しいので、愛玩用として人気のある鳥）

④鳳梨（黄色くて甘い果肉がおいしい、トロピカル・フルーツ）
⑤茉莉花（濃厚な香りを放つ花を、煮出してお茶にする植物）

①「海狸」は、「ビーバー」と読みます。「狸」は「たぬき」と訓読みする漢字なので、タヌキに似た動物という意味合い。「海」が付いているのは、海辺にだけ生息していると誤解したものかと思われます。「ビーバー」は、英語からの外来語です。

②「海象」の読み方は、「セイウチ」。体の大きさと長い牙からゾウを連想した〝意味当て字〟でしょう。「セイウチ」は、元はロシア語です。

③「金糸雀」は、「カナリア」。代表的な色が黄色なので、それを〝金の糸で作られているようだ〟とたとえたものでしょうか。「カナリア」は、スペイン語に由来します。

④「鳳梨」は、「パイナップル」と読みます。「鳳」は、「おおとり」と訓読みする漢字で、〝偉大な王の時代に現れるという、伝説上の鳥〟。パイナップルの果

実の見た目の立派さを「鳳」にたとえ、ジューシーさを「梨」で表現したものでしょうか。「パイナップル」は、英語からの外来語です。

⑤「茉莉花」は、音読みでは「まつりか」ですが、熟字訓としては「ジャスミン」。ジャスミンはインドの原産で、梵語では「マリカー」と呼ばれました。それに中国で〝読み当て字〟をしたのが、「茉莉花」。一方、ペルシャ語での呼び名が英語経由で日本に伝わったのが、「ジャスミン」です。その二つが日本で結び付き、「茉莉花」を熟字訓として「ジャスミン」と読んでいるという次第です。

以上の五つは、いずれも元は中国語。外来語の動植物名を表す漢字のほとんどは、これらと同じく、中国での呼び名を熟字訓として外来語で読むものです。それに対して、漢字の音訓を使って外来語の発音を書き表した〝読み当て字〟は、少数派です。

⑥ **忽布**（ビールの原料として有名な植物）

⑦ **儒艮**（人魚の正体だと言われることがある、海に住む哺乳類）

⑧風信子（球根を水栽培することも多い、春を代表する洋花）

⑥「忽布」は、「ホップ」。ふつうに音読みすれば「こっぷ」ですので、「ホップ」と読ませるのは中国南部の方言によるものかと思われます。

⑦「儒艮」は、「ジュゴン」と読みます。「儒」の音読みは「じゅ」、「艮」の音読みは「こん」。マレー語でこの動物を指す「デューユン」が変化した「ジュゴン」に対して、おそらくは中国南部の方言で〝読み当て字〟をしたものです。

⑧「風信子」の読み方は、「ヒヤシンス」。オランダ語と英語が混ざったような外来語「ヒヤシンス」に対して、おそらく明治時代の日本で作られた当て字。「風」を「ヒヤ」と読ませるのには無理がありますが、「風信子」より前に「飛信子」という〝読み当て字〟もあったので、それを変化させたものでしょう。「風《ふう》信《しん》」とは、〝風のたより〟という意味のれっきとした熟語です。

最後に二つ、外来語ではなく日本のことばではありますが、アイヌ語に由来する動物名を表す漢字を挙げておきましょう。

⑨ 柳葉魚（卵をみごもった雌を、干物にして食べるのが定番の魚）
⑩ 猟虎（石を使って貝などを割って食べる、海に住む哺乳類）

⑨「柳葉魚」の読み方は、「ししゃも」。アイヌ語で〝柳の葉〟を意味する「スサム」が語源だと考えられていますから、それを漢字に翻訳した〝意味当て字〟。〝柳の葉のように細長い魚〟という意味合いでしょう。

⑩「猟虎」は、「らっこ」と読む、日本で作られた当て字です。ふつうに音読みすると「りょうこ」なので、響きにやや隔たりはありますが、〝読み当て字〟に分類しておきましょう。中国語では〝ラッコ〟のことを「海獺」と書き表すので、日本語でもこの二文字で「らっこ」と読むこともあります。この場合は、中国語に由来する熟字訓だということになります。前にも出てきましたが「獺」は、「かわうそ」と訓読みする漢字です。

第Ⅴ章

難読地名の世界を散策する

日本の地名には、初めて見る人には読み方が非常にわかりにくいものが少なくありません。動植物の名前と並ぶ難読漢字の宝庫だと言えるでしょう。難読地名では、音読みや訓読みがさまざまに変化して使われます。また、〝意味当て字〟的にその地名を表そうとしているものや、読み方も意味も超越した漢字の使い方をしているものもあります。いわば、究極の難読漢字の世界を見ることができるのです。

1

難しい漢字を使った地名

地名の中には、ほかではめったに見かけない、独特の漢字を用いたものがあります。そういう漢字は、いかにも難読だと感じられますよね。とはいえ、いわゆる〝難しい漢字〟を使った地名は、その漢字の読み方としては素直な音読みか訓読みのどちらかであることが多いものです。ここでは、そういった例を見てみることにしましょう。

① 大鰐（青森県の町）

② 嬬恋（群馬県の村）

③ 羽咋（石川県の市）

④ 菰野（三重県の町）

⑤ 長瀞（埼玉県の町）

⑥ 橿原（奈良県の市）

⑦ 橳島（群馬県前橋市内）

①「大鰐」は、「おおわに」と読みます。「鰐」は、大型の爬虫類、ワニを表す漢字。「わに」と読むのは訓読みです。

②「嬬恋」は、「つまごい」。「嬬」は〝妻〟を指す漢字なので、「つま」は訓読みです。

③「羽咋」は、「はくい」と読みます。「咋」には〝食べる〟という意味があり、「くう」と訓読みします。

④「菰野」の読み方は、「こもの」。「菰」は、マコモという植物を指す漢字。日本語で一般に「こも」と呼ぶので、それが訓読みとなっています。

⑤「長瀞」の読み方は、「ながとろ」。「静」は、「静」の旧字体。「瀞」は、中国語としては〝けがれのない〟という意味ですが、日本語では〝水の流れが静かなところ〟と解釈して、そんな場所を指す日本語「とろ」を国訓（35ページ）として用いています。

⑥「橿原」は、「かしはら」。中国語での「橿」はモチノキを表しますが、日本語ではカシノキを指して使います。「かし」と読むのは、国訓です。

⑦「𣗄島」は、「ぬでじま」と読みます。「𣗄」は、日本で独自に作られた国字（40ページ）。「ぬで」とは、「ぬるで」の省略形で、ヌルデの木のことです。

ここまではすべて、訓読みの地名。地名漢字の世界では、訓読みの方が優勢です。音読みはもともとは中国語で訓読みは日本語であることを思い返せば、日本の地名を書き表すのに音読みよりも訓読みがよく使われるのは、当然のことと言えましょう。

とはいえ、音読みで読む地名ももちろんあります。その中から、難しい漢字を使ったものを少し見ておきましょう。

⑧ 匝瑳（千葉県の市）　⑨ 邇摩（島根県にあった郡）

⑩ 琩瑶瑁（北海道根室市内）

⑧「匝瑳」は、「そうさ」と読みます。「匝」は、〝ぐるっと回る〟ことを表す漢字で、「そう」と読むのは音読み。「瑳」の方は、「切瑳琢磨《せっさたくま》（切磋琢磨）」とい

う四字熟語で使われるので、なじみがある人もいらっしゃるでしょう。

⑨「邇摩」は、「にま」。「邇」は〝近い〟という意味の漢字。「に」と読むのは音読みです。

⑩「珸瑤瑁」の読み方は、「ごようまい」。「珸」も「瑤」も「瑁」も、ある種の宝石に関係する意味を持つ漢字です。もともとはアイヌ語の地名なので、部首が共通する漢字をそろえて、音読みで〝読み当て字〟（140ページ）をしたものでしょう。

北海道の難読地名のほとんどは、アイヌ語に〝読み当て字〟をしたものです。とはいえ、それはアイヌ語に限らず日本語の難読地名についても言えることで、特に音読みの難読地名には〝読み当て字〟が多く、漢字にはさほど意味はないものがほとんどです。

2

やさしい読み方の意外な組み合わせ

一文字ずつ取り出せばごくふつうの漢字のごくありふれた読み方なのに、ほかではまず見かけない組み合わせの漢字になっている。——そんな例が多いのも、地名の漢字の特徴です。

そういう地名は、地元の人にとっては読めて当たり前。しかし、初めて見る人からすると、どう読めばいいのかとまどってしまうのです。

① 伊具（宮城県の郡）　② 入善（富山県の町）

③ 飯能（埼玉県の市）

① 「伊具」は、「いぐ」。「伊（い）」も「具（ぐ）」も、ふつうの音読みです。

② 「入善」は、音読みで「にゅうぜん」と読みます。

③「飯能」の読み方は、「はんのう」。これまた、どちらの漢字も音読みです。

以上のような地名を初見で自信を持って読める人は、あまりいないのではないでしょうか。

これらに対して、訓読みで読む地名の例としては、次のようなものがあります。

④射水（富山県の市）　⑤門真（大阪府の市）

⑥八女（福岡県の市）　⑦児湯（宮崎県の郡）

④「射水」は、「いみず」と読みます。「射る」と書いて「いる」と訓読みしますよね。

⑤「門真」の読み方は、「かどま」。「門」を「かど」と読むのは、「笑う門には福来たる」ということわざがあるように、れっきとした訓読みです。

⑥「八女」は、「やめ」。「や」は「八つ」の「や」。「め」は、「女神《めがみ》」「乙女《おとめ》」

の「め」。どちらも訓読みです。

⑦「児湯」は、「こゆ」と読みます。「児」は〝こども〟を意味する漢字。「こ」と訓読みして昔からよく使われてきました。

このほか、音読みと訓読みを混ぜて読む重箱読み・湯桶読み（125ページ）の形になっている地名もあります。

⑧竜飛（青森県にある岬）　**⑨野洲**（滋賀県の市）

⑩落雷（徳島県阿南市内）

⑧「竜飛」の読み方は、「たっぴ」。「竜（たつ）」は訓読み、「飛（ひ）」は音読みです。

⑨「野洲」は、「やす」。「野（や）」は音読み、「洲（す）」は訓読みです。

⑩「落雷」は、「らくらい」と音読みしたくなりますが、ここの地名では「おちらい」と湯桶読みをしています。

これらの地名の中には、きちんとした由来が伝えられているものもあります。たとえば、〝神様の子どもが使った産湯がある〟から「児湯」だというのがその例です。ただ、漢字の読み方から見る限りでは、意味はそっちのけで読み方だけを当てはめた〝読み当て字〟が多いのではないか、と思われます。

特に、漢字が日本で使われるようになるよりも前からあった古い地名では、漢字での書き表し方は、当然ながら後から考え出されたもの。その際、地名の由来にふさわしい意味を持つ漢字が選ばれることもあったでしょうが、いつもそううまくいくとは限りません。

古くからある地名であればあるほど、〝読み当て字〟である可能性が高いのです。

地名について考える際には、そのことを心に留めておくべきでしょう。

3

地名に残る特殊な訓読み

訓読みとは〝翻訳読み〟ですから（21ページ）、意味さえ間違っていなければさまざまな読み方が可能です。そこで、地名の漢字の見慣れない読み方の中にも、実は訓読みとしてきちんと位置づけられるものもあります。

また、現在では使われなくなった古語としての読み方も見られます。難読地名を掘り下げると、日本語の広がりが見えてくるのです。

①八街（千葉県の市）　②枚方（大阪府の市）
③宗像（福岡県の市）　④肝属（鹿児島県の郡）

①「八街」の読み方は、「やちまた」。「ちまた」とは、〝多くの人が行き来す

る場所〟。ふつうは「巷」と書いて、「巷のうわさ話」のように使います。「街」は、一般的には「まち」と訓読みする漢字ですが、「繁華街」「商店街」など、やはり〝多くの人が行き来する場所〟を表すので、「ちまた」と訓読みすることもできるのです。

②「枚方」は、「ひらかた」と読みます。「枚」は、言うまでもなく「まい」と音読みして、〝薄く広がるものを数えることば〟。一方、「ひら」も、「ひとひらの雲」のように、〝薄く広がるものを数えることば〟として使うことがあります。

③「宗像」の読み方は、「むなかた」。「画像」「銅像」のように使う「像」とは、〝何かの形を表現したもの〟。「形」を「かた」と訓読みすることもあるように、「かたち」と「かた」はほぼ同じ意味。というわけで、「像」を「かた」と訓読みしてもいいのです。

④「肝属」は、「きもつき」。「属する」とは、〝何かにくっついて存在している〟ということ。とすれば、「つく」「つき」と訓読みしてもおかしくはありません。ただ、この読み方はあまり一般的でないからか、現在では、郡の名前は「肝

属」でも、その中にある町の名前は「肝付」と書き表すようになっています。

⑤ **象潟**（秋田県にかほ市内）　⑥ **大甕**（茨城県日立市の駅）
⑦ **坂祝**（岐阜県の町）　⑧ **御調**（広島県尾道市内）

この四つは、古語に当たる訓読みを含む地名です。

⑤「象潟」は、「きさかた」と読みます。「きさ」は、動物のゾウを指す古語。野生のゾウは日本列島には生息していませんが、奈良時代のころには、珍獣として外国から輸入されることがあったようです。

⑥「大甕」は、「おおみか」。「甕」は、〝液体を入れるための大きな壺《つぼ》〟を指す漢字。ふつうは「かめ」と訓読みします。この〝かめ〟のことを、昔は「みか」と呼んだのでした。

⑦「坂祝」の読み方は、「さかほぎ」。古語では、〝お祝いを言う〟ことを「ほぐ」と表します。その活用形が、「ほぎ」。現在でも、ちょっと古めかしい言い方

で「ことほぐ」などと使うことがありますよね。

⑧「御調」は、「みつぎ」と読みます。これは、私たちが使う「貢ぎ物」という ことばの「みつぎ」と、由来は同じ。この場合の「つぎ」とは、〝税として差し出すもの〟を意味する古語です。一方、「調」にも、〝税として差し出すもの〟を指す用法があります。日本史の授業で、古代の税に「租《そ》」「庸《よう》」「調《ちょう》」の三種類があったと習った人もいるでしょう。あの「調」がそれです。

最後に、方言に由来する訓読みを含む地名を二つだけ挙げておきましょう。

⑨潮来（茨城県の市）　⑩西表（沖縄県竹富町内）

⑨「潮来」の読み方は、「いたこ」。この地域の方言では、満ち引きする〝潮〟のことを「いた」と言うそうです。

⑩「西表」は、「いりおもて」。西は〝太陽が入る〟方角なので、沖縄方言では〝西〟のことを「いり」と言います。

ここで取り上げたような特殊な訓読みは、実はよく知られた地名の中にも隠れています。

たとえば、「**足利**（あしかが。栃木県の市）」は、姓としても有名なので〝難読〟だとはまず感じられないでしょう。しかし、「利」を「かが」と読む理由をご存じでしょうか？　それは、「かが」とは〝利益〟を意味する古語だからです。

あるいは、「**鳴門**（なると。徳島県の市）」は渦潮で知られていますから、多くの人がごくふつうに読めてしまいます。では、この「門」を「と」と読むのはなぜでしょうか？　それは、もともと「と」とは〝出入り口〟を指す日本語だから。「戸」の訓読みとして使われるのはそのためで、「門」もその一種だと考えても間違いではないのです。

この二つの地名を難読だという人は、あまりいないことでしょう。つまり、漢字で書き表されるあることばを難読と感じるかどうかは、結局は、見慣れているかどうかに大きく影響されるもの。なじみのない漢字や読み方に接して難しいと感じるのは、当たり前なのです。難読地名は、そのことをよく表しています。

4

訓読みの変化は地名をも難しくする

難読漢字の中には訓読みの変化形が見られることは、第Ⅱ章でお話ししました（120ページ）。ある音が別の音に置き換わる音便《おんびん》や、ある音が省略されてしまう現象などです。

訓読みの変化は地名の漢字でも生じていて、難読地名が生じる原因の一つとなっています。具体的に見てみましょう。

①幸手（埼玉県の市）　②焼津（静岡県の市）
③富田林（大阪府の市）　④神島（岡山県笠岡市内）
⑤大任（福岡県の町）

①「幸手」は、「さって」と読みます。「幸」の訓読みが、「さち→さっ」と変

化していいます。「っ」に置き換わる音便、促《そく》音便の例です。

②「焼津」は、「やいづ」。「焼」の訓読みが「やき→やい」と変わる、イ音便の例です。

③「富田林」の読み方は、「とんだばやし」。ふつうには「とみ」と読む「富」を「とん」と読んでいます。「ん」に置き換わる音便は、撥《はつ》音便と呼ばれます。

④「神島」は、「かみしま」と読む地名もありますが、この地名では「こうのしま」と読みます。「神」の訓読み「かみ」がウ音便によって「かう」になり、さらに「かう（kau）→こう（kou）」と、連続する母音ａｕがｏｕへと変化しています。

⑤「大任」は、「おおとう」と読みます。これも、ウ音便が生じたあとに連続する母音が変化している例。「任」はふつうは「まかせる」と訓読みしますが、〝ある仕事を任せられる〟ところから〝ある仕事に耐えられる〟という意味にもなります。その「たえる」の古語が「たふ」。「任」を「とう」と読むのは、「たふ→たう（tau）→とう（tou）」と変化した結果です。

⑥石和（山梨県笛吹市内）　⑦尾鷲（三重県の市）
⑧小鎌（岡山県赤磐《あかいわ》市内）　⑨鏡島（岐阜県岐阜市内）
⑩若桜（鳥取県の町）

続く三つは、単独の母音が置き換わっている例です。
⑥「石和」は、「いしわ」ではなく「いさわ」と読みます。「いし（isi）」の終わりの母音・iがaに置き換えられて、「いさ（isa）」になっています。
⑦「尾鷲」は、「おわせ」。「鷲」の訓読み「わし（wasi）」の母音・iがeに置き換えられて、「わせ（wase）」と読まれています。
⑧「小鎌」は、「おがま」ではなくて「おがも」。「がま（gama）」の母音が置き換わって「がも（gamo）」になっています。
残りの二つは、音が省略されている例。訓読みの後半がなくなっています。
⑨「鏡島」は、「かがしま」と読みます。「かがみ」の「み」がありません。

ません。

⑩「若桜」は、「わかさ」。こちらは、「さくら」の「さ」だけしか読まれていません。

こういった難読地名について考える際に気をつけないといけないのは、これらも〝読み当て字〟かもしれない、ということです。

たとえば「石和」は、もともと「石和」と書いて「いしわ」と読む地名だったものが変化して「いさわ」になったのでしょうか。それとも、元から「いさわ」だったところに無理矢理「石和」と〝読み当て字〟したのでしょうか。どちらなのかは、よく調べないと判断できません。

地名の漢字には、常にこの両方の可能性があります。そのため、漢字の意味だけに注目してその由来を考えると、見当外れの結論を導き出してしまうことがあるのです。

5

複数の漢字をまとめて読む地名

「日向（ひゅうが。宮崎県の市）」は、「ひむか→ひうが→ひゅうが」と変化した読み方。「日」と「向」の読み方が一体となっていて、切り離すことはできません。また、複数の漢字をひとまとまりにして、全体の意味によってあることばを表す〝意味当て字〟（141ページ）のような地名もあります。こういった一体型の地名も、難読地名の一つのパターンです。

①手向（山形県鶴岡市内）
②石動（富山県小矢部《おやべ》市内）
③宍粟（兵庫県の市）
④塩飽（香川県にある諸島）
⑤穴太（滋賀県大津市内）

①「手向」は、「とうげ」と読みます。ふつうは「たむけ」と読むところを、「たむけ→たうげ（tauge）→とうげ（touge）」と変化したものでしょう。二つの漢字の読み方が結び付いた結果、母音が連続するａｕの形になり、それがｏｕに変わったという次第です。

②「石動」の読み方は、「いするぎ」。〝うごく〟ことは〝ゆらぐ〟こととほぼ同じ。そこで「ゆらぐ」の古語「ゆるぐ」を使い、「動」を「ゆるぎ」と訓読みして、「いしゆるぎ」。その「し」と「ゆ」がつながり「しゅ→す」と変わった結果、「いするぎ」と読むことになったのでしょう。

③「宍粟」は、「しそう」と読みます。「宍」は、「肉」の字形が崩れた漢字。古語で〝肉〟を「しし」と言うところから、「しし」と訓読みします。一方、「粟」は、穀物のアワを意味する漢字で、訓読みは「あわ」ですが旧仮名遣いでは「あは」となります。この二つを合わせて、「ししあは」というのが、「宍粟」の本来のものと思われる読み方。ここから、「ししあは→しさは→しさう→しそう」と変化しているという次第です。

④「塩飽」は、「しわく」。「飽」は、現在では「あきる」と訓読みしますが、古語では「あく」。そこで、「しおあく」の「お」と「あ」が溶け合って「しわく」となっています。

⑤「穴太」の読み方は、「あのう」。これは、ふつうに考えれば「あなふと」と読むべきところですが、最後の「と」が省略されて「あなふ」。それが「あなふ→あなう→あのう」と変化したものだろうと思われます。

残りの五つは、〝意味当て字〟的な地名です。

⑥**不来方**（岩手県盛岡市の旧称）　⑦**曲路**（岐阜県北方《きたがた》町内）

⑧**満水**（静岡県掛川市内）　⑨**特牛**（山口県下関市内）

⑩**英彦山**（福岡・大分県境の山）

⑥「不来方」は、「こずかた」。「不来」とは〝来ない〟という意味を表す中国語。日本語では「こず」とも翻訳できるので、「こず」の書き表し方として採用

しています。

⑦「曲路」は、「すじかい」と読みます。普通名詞としての「すじかい」とは、漢字で書けば「筋交い」で、〝柱や道などが交差したり、途中で大きく折れ曲がったりしている〟ことを表します。そこで、この地名では、〝曲がった路〟というところから「曲路」と書き表しているわけです。

⑧「満水」の読み方は、「たまり」。これは、〝水がたまる〟ことを〝水がいっぱいになる〟ことだと捉えて、「満水」という漢字二文字で書き表すことにしたものでしょう。

⑨「特牛」は、「こっとい」と読みます。〝重い荷物を運ぶ牛〟のことを指す「ことい」という古語がありました。それは〝特別な牛〟だからというわけで、〝意味当て字〟をしたのが「特牛」。この地名がその牛と関係があるかはわかりませんが、「こっとい」を書き表すのにその「特牛」を用いているというわけです。

⑩「英彦山」は、「ひこさん」と読みます。「彦」は、本来は〝すぐれた男性〟を指す漢字。訓読み「ひこ」は、その意味を表す古語です。ですから、「ひ

こさん」の「ひこ」を書き表すには、「彦」だけで十分。しかし、日本の地名では昔から、漢字二文字にするのが最も落ち着くと考えられてきました。そこで、〝すぐれている〟という意味がある「英」を、「彦」の上に重ねたのでしょう。「英彦」でも〝すぐれた男性〟という意味はさほど変わりません。

地名を漢字二文字にするのは実は根深い習慣です。平安時代には、地名はいい意味を持つ漢字二文字で書き表すようにとの国からのお達しが出たことがありました。その結果、大阪府南部の古い呼び方「いずみ」は、「泉」だけで十分なのに、わざわざ「和」という一文字を足して「和泉」と書かれるようになりました。

逆の例が、栃木県の古い呼び方「下野（しもつけ）」。これは、本来は「下毛野（しもつけの）」という地名でしたが、二文字にするために「毛」を省いてしまったのです。その後、読み方からは「の」の方が省略された結果、「野」を「け」と読むように見える難読地名となりました。

昔の日本人の漢字の使い方は、まことに融通無碍《ゆうずうむげ》。特に地名の漢字には、そのことがよく現れています。

6

一筋縄では読めない地名もある！

「飛鳥（あすか。奈良県内の地域名）」は、「飛ぶ鳥の」が地名「明日香（あすか）」の枕詞であるところから生まれた書き表し方。漢字の音訓や意味だけをどんなにいじくり回しても、読み方を導き出すことはできません。

難読地名で最も極端なものは、このタイプ。読み方を知らない人には読めっこないという、ほとほと困った地名です。

①及位（秋田県由利本荘市内）
②六合（群馬県中之条町内）
③千両（愛知県豊川市内）
④太秦（京都府京都市内）
⑤私市（大阪府交野《かたの》市内）
⑥国東（大分県の市）

①「及位」は、「のぞき」と読みます。なんでも、ここの近くの山の中で、見るのも怖ろしいような場所を〝のぞく〟修行をしたお坊さんが、出世して〝高い位に及んだ〟のだとか。本当かどうかはわかりませんが、おもしろい由来です。

②「六合」の読み方は、「くに」。中国の古い書物によれば、「六合」とは〝東西南北と天地の六つ〟のこと。そこから、〝この世界そのもの〟を指すようになり、また〝皇帝が支配する広大な世界〟をも表します。それを日本に置き換えると、〝天皇が支配する世界〟。それはつまり〝国〟だから、「くに」と読むというわけです。

③「千両」は、「ちぎり」と読みます。伝説によれば、このあたりで飼われていたある犬が蚕《かいこ》を食べたところ、その鼻の穴から何千両にもなる絹糸が出てきたので、「千両」という地名を付けたのだとか。漢字の由来がそうだとすると、読み方の「ちぎり」はおそらく〝はた織り機で絹糸を巻き取るための部品〟のことで、辞書では「ちきり」として載せているものではないでしょうか。これまたおもしろい由緒ですが、真偽のほどはわかりません。

④「太秦」は、「うずまさ」。「秦」は、音読みでは「しん」と読む、中国の昔の王朝の名前。訓読みでは「はた」と読み、昔の日本で、中国から渡ってきた人々のうち、〝はた織り〟の高い技術を持っていたグループの呼び名として使われました。地名の「太秦」は、その人たちが住んでいた場所。「太」は、〝立派な〟といった意味でしょう。それを「うずまさ」と読むのは、彼らが天皇から「うずまさ」という姓を戴いたから。その「うずまさ」は、彼らが天皇に献上した生糸が〝うずたかく重なっていた〟ことに由来するともいいますが、そのあたりははっきりしません。

⑤「私市」の読み方は、「きさいち」。これは、「きさきいち」の「き」が省略されたもの。「私」を「きさき」と読んでいるのは、〝お后《きさき》さま〟と過ごすのは天皇の〝私生活〟だから、ということのようです。

⑥「国東」は、「くにさき」。昔の〝豊後《ぶんご》の国（現在の大分県にほぼ相当）〟の〝東〟に突き出ている半島だからというのが、漢字の「国東」の由来。一方、「くにさき」という読み方は、昔、ある天皇がこの半島を見て「国の埼《さき》（陸地が突き

出した部分)」だと言ったところから生まれたと伝えられています。

以上のように伝説や天皇が関係するもののほかにも、さまざまな複雑な事情を抱える難読地名が存在しています。

⑦ 酒匂(神奈川県小田原市内)　⑧ 額塚(京都府福知山市内)
⑨ 安口(兵庫県丹波篠山市内)　⑩ 頴田(福岡県にあった町)

⑦「酒匂」は、「さかわ」と読みます。この「匂」は、おそらく「勾」が変化したもの。「勾」には、古代の装飾品「勾玉(まがたま)」で使われているように、〝輪のように丸く曲がる〟という意味があります。そこで「わ」と訓読みできるというわけです。

⑧「額塚」の読み方は、「すくもづか」。「すくも」とは、イネを脱穀したあとに残る〝もみがら〟や〝もみぬか〟のこと。それを、「額」で書き表すのは不思議ですが、「額」には「額《ぬか》ずく」のように「ぬか」という訓読みがあります。そ

こで、「もみぬか」の「ぬか」を仲立ちにして、「すくも」を書き表すのに使ったのではないでしょうか。

⑨「安口」は、「はだかす」と読みます。この地名があるあたりにはオオサンショウウオが生息していて、方言で「あんこう」とか「はだかす」とか呼んでいたようです。そこで、「あんこう」の方には単純に「安口」という〝読み当て字〟をしたところ、やがて「はだかす」の方にそれが〝意味当て字〟として転用されて、同じ漢字で書き表されるようになったものと思われます。

⑩「頴田」の読み方は、「かいた」。「頴」は、「示」のところを「禾」にした「穎」と書くのが、本来の形。「禾（のぎ）」とは〝イネなどの穂先〟を指す漢字で、「穎」にも〝植物の芽〟という意味があります。そこで、いわゆるカイワレダイコンの「かいわれ」を、〝貝が割れたような形の芽を出している〟からという理由で、「頴割れ」と書くことがあります。「頴」は〝貝〟とは全く無縁なのですが、ここから「かい」という読み方が導き出されて、「頴田」と書いて「かいた」と読むことになったのでしょう。

7

地名に残る古い音読み

ここで音読みに話を移しますと、県名の「奈良（なら）」では、なぜ「良」を「ら」と読むのでしょうか？ それは、「良」の呉音（80ページ）に「ろう」があり、その旧仮名遣いが「らう」だからです。

このように、地名の音読みでは、呉音や旧仮名遣いとの関係から、ふつうとは異なる読み方がされることがあります。難読地名を掘り下げると、日本語と漢字の関係の長い歴史を感じることができるのです。

① 邑智（島根県の郡）　② 宿毛（高知県の市）
③ 球磨（熊本県の村）　④ 駅館川（大分県を流れる川）

①「邑智」は、「おおち」と読みます。「邑」は、〝人が集まって住んでいると

ころ〟を表す漢字で、訓読みでは「むら」、音読みではふつう漢音で「ゆう」と読みます。しかし、呉音だと「おう」。「邑智」を「おおち」と読むのは、それに由来しています。

②「宿毛」の読み方は、「すくも」。私たちは「宿」を「しゅく」と音読みしていますが、これは漢音。呉音だと「すく」となります。

③「球磨」は、「くま」。「球」を「きゅう」と読むのは漢音。「く」は呉音の一種です。

④「駅館川」は、「やっかんがわ」と読みます。「駅」は、漢音では「えき」、呉音では「やく」と読む漢字です。

ところで、「宿毛」で「毛」を「も」と読んでいるのは、音読み「もう」の「う」が省略されたもの。「奈良」の「良」でも、呉音の旧仮名遣い「らう」の「う」が省略されています。音読みの地名では、このようにおしまいの音が省略される例が目立ちます。この〝末尾省略型〟ともいうべき音読みに旧仮名遣いが絡むと、私たちの知っている基本の音読みとはだいぶ違う、難読地名になります。

⑤芳賀（栃木県の郡）　⑥揖斐（岐阜県の郡）
⑦養父（兵庫県の市）

⑤「芳賀」の読み方は、「はが」。「芳」の音読みは「ほう」ですが、旧仮名遣いでは「はう」。そこで、「はうが→はが」と変化したのだと考えると、よくわかります。

⑥「揖斐」は、「いび」と読みます。「揖」とは、〝両手を胸の前で組み合わせて行う、中国式のおじぎ〟を表す漢字。音読みでは「ゆう」と読みますが、旧仮名遣いでは「いふ」となります。一方の「斐」は、〝模様が美しい〟ことを意味する漢字で、「ひ」と音読みします。そこで、「いふひ→いうひ→いび」という変化を考えると、「揖斐」を「いび」と読むのにも納得がいくでしょう。

⑦「養父」は、一般名詞としては「ようふ」ですが、この地名では「やぶ」。「養」の音読み「よう」は、旧仮名では「やう」なので、「やうふ→やぶ」と変化

しているわけです。

音読みの地名で〝末尾省略型〟になるのは、「う」で終わる場合だけではありません。

⑧ 郡上（岐阜県の市）　⑨ 甘楽（群馬県の郡）

⑩ 国府津（神奈川県小田原市内）

⑧「郡上」は、「ぐんじょう」ではなくて「ぐじょう」と読みます。「郡」の音読み「ぐん」の「ん」が省略されています。

⑨「甘楽」は、「かんらく」と読みたいところですが、「かんら」。「楽」の音読み「らく」の「く」を、読まずに済ませているわけです。

⑩「国府津」の読み方は、「こうづ」。「国府」は、ふつうに音読みすると「こくふ」となりますが、この「く」が省略されて「こふ」となり、それがさらに変化して「こう」となった結果、「国府津」を「こうづ」と読んでいる、という次

第です。

〝末尾省略型〟の音読みは、実は、万葉仮名によく見られる漢字の使い方です。前章（236ページ）でちょっと見た万葉仮名とは、ひらがなやカタカナが生み出されるより前の時代に、漢字だけで日本語の文章を書き表すために使われた方法。細かく見るといろいろなタイプがあるのですが、代表的なのは、日本語の「あ」「い」「う」などなどの音それぞれに、漢字の音読みを当てはめるものです。

しかし、音読みは必ず一音になるとは限りません。「安」を「あん」と読むように、二音以上になることがあります。それを日本語の一音に当てはめようとするので、「ん」を読まずに済ませてしまうことになるのです。

そう考えると、〝末尾省略型〟の音読みをする地名には、日本人が自分たちのことばを文字で書き表そうとした、その最初のころの努力の跡が残されている、と言うことができます。そして、前に見た「鏡島」や「若桜」のような訓読みの後半が省略される例（261ページ）も、こういう音読みの使い方の影響のもとに生まれてきたものかと思われます。

8 この地名の音読みはひと味違う？

地名の漢字の中には、末尾がふつうとは異なる音になっているものがあります。たとえば、「信濃（しなの。長野県の古い呼び方）」の「信」は、ふつうに音読みすれば「しん（sin）」ですが、最後に母音aを付け足して「しな（sina）」と読んでいます。

ここでは、こういった現象が生じている難読地名について見てみましょう。

① 員弁（三重県の郡）　② 乙訓（京都府の郡）

③ 奄美（鹿児島県の市）　④ 安曇野（長野県の市）

①「員弁」は、「いなべ」と読みます。この地名の場合、「員」の音読みが「い

ん（in）」ではなくて「いな（ina）」。子音nで終わるところに母音aがくっついているわけです。なお、「弁」を「べ」と読むのは、つい先ほど取り上げた〝末尾省略型〟の音読みです。

②「乙訓」の読み方は、「おとくに」。「乙女《おとめ》」「乙姫《おとひめ》」のように、「乙」には「おと」という訓読みがあります。一方、「訓」のふつうの音読みは「くん（kun）」ですが、ここでは「くに（kuni）」。nで終わるところにiが付け加えられた形です。

このように母音を付け加えるのは、万葉仮名にも見られる漢字の古い読み方。もともと、昔の日本語には「ん」という音はありませんでした。そこで、日本人はnという子音で終わる中国語の発音に、何か母音を付け加えないと落ち着かなかったのです。日本語の「ん」は、後の時代になって、中国語の発音に影響されて生み出された音です。

③「奄美」は、「あまみ」。「奄」は「あん」と音読みする漢字ですが、昔の中国語では「am」のようにmという子音で終わる発音でした。日本語にはそんな

音はありませんから、aを付け加えて「あま（ama）」と読んだという次第。日本語に「ん」が誕生すると、この種の音読みも「ん」で終わる形へと吸収されていくことになります。

④「安曇野」は、「あづみの」と読みます。「安」を「あ」と読むのは〝末尾省略型〟。「曇」の音読みは「どん」ですが、これまた、昔の中国語では「dom」のような発音でした。そこでiを付け加えて「どみ（domi）」。それが「づみ」へと変化した結果、「安曇野」を「あづみの」と読んでいるのだと考えられます。ところで、昔の中国語にはkという子音で終わる発音もありました。これも日本語には存在しないので、uやiを付け加えて受け入れられていきます。ちょうど英語の「ink」が「インク（inku）」「インキ（inki）」という外来語になったのと同じことです。ただ、時にはほかの母音が付け加えられることもありました。

⑤**葛飾**（東京都の区）　⑥**安宅**（石川県小松市内）

⑦**信楽**（滋賀県甲賀市内）

⑤「葛飾」は、「かつしか」。「葛」を「かつ」と読むのは、音読み。「飾」を「しか」と読むのは難読ですが、「飾」の呉音は「しき（siki）」。その最後の母音iの代わりにaを用いて、「しか（sika）」と読むのだと考えられます。

⑥「安宅」の読み方は、「あたか」。「宅」を「たく（taku）」と音読みするところが、「たか（taka）」に。やはり、最後の母音がuではなくaになっています。

⑦「信楽」は、「しがらき」と読みます。このうちの「楽」は、「らく（raku）」のuの代わりにiを使って「らき（raki）」となっている例。「信」の方はちょっと特殊で、実は中国語では「sing」のような、ngで終わる発音。そのgだけが残り、そこにaが付け加わって、「しが（siga）」と読んでいるのだと考えられます。

中国語には日本語には存在しない発音がたくさんあるため、それを音読みとして受け入れていくにあたっては、さまざまな工夫が必要でした。その一端が、これらの地名には現れているのです。

地名に見られる変化系の音読みとして、もう一つ、ナ行の音がラ行の音に変化している例を取り上げておきましょう。

⑧駿河（静岡県東部の昔の呼び名）　⑨敦賀（福井県の市）

⑩平群（奈良県の町）

⑧「駿河」は、「するが」。「駿」の音読みは「しゅん」ですが、それが「すん」となり、末尾にuが付け加わって「すぬ」、それがさらに変化して「する」となっています。

⑨「敦賀」の読み方は、「つるが」。「敦」は「とん」と音読みしますが、それが「つん」となり、「つん→つぬ→つる」と変わったものと考えられます。

⑩「平群」は、「へぐり」と読みます。これも、「群」の音読みが「ぐん→ぐに→ぐり」と変化したものかと思われます。

なお、このナ行からラ行への変化は、訓読みの地名にも時折、見られることがあります。「小谷（おたり。長野県の村）」がその例です。

9

平安時代の難読地名を読んでみよう

ここまでに見てきたように、難読地名の世界では、あちこちで古い日本語に出会います。地名とは、長い歴史の中で、そこに住む人々が大切に守り、受け継いできたものだからです。

そこで、平安時代にはどんな地名がどんな漢字で書かれていたのか、その一端を覗いてみることにいたしましょう。取り上げるのは、一〇世紀の前半に作られた、『和名類聚抄《わみょうるいじゅしょう》』という辞書に載っている地名です。

①鐙刀（現在の秋田県内）

②滑田（現在の群馬県内）

③夷灊（現在の千葉県内）

④愛甲（現在の神奈川県内）

⑤息津（現在の静岡県内）

①「鎰刀」は、「かぎのたち」と読みます。「鎰」は、国訓で「かぎ」と読む漢字。「益（「益」の旧字体）」は呉音で「やく」と読むので、〝かぎ〟を意味する「鑰（やく）」の略字のように用いたものでしょう。一方、「たち」とは〝大ぶりの刀〟のことなので、「刀」を「たち」と訓読みしても的外れではありません。この地名は、現在の仙北市内の「角館（かくのだて）」に当たるのではないか、と言われています。

②「渭田」の読み方は、「ぬまた」。「渭」は、中国語ではある川の名前に使われる漢字。まわりの土地を潤すところから、これまた国訓として「ぬま」と読んでいるのでしょう。現在では「沼田（ぬまた）市」に受け継がれています。

③「夷灊」は、「いすみ」と読みます。「夷」は〝異民族〟を指す漢字で、音読みは「い」。「灊」は泣きたいぐらい難しい漢字ですが、「せん」と音読みして、中国の川の名前として使われます。ただ、昔の中国語では「sem」のような発音だったので、母音・iを付け加えて「せみ（semi）」となり、それが「すみ」

へと変化したものでしょう。現在の千葉県にも、「夷隅（いすみ）郡」や、ひらがなで書く「いすみ市」があります。

④「愛甲」は、「あゆかは」。「あゆ」は、「愛」の音読み「あい」が変化したもの。「かは」については、「甲」の音読み「こう」が旧仮名遣いでは「かふ（kahu）」なので、そのuの代わりにaが使われて「かは（kaha）」となったものと思われます。このように、旧仮名遣いで「ふ」で終わる音読みも、末尾の母音が違うものになる場合があります。なお、現在の神奈川県にも、ふつうに音読みされる「愛甲（あいこう）郡」があり、その中に読み方がやや変化した「愛川（あいかわ）町」があります。

⑤「息津」の読み方は、「おきつ」。「おき」とは、〝息〟を表す古語です。現在でも、静岡市内に「興津（おきつ）」という地名があります。

⑥児屋（現在の兵庫県内）

⑦意宇（現在の島根県内）

⑧香美（現在の高知県内）

⑨京都（現在の福岡県内）

⑩ 給黎（現在の鹿児島県内）

⑥「児屋」は、「こや」。何の変哲もない訓読みですが、現在では、これが伊丹市内の「**昆陽**（こや）」という難読地名になっているのが、おもしろいところ。「昆陽」は、音読みすれば「こんよう」のところ、旧仮名遣いでは「こんやう」で、それぞれを〝末尾省略型〟にして「こや」と読ませています。

⑦「意宇」は、「おう」と読みます。「意」を「お」と読むのは、呉音よりもさらに古い時代に伝わった中国語の発音に基づく、と考えられています。現在では、漢字はそのままにふつうに音読みする、「**意宇**（いう）町」が松江市内に残っています。

⑧「香美」の読み方は、「かがみ」。「香」の音読み「こう」は、旧仮名遣いでは「かう」。さらに中国語に戻ると「kang」のような発音なので、その ng の g だけを残して母音 a を付け加えると、「かが（kaga）」になるわけです。現在でも高知県に、漢字はそのままに湯桶読みする「**香美**（かみ）市」があります。

⑨「京都」は、「きょうと」ではなく「みやこ」と読みます。「京都」とは、一般名詞としては「けいと」と音読みして〝みやこ〟を表しますので、二文字合わせて熟字訓として「みやこ」と読めるという次第。現在でも、福岡県に「京都（みやこ）郡」がありますし、その中にはひらがなの「みやこ町」があります。

⑩「給黎」の読み方は、「きいれ」。「黎」の方は、〝夜明け〟を意味する「**黎明**（れいめい）」という熟語があるように、「れい」と音読みする漢字。〝末尾省略型〟で「れ」と読めます。一方、「給」の音読み「きゅう」は、旧仮名遣いでは「きふ（kihu）」。その子音uがiに変わって「きひ（kihi）」。さらに「きひ→きい」となったのでしょう。現在でも鹿児島市内に、重箱読みで読む「**喜入**（きいれ）町」があります。

このように見てくると、私たちが難読だと感じている地名の多くのパターンが、平安時代の地名にも出て来ることがわかりますよね。それがそのまま引き継がれたり、簡単な漢字に置き換えられたり、読み方の方が簡単なものに変わったり。そうやって移り変わっていくところも、地名の漢字のおもしろい点の一つです。

10

外国の地名を表す漢字

最後に、外国の地名を表す漢字についても触れておきましょう。そのほとんどは、中国で作られた〝読み当て字〟。現代の中国語の発音に基づいていることが多いので、私たちの音読みの知識ではなかなか読むことができません。

「英吉利（イギリス）」「仏蘭西（フランス）」などの国名は有名ですから、ここでは、都市名を表す漢字に限って取り上げることにいたします。

①紐育（アメリカの都市）
②維納（オーストリアの都市）
③雅典（ギリシャの都市）
④雪特尼（オーストラリアの都市）
⑤晩香坡（カナダの都市）
⑥浦塩斯徳（ロシアの都市）

①「紐育」は、「ニューヨーク」。「紐」は、「ひも」と訓読みする漢字で、音読みは「ちゅう」です。現代中国語の北京語では「紐育」は「ニュユェ」といった感じの発音。ただ、広東語での「紐育」は「New York」にもう少し近い発音になるようです。

②「維納」の読み方は、「ウィーン」。この当て字は、ドイツ語「Wien（ヴィーン）」ではなく、英語「Vienna（ヴィエナ）」に由来するものでしょう。「維納」を北京語で読むと、「ウェイナ」のような発音です。

③「雅典」は、「アテネ」と読みます。これも、英語「Athens（アセンズ）」に対する当て字かと思われますが、日本語の音読み「がてん」とも、北京語「ヤディエン」ともだいぶ異なります。広東語「ガディン」の方が近そうです。

④「雪特尼」は、「シドニー」。これを音読みで読んでも「せつとくに」にしかなりませんが、北京語ならば「シュエタニイ」のような読み方。現在の中国語では、シドニーのことをふつうは「悉尼」と書き表しますが、「雪特尼」も中国

生まれの当て字でしょう。
⑤「晩香坡」は、「バンクーバー」。音読みでは「ばんこうば」になります。現在の中国語では、バンクーバーは「温哥華」という漢字で書き表すので、「晩香坡」は日本で作られた〝読み当て字〟かと思われます。
⑥「浦塩斯徳」は、「ウラジオストック」。これは明らかに日本生まれの当て字。なぜなら、「浦塩」を「うらじお」と読むのは訓読みだから。外国地名の当て字に訓読みを用いている、珍しい例です。
以上のように、外国地名の漢字は〝読み当て字〟が基本。〝意味当て字〟はごくわずかしか見られませんが、次のような例があります。

⑦ 聖林（アメリカの都市）　⑧ 牛津（イギリスの都市）
⑨ 寿府（スイスの都市）　⑩ 漢堡（ドイツの都市）

⑦「聖林」は、「ハリウッド」。英語「Holly Wood（ハリウッド）」は、〝ヒイ

ラギの森〟という意味。それを「Holy Wood」つまり〝聖なる森〟と勘違いして漢字で表現した〝意味当て字〟です。「森」は、本来は〝木が生い茂っているようす〟を指す漢字で、「もり」と読んで〝木がたくさん茂っている場所〟を指すのは国訓。〝木がたくさん茂っている場所〟は、中国語では「林」で表します。

⑧「牛津」は、「オックスフォード」と読みます。英語「Oxford」は「ox（雄牛）」と「ford（歩いて渡れるくらいの浅瀬）」に分解できます。それに〝意味当て字〟をしたのが「牛津」。「津」には、〝渡し場〟という意味があります。

⑨「寿府」の読み方は、「ジュネーブ」。最初の「ジュ」を、「寿」の音読み「じゅ」で表し、それに〝大きな町〟を意味する「府」を組み合わせた、おそらく日本で生まれた書き表し方です。「府」には「ブ」も響かせていて、意味と読みを兼ねた当て字となっています。

⑩「漢堡」は、「ハンブルク」。「漢」は北京語では「ハン」のように発音されるので、中国で作られた当て字でしょう。「堡」は、〝とりで〟を表す漢字で、音読みは「ほ」、現代中国語では「バオ」のような発音。ドイツ語の「burg（ブル

ク)」は〝城〟という意味なので、これまた意味と読みを兼ね合わせた当て字だと言えるでしょう。

外国地名を表す当て字については、気をつけたいことが二つあります。

一つ目は、ある地名を表す当て字は一種類とは限らない、ということ。たとえば「ロンドン」は、昔は「竜動」「竜頓」「英京」など、いろいろな書き表し方がされていました。有名な「倫敦」も、その一例にすぎません。

二つ目は、中国語では、ひらがなやカタカナのような表音文字がないところから、すべての外国地名は漢字で書き表される、ということ。それに日本語でのその土地の呼び方を当てはめれば、難読地名がいくらでもできてしまうのです。しかし、それが日本語でどれくらい使われたことがあるものなのかは、きちんと検証しないといけないでしょう。

私たちは、中国で作り出された漢字を借りてきて、日本語を書き表すために使っています。そのため、日本語の漢字の世界では中国語と日本語が複雑に入り組んで存在しています。外国地名を表す漢字には、そのことがよく現れているのです。

おわりに

漢字がいつごろ生まれたのかは、さだかではありません。ただ、紀元前一三〇〇年ごろの中国北部、黄河の中流域では、すでに漢字が用いられていたことがわかっています。

中国語を書き表す文字としての漢字は、〝表語文字〟といって、一つの文字が一つの単語に対応しているという特色があります。つまり、単語の数＝漢字の数となるわけですから、非常に多くの漢字が必要となります。とはいえ、中にはよく使われる単語＝漢字もあれば、めったに使われない単語＝漢字もあります。よく使われるものは自然と身につきますが、めったに使われないものはなかなか使いこなせるようにはなりません。ここに、読み方が難しく感じられる〝難読漢字〟が生まれて来る第一の要因があるわけです。

さて、漢字が日本列島にいつごろ伝えられたのかは、答えるのが難しい問題です。ただ、四世紀ごろに造られた古墳から、漢字を使って日本語を書き表した出土物が見つかっていますので、日本列島で漢字が本格的に使われるようになったのはおおむねそのころだ、と考えていいでしょう。

日本列島で暮らしていた人々が漢字に初めて接したとき、その漢字には当然ながら中国語としての発音しかありませんでした。それが日本語風に変化したのが、音読みです。ところが、音読みの元になった中国語の発音には時代や地域によって違いがあったことから、一つの漢字に対して呉音・漢音・唐音といった複数の音読みが生まれることになりました。となると、よく使われる音読みとそうでない音読みが出てくるわけで、漢字そのものはよく用いられるものであっても、めったにめぐり合わない音読みで読まれる場合には、それは〝難読漢字〟だということになるのです。

一方、音読みとは元は中国語ですから、日本語しか解さない人に対しては、それだけでは意味はなかなか伝わりません。そこで、漢字の意味を日本語に翻訳して読むという方法が考え出されました。訓読みの誕生です。これ以降、日本語を書き表す文字としての漢字は、中国語の単語からは離れ、一つ一つが意味を表すという側面が強くなります。〝表意文字〟といわれるゆえんです。

訓読みの誕生により、漢字は、日本人にとって格段に使いやすいものとなりました。ただ、訓読みとは一種の翻訳ですから、意味さえ間違っていなければさまざまな読み方が可能です。その結果、一つの漢字がいくつもの訓読みで読まれるようになります。ここでもまた、めったに用いられない訓読みが〝難読漢字〟だと感じられるのは、ごくごく当然の成り行きだといえるでしょう。そういった訓読みの中に古い時代の日本語が保存されて、化石のように現在まで残っていることもあります。

さて、音読みと訓読みを手に入れた日本人は、漢字を自分たちのことばを書き表す文字として、どんどん使いこなしていきます。その中から、中国語にはない意味で漢字を使う国訓が生まれ、さらには、中国語としては存在しないけれど漢字と同じように用いられる、国字と呼ばれる文字が作り出されました。

国訓や国字の中には、現在でも日常的によく使われるものもありますが、そうでないものもあります。ここにもまた、たくさんの〝難読漢字〟が存在しているのです。

漢字は、単独で用いられるだけではありません。複数の漢字が結びついた熟語の形でも使われます。その場合、たとえば二文字の熟語でいえば、一文字目を音読みで読めば二文字目も音読みで読み、一文字目を訓読みで読めば二文字目も訓読みで読むのが原則です。音読みはもともとは中国語で、訓読みは元からの日本語ですから、ごちゃ混ぜにすると落ち着かないはずだからです。

しかし、やがて、音読みはもともとは中国語であるという意識が薄れてくると、音訓をごちゃ混ぜにして読むことへの抵抗が少なくなり、重箱読みや湯桶読みといった読み方がなされるようになります。こういう変則的な読み方も、場合によっては〝難読漢字〟だと感じられることでしょう。

また、訓読みの方法を熟語に適用することも行われるようになります。中国語としての熟語を、個々の漢字の読み方は無視して、まるごと日本語に翻訳して読んでしまう、熟字訓です。この方法に慣れてくると、今度は逆に、日本語のあることばが指す内容を漢字の意味を使って熟語の形で表現して、個々の漢字の音訓とは関係なく熟語全体をそのことばとして読んでしまうという、日本語独自の熟字訓が登場することになりました。どちらの熟字訓の場合も、一つ一つの漢字の音読みや訓読みをいくらこねくり回しても、正しい読み方にたどり着くことはけっしてできません。熟字訓は〝難読漢字〟の王様だといえるでしょう。

これとは別に、個々の漢字の意味は無視して、音訓だけを取り出して漢字を使う方法も考え出されました。最もわかりやすいのはヨーロッパのことばなどの外来語を書き表す場合ですが、本来は漢字で書き表す必要のない日本語の単語にもこの方法が適用されることがあり、さまざまな当て字を生み出して来たのです。

こうやって生み出されてきた〝難読漢字〟は日本語のあちこちに見られますが、動植物の名前を表す漢字には、特に多く見受けられます。それらの中には、同じ漢字を用いながら、日本語と中国語では指すものが異なるものも、数多く含まれています。

また、日本の地名を表す漢字にも〝難読漢字〟がたくさんありますが、この世界ではさらに進んで、読み方とも意味とも直接のつながりがない、一筋縄では読めない〝難読漢字〟に出会うこともあります。また、音読みの末尾を省略したり、新たに母音を付け加えたりといった、日本人が漢字を使って日本語を書き表そうとし始めたころに試みた、さまざまな努力の跡を見ることもできるのです。

* * *

私が本書で意図したのは、読者のみなさんに、難読漢字という一本一本の〝木〟を眺めることを通じて、以上のような漢字の〝森〟の全体像に触れていただくことでした。それは、一つ一つの難読漢字は漢字と日本語が織りなす長い歴史の中から生まれて来たものだ、と感じていただくことにほかなりません。

どんなことばにも、長い歴史があります。しかし、アルファベットに代表される表音文字で書き表されることばは、発音が変化すればつづりも変わってしまい、その歴史をたどることが難しくなります。

その点、漢字は表語文字であったり表意文字であったりするので、発音の変化には影響されにくく、歴史がたどりやすいという特質があります。考えてみれば、千何百年も前の人が書いた文字を現代に生きる私たちが目にして、それが自分たちが使っているのと同じ漢字であると認識でき、曲がりなりにも意味をくみ取ることができるというだけでも、すごいことではありませんか。

「漢字は奥深い」という言い方は、しばしば曖昧に用いられるので、私はあまり好きではありません。しかし、私は、そういうふうに軽々と時空を超えられるところに、「漢字の奥深さ」を感じます。そのことを、本書のタイトルでは「奥義」というちょっとおおげさなことばを使って表現してみたのでした。

とはいえ、私はもともと、漢字に特別に強い興味を抱いていたわけではありません。出版社で漢和辞典の編集担当となったことをきっかけに、先輩編集者や辞書の編者の先生からいろいろな啓発を受け、偉大な研究者の先生方がお書きになった書物を読んで勉強しているうちに、漢字と日本語が織りなす歴史に、強い魅力を感じるようになったのです。

そういった書籍はいわゆる学術書なので、世間にあふれている大人向けの漢字ドリルや、難読漢字を取り扱った本に比べると、読むのにはるかに骨が折れます。その一方で、世の中には、かつての私などよりずっと漢字が好きだという人がたくさんいらして、漢字能力検定のために日々勉強したり、難読漢字をクイズのように楽しんだりしていらっしゃいます。そういう方々に向けて、難読漢字をちょっと掘り下げると見えてくる、ひと味違った魅力にあふれた漢字の世界をお伝えするような本を作れないものだろうか……。

そんな思いから、本書では、学術的な用語の使用はできるだけ避け、平淡で親しみやすい語り口を採用し、時には思い切って単純化した説明を試みるなど、学術書には手が伸びにくい方でも気軽にお読みいただけるような工夫を心がけました。それがはたしてどれだけ中身のある書物として結実しているのかは、書き終えた直後の当人には測りかねます。ただ、本書をお読みになった方々が、これまでとはちょっと違う目で漢字を眺めてくださるようなことがあれば、望外の喜びです。

*　　*　　*

この本の構想そのものは、もう十年以上も前から抱いていたものです。しかし、実際に取り組むとなると、数ある難読漢字を整理して分類し、一冊の書物の流れにしたがって選び出して配列する作業のたいへんさが予想されて、なかなか手を出せないでおりました。

しかし、コロナ禍がきっかけで状況が変わりました。二〇二〇年の春、予定していたほとんどの仕事がキャンセルになる中で、長年の懸案に取り組んでみる余裕ができたのです。

基礎的な資料作りを終え、目次立てや取り扱う難読漢字がだいたい見えてきたところで、草思社の木谷さんとフリー編集者の相内さんにご相談したところ、スピーディーにOKをいただきました。お二方には以前、『雨かんむり漢字読本』でお世話になり、その後もそれに続く本のお話をいただいていたのですが、私の力不足でなかなか実現させることができないでいました。本書を出版にまで漕ぎ着けることができたのは、お二方が私に辛抱強くお付き合いくださったお陰です。心より感謝を申し上げます。

また、本書が世に出るまでには、校正者やデザイナーの方々、販売や宣伝に携わってくださる方々、そして出版流通や書店で働いていらっしゃる方々などなど、多くの方に手助けをしていただきます。合わせてお礼を申し上げて、結びといたします。

二〇二〇年の師走、新型コロナ第三波まっただ中の夕暮れ時に

円満字　二郎

【文学作品からの用例の出典一覧】

第Ⅰ章7　三島由紀夫『潮騒』（新潮文庫、一九八八年五月二十五日、九十刷）
第Ⅰ章13　芥川龍之介『芋粥』（ちくま文庫『芥川龍之介全集1』一九八八年七月八日、第六刷）
第Ⅱ章11　森鷗外『雁』（ちくま文庫『雁 阿部一族』一九九五年九月二十一日、第一刷）
第Ⅲ章3　夏目漱石『三四郎』（ちくま文庫『夏目漱石全集5』一九八八年一月二十三日、第一刷）
第Ⅲ章11　島崎藤村『千曲川のスケッチ』（新潮文庫、二〇〇八年八月十日、七十三刷）

※なお、第Ⅳ章10の『万葉集』に出てくる動植物名については、中西進編『万葉集事典』（講談社文庫、二〇〇三年十月十五日、第十三刷）を、第Ⅴ章9の『和名類聚抄』に出てくる地名については、奈良文化財研究所「古代地名検索システム」（https://chimei.nabunken.go.jp/）を利用しました。

索 引

1　設問で取り上げた語、解説文で太字にした語、および各節のリード文で取り上げた例語のうち注意すべきもの合計812項目を五十音順に並べ、その掲載ページを示した。

2　複数の読み方があるものは、原則として読み方ごとに項目を分けて収録した。

3　一部、末尾の助詞を除いたり活用形を終止形にするなど、探しやすい形に変更した語がある。

【あ行】

【か行】

【さ行】

【た行】

【な行】

【は行】

【ま行】

【や行】

【ら行】

【わ行】

＊　本書は、二〇二一年に当社より刊行した著作を文庫化したものです。
文庫化にあたり、本文に若干の修正を加えました。

草思社文庫

難読漢字の奥義書

2023年12月8日　第1刷発行

著　者　円満字二郎

発行者　碇 高明

発行所　株式会社草思社

〒160-0022　東京都新宿区新宿1-10-1
電話　03(4580)7680(編集)
　　　03(4580)7676(営業)
　　　https://www.soshisha.com/

編集協力・本文組版　相内 亨

印刷所　中央精版印刷株式会社

製本所　中央精版印刷株式会社

本体表紙デザイン　間村俊一

ISBN978-4-7942-2699-0　Printed in Japan

ご意見・ご感想は、
こちらのフォームからお寄せください。
https://bit.ly/sss-kanso

草思社文庫既刊

円満字二郎

雨かんむり漢字読本

零はなぜ0なのか――雨かんむりの漢字群は、漢字の成り立ちを知るには格好である。「霙」「霜」「雷」から「霹靂」や「霍乱」まで、さまざまなエピソードから解き明かす無類に面白い漢字エッセイ。

南 鶴溪

文字に聞く

「日本近代書道の父」と呼ばれる日下部鳴鶴の伝統を継ぐ鳴鶴流第四代の書家・南鶴溪のエッセイ。人間の知恵が秘められた漢字をひもとき、成り立ちを丁寧に紹介。語彙力が身につく一冊。

齋藤 孝

なぜ本を踏んではいけないのか

人格読書法のすすめ

本はたんなる情報のツールなのか。何千年も伝わって来た人類の叡智は「本」という形で運ばれた。本を著者の人格ととらえ、そこから読書の効用を説く。齋藤先生独自の読書論。紙の書物という形式は滅びない。